Samira Ahmed est née à Bombay, en Inde, et a vécu à New York, Chicago et Kauai. Vous pouvez la retrouver sur le site samiraahmed.com et sur Twitter et Instagram : @sam_aye_ahm.
Samira voyage souvent en France, et parle parfaitement français.

Ce livre est également disponible
au format numérique

www.castelmore.fr

Samira Ahmed

Résistance

Traduit de l'anglais (États-Unis) par Laurence Boischot

BIGBANG

Big Bang est une collection des éditions Castelmore

Édition originale américaine publiée en 2019 sous le titre
Internment par Little, Brown and Company,
une division de Hachette Book Group, Inc.

ISBN : 978-2-36231-397-4

BRAGELONNE – CASTELMORE
60-62 rue d'Hauteville – 75010 Paris

E-mail : info@castelmore.fr
Site Internet : www.castelmore.fr

Pour Thomas, Lena et Noah.
Cœurs de mon cœur, mes raisons de faire.

Et pour tous ceux et celles qui se battent pour la liberté, pour la justice sans discrimination, afin que cette nation du peuple, par le peuple et pour le peuple ne disparaisse pas de cette Terre.

Tu as beau me museler, je parle.
Tu as beau me couper les ailes et me tenir en cage, je vole.
Tu as beau tabasser mon corps, m'ordonner
de me mettre à genoux,
Je résiste.

Ali Amin

Chapitre premier

Je tends l'oreille à l'affût d'un bruit de bottes sur le trottoir, d'un piétinement martial.

Rien. Seulement le chant familier des criquets, le passage de voitures lointaines, et un bruissement si ténu que je ne saurais dire si c'est le vent qui souffle ou si c'est moi – ma peur. Pourtant, partout, rien n'a changé : le gazon soigneusement tondu de Center Square, le kiosque à musique avec ses guirlandes lumineuses, le faisceau jaune des lampes sous les porches des maisons.

Au loin je distingue une colonne de fumée.

La ville entière – ou presque – s'est rendue à l'autodafé, alors je ne risque rien.

Enfin, pas grand-chose.

Je ne consulte même plus l'ancien calendrier ; je ne regarde plus les dates. Le temps s'est réduit à « avant » et à « maintenant ». Il ne reste plus que ce que nous étions et ce que nous sommes devenus.

Deux ans et demi depuis l'élection.

Deux ans depuis que les nazis ont déferlé sur Washington D.C.

Dix-huit mois depuis le décret présidentiel qui interdit aux musulmans d'entrer sur le sol américain.

Un an depuis que nos réponses sur le formulaire du recensement nous ont valu d'être indexés.

Neuf mois depuis le premier autodafé.

Six mois depuis l'entrée en vigueur de la loi d'exclusion religieuse.

Cinq mois depuis que le procureur général a décrété que l'affaire *Korematsu vs. United States* créait un précédent à la relocalisation des citoyens en temps de guerre.

Trois mois depuis les premiers licenciements de fonctionnaires musulmans.

Deux mois depuis qu'un islamophobe virulent a été nommé secrétaire d'État à la guerre – un poste qui n'avait pas existé depuis la Seconde Guerre mondiale.

Un mois depuis que le Président des États-Unis a déclaré, au cours d'un discours télévisé à la Chambre des représentants, que « les musulmans constituaient une menace pour l'Amérique ».

Je pensais que notre tolérante petite ville universitaire résisterait à l'oppression, du moins pour un temps. Certains ont essayé, mais c'est fou à quelle vitesse des troupes armées et des bombes lacrymogènes peuvent venir à bout de manifestations pacifiques organisées par des esprits éclairés dans de petites villes tranquilles. Ça continue, d'ailleurs, les manifestations qui virent à l'émeute, même si les principaux médias n'en parlent pas du tout. La Résistance est bien vivante, il paraît, mais pas dans ma ville, et encore moins aux infos.

Le couvre-feu commence dans une demi-heure. C'est stupide de prendre un tel risque. Mes parents vont flipper s'ils se rendent compte que je ne suis pas dans ma chambre en train de lire. Tant pis, j'ai besoin de voir David.

Je me force à marcher calmement, la tête haute, comme quelqu'un qui n'a rien à cacher, alors même que mes muscles me crient en chœur de tourner les talons et de rentrer chez moi. Techniquement, je ne fais rien de mal, du moins pas encore, mais si la police m'arrête… Eh bien, disons qu'ils sont très doués pour s'affranchir des détails techniques.

Ralentis.

Respire.

Si je cours d'une zone d'ombre à une autre, je vais attirer l'attention, notamment celle des nouvelles caméras de surveillance, équipées de détecteurs de mouvement, qui ont été fixées à tous les lampadaires. Le couvre-feu n'a pas encore commencé, alors j'ai encore le droit d'être dehors, mais il fait déjà nuit. Même ici, où presque tout le monde nous connaît, mes parents et moi – ou peut-être précisément parce que tout le monde nous connaît –, mon cœur s'emballe chaque fois que je mets un pied dehors. Je traverse la rue au feu rouge après avoir attendu bien sagement, même s'il n'y a pas la moindre voiture.

J'aperçois une affiche pour l'autodafé, collée à un lampadaire sur le trottoir. « Voisins, voisines, unissons-nous ! » Ces quelques mots sont imprimés sur fond d'une cascade de livres interdits, dangereux. L'estomac noué, je continue à marcher sans quitter l'affiche des yeux, et je me cogne à une femme qui arrive en sens inverse. Elle trébuche, et son sac lui échappe des mains. Des livres et des affiches s'éparpillent à ses pieds. Je l'aide à ramasser tout ça.

— Désolée, je ne regardais pas où j'allais.

J'essaie d'être polie, docile. *Ne perds pas ton calme*, me dis-je. *Ce n'est pas encore l'heure du couvre-feu. Ne prends pas l'air coupable ; tu n'as rien fait de mal.* Sauf que, ces derniers temps, la culpabilité n'est plus qu'un détail accessoire.

La femme détourne la tête et, sans oser croiser mon regard, elle range ses affaires dans son sac. Je saisis deux livres, dont j'aperçois le titre avant qu'elle me les prenne des mains. *Impasse des deux palais*, de Naguib Mahfouz, et *Les Saints sans nom*, d'Ali Amin – mon père.

L'espace d'une seconde, elle me fait face. Je retiens mon souffle.

—Madame Brown, je... je suis désolée...

Ma voix s'étiole.

Mme Brown est la propriétaire de la pâtisserie *Sweet Spot*, sur Jefferson Street. Je me souviens encore du gâteau d'anniversaire qu'elle avait fait pour mes cinq ans, avec un beau glaçage vert décoré de la fée Clochette. Ça reste mon préféré entre tous.

Elle plisse les yeux, ouvre la bouche puis, brusquement, la referme sans rien dire. Alors elle baisse la tête et s'éloigne d'un pas pressé. Elle n'a même pas le courage de prononcer mon prénom. Son affiche pour l'autodafé voltige au gré du vent. Je me voûte un peu. J'ai tout le temps peur maintenant. Peur de me faire dénoncer par des inconnus ou par des gens que je connais, peur de me faire arrêter par la police et de me retrouver bombardée de questions sans réponses.

J'accélère l'allure pour traverser la place principale en regardant droit devant moi. J'efface toute terreur de mon visage. Je refoule les larmes qui me piquent les paupières. Je ne supporte pas de lever les yeux vers le bâtiment administratif de l'université, avec sa façade de verre aux belles lignes pures, aux arêtes vives qui tranchent jusqu'à l'os. La mère de David y enseigne la chimie. Mon père est prof de poésie et d'écriture créative. Enfin, il l'était, jusqu'au jour où il s'est fait licencier. Apparemment il était soudain devenu trop peu qualifié pour le poste garanti à vie qu'il occupait depuis plus de dix ans. Encore un « avant » révolu : deux mois depuis que mon père a perdu son emploi.

Je repense à Mme Brown. Elle m'a vue. Elle sait comment je m'appelle. Or, dans quelques minutes, je serai en violation du couvre-feu. Il est évident que ce n'est pas à l'autodafé que je me rends. Je devrais être sagement chez moi. Mon estomac se noue de plus belle.

Je me rappelle un cours de psychologie où il était question d'une expérience dont les sujets devaient torturer des gens rassemblés dans une autre pièce en appuyant sur un bouton censé leur envoyer une décharge électrique. En vrai, ça ne leur faisait rien du tout, mais ça, les sujets ne le savaient pas. Ils entendaient des hurlements en provenance de l'autre pièce. Certains refusaient, au début, mais la plupart finissaient par appuyer sur le bouton, même quand les cris de leurs victimes devenaient de plus en plus forts.

David m'attend à la cabane de la piscine, chez ses voisins. Ils sont en vacances à Hawaï. Des vacances. Je n'imagine même pas ce que ça ferait de partir en vacances sans avoir à me soucier d'être arrêtée par la police des transports pour une fouille supplémentaire qui risquerait de se terminer dans une cellule, menottée à un mur pendant des heures. Ou pire.

C'est risqué pour David aussi, même si on sait bien, tous les deux, que ce n'est pas pareil pour lui. Certes il a la peau brune, presque plus foncée que la mienne, et il est juif, mais à l'heure actuelle c'est ma religion qui est en ligne de mire.

On s'est fait renvoyer du lycée pendant deux jours parce qu'on s'était embrassés dans le couloir, devant tout le monde. On ne faisait rien d'illégal, du moins pas techniquement. Le proviseur voulait sans doute éviter qu'on ne l'accuse d'encourager des relations entre « eux » et « nous ». Apparemment, c'est contraire au règlement de s'afficher en public, sauf qu'à ma connaissance personne ne s'était encore fait virer pour ça. Et puis, ce n'est pas tout. David a reçu la même sanction, mais moi, en plus, j'ai été convoquée avec mes deux parents. Le proviseur nous a fait la leçon pour bien nous rappeler que je devais rester à ma place, ne pas me faire remarquer et, surtout, me montrer reconnaissante d'avoir le privilège d'étudier dans son lycée. J'étais sidérée. Mon père acquiesçait, imperturbable. Ma mère aussi, mais sans se départir d'une expression dégoûtée. Quand j'ai voulu ouvrir la bouche, elle m'a fait « non » d'un signe de tête. À croire que je devrais m'estimer heureuse d'avoir le droit de fréquenter un établissement public de la ville où j'ai toujours vécu.

Pourquoi n'ont-ils rien dit du tout ? Surtout ma mère ! D'habitude c'est presque impossible de la faire taire.

J'ai quitté le lycée le jour même, et mes parents ne m'ont pas permis d'y retourner depuis. Ils ont trop peur.

La porte de la cabane est entrouverte. Je m'accorde une seconde pour recouvrer mon souffle avant d'entrer.

— Layla, chuchote David en me caressant la joue du bout des doigts.

Il a les yeux gris-bleu de son père et la peau de sa mère, d'un bronze doré. Ça, plus un cœur débordant de gentillesse.

Il a allumé une bougie au centre de la table basse et il a tiré les rideaux. La cabane forme un petit studio douillet, avec un canapé blanc qui disparaît presque sous de gros coussins bleu marine, certains décorés d'une ancre ; deux énormes fauteuils ; plusieurs bocaux de coquillages tout de rose pâle et d'ivoire ; et puis, sur le mur, une affiche encadrée qui proclame que « la vie, c'est comme une plage blanche » sur fond de ciel bleu et d'océan turquoise.

On est seuls. J'imagine que c'était comme ça, la vie, il y a quelques décennies, quand les lumières bleues et froides des ordinateurs, des tablettes et des téléphones n'avaient pas encore banni de nos vies la paix qu'inspire l'obscurité. Sans un mot je vais me réfugier dans les bras de David et je l'embrasse. Je fais comme si le monde n'existait plus au-delà de ces rideaux. Les bras de David… c'est la seule chose qui me paraisse réelle maintenant. C'est le seul endroit où je peux imaginer, l'espace d'un instant, qu'on vit encore dans l'Avant – comme avant. Je nous imagine organiser nos vacances d'été, David et moi. On pourrait jouer au tennis le matin, ou aller au cinéma. Je rêve que je vais terminer le lycée avec mes amis et entrer à l'université, comme tout le monde ; que David et moi allons nous échanger les sweat-shirts de nos facs respectives ; que les amours du lycée survivent aux années d'études. Plus que tout, j'essaie de croire que cette heure magique est le début de quelque chose, pas la fin.

On s'installe sur le canapé, et, tandis qu'on s'embrasse, il effleure ma clavicule du bout des doigts. C'est à peine une caresse, un murmure qui me fait frissonner. Je cache mon visage dans son cou. David sent toujours bon. C'est un mélange de la lessive à la lavande qu'achète sa mère et du savon mentholé avec lequel il se douche. C'est encore sa mère qui lave son linge, je le sais. Elle le couve comme un petit poussin. J'aime bien le taquiner à ce sujet – je suis sûre que, au bout de deux mois de fac, tous ses vêtements blancs seront vaguement roses parce qu'il aura oublié de séparer les couleurs. Je soupire doucement. Je frotte ma joue contre la sienne, où de petites touffes de barbe adolescente s'efforcent de pousser. On se serre l'un contre l'autre. On se serre fort.

Si seulement on pouvait figer cet instant et en faire un tableau que j'habiterais à jamais ! Sauf qu'on ne peut pas.

Je pose le menton sur le torse de David.

— J'aimerais pouvoir rester ici pour toujours. Il n'y a pas un moyen de s'enfuir dans une autre dimension ? Un portail, peut-être, ou un seigneur du temps ?

— J'aurais dû voler le TARDIS quand j'en avais l'occasion.

Mon père nous a forcés à regarder *Doctor Who*, en commençant par les vieux épisodes, et on est vite devenus accros. Depuis, on s'est fait plusieurs séances-marathons. Même avec des moyens de production ridicules, ils arrivent à inventer des monstres terrifiants. Ça fait partie des trucs qu'on a en commun, David et moi.

Je lui adresse un petit sourire. Avant il savait me faire rire mais, maintenant, l'humour me déchire. Je regrette le temps des blagues débiles, le temps où je pouvais glousser sans me sentir coupable – ces instants de joie pure et simple.

Tout me paraît naturel quand je suis avec David : le petit sourire en coin, heureux, avec lequel il me regarde ; nos longs silences confortables ; notre capacité à être ensemble, tout simplement. On se connaît depuis l'école primaire, mais c'est l'an dernier, au feu de joie de la fête d'automne, qu'on a échangé notre premier baiser. David était assis à côté de moi ; il m'a pris la main, doucement, et a entremêlé ses doigts aux miens. J'ai eu l'impression de m'éveiller face à un lever de soleil. Autour de nous, tout le monde buvait, chantait faux et fort une version satirique de l'hymne de l'équipe de foot, ou s'embrassait. Nous, on est restés là, immobiles, à se tenir la main. Puis, quand les autres ont commencé à s'éclipser dans les ombres projetées par les braises mourantes, je me suis tournée vers David. Quand j'ai essuyé un flocon de cendre qui s'était posé sur son front, il a porté ma main à ses lèvres et a déposé un baiser tout au bout de mes doigts. Je me suis penchée pour l'embrasser, le cœur battant dans chaque cellule de mon corps.

Maintenant que j'y repense, j'ai l'impression que j'ai été attirée par David parce que, comme moi, il était différent. La famille de son père est ashkénaze, et, du côté de sa mère, ce sont des réfugiés juifs qui ont fui le Yémen. La politique et les frontières auraient peut-être dû nous séparer, mais on s'est construit une petite bulle paisible, lui et moi, un nid douillet où, précisément, nos différences nous unissent.

Je le regarde dans les yeux et serre doucement sa main. Il sait aussi bien que moi que je dois repartir, que cette soirée ne peut pas durer. On se relève sans un mot. Je remonte la fermeture de mon sweat à capuche. David passe les bras autour de ma taille et dépose de délicats petits baisers sur mon visage. Mon cœur tambourine à mes oreilles. Je pourrais vivre dans cet instant pour toujours, laisser filer les heures et les jours jusqu'à ce qu'on se réveille de l'autre côté de cette folie.

— J'aimerais tellement qu'on ait plus de temps, souffle David.

Je sais ce qu'il veut dire – il aimerait qu'on puisse passer plus de temps ensemble ce soir –, mais je ne peux m'empêcher d'y entendre un sens supplémentaire. Le temps est devenu pesant, comme alourdi par une humeur presque toujours orageuse.

— « Le monde est trop avec nous ; tard et bientôt », dis-je avant d'embrasser David sur la joue.

Il fronce les sourcils d'un air un peu interloqué.

— C'est un poème de Wordsworth, qu'il a écrit il y a au moins un million d'années et que mon père m'a fait lire. Il estime que le consumérisme est en train de nous tuer et qu'on n'a plus le temps de se consacrer aux choses qui comptent vraiment, mais je le lis parfois dans le sens où... le monde est tout déglingué.

Nos deux téléphones sonnent en même temps. C'est un avertissement du Système d'Alerte d'Urgence.

« Un peuple, une nation. Ne manquez pas l'intervention du Président. Elle sera retransmise sur toutes les chaînes ce soir à 21 heures. »

C'est un rappel que le Président s'apprête à faire son discours hebdomadaire. Il y a deux semaines, c'est devenu obligatoire de le regarder. Tous les autres programmes sont interrompus, à la télé comme à la radio. Internet cesse de fonctionner. Le texte du discours défile d'office sur tous les écrans de téléphone. Techniquement, c'est sans doute possible d'éteindre la télé, mais mes parents la laissent allumée et se contentent de baisser le son. Ils ont trop peur de commettre la moindre erreur.

— Je n'y crois pas ! Ces avertissements sont censés nous prévenir quand, par exemple, un enfant disparaît de chez lui, pas chaque fois qu'un gros con sectaire s'amuse à faire un discours, lance David.

Il secoue la tête et serre ma main un peu plus fort.

— Il faut vraiment que j'y aille, dis-je. Le feu de camp doit toucher à sa fin. Les gens vont commencer à rentrer chez eux. (Je repense à Mme Brown, à son regard suspicieux.) Ma mère aurait une crise cardiaque si je me faisais choper.

David recule d'un pas. Je vois sa mâchoire se crisper.

— Le « feu de camp » ? Laisse tomber les euphémismes. Ils brûlent des livres dans le parking du lycée. Ils brûlent des livres, putain ! Ma mère est prof à la fac, mais ça ne l'empêche pas d'y assister. Et mon père… Tous les deux, ils…

— Je sais, dis-je dans un murmure. Ce sont les livres de mon père. Ses poèmes. (Ma voix se brise, et des larmes roulent sur mes joues. Je les chasse du dos de la main.) Ils brûlent ses poèmes. Il fait comme si de rien n'était, mais ces mots c'est lui. Il essaie de le cacher, mais je vois bien que ça le tue. Ma mère aussi. Nous tous, en fait. Est-ce que c'est ça, le début de la fin ?

— Non, ce n'est la fin de rien du tout, rétorque David. Et surtout pas de toi et moi.

— Ouais. C'est ça. Parce que tes parents ne t'ont pas du tout interdit de me voir, peut-être.

— C'est mon père. Il est vraiment trop con sur ce coup-là, et ma mère se garde bien d'intervenir. Elle a trop peur.

Il me vient à l'idée que je devrais peut-être rassurer David, lui dire que ses parents ne sont pas si terribles que ça, mais j'en suis incapable. Je refuse. En gardant le silence, ils se murent derrière leur privilège comme derrière un bouclier.

—On va se battre. D'ailleurs il y en a déjà qui le font, reprend David pour me réconforter.

Je sais qu'il se sent obligé de se montrer fort et confiant mais je vois bien que, lui-même, il n'est pas convaincu. Je le vois à son sourire dont les deux coins visent le sol. Je le vois à son poing gauche, serré de rage alors même que son bras droit m'enlace tendrement. Je lui offre un sourire qui n'atteint pas mes yeux. On accepte ces mensonges qu'on se dit l'un à l'autre–et à soi-même. Ça fait partie des petites ruses qui nous permettent de survivre à ce quotidien sans devenir complètement fous.

Au moins, ça–nous–, ce n'est pas un mensonge. Je me blottis contre le torse de David, et il dépose un baiser dans mes cheveux.

Quand on s'est mis ensemble, je me suis demandé si ça n'allait pas me faire bizarre de sortir avec un ami, quelqu'un qui me connaissait depuis des années. La première fois qu'on est arrivés au lycée tous les deux, en couple, j'avais la main tellement moite qu'elle n'arrêtait pas de glisser de celle de David. Alors il a serré un peu plus fort et a entremêlé ses doigts aux miens. Il m'a embrassée sur le front en me déposant devant mon casier. Tout simplement. Tout naturellement. Tout gentiment. À croire qu'il avait toujours su qu'on finirait par se trouver.

On entend un bruissement par la fenêtre. On s'écarte brusquement. Le faisceau blanc d'une lampe torche balaie la pelouse. David porte un doigt à ses lèvres. Je ne bouge pas. Je ne peux pas. Mon cœur s'affole.

Au bout d'une éternité, la lampe s'éteint.

—Il faut que tu rentres, chuchote David. Je vais te raccompagner chez toi.

— Non. C'est trop dangereux.

— Ça l'est encore plus pour toi.

Je regarde ma montre. Le couvre-feu est en vigueur depuis dix-sept minutes. Qu'est-ce qui m'a pris ?

Main dans la main, on s'approche de la porte sur la pointe des pieds, et David l'ouvre tout doucement avant de passer la tête dehors.

— C'est bon, souffle-t-il. Il n'y a personne.

Je prends une longue inspiration et sors. On a eu chaud. Beaucoup trop chaud. C'était stupide. Parfait, mais stupide.

On traverse le jardin en courant. Une odeur âcre et lourde empuantit la nuit. Au-dessus des toits la colonne de fumée s'élève toujours, encore plus haute que tout à l'heure. Des volutes gris-noir de mots, d'idées et d'esprits, un *qurbani* brûlé accédant aux cieux pour y être accepté. J'ignore si les larmes qui me piquent les yeux sont dues à la fumée ou au chagrin.

— Hé ! Halte là ! hurle une voix de papier de verre dans notre dos.

Une lumière cruelle perce l'obscurité. On court de plus en plus vite.

— Continue ! crie David en me lâchant la main.

Il ralentit pour faire demi-tour.

Je m'arrête et manque de trébucher.

— Je ne peux pas te laisser là !

David me pousse doucement vers les ombres.

— Ce n'est pas contre moi qu'ils en ont. File !

Chapitre 2

Je cours sans relâche jusque chez moi, aveuglée par les larmes. Alors que je m'approche de l'allée, il me vient à l'esprit que j'ai peut-être distancé la personne qui nous traquait mais que, j'aurai beau fuir à toutes jambes, je n'échapperai pas à cette nouvelle réalité faite de couvre-feux, de rencontres clandestines et de colonnes de cendres.

Je pousse la porte, me glisse à l'intérieur et la referme aussitôt. Le souffle court, le cœur battant, j'essuie mes larmes avec ma manche, terrifiée à l'idée que David se soit fait rattraper par l'inconnu qui balayait l'obscurité du faisceau de sa lampe torche. Je suis frappée par une odeur d'oignons frits et d'*adrak lehsan* – l'odeur de chez moi, juxtaposée à celle de ma sueur angoissée et au goût de rouille dans ma bouche.

Mes parents surgissent de la cuisine. Ma mère reste bouche bée de me voir là. Elle blêmit et se frotte les yeux, comme pour effacer cet instant. Elle s'appuie contre la console en érable piqué de l'entrée – leur premier achat en couple, trouvée dans un marché aux puces plusieurs années avant ma naissance.

Mon père incarne à la perfection le prof d'université. Maigre sans être musclé, avec des cheveux ondulés qui ont toujours l'air mal peignés, au châtain foncé strié de petites mèches grises ici et là, il porte des lunettes à monture de plastique noir parce qu'il préfère ça aux lentilles de contact. Il retire ses lunettes, justement, et se frotte le nez là où elles ont laissé deux petites marques rouges. Il fait toujours ça quand il réfléchit profondément ou quand il s'inquiète.

— Layla, j'exige des explications, dit-il. Tu étais dehors ? À l'instant ? Alors qu'il fait nuit ?

Il parle d'une voix ferme mais sans crier. Ce n'est pas son genre de crier. Il n'élève presque jamais la voix, même quand je le mériterais. Là, par exemple, je le mériterais.

Ma mère, en revanche, ne fait pas preuve d'autant de retenue. Elle ne me laisse même pas le temps de répondre.

— Tu étais censée lire dans ta chambre. Le couvre-feu a commencé. Qu'est-ce qui t'a pris ? Je n'arrive pas à croire que tu aies fait quelque chose d'aussi stupide ! Tu te rends compte de ce qui aurait pu t'arriver ?

Elle secoue la tête, les mâchoires crispées, les yeux animés d'éclairs de peur et de fureur. Ils sont un peu plus clairs que les miens, marron avec de petites paillettes vertes et noisette. Elle dit qu'elle doit ça à ses lointains ancêtres pachtounes.

Elle n'ajoute rien, parce qu'on sait tous pertinemment ce qui aurait pu m'arriver. Il se chuchote un peu partout que des musulmans ont disparu – des musulmans comme nous, qui n'ont pas menti quant à leur religion lors du recensement. Des musulmans qui ont refusé de se cacher.

Je regarde mes vieilles Converse All-Star grises et, du pied droit, j'essaie de racler la poussière au bout de mon pied gauche.

— Layla, répond à ta mère, dit papa.

« Ta mère », pas « maman ». Il ne crie peut-être pas mais, quand il parle comme ça, c'est qu'il est vraiment en colère.

Je bredouille dans un murmure :

— J'étais avec David.

— « David » ? Tu as défié le couvre-feu pour aller voir David ? Tu es folle ou quoi ?

Maman me tourne le dos, marque une pause, puis entre dans la grande pièce principale, un salon qui ouvre sur une véranda à l'arrière de la maison. Elle s'effondre dans un gros fauteuil couleur crème décoré de boutons en tissu de toutes les couleurs et regarde la cheminée. Elle est comme moi ; je sais que ses synapses doivent la mitrailler en cet instant, mais maman pratique la médiation depuis des années. Elle dit qu'il n'y a que comme ça qu'elle arrive à calmer son esprit. Sans un mot, elle lève la main et dénoue le chignon bas qu'elle se fait toujours pour cuisiner. Ses cheveux presque noirs rehaussés de quelques mèches grises glissent autour de son visage et me cachent ses traits. Je remarque qu'elle égrène les perles de bois de rose du *tasbih* qu'elle porte au poignet. Je n'ai pas besoin de voir ses lèvres pour savoir qu'elle dit une prière.

—*Beta*, dit mon père.

C'est le terme qui, en urdu, signifie « mon enfant ». Si son usage de « ta mère » au lieu de « maman » indique très clairement sa colère, *« beta »* est sa plus pure preuve d'amour.

—Je sais combien c'est difficile, mais tu dois bien comprendre que David ne s'expose pas aux mêmes conséquences que toi. Tu ne peux pas prendre un risque pareil. Maman et moi, on a peur pour toi.

—Je sais. Moi aussi, j'ai peur, mais David… c'est la seule chose normale qu'il me reste. Ne me demandez pas de renoncer à ça, s'il vous plaît.

Mon père tressaille légèrement, piqué au vif par cette remarque. Il baisse les yeux sur les *khussa* en cuir blond qu'il porte dans la maison, comme s'il mesurait ses chaussons – comme si c'était la première fois qu'il les voyait à ses pieds et pas la millionième. Même s'il ne va plus travailler, il s'habille toujours en prof : jean et pull bleu marine à col en V.

—*Beta*, il ne faut plus que tu sortes aussi tard, même avant le couvre-feu. C'est trop dangereux. On sait bien que tu te sens enfermée, mais c'est pour ta sécurité qu'on dit ça. Ce n'est pas négociable.

Papa met un point d'honneur à toujours rester juste, même quand il est fâché. Il se redresse, et j'ai l'impression de regarder mes propres yeux, immenses et bruns.

Je hoche la tête, comme si j'étais d'accord – alors que non –, parce que je veux mettre un terme à cette conversation, parce que je dois absolument contacter David pour voir s'il va bien. Je ne suis pas certaine que papa me croie, mais il accepte mon geste comme un signe d'obéissance. On fait semblant. On se berce de mensonges parce que la réalité ne se laisse plus contenir. Papa m'adresse un sourire sans joie et va rejoindre ma mère.

Je m'élance vers l'escalier et m'assieds sur une marche. Je sors mon téléphone de ma poche. Il faut que je prévienne David que je suis bien rentrée, que je vais bien. Il doit se faire un sang d'encre, comme moi à son sujet.

Il y a une chose qui ne fait pas semblant, et c'est la surveillance d'État. Je prends peut-être des risques stupides, comme sortir après le couvre-feu pour aller voir mon copain, mais je ne suis pas conne au point d'envoyer un texto de base. On utilise Signal, pour que nos messages restent cryptés.

Moi : Je suis rentrée. Ça va, toi ?

David : Oui. C'était Jim.

Moi : Jim, qui habite dans ta rue ? Qu'est-ce qu'il foutait là ?

David : Il est avec l'Alliance patriote.

Moi : WTF ? C'est quoi, ce truc ?

David : À tous les coups, c'est une initiative censée assurer notre « sécurité ».

Moi : Ouais. Ta sécurité face à des menaces comme moi. Attends ! C'est eux qui se servent d'AppliPatrie

pour dénoncer leurs voisins, non ? Quelle bande de connards !
David : Il n'a pas vu qui tu étais. Je lui ai raconté que c'était Ashley, qu'on s'est enfuis parce qu'il nous a fichu la trouille avec sa lampe, qu'on a eu peur que ce soit un tueur en série. J'ai l'impression qu'il m'a cru. Il m'a donné une grande claque dans le dos, ce gros porc.
Moi : Tu crois qu'elle va confirmer si on lui demande ?
David : Elle a intérêt. C'est mon binôme en chimie maintenant. Si elle refuse de me couvrir, je ferai foirer toutes nos expériences jusqu'à la fin de l'année scolaire.

Une boule de feu se déchaîne dans ma poitrine. Évidemment qu'il a un nouveau binôme de chimie, puisque je ne vais plus au lycée. Évidemment que sa vie continue. Je suis verte de jalousie qu'Ashley – l'adorable Ashley, toujours toute douce – ait le droit de passer une heure entière assise à côté de David sans prendre le moindre risque. J'ai envie de jeter mon téléphone par terre et de le piétiner jusqu'à ce qu'il n'en reste que des éclats de verre et de métal. Sauf que ça ne sert à rien de se lamenter sur l'injustice de la vie. La vie a toujours été injuste pour quelqu'un, quelque part. Il se trouve simplement que, là, c'est mon tour.

David : Layla ?
Moi : Oui. Je suis là.
David : Je t'aime.
Moi : Je sais. 🖤
David : Je passerai demain après les cours si je peux. OK ? Fais de beaux rêves. 😚 😚 😚
Moi : 🥰 🖤 🖤

Ce que j'ai envie d'envoyer : 💔

En relevant la tête je vois que mes parents sont passés à la cuisine. Je les entends sortir les couverts et mettre la table. Je me dépêche de monter dans ma chambre pour y déposer mon téléphone. On dîne sans écran dans la famille Amin.

Je redescends en courant et trouve mes parents déjà attablés dans la salle à manger. Je m'assieds à ma place habituelle, sur la chaise au coussin de tweed gris qui a pris la forme de mes fesses. Personne ne souffle mot. Mon père me jette un bref coup d'œil, mais ma mère garde les yeux baissés. Sa colère s'embrase toujours plus vite que celle de mon père, et les flammes en durent plus longtemps. Cependant, malgré leurs différences, ils font presque toujours front. Je l'ai appris à mes dépens quand j'étais petite et que j'essayais de les monter l'un contre l'autre pour obtenir ce que je voulais. Ça n'a jamais marché.

— Tu veux des épinards ? me demande maman.

Je perçois encore une certaine sécheresse dans sa voix mais je sens bien qu'elle essaie de l'adoucir.

— Non, merci.

Elle en propose à papa.

— Seulement si ce n'est pas trop aillé, répond-il.

— Après vingt ans de mariage, je crois savoir préparer tes épinards comme tu les aimes.

Elle lui sourit et lui tend un bol tout fumant de *palak gosht*.

Je les observe, installés face à moi. J'agrippe le bas de mon sweat et en tords le tissu. Il y a quelques minutes à peine, je suis entrée en coup de vent, terrifiée à l'idée qu'un agent du gouvernement soit à mes trousses alors que ce n'était qu'un dentiste vieillissant qui habite dans la même rue que David. Mes parents m'ont accueillie avec des mines horrifiées, et voilà qu'ils se taquinent comme de jeunes mariés autour d'un plat d'épinards.

— Je ne comprends pas comment vous arrivez à faire comme si de rien n'était, dis-je. Il y a cinq minutes vous étiez en panique parce que j'avais défié le couvre-feu et maintenant vous parlez d'histoires d'ail ? Ils sont en train de brûler des livres, dont ceux de papa.

— Qu'est-ce que tu voudrais qu'on fasse, Layla ? demande mon père d'une voix douce. Comment voudrais-tu que je m'y prenne pour dissuader une bande de furieux ?

Il parle sur ce ton que je connais bien et qu'il utilise chaque fois qu'il veut me rassurer, me réconforter, mais ce soir je le trouve bien faiblard.

— Je sais que vous avez trop peur pour dire ou faire quoi que ce soit, mais votre silence ne nous protège pas de la haine ambiante.

Ma mère se lève et vient passer un bras autour de mes épaules. J'ai presque envie de m'appuyer contre elle mais, en même temps, je suis toujours en colère, alors je me crispe à son contact. Elle s'écarte en prenant une profonde inspiration.

— Évidemment qu'on a envie de dire quelque chose, de faire quelque chose, mais si on se fait remarquer on risque de finir en prison. Qui s'occuperait de toi dans ce cas-là ?

L'espace d'un instant je m'en veux de les faire culpabiliser mais, très vite, je ravale ma honte parce que, plus j'y pense, plus ma colère me fouette le sang.

— On ne peut pas fermer les yeux sur ce que fait le gouvernement, ni sur ce qu'ils forcent les gens à faire. Papa s'est fait licencier, on doit obéir au couvre-feu… (Je secoue la tête.) Et vous êtes trop occupés à disserter sur le bon usage de l'ail dans les épinards pour dire ou faire quoi que ce soit. Vous restez là, bien sagement.

— *Beta*, dit mon père, on est conscients de ce qui nous arrive. On ne se cache pas. On n'a pas renié ce qu'on était quand on en avait l'occasion, pas vrai ? Si je me souviens bien, quand j'ai hésité, quand je me suis demandé si on n'avait pas intérêt à mentir, ta mère et toi avez tenu le cap, et vous aviez raison. Nous avons répondu au recensement en toute honnêteté. Nous sommes musulmans, nous sommes américains, et nous allons continuer à vivre notre vie avec la certitude que ces deux identités ne sont pas incompatibles.

— Oui, eh bien, peut-être qu'on aurait dû mentir à ce stupide recensement. Peut-être que c'est crétin de s'accrocher à des principes quand on risque sa vie pour des croyances. J'en connais qui ont menti. Sara et Aidan, par exemple. Ils sont à Londres, maintenant, loin de ce désastre, et c'est uniquement parce qu'ils ont coché la case « sans religion ». Facile.

Mes parents échangent un regard. Ma mère pose une main sur la mienne.

— Je sais qu'on en a déjà discuté, mais ton père et moi sommes plus que jamais convaincus qu'on a fait le bon choix. Il est hors de question que nous reniions ce que nous sommes, que nous fassions semblant de ne pas être musulmans. Il y a des musulmans sur le sol américain depuis que les premiers esclaves ont été amenés sur ce continent. Tu imagines ce qu'ils ont dû traverser pour préserver notre religion ? ce qu'ils ont dû subir ?

Elle a les yeux brillants de larmes.

Je me tourne vers mon père.

— Tu te rappelles ce que tu nous as dit ce jour-là ? Tu invoquais la *taqiyya*, le droit de dissimuler sa foi dans l'espoir de prier un autre jour. Tu avais peut-être raison.

Mon père secoue la tête en soupirant.

— *Beta*, j'ai dit ça parce que j'avais peur, et parce que je voulais vous protéger toutes les deux. Je tiens évidemment à vous protéger mais, maintenant que j'y repense, j'ai honte de m'être laissé aller à croire, ne serait-ce qu'une minute, que la bonne solution consistait à se cacher. La pratique de la *taqiyya* est admise uniquement en cas d'extrême péril, quand il s'agit d'une question de vie ou de mort. Le recensement ne mettait pas nos vies en péril. Pense à Hazrat Summayah. Si elle a refusé de dissimuler sa religion, on ne peut pas justifier de le faire, nous.

— Elle a fini torturée et empalée ! Tu ne trouves pas que c'est mettre la barre un peu haut ?

Je m'interromps un instant parce que je m'attends à ce que mes parents me contredisent, mais ils se contentent d'échanger un regard triste. Alors je pousse un soupir et reprends la parole.

— Je comprends ce que vous dites. On ne peut pas effacer qui on est, mais regardez ce qui est arrivé à Nabra, ou à ces étudiants musulmans à Chapel Hill, ou encore à ce New-Yorkais de soixante-dix ans qui a été tabassé presque à mort après que deux types lui ont demandé s'il était musulman. Et puis ces mosquées incendiées au Texas et à Seattle... vous vous en souvenez ? Vous vous souvenez de ces affiches qui ont surgi un peu partout à Chicago et à Detroit et qui proclamaient une « journée nationale pour punir tous les musulmans » ? Vous ne pensez pas qu'on devrait commencer à se protéger ? Regardez où on en est ! J'ai l'impression qu'on ne peut même plus respirer.

Je vois mes paroles, telles des lames, atteindre mes parents et les blesser. Le visage de mon père se crispe. Ma mère retourne s'asseoir, les poings serrés.

— Layla, on a pris une décision, et c'était la bonne. Que penses-tu pouvoir prouver, à remettre ça sur le tapis ? C'est dans le passé, tout ça, maintenant.

— *Beta*, on fera tout ce qui est en notre pouvoir pour te protéger, ajoute mon père en prenant doucement la main de ma mère, qui desserre le poing. En revanche on ne peut pas vivre un mensonge. Non seulement tout le monde nous connaît, en ville comme sur le campus, mais chaque année on organise l'*iftar* interreligieux, où…

— On organisait l'*iftar*, dis-je pour corriger mon père. C'est dans le passé, ça aussi. On n'a plus le droit, depuis l'élection.

Il ne se laisse pas déstabiliser.

— On a une obligation éthique et morale de dire la vérité.

La poésie de mon père revient souvent sur le thème de la vérité qui se révèle dans les petits riens. Évidemment, qu'il est persuadé de ça. Quant à ma mère, sa pratique de la kinésithérapie est fondée sur une approche holistique de la santé et de la vie. Certes, mon père la traite souvent de feu follet, et elle n'est pas du genre à se laisser marcher sur les pieds, mais son amour est aussi têtu qu'elle. Mensonges et manipulations ne font pas partie du vocabulaire de sa vie. Chacun à sa manière, ils tiennent absolument à voir ce qu'il y a de bon dans le monde et chez leur prochain.

Pendant la dernière campagne électorale, dominée par la paranoïa, l'islamophobie et l'isolationnisme, mes parents se sont accrochés à cet espoir. Pendant les primaires, quand celui qui est désormais président a déclaré devant les caméras de télé qu'il y avait des précédents justifiant le fichage des musulmans, mes parents, comme tant d'autres, ont refusé d'y voir autre chose qu'une provocation vide, un moyen d'exciter les foules. Ils n'ont pas cessé de croire aux idéaux américains d'égalité et de liberté religieuse, même quand ils ont entendu nos dirigeants affirmer que des hommes qui se rassemblaient autour de statues d'esclavagistes confédérés pour effectuer le salut nazi étaient « des types bien ». Quand les hommes politiques se sont emparés d'un attentat dans une salle de concert en France pour dénoncer la montée de la charia et la prolifération de cellules souterraines sur le sol des États-Unis, quand les sondages ont commencé à pencher en faveur d'une restriction sur l'accueil des musulmans et d'un fichage systématique, un grand nombre d'entre nous s'est dit : « Ça n'arrivera jamais, pas ici. »

Attention, il ne faudrait pas croire que la moitié de ce pays est soudain devenue islamophobe à cause d'un événement clé. Ce sont les mensonges, la rhétorique insidieuse qui assimile les réfugiés à des violeurs et à des criminels, les *fake news* et les fausses statistiques qui ont donné à tous ces gens bien-pensants qui se proclament ouverts d'esprits une excuse pour élire un homme qui, jour après jour, balance sa haine sur Twitter. Malgré les sifflets politiques, malgré toutes ces femmes à qui on a arraché leur *hidjab*, malgré toutes ces mosquées sur lesquelles on a tagué des croix gammées, malgré tous ces musulmans mystérieusement disparus… pendant tout ce temps, mes parents ont continué à prier et à croire que tout allait s'arranger. Ils semblent nourrir une éternelle flamme d'espoir.

Sauf que, moi, je ne suis pas comme ça.

Je me lève et emporte mon assiette dans la cuisine. Je n'ai plus faim. Je laisse mes parents à leurs espoirs et à leurs prières.

Chapitre 3

La voix nasillarde du Président parvient jusqu'à ma chambre – pas assez fort pour que j'entende ce qu'il dit, mais ses interventions reprennent toujours le même refrain. L'Amérique avant tout ; un paquet d'euphémismes et de superlatifs mal placés ; une politique de la trouille prétendant qu'il faut fermer les frontières, réduire l'immigration familiale et bouter les sans-papiers. Ah, et il promet de rendre à la nation une grandeur fantasmée, aussi.

Mes parents ont laissé la télé allumée dans le salon mais ils sont au sous-sol, à regarder *Rose bonbon* sur le vieux lecteur de DVD. C'est un des films préférés de ma mère depuis ses années lycée. J'ai dû le voir au moins dix fois. Ça m'étonne presque que le disque ne soit pas fendu en deux, depuis le temps. Si j'étais un peu déprimée, je me laisserais volontiers distraire par le charme juvénile de Duckie et par le numéro ridicule de Steff, avec sa chemise déboutonnée jusqu'au nombril. Sauf que je ne suis pas qu'un peu déprimée. Je suis malade de colère et de peur. J'ai l'impression que ma peau n'est plus à la bonne taille. Ce ne sont pas les aventures un peu guimauve d'une bande de lycéens des années 1980 qui vont me rassurer.

Je m'allonge en travers de mon lit et feuillette une anthologie de poésie que mon père m'a recommandée. Mon dessus-de-lit est un cadeau que ma *nanni* a fait pour ma mère quand elle était enceinte de moi. Enfin, c'était surtout un cadeau pour moi. C'est un patchwork qu'elle a fabriqué à partir de ses vieux saris en coton, y compris quelques-uns qui avaient été portés par mon arrière-grand-mère. Les tissus bariolés sont tout délavés, maintenant, usés par le temps et le soleil, mais c'est ce que je connais de plus doux et de plus confortable au monde. Elle est morte il y a dix ans, mais quand je m'enroule dans cette couverture, c'est comme si elle me faisait un câlin parce qu'elle sait que j'en ai besoin.

J'étudie *Macbeth* en cours de littérature, même si je ne vais plus en cours. Mon père se charge de me faire travailler et il tient absolument à ce qu'on suive le programme. Il aime bien y apporter sa petite touche personnelle aussi, d'où l'anthologie de poésie. En ce moment, on met l'accent sur Wordsworth, sur Emily Dickinson et sur Faiz Ahmed Faiz. Mes parents ne veulent plus que j'aille au lycée parce qu'ils ont peur de ce qui pourrait m'arriver – peur que mon renvoi ne mène à des sanctions plus graves. J'ai protesté de toutes mes forces mais, au fond, je n'étais pas rassurée non plus.

Cela dit, ce n'est pas parce que je reste chez moi que je passe mon temps à glander. Ce serait mal connaître mes parents. J'ai des bibliographies pour toutes les matières, et David m'apporte régulièrement mes devoirs. Et puis mon père se dévoue entièrement à mon éducation depuis qu'il a perdu son emploi. J'imagine que ça lui donne de quoi s'occuper plutôt que de s'inquiéter de retrouver du travail. Il n'a aucune chance, de toute façon, du moins pas dans un établissement subventionné par l'État.

Mes parents évitent soigneusement de me parler de nos finances, mais je vois bien qu'ils se font du souci. Ma mère a encore des patients qui viennent à son cabinet – elle connaît certains d'entre eux depuis des années – mais, au cours des deux dernières semaines, j'ai remarqué qu'elle rentrait plus tôt que d'habitude. Vendredi dernier, elle n'y est même pas allée du tout.

J'ouvre mon anthologie à un poème d'Emily Dickinson dont je lis le titre à voix haute.

— *L'espoir est une chose à plumes.*

Le vent se lève et se rebelle. Les feuilles du vieux chêne viennent frapper à ma vitre et attirer mon attention. Je repose le livre. Je ne suis pas d'humeur à regarder une comédie pour ados des années 1980 mais je suis également trop agitée pour apprécier un poème qui compare l'espoir à un oiseau. Je n'arrive pas à me concentrer. Mes émotions sont toutes remuées ; j'ai du mal à m'enthousiasmer.

Une voiture s'arrête devant la maison. Une portière claque, puis une autre. Je roule sur le côté et me lève. Mon *dhurrie* bleu tout usé est presque glissant sous mes pieds quand je m'approche de la fenêtre pour voir qui vient nous rendre visite à une heure si tardive.

J'aperçois deux hommes en costume sombre qui s'approchent de la porte. Ma gorge se noue et mon cœur s'emballe. Est-ce qu'ils sont venus me chercher ? Non, ce n'est pas possible. Des mecs en costard, c'est un peu exagéré pour une ado qui a défié le couvre-feu. Normalement, si on venait m'arrêter, ce serait la police, non ? Sauf qu'il n'y a plus rien de normal.

Une camionnette de couleur sombre frappée d'un logo noir et blanc vient se garer derrière la voiture de ma mère. Je plisse les yeux pour mieux distinguer le logo à la lumière des lampadaires : Autorité exclusive. La portière arrière s'ouvre, et quatre hommes blancs en uniforme sable descendent du véhicule pour se déployer de chaque côté de notre allée. Derrière eux, une voiture de police se gare, et le commissaire en descend.

Sauve-toi, me dis-je. Sauf que je suis pétrifiée. Je voudrais crier pour avertir mes parents, mais pas un son ne sort de ma bouche. *Sauve-toi ! Il faut t'enfuir pendant qu'il en est encore temps.* La sonnette retentit, aussitôt suivie par de violents coups à la porte. J'entends mes parents ; ils sont déjà dans l'entrée.

Sauve-toi.

Cache-toi.

Appelle à l'aide.

Sauf que j'en suis incapable. Je suis figée. Un des militaires (ce sont des militaires ?) se retourne et m'aperçoit derrière ma fenêtre. Je me plaque au sol. Je respire fort, vite – bruyamment. Je rampe vers la porte de ma chambre ; les lattes du plancher grincent très légèrement sous le tapis. J'ouvre la porte – un peu d'abord, puis plus grand. Ce n'est pas nécessaire, de toute façon. Costard n° 1 lance d'une voix forte :

— Identifiez-vous. Vous êtes bien Ali et Sophia Amin ?

Mais qu'est-ce qui se passe, putain !? Mme Brown. À tous les coups, c'est elle qui m'a dénoncée. Ou alors c'est Jim de l'Alliance patriote qui n'a pas gobé le mensonge de David. Oh, merde. C'est ma faute. Qu'est-ce que j'ai fait ? Je me lève. Mon corps avance d'une brève secousse, puis d'une autre, puis je dévale l'escalier en courant. Les deux hommes en costume se trouvent dans l'entrée, face à mes parents. Ils sont blancs tous les deux, les épaules carrées et la mine impassible. L'un d'eux garde une main près de sa hanche. Je plisse les yeux. C'est une arme. Il garde la main près de son arme.

— Arrêtez ! C'est ma faute, dis-je. Mes parents n'ont rien à voir avec tout ça.

Ma mère se tourne vers l'escalier, les yeux écarquillés. Costard n° 2 dégaine son pistolet, et soudain le temps ralentit, comme s'il était devenu visqueux, et je suis trempée de sueur de la tête aux pieds. Je ne sens plus mes bras ou mes jambes, et mon champ de vision se trouble. Je ne vois plus que le pistolet, qui est pointé sur moi. Ma mère hurle, et mon père crie mon nom, mais le son est étouffé, comme s'ils étaient très loin. Trop loin. Hors de portée.

Mon père fait un pas vers moi pour tenter de m'atteindre, mais Costard n° 1 le rattrape et le jette à terre en lui tordant le bras dans le dos. Les lunettes de papa tombent et glissent sur le sol. Ça crie de plus belle – des hurlements assourdissants de bête monstrueuse –, et je me rends compte que ça vient de moi.

Puis plus rien. Seul le silence, et le poids de l'air qui pèse sur nos corps. Seuls les halètements brefs qui secouent ma poitrine, trop vite, et me donnent le tournis.

Costard n° 1 fait un signe de tête à Costard n° 2, qui baisse son arme et la range dans son étui, sous sa veste.

Costard n° 1 lâche mon père et le remet sur ses pieds.

Je n'avais encore jamais vu cette expression sur le visage de papa. C'est de la peur, de la terreur, de l'incompréhension. Non. Ces mots ne suffisent pas. Nous ne sommes plus que des animaux minuscules, affolés, sans défense, pris dans les mâchoires d'un piège. J'ai compris. Ça n'a rien à voir avec moi. Comment ai-je pu être aussi conne ? Il ne s'agit pas d'une bête entrave au couvre-feu. C'est bien pire que ça.

Costard n° 1 – clairement c'est lui qui commande – pousse mon père vers ma mère, dont le visage est baigné de larmes. Elle tend les bras vers papa, toute tremblante. Costard n° 1 prend la parole d'une voix tendue comme un câble.

— Sur ordre de l'Autorité exclusive, et par les pouvoirs conférés au secrétaire d'État à la Guerre par l'arrêté présidentiel numéro 1455, nous sommes chargés de vous notifier votre relocalisation et de la mettre à exécution.

« Relocalisation ». Qu'est-ce que ça signifie ? Je me retourne vers mes parents. Ma mère sanglote dans ses mains, et on dirait que la maison vient de s'effondrer sur mon père.

Je bredouille :

— Relocalisation ? Pour nous ? Où ça ? Pourquoi ?

Costard n° 1 me fait face, les yeux plissés.

— Près de Manzanar, et à ta place je me tairais.

Je referme la bouche et me mords la lèvre. Le visage de mes parents… J'appuie une main sur mon ventre. J'ai l'impression que je vais vomir.

Costard n° 1 s'adresse à mon père.

— Vous êtes l'auteur de ce livre, *Les Saints sans nom*. C'est exact ? demande-t-il d'une voix rocailleuse en agitant le livre qu'il tient à la main.

Costard n° 2 a à peine dit un mot depuis qu'ils ont fait irruption chez nous.

— Oui, répond mon père lentement, hésitant.

Ses poèmes. Ils viennent nous arrêter pour cause de poésie ? Je me creuse la cervelle pour chercher ce qui, dans ces poèmes, pourrait nous attirer des ennuis. Son dernier livre en date a été publié deux mois avant les élections. Sauf que mon père… ses poèmes… ce ne sont pas des pamphlets politiques. Ses poèmes parlent d'individus, de moments, et de l'importance de chérir des pépites de vérité.

— Et ce poème ? « Révolution » ? reprend Costard n° 1 en montrant une page à mon père.

— Oui, souffle mon père à voix basse.

C'est sans doute le plus connu de ses poèmes. Quand il a été publié dans le *New Yorker*, maman et moi on a commandé à Mme Brown un gâteau avec un glaçage en image représentant la couverture du magazine. Mme Brown, la femme qui se dépêchait d'aller brûler les œuvres de mon père. Un jour papa est venu au lycée pour animer un atelier d'écriture en cours d'anglais. J'avais mémorisé son poème pour pouvoir le réciter à cette occasion.

Révolution
Ali Amin

Parle-moi tant que ta langue est libre,
Tant que ton corps est encore tien.

Laisse tes mots voyager,
Incontrôlés
Spontanés
Indispensables
Dévaler les nuages de poussière qui abîment le soleil.

Jusqu'à ce qu'ils touchent mon oreille
Et tant d'autres, épandus sur la table,
À attendre.

Énonce la vérité pendant qu'elle est encore en vie,
tant que les lèvres, fendues, saignent mais savent encore bouger.

Le temps ne répond ni à l'amant ni au tyran.

Dis ce que tu dois.
Je t'écoute.

Chapitre 4

Dix minutes.

C'est le temps qui nous est accordé pour mettre notre vie dans un sac et quitter notre maison – pour nous préparer à cette relocalisation. Par où commencer ? Ça ne suffit même pas à dire au revoir.

La voix de Costard n° 1 tonne dans notre dos tandis qu'on monte à l'étage pour rassembler nos affaires.

— Seulement le strict nécessaire, pas plus d'un bagage par personne.

Il se détourne, s'arrête, et lance un nouvel avertissement :

— Il y a des gardes postés devant la maison et à la porte de derrière.

Mes parents et moi continuons de gravir les marches en silence. Les mots nous font défaut. J'ai l'impression d'être un poisson qu'on vient de sortir de l'eau et de plaquer sur une pierre. Mon corps convulse, ma queue claque. On est sur le point de m'éventrer, et tout ce que je peux faire, c'est regarder le couteau qui s'approche de moi.

Sans un bruit mon père nous fait entrer dans ma chambre. Je parcours du regard cet espace qui, soudain, ne m'appartient plus, qui ne ressemble plus à la pièce où j'ai passé toutes mes nuits depuis plus d'une dizaine d'années. Le livre ouvert sur mon lit, le duvet en *kantha* tout usé, le long foulard en coton noir brodé de roses rouges, mon téléphone sur le chargeur de la table de chevet. Mon téléphone. David. Il faut que je le prévienne. Je vais l'attraper d'un pas heurté.

De grosses bottes martèlent l'escalier.

— Non, chuchote ma mère en me prenant le téléphone des mains.

Je n'ai pas le temps de protester, et encore moins d'écrire un message. Je ne peux que regarder, les yeux écarquillés, mon téléphone qui tombe au sol, rebondit doucement sur le tapis et va glisser sur le parquet sous mon lit. Je m'agenouille pour le récupérer parmi les moutons de poussière.

— Je me charge de vos téléphones.

Je relève les yeux vers Grosses Bottes. Un homme en uniforme de militaire kaki et au profil méchamment prognathe entre dans ma chambre, la main tendue.

Mon père sort son téléphone de sa poche et le remet au garde, sans croiser son regard – pas plus que le mien ou celui de ma mère.

— Mon… téléphone… (Maman trébuche sur ses mots puis se racle la gorge.) Il est sur la table basse, dans le salon.

Elle prend la main de mon père, et ils se rapprochent un peu de moi. Ma mère tend le bras vers moi. J'accepte son aide pour me relever. Elle m'adresse un signe de tête. Je baisse les yeux sur mon téléphone, avec sa housse sertie de strass, ses fines égratignures et son fond d'écran – un selfie de David et moi, en randonnée non loin d'ici. Il a un bras autour de mes épaules, je fais le symbole de la paix, et on affiche l'un comme l'autre un grand sourire heureux. Quelque chose se serre dans ma poitrine. Un froid profond s'invite au creux de mes os, et mon sang se glace.

Ma mère se tourne vers moi et, doucement, déplie chacun de mes doigts crispés autour du téléphone. J'ai les jointures toutes blanches. Puis, sans un mot, elle le donne au garde.

— Dix minutes, aboie-t-il avant de tourner les talons.

Mon père attend qu'il s'éloigne puis ferme la porte en silence. Nous sommes seuls, tous les trois, dans ma chambre. J'éclate en sanglots. Mes parents m'entourent, et leurs bras se joignent autour de moi – de nous. L'un d'eux dépose un baiser dans mes cheveux. J'ignore lequel. L'autre m'embrasse sur le front.

Je ne sais plus rien. Je ne sais même plus si tout ça est réel ou non. Je ne sens plus mon corps. J'ai l'impression d'assister à cette scène de l'extérieur, et que ça devrait être de la science-fiction.

— On n'a pas beaucoup de temps, souffle mon père.

Sa voix se brise lorsqu'il nous relâche.

— Prends ce dont tu penses avoir besoin, *beta*, ajoute ma mère en s'écartant de moi.

J'ai le cœur dans un étau. Ce dont j'ai besoin ? C'est tout ce que je ne peux pas avoir.

Mon père entraîne ma mère vers la porte. Ils me regardent, le visage blême, les yeux rougis. Ils sont sur le point de sortir, mais ma mère revient vers moi, saisit ma main et fait signe à mon père de l'imiter. Dans ce petit cercle que forme notre famille, elle se tourne d'abord vers moi puis vers mon père, sans un mot, les yeux luisants de larmes. Alors, dans un chuchotement, elle entonne une prière.

Mon arabe n'est pas terrible, en dehors des *dou'a* du quotidien. Pourtant, ce verset-là, je le connais par cœur. Nanni l'avait toujours au bout des lèvres. Elle en gardait même une copie dans son sac à main, une petite carte plastifiée. C'est le verset dit « du Trône », la prière de protection. Ma *nanni* me disait toujours que c'était l'un des versets les plus puissants du Coran, et que quiconque le récitait se trouvait sous la protection de Dieu. Un jour mon père m'en a expliqué toute la symétrie poétique. *« Imagine que tu te promènes dans le verset et que tu t'arrêtes au chiasme, au milieu :*

"Il sait ce qui se trouve devant eux et ce qu'il reste derrière eux." Si tu lis les quatre vers qui précèdent et les quatre qui suivent, tu te rends compte que, d'un point de vue thématique, ils forment des cercles concentriques autour de cette ligne centrale. »

Je ne suis pas une fervente musulmane, et ma pratique religieuse vacille parfois, pourtant ce *dou'a*, parce qu'il est lié au souvenir de Nanni qui soufflait cette prière sur moi, me procure toujours une grande sensation de calme – et pas seulement. C'est comme si la voix de ma *nanni* avait prêté à chacun de ces mots la force de sa foi, et qu'ils étaient devenus tangibles. J'essaie de rattraper cette paix, cette force, mais j'ai l'impression de refermer les doigts sur du vide.

— Dépêchons-nous, murmure mon père une fois que ma mère a terminé.

— Penses-tu y arriver toute seule ? me demande ma mère. Veux-tu que je t'aide ?

J'ai envie de répondre que non, je ne pense pas y arriver. Je ne veux pas. Mon cœur se brise, mais sous la brèche, il y a aussi l'étincelle d'une vive colère. Comment peut-on faire une chose pareille ? se plier à des ordres pareils ? J'ai envie de hurler à la figure de mes parents.

Au lieu de ça, je murmure :

— Je ne comprends pas comment c'est possible. (Ma voix n'est plus qu'un crissement ténu.) Comment peut-on représenter un danger pour l'État ? Un poète, une kinésithérapeute et une lycéenne…

— Ce n'est pas une question de danger mais de peur. Les gens sont prêts à renoncer à leur liberté en échange d'une impression de sécurité, même illusoire. (Mon père secoue la tête.) « Il n'y a jamais eu de démocratie qui ne se soit pas suicidée. »

— Qu'est-ce que ça veut dire ?

Sous ma terreur je sens les flammes de ma colère s'élever de plus en plus haut. Comment peut-on se résigner à ce sort ?

— C'est une citation de John Adams. Il voulait dire que la démocratie est une chose fragile. Tout ce qu'on peut faire pour l'instant, c'est obéir aux ordres. (Il se tourne vers la fenêtre en haussant les sourcils.) Ils ont mis des agents en faction devant la porte. Si on ne coopère pas, les conséquences seront encore bien, bien pires pour nous tous.

— Dépêche-toi, *beta*, dit ma mère tandis qu'ils sortent pour aller mettre leur vie dans une valise.

J'ai le tournis. Ma poitrine se soulève et s'abaisse, et il n'y a que comme ça que je sais que je respire encore, que je suis toujours là, debout au milieu de ma chambre. Mon lit n'est pas bien fait. Je ne peux pas le laisser comme ça. Qu'est-ce qu'on en a à foutre, que mon lit ne soit pas bien fait ? Pourquoi n'ai-je pas prévenu David ? Est-il au courant ? Comment suis-je censée partir sans lui dire ? Va-t-il croire que j'ai disparu ?

Costard n° 1 nous a indiqué où on allait : dans un centre de relocalisation, près de Manzanar.

Il a mentionné Manzanar comme si c'était un point de repère évident, un mot de tous les jours comme « soleil », « herbe » ou « ciel », un de ces termes qu'on prononce un million de fois sans même s'en apercevoir. À croire qu'il ne voyait même pas la cruauté de la chose, pour la bonne raison que notre monde a perdu tout sens des perspectives.

Il ne me reste que quelques minutes pour décider quoi emporter. Pour combien de temps ? Deux jours ? Un mois ? Les Américains d'origine japonaise sont restés enfermés à Manzanar jusqu'à la fin de la Seconde Guerre mondiale. Plusieurs années, donc. *Merde !* se pourrait-il que ça dure des années ?

Je sors mon plus grand sac de voyage et y jette des jeans, des tee-shirts, des chaussettes, des sous-vêtements, des pyjamas. Mon sweat noir à capuche. Une grosse veste en polaire. Est-ce qu'il fait froid, près de Manzanar ? Des chaussures. Oui, mais lesquelles ? Un bonnet. Des gants. De quoi ai-je besoin ? Comment suis-je censée faire tout ça ? Des livres. On a bien le droit d'emporter des livres, non ? J'en attrape deux posés sur ma table de chevet et, au passage, je fais tomber un cadre numérique qui, justement, affiche une photo de David et moi au bal d'automne. Je le ramasse et le serre contre ma poitrine. Je sens de gros sanglots géants menacer de nouveau mais je n'ai pas le temps. Je repose l'écran, ne sachant pas si les photos sont autorisées à… l'endroit où ils vont nous emmener. Et si on me le confisque ? J'aime autant qu'il reste ici, à la maison, en sécurité. Intact. Je vais attraper une poignée de stylos et un cahier vierge sur mon bureau.

On frappe à la porte. C'est ma mère.

— Papa est déjà descendu. Il faut y aller.

Je ne suis pas prête. C'est de la folie. Je ne peux pas partir.

— Maman.

Ma voix se brise. Ma mère s'approche, mais je lève une main, et elle s'immobilise.

— Pense bien à prendre des culottes et des chaussettes, souffle-t-elle avec un petit sourire fané.

Des culottes et des chaussettes. Je me demande si toutes les mères font pareil : essayer de réduire des situations terrifiantes à quelque chose de tout bête. Elle s'en va. Elle a compris que j'avais besoin d'un petit moment.

Je parcours la pièce du regard. Il reste un peu de place dans mon sac, alors je prends quelques rouleaux de *masking tape* japonais et un petit carnet que je me suis acheté à Paris l'été dernier. Sur la couverture il y a un dessin d'une fille et de son chien, assis sur un pot de confiture géant. La confiture est rouge, et l'étiquette annonce « CONFITURE DE MOTS ». Je me tourne vers ma bibliothèque, avec mes albums du lycée et la boîte à chaussures où j'ai rassemblé toutes les cartes de David et tout ce qu'il a pu m'écrire. J'ai gardé tous les petits mots qu'il m'a fait passer en cours. Il a rigolé et m'a traitée de grande romantique quand je lui ai demandé de m'écrire au lieu de m'envoyer des textos, mais je les adore, ces petits mots. Chaque bout de papier est un cadeau, une surprise tangible qui ne prend pas de place dans la mémoire de mon téléphone. Et voilà que je m'apprête à les abandonner pour toujours ? à les laisser ici, où n'importe qui pourra les lire ? Que va-t-il advenir de notre maison ? Va-t-elle être fouillée de fond en comble ? Est-ce toujours chez nous ?

Trop de questions, et pas de réponses. Je brûle d'envie d'emporter cette boîte à chaussures mais je n'ai plus de place, et je n'ai plus le temps.

Une porte claque au rez-de-chaussée, et ma mère m'appelle.

Je soulève mon sac et éteins la lumière mais, avant de refermer derrière moi, je retourne ajuster le duvet en *kantha* sur mon lit. J'aperçois Touffu, mon petit chien en peluche marron avec l'oreille qui pendouille. Il m'a accompagnée lors de mon entrée à la maternelle. Il n'y a que grâce à lui que j'ai accepté de lâcher la main de mes parents ; sa présence me rassurait. Instinctivement j'ai envie de le prendre, mais je le laisse sur mon oreiller, où il a passé plusieurs milliers de nuits, et où j'étais en sécurité… avant.

Je descends l'escalier et mets la main dans ma poche par réflexe, pour en sortir un téléphone qui ne s'y trouve plus. Je serre le poing, et une grosse larme tombe sur mon pouce. Qu'est-ce que j'écrirais à David si la chance se présentait ? Au revoir ? Je t'aime ? Retrouve-moi ?

Je rejoins mes parents dans l'entrée.

Il y a un million d'éclats de douleur dans mon cœur, mais, celui qui me blesse le plus, c'est de m'être fait confisquer mon fichu téléphone. C'est peut-être bête de le voir comme ça, mais ce n'est pas seulement mon téléphone. Ce sont toutes mes photos, tous mes souvenirs du lycée, de l'équipe de tennis, et de David. J'étouffe mes sanglots. La terreur étreint ma poitrine, mais la colère aussi. Ils n'ont pas pris que mon téléphone. C'est de ma voix qu'ils m'ont privée – de mes choix.

Une main invisible me pousse sur le seuil. Les nuits sont tellement tranquilles dans notre petite ville. C'est quelque chose que j'ai toujours aimé. Les criquets en été, le murmure des arbres sous la brise. On voit même les étoiles. Enfin, pas ce soir. Ce soir le ciel entier est noir.

Je jette un dernier coup d'œil à l'intérieur. Un garde a la main posée sur la poignée, sur notre porte, qu'il s'apprête à fermer. Mais… la vaisselle. Y a-t-il de la vaisselle sale dans l'évier ? Je ne me souviens plus si on a chargé le lave-vaisselle. Est-ce que quelqu'un va le faire ? Ma mère déteste laisser traîner la vaisselle du jour au lendemain.

La porte claque derrière nous. Mes parents ne regardent même pas.

Je tourne la tête de gauche à droite. Il y a des voitures garées le long du trottoir, la camionnette qu'on a vue tout à l'heure, ainsi que d'autres gardes de l'Autorité exclusive. Les Costards. Ils s'entretiennent avec le commissaire de police. Des gens parlent tout autour de moi. J'entends des mots, mais qui n'ont aucun sens, comme si tout ça se passait dans une langue étrangère. Mes parents me font monter à l'arrière de la voiture du commissaire et referment la portière. Il n'y a pas d'air ici. J'essaie de rouvrir la portière, mais apparemment l'arrière des voitures de police est prévu pour qu'on ne puisse pas le faire. Alors je regarde mes parents dire quelque chose à Costard n° 1, qui leur tend des documents. Puis ils se tournent vers le commissaire, qui a aussi quelque chose à leur dire mais qui semble avoir beaucoup de mal à les regarder dans les yeux. On le connaît bien. On le connaît parce que sa fille, Ivy, était dans ma classe en maternelle. Mon père hoche la tête. Ma mère reste impassible. Puis le commissaire ouvre la portière, et ils montent à côté de moi. Je me décale sur la banquette pour leur faire de la place. On ne se regarde pas. On ne dit rien. À croire que nous sommes tous en deuil, mais pour des raisons différentes.

Le commissaire fait démarrer le moteur. J'aperçois quelque chose, quelqu'un qui court vers la voiture. Je plisse les yeux dans le noir.

David ? Se peut-il que ce soit David ? Est-il au courant ? M'a-t-il vue ?

Le commissaire s'engage dans la rue.

Je hurle le nom de David, mais le commissaire ne réagit pas. On dirait que personne ne m'entend. J'ai beau me concentrer, la lumière est allumée à l'intérieur de la voiture, et tout ce que je vois, c'est le reflet d'une fille qui ne me ressemble pas vraiment. J'essaie de baisser la vitre, qui refuse. Je regarde la fille reflétée. Elle a le visage rouge et bouffi, et son image diluée ressemble à un fantôme. Je me tourne vers mes parents ; ce sont des fantômes, eux aussi. Le monde a volé en éclats, et tout ce qu'il en reste, c'est cet univers parallèle peuplé de gens brisés qui n'ont plus rien à quoi se tenir.

Chapitre 5

On passe un long moment en silence tandis que la voiture traverse le centre-ville pour rejoindre l'autoroute qui mène à Los Angeles. Des phares fusent autour de nous. Même en pleine nuit il y a de la circulation à L.A. Le commissaire reste sur la file de droite, conduisant avec une lenteur impossible, comme s'il cherchait à prolonger ce trajet pour nous effrayer encore plus. Il n'a vraiment pas besoin de se donner cette peine. Il règne une telle angoisse dans cette voiture que la banquette arrière semble rétrécir et nous comprimer en un petit cube de vinyle, de sueur et de peur.

Le commissaire se racle la gorge.

— Bon. Vous vous doutez bien que cette… euh… formalité me désole. Je ne fais qu'obéir à des ordres qui viennent de tout en haut. Je suis sûr que tout va très vite s'arranger. Les gros bonnets ont besoin de s'assurer que vous n'êtes pas une menace.

Il essaie de combler le silence parce qu'il est mal à l'aise, mais c'est pire que tout. Mon père continue de regarder ses pieds. Ma mère lui prend la main. *Dites quelque chose!* ai-je envie de leur crier. *Confrontez-le! Il nous connaît. Demandez-lui comment il peut faire ça.* J'observe mes parents, mais ils ne disent rien.

Je baisse les yeux sur mes paumes et retrace les petits croissants qu'y ont laissés mes ongles. Des mots me montent du fond des tripes pour me saisir à la gorge, et ils ont un goût amer.

— Comment va Ivy ? demandé-je au commissaire.

Mes parents tournent brusquement la tête vers moi. Ma mère me prend la main et la serre fort, pour me signifier que je ferais mieux de me taire, mais la peur et la colère se font la guerre dans mon cœur. Je n'arrive pas à m'en empêcher. Si je ne peux pas sortir de cette voiture, si je suis forcée d'écouter le commissaire nous servir l'excuse qu'il ne fait qu'obéir aux ordres, alors la moindre des choses, la seule chose que je puisse faire, c'est lui rappeler qu'il nous connaît. Il est en train de nous « escorter » loin de notre vie d'avant, et j'estime que ce n'est pas à moi d'apaiser sa conscience, même si ma mère me fusille du regard.

— Est-ce qu'elle a décidé où elle voulait étudier ?

Je n'ai ni l'énergie ni les talents d'actrice qu'il me faudrait pour parler sur un ton enjoué comme je le voudrais, alors mes questions restent très monotones et reflètent sans doute mieux ce que je ressens.

Le commissaire me jette un coup d'œil dans le rétroviseur, et je soutiens son regard pendant une seconde avant qu'il ne le détourne.

— Elle va bien, merci. En revanche, elle n'a pas encore choisi son université.

— Oui, dis-je. Je connais le problème.

Peut-être que ma mère a raison quand elle prétend que je me braque parfois pour rien. J'imagine que, s'ils gardent le silence, c'est par peur de provoquer quelque chose de pire. Je ne vois pas bien ce qu'il nous reste à perdre mais, pour être tout à fait honnête, je crains qu'on ne le découvre très vite.

La gare d'Union Station, à Los Angeles, est un merveilleux mélange d'Art déco et de style néocolonial, tout de marqueterie de marbre, de plafonds voûtés en bois massif et de luminaires dont Frank Lloyd Wright n'aurait pas eu à rougir. On est déjà passés ici. En temps normal je fermerais les yeux et j'oublierais les emballages de chewing-gum et les vieux mouchoirs en papier qui jonchent le sol tout collant pour mieux savourer cet écho d'une époque où les gens s'habillaient en tenue de soirée pour aller dîner dans les wagons-restaurants de trains aux noms rêveurs, tels que le *Sunset Limited* ou le *Pacific Sunrise*, une époque où il y avait quelque chose de romantique à prendre le chemin de fer et où plus d'un film en noir et blanc s'y déroulait. En temps normal, mais pas cette fois. Debout devant la gare, dans le silence brisé de la nuit, j'ai les synapses qui me bombardent d'un million de questions. J'entoure mon corps de mes bras pour, littéralement, tenir en place, parce qu'un surplus d'adrénaline a mis mon système en mode attaque-ou-fuite et que j'ignore dans quelle direction ça va me pousser. Sans doute les deux.

Ici aussi il y a des gardes, comme chez nous, mais beaucoup plus nombreux. Ils sont là par dizaines. Cette fois, à la lumière crue des projecteurs qui ont été branchés devant la gare, je me concentre pour mieux les observer. Ça fait déjà un moment que les services de sécurité ont été renforcés dans les lieux publics – les aéroports, les gares, et même les centres commerciaux. Bizarrement, la vue de militaires armés de fusils monstrueux ne me rassure pas tant qu'elle me terrifie. Peut-être que c'est le but, de nous terrifier. Sauf que les uniformes couleur sable de ces soldats-ci, les gardes de l'Autorité exclusive, ont l'air tout neufs. Chemise, pantalon, casquette, bottes, et un gilet pare-balles qui ressemble à ceux de la police mais encore plus solide, avec des renforts noirs et luisants sur le torse. On dirait un truc tiré de la panoplie de Batman. Normalement nos militaires reflètent les origines diverses des citoyens américains, mais pas cette nouvelle branche flambant neuve. Ils sont tous blancs, d'après ce que je vois. Encore une victoire pour les racistes nostalgiques du « bon vieux temps » de la ségrégation, dans l'armée comme dans les toilettes publiques.

Les gardes forment une haie d'horreur aux abords de l'entrée, deux rangées face à face, le long du mur et du trottoir, aux aguets. Ils n'ont pas le doigt sur la détente, mais l'atmosphère est tellement tendue que ça revient au même. Je remarque un petit drapeau américain sur la manche de leur uniforme, un écusson qui surmonte un rectangle noir avec les mots « AUTORITÉ EXCLUSIVE » brodés de fil blanc.

Devant l'entrée principale de la gare se trouve le premier *checkpoint*. C'est comme ça que le commissaire appelle une série de bureaux alignés. Il y a une grosse vingtaine de personnes qui font la queue, un sac de voyage à la main. Il y a quelques *desi*, comme nous, une famille afro-américaine, et d'autres qui semblent originaires du Proche-Orient. Il est plus de minuit, et tout le monde a l'air épuisé, comme par un décalage horaire. Pas un bruit ne retentit, à tel point qu'on entend le grésillement des projecteurs d'appoint.

— C'est ici que je vous laisse, déclare le commissaire.

On pourrait croire qu'il vient de nous déposer là parce qu'on part en vacances, alors qu'il nous montre un panneau indiquant où aller se ranger en fonction de notre nom de famille. À côté il y a un autre panneau qui énumère des instructions. On est à Los Angeles ; j'ai l'habitude de voir ce genre d'informations publiques traduites en plusieurs langues. Pas ici. Il n'y a que de l'anglais. Le commissaire désigne un bureau le plus naturellement du monde, comme si c'était parfaitement normal que des types armés d'énormes fusils montent la garde pour nous faire taire et avancer comme du bétail. Ça n'a rien de normal. Alors pourquoi est-ce que tout le monde fait semblant ?

Le commissaire tend la main à mon père, qui la serre. Pourtant je vois sur son visage qu'il paraît aussi surpris que moi d'avoir accepté ce geste. C'était peut-être un simple réflexe.

— Bonne chance, Ali, souffle le commissaire.

Puis il s'éloigne d'un pas pressé, comme si c'était lui qui avait peur de nous. L'ironie de la chose ne m'échappe pas.

— Merci pour vos loyaux services, commissaire, dis-je sans chercher à déguiser mon sarcasme.

Ma mère me fait « chut », même si le commissaire est déjà trop loin pour m'avoir entendue.

— Layla, il faut que tu arrêtes de parler sur ce ton, murmure-t-elle. Ça risque de te jouer des tours. Il y a un temps pour tout, mais, là, ce n'est vraiment pas le moment.

Je secoue la tête.

— Maman, je suis à peu près sûre que mon sarcasme est le dernier de nos problèmes.

— Peut-être, mais ta mère a raison, intervient mon père. Évite de te faire remarquer. Il faut qu'on passe inaperçus si on veut se sortir de là.

« De *là* ? » Aucun d'entre nous ne sait nommer ce qui nous arrive. La Première Guerre mondiale ne s'appelait pas comme ça pendant que les armées s'affrontaient. Comment aurait-ce été possible alors que personne ne pouvait anticiper ce qui allait suivre ? Bref, je doute que quiconque se préoccupe de trouver un terme choc, à la fois solennel et marquant, pour décrire ce pétrin dans lequel nous sommes pris. Nous sommes tous trop occupés à regarder ailleurs en essayant de croire que ce n'est qu'un cauchemar et qu'on va bientôt se réveiller. Sauf que ça n'annonce rien de bon quand la perspective d'un cauchemar prend l'allure d'un privilège.

On s'approche du bureau réservé aux lettres A à E. En gros, c'est une petite table avec un costard derrière.

— Vos papiers de réaffectation, ordonne-t-il.

Un garde exclusif, posté à côté de lui, détourne la tête pour éviter de croiser notre regard. Comme tout le monde. Je me demande si ça fait partie de leurs consignes officielles : surtout ne pas regarder les musulmans dans les yeux.

Mon père lui tend les documents qu'on nous a remis à la maison. *La maison*. Ça me perturbe rien que d'imaginer ce qui est en train de s'y passer. Les costards sont-ils en train de la saccager ? de détruire nos affaires ?

Le type saisit nos trois cartes et les place sur une petite borne qui ressemble à un lecteur de passeports biométriques. Puis il nous les rend.

— Vous pouvez entrer. Rendez-vous au guichet numéro 3 pour votre identification. C'est tout de suite sur votre droite.

On entre donc dans Union Station en compagnie d'une foule anonyme. Il y a au moins une centaine de personnes qui font la queue aux guichets et qui cherchent en vain du regard un endroit qui ne leur renvoie pas à la figure cette douloureuse réalité qui est désormais la nôtre. Tout le monde a un bagage à la main et une expression hébétée. Soudain un pleur brise le silence. Alors des sanglots retentissent dans un petit groupe, puis un autre. Le claquement des claviers continue ; ni les machines ni ceux qui les commandent ne se laissent émouvoir par les larmes. Deux enfants, des tout-petits, courent dans tous les sens sans se rendre compte de ce qui se passe. Un bébé hurle. Ma mère m'a raconté qu'elle savait toujours ce que mes pleurs signifiaient, parce qu'ils étaient différents selon que j'avais faim, que ma couche était pleine, que j'étais fatiguée ou que je voulais qu'on s'occupe de moi. Un hurlement, en revanche ? Ma gorge se noue, et les larmes me montent aux yeux. Ces enfants, ce bébé… ils ne se doutent pas de ce qu'ils sont sur le point de perdre. À vrai dire, moi non plus. Qui sait ce qui se passe, exactement, à part qu'ils sont venus nous arrêter chez nous et qu'ils s'apprêtent à nous mettre dans un train pour… quelque part ? Je tape du talon sur le sol en mosaïque de marbre. Puis je recommence, plus fort. Je frissonne. Ce lieu est une tombe.

Le costard autoritaire du guichet numéro 3 replie l'index pour nous faire approcher. Mon père lui tend nos cartes à QR code. Le costard saisit ma main gauche et tente de la tirer vers lui, mais je recule vivement, en réflexe à ce contact dont je ne veux pas. L'homme lève les yeux et croise mon regard, la mâchoire crispée. Puis il se tourne vers mon père, et j'ai l'impression qu'il va appeler un garde. Mon père me prend la main et la donne au costard.

— Elle accepte.

C'est ce qu'il lui dit. J'en reste bouche bée. Ce sont les mots qu'il emploie. « Elle accepte. » On va obéir. On promet de coopérer. On ne vous posera pas de problème. Ne nous faites pas de mal. Voilà ce que veut dire mon père.

L'homme se racle la gorge puis hoche la tête.

— Nous devons inscrire votre identifiant à l'intérieur de votre poignet.

Je referme la bouche puis tourne la main, paume vers le haut. Que puis-je faire d'autre ? Il s'en saisit et la place dans une machine noire qui aurait presque l'air capable de me sortir un expresso.

— Ne bougez pas.

Un rectangle métallique de trois centimètres de long vient appuyer sur la chair tendre de mon poignet et y reste quelques secondes. Quand il se replie, je ne vois rien. C'est un tatouage ultraviolet, de l'encre invisible. C'est permanent, nous explique l'homme de sa voix d'automate.

Il ne croise plus mon regard – pas plus que les autres. Il marque mes parents puis nous donne nos billets de train et précise bien qu'on doit s'asseoir aux places qui nous ont été assignées et pas ailleurs. Tandis qu'on se dirige vers le quai, je me tiens le poignet comme si quelqu'un m'y avait donné un coup de couteau. Je l'approche de mon visage puis l'éloigne en plissant les yeux. Je l'oriente vers les lumières fluorescentes qu'on passe dans le couloir. Je ne sens rien ; je ne vois rien. Pourtant la marque est bien là, à jamais. Je frotte la peau délicate jusqu'à ce qu'elle soit toute rouge.

Le quai est bondé, mais personne ne se bouscule. L'Autorité nous a fait passer l'envie de remuer. On a trop peur. Une voix forte et monotone nous livre des instructions dans le haut-parleur.

— Rendez-vous directement au wagon qui vous a été assigné. Avant de monter, présentez votre poignet gauche afin d'être scannés. Asseyez-vous à la place qui vous a été assignée. L'Autorité exclusive vous remercie pour votre coopération.

Ma mère me prend la main tandis qu'on monte dans le wagon. J'essaie de me libérer, mais elle m'agrippe de toutes ses forces. Je regarde autour de moi et secoue la tête, comme pour dissiper ma surprise. C'est un train tout bête. J'ignore à quoi je m'attendais. Je tends le cou. Un tapis en caoutchouc couvre l'allée centrale, flanquée de chaque côté de trois fauteuils bleu marine. Les vitres embuées et toutes rayées permettent à peine de voir le quai mal éclairé. Une odeur de vanille artificielle flotte dans le wagon – le genre de truc qu'on vaporise quand on a des animaux ou qu'on vient de cuisiner quelque chose qui sent fort. C'est un train banal, conventionnel, qui n'avait sans doute pas revu une gare depuis que l'État de Californie est passé au tout grande vitesse. Il y a des fauteuils dans ce train. Ce ne sont pas des wagons à bestiaux comme ceux que j'ai vus dans mes manuels d'histoire, qui conduisirent à leur mort des millions de personnes. Pourtant on monte là-dedans sans clairement savoir où on va, ou ce qui nous attend au terminus. Je me sens écrasée, comme quand on a étudié *Les Sorcières de Salem*, l'an dernier. J'étais stupéfaite du sort réservé à Giles Corey, supplicié à force de pierres accumulées sur sa poitrine, une par une, pour le forcer à reconnaître qu'il était coupable de sorcellerie. Pourtant il refusait de parler, sinon pour réclamer « plus de poids ». C'est pareil dans ce wagon, où il m'est tellement difficile de respirer. Nous sommes accablés par la peur, par la haine et par la loi.

Les dix ou douze personnes assises dans cette voiture sont comme moi, dociles, obéissantes, déterminées à ne pas descendre du train en hurlant pour aller se jeter dans les bras des gardes exclusifs avec leurs gros fusils d'assaut. Personne ne parle. Ma langue est sèche comme du bois.

On trouve nos places : 18A, B et C. Je me glisse vers la vitre, ma mère au milieu, et mon père côté couloir. Ils rangent leurs bagages au-dessus de nos têtes, et je cale le mien sous le siège devant moi.

Soudain je me rappelle un poème et me penche vers mon père.

— « Il y avait un homme à langue de bois/Qui s'évertuait à chanter… »

Je m'interromps pour que papa puisse terminer cet extrait de Stephen Crane, mais il se borne à me tapoter le bras avant de se détourner. C'est notre petit jeu, à tous les deux : l'un de nous énonce le début d'un poème, et l'autre doit prendre le relais. C'est une variante d'un jeu urdu qui s'appelle *bait bazi*, où une personne récite un vers et où le joueur suivant doit renchérir par un vers d'un autre poème, mais dont le premier mot commence par la dernière lettre du vers cité en premier. Quand j'étais petite, ça me paraissait complètement impossible, alors mon père a un peu modifié les règles. Sauf que, là, il n'a pas envie de jouer, et je me demande ce qui m'a pris. Pensais-je vraiment qu'un bout de poème arrangerait les choses ? Malgré tout je me murmure la suite.

Il y avait un homme à langue de bois
Qui s'évertuait à chanter,
Et c'était vraiment lamentable.
Mais il y avait une oreille
Qui entendait le cliclaquement de cette langue de bois
Et qui devinait ce que l'homme
S'essayait à chanter.
Et le chanteur s'en contentait.

Mon père a peut-être eu raison de refuser ce poème. J'imagine toujours David dans le rôle de l'oreille qui devine ce que j'essaie de chanter, et maintenant je l'imagine devant la porte de la maison, à appuyer sur la sonnette comme un fou et à en écouter l'écho dans le grand salon vide. Je referme les bras autour de moi et je me tourne vers la vitre, vers l'obscurité. Mon reflet me rend mon regard, mais je me reconnais à peine.

Une secousse, et on s'éloigne de la gare. Ma mère cache son visage dans ses mains, et des sanglots étouffés montent de plusieurs sièges dans le compartiment. Mon père prend ma mère dans ses bras, dépose un baiser dans ses cheveux et murmure en boucle :

— Je suis désolé.

Je pose une main sur le verre sale et regarde la ville se fondre dans la brume. Quand on passe près de Santa Monica, j'aperçois une dernière pépite d'océan, tandis qu'un mince trait d'aube se faufile dans le noir avant que les rails nous conduisent vers l'intérieur des terres, vers le nord, puis l'est, puis de nouveau le nord. Le dernier terrain de golf à la luxuriance outrageusement arrosée cède la place aux rochers et aux buissons bas du désert. On passe près de *Vasquez Rocks*, et mon cœur se fige un instant quand je repense à David et à toutes les randonnées qu'on a faites dans ce massif, parmi les pierres anciennes, les dalles dressées vers le ciel comme autant de pics sévères perçant l'azur. Une fois on a pris un sentier moins connu que le *Pacific Crest Trail* et on l'a suivi jusqu'à un chemin de crête d'où on a découvert un plateau de tournesols dorés. On a passé l'après-midi dans une solitude idyllique et on est redescendus à la lueur du crépuscule, une couronne de fleurs jaunes légèrement flétries juchée sur mes cheveux noirs. C'était une journée parfaite. Je ne savais pas, alors, que ce souvenir serait un cadeau.

Le train cahote et ralentit, ramenant mon attention au présent, avant de reprendre de la vitesse. Ma mère a posé la tête sur l'épaule de mon père, dont les paupières déjà lourdes se ferment lentement. On n'a pas dormi depuis hier. J'imagine que les autres non plus. Il ne s'est écoulé que quelques heures depuis qu'ils sont venus nous tirer de chez nous, mais chacun de ces horribles moments m'a paru distendu, allongé bien au-delà de ce qui devrait être possible. C'est comme si nous tous, qui occupons ce train, étions les cobayes d'une expérience pratique de la relativité d'Einstein. L'ensemble des citoyens américains est parti voyager dans l'espace à la vitesse de la lumière, sauf nous. On nous a laissés là, condamnés à vieillir, harnachés à l'impitoyable gravité de la Terre.

Je devrais fermer les yeux, me reposer pour mieux faire face au monde inconnu qui nous guette, mais je ne tiens plus en place. J'ai besoin de bouger. Je me faufile sans réveiller mes parents et je m'engage dans l'allée centrale en direction du wagon suivant et des toilettes. Quelques têtes se retournent sur mon passage. D'autres ne s'en donnent pas la peine, mais tous ceux et celles qui n'arrivent pas à dormir ont le même regard vitreux, les mêmes yeux rougis.

J'appuie sur le gros bouton rectangulaire qui ouvre la porte intérieure et je passe dans le vestibule métallique qui relie les wagons pour gagner la voiture suivante. Elle a l'air vide, à l'exception de deux hommes qui somnolent à l'avant.

Je fais encore quelques pas. Un des deux hommes remue, et je le vois mieux.

Merde ! un garde.

J'ai à peine le temps de paniquer. Vite, je tourne les talons en espérant qu'il ne m'ait pas remarquée ou qu'il pense avoir rêvé. J'ouvre la porte et repasse dans le vestibule. Une brève secousse suffit à me donner le tournis. Il faut que je m'asseye, tout de suite. Mais, en même temps, j'éprouve une soudaine rage, parce que… pourquoi devrais-je ressentir cette panique maladive alors que je voulais simplement me lever, me dégourdir les jambes et peut-être aller faire pipi ?

La porte se rouvre dans mon dos. Je fais face au garde, un type trapu au bronzage tellement agressif qu'il en est presque orange. On est tout seuls dans le vestibule de métal tandis que le désert défile par la petite fenêtre.

— Pourquoi n'êtes-vous pas à votre place ? demande-t-il.

Je recule, instinctivement. Je trébuche un peu mais recouvre mon équilibre.

— Je… euh… je cherchais les toilettes, dis-je en bredouillant.

Il plisse ses yeux d'un brun clair et crispe la mâchoire, mais son regard semble me traverser, comme si je n'étais pas vraiment là.

— On vous a pourtant donné l'ordre de rester à votre place.

Il parle lentement, en articulant chaque mot, brûlant d'une rancœur contenue.

— Désolée, je pensais que…

— Vous pensiez quoi ?

Il fait un pas vers moi.

Je recule encore pour me rapprocher de l'autre porte, celle qui me ramènera à mon wagon, où je serai en sécurité. « En sécurité » ? Je me reprends aussitôt, parce qu'il n'y a plus de sécurité qui tienne pour moi. Soudain je suis terriblement consciente de l'étroitesse de cet espace et du vacarme des roues du train sur les rails ; je me demande si on m'entendra crier.

La porte s'ouvre une fois de plus dans le dos du garde. Son collègue de l'Autorité exclusive, un grand type aux épaules larges, entre dans le vestibule. *Oh, non !* ils sont deux, maintenant, et je n'ai aucun moyen de fuir. J'ai les mains qui tremblent. Je ne peux pas appeler à l'aide, parce que les garants de l'ordre dans ce train sont précisément ceux dont j'ai peur. Je voudrais hurler et pleurer, tambouriner contre les parois de métal.

— Qu'est-ce qui se passe ici ? demande le plus grand des deux.

Ses cheveux d'un blond terne sont coupés court. Il tient dans ses mains la casquette couleur sable de son uniforme d'infanterie. Il a retroussé ses manches, ce qui révèle un petit tatouage à l'intérieur de son avant-bras droit. Deux flèches croisées, avec un N entre les deux. Je détourne le regard pour qu'il ne voie pas que j'ai remarqué.

Le petit trapu se met au garde-à-vous. Il faut croire que, même au sein de l'Autorité exclusive, il y a une hiérarchie.

— Cette internée avait quitté son siège, mon caporal.

Ce mot me fait l'effet d'une gifle. « Internée ». Est-ce là ce que nous sommes devenus ?

Dis quelque chose. Il faut que je me force à parler. Si je ne me défends pas, personne ne le fera à ma place.

— Je suis désolée. Je cherchais les toilettes.

Tatouage à Boussole m'étudie en plissant légèrement les yeux. Je me mords la lèvre et regarde mes chaussures. Est-ce que je tremble ? J'en ai bien l'impression.

Il se racle la gorge.

— Je pense qu'on peut laisser couler pour cette fois, soldat.

— Mon caporal, les internés ont reçu des ordres formels, tout comme nous.

— Ce n'est pas pour rien qu'il y a des toilettes dans ce train. On ne peut quand même pas les empêcher d'avoir des besoins naturels, si ?

Le petit trapu me jette un regard mauvais, se dandine d'un pied sur l'autre puis se tourne vers son supérieur et redresse les épaules.

— Non, caporal.

Normalement toute conversation comprenant les termes « besoins naturels » et moi dans la même phrase suffirait à me faire rougir de honte, mais pas là. J'enrage que mon accès à des toilettes soit remis en question et restreint.

— Vous pouvez retourner à votre place, soldat.

— À vos ordres, mon caporal.

Le garde tourne les talons. Je regarde la porte se refermer derrière lui.

— J'ai toujours besoin d'aller aux toilettes, dis-je.

J'ignore pourquoi, d'ailleurs. Je n'ai même pas vraiment envie de faire pipi. Pourtant je me sens presque obligée d'affirmer ce droit qui est le mien. Si je dois mourir pour une cause, celle-ci est peut-être stupide, mais tant pis.

Tatouage à Boussole hoche la tête.

— D'accord, mais dépêchez-vous. Ensuite retournez à votre place et restez-y.

Je n'arrive pas à savoir si c'est une mise en garde ou une menace.

Jusque-là j'ai évité de le dévisager mais, avant de ressortir, je lève les yeux vers lui. Il soutient mon regard.

Mise en garde ? ou menace ?

CHAPITRE 6

Independence, Californie. La ville où on débarque du train en route pour notre internement s'appelle Independence. L'ironie de ce nom me révolte, tout comme le beau ciel bleu. Ce jour mériterait des nuages sombres et des orages. Une nuit permanente. Sauf que la Terre, le soleil et la lune continuent leur chemin, sans se soucier de nous.

Une voix forte nous aboie dessus depuis le haut-parleur.

— Restez avec votre famille. Vous serez orientés vers les bus qui vous conduiront au camp Mobius en fonction de votre numéro d'identification. Montrez votre poignet gauche à la sortie de la gare. Procédez dans le calme et dans le respect de l'ordre.

Le camp Mobius ? C'est donc comme ça qu'ils l'appellent ? Ils lui ont donné un nom, comme si c'était une colonie de vacances et pas une prison.

— On est dans le premier groupe. Allons nous mettre dans la file, déclare mon père en avançant, l'air sonné.

— Comment pouvez-vous rester aussi calmes ? leur dis-je dans un sifflement.

Ce n'est pas leur faute, mais je suis fatiguée, plus rien n'a de sens, et j'ai besoin d'entendre une forme d'explication – n'importe laquelle.

Ma mère me saisit le coude.

— Ça suffit, Layla, lance-t-elle d'une voix discrète mais sans douceur. Ne va pas croire qu'on est en train de méditer tranquillement. Si on se tait, c'est pour éviter de se faire tirer dessus, tu comprends ?

— Ils ne vont pas nous tirer dessus. On est tous citoyens américains. Ils n'ont pas le droit.

— Notre propre gouvernement nous envoie en prison à cause de notre foi religieuse, lance une voix dans mon dos. (En me retournant, j'aperçois une fille qui doit avoir le même âge que moi.) Ils peuvent nous faire ce qu'ils veulent. Ils ont tous les droits. On vit dans le meilleur des mondes.

— On n'a pas encore étudié Huxley, dis-je. Qu'est-ce qui se passe, dans ce bouquin ?

— Je ne voudrais pas te le spoiler, rétorque-t-elle avec un grand sourire.

Elle me plaît déjà.

— J'apprécie ta détermination à ne pas trop en révéler sur un chef-d'œuvre de la littérature du siècle dernier.

— Je suis très fière de ma croisade contre les spoilers.

Je ris doucement.

— Tu veux dire que tu ne me révélerais pas le thème central du prochain *Star Wars* même si tu le savais ?

— Jamais de la vie, mais ils ont intérêt à se concentrer sur Lando.

— C'est clair. Au fait, je m'appelle Layla.

— Moi, c'est Ayesha, première du nom, protectrice des rebondissements, mère des dragons, et musulmane bientôt internée.

— Si en plus tu es indienne, ça nous fait deux choses en commun. Les dragons, par contre…

— C'est *Le Trône de fer*. Tu ne l'as pas lu ? ou vu la série ?

Je fais « non » de la tête.

— Tu rates quelque chose. En fait, je suis pakistanaise, mais bon, une *desi* est une *desi*.

— Montrez votre poignet, lance un garde exclusif.

J'avance un peu et tends le bras gauche. Je me sens toute nue. Le garde passe une lampe à U.V. au-dessus de ma peau, et un petit code-barres fluorescent apparaît juste en dessous de ma main, un numéro qui n'appartient qu'à moi, 0000105. Le scan ne me fait pas mal, pourtant j'ai l'impression d'avoir été marquée au fer rouge. Sur un signe du garde, je me dirige vers le bus de ramassage scolaire, où je monte en compagnie de mes parents. On se serre sur une banquette vers le milieu. Ayesha, son petit frère et ses parents passent à côté de nous.

— On se verra à l'arrivée, me dit-elle.

Il n'y a personne sur l'autoroute qui mène d'Independence au camp Mobius, à part la petite caravane de bus qui s'enfonce dans le désert. Le paysage est désolé mais d'une beauté indéniable. Le ciel d'un bleu limpide contraste avec les sommets enneigés de la Sierra Nevada. Et puis le soleil brille. Presque trop fort. La nature se moque-t-elle de nous ? Elle sait se montrer destructrice, certes, mais son pouvoir dévastateur est également amoral. Quand des gens meurent au cours d'une tempête, ils font partie des dégâts au même titre que les lampadaires, les voitures ou les maisons. Ils s'ajoutent aux conséquences accidentelles d'un vent violent, d'un courant ou d'une vague. Contrairement aux humains, la nature ne se venge pas. Pourtant la beauté toute simple de ces montagnes, sous ce ciel bleu ensoleillé, me donne l'impression que la nature est complice de la trahison de mon pays.

Au bout de dix petites minutes les bus passent devant Manzanar, l'ancien camp d'internement des Américains d'origine japonaise. C'est un endroit désolé. Je frémis en lisant le panneau de bois tout usé qui annonce : « Manzanar – camp de relocalisation en temps de guerre ». Toutes les têtes se tournent, et je suis frappée par l'immensité de l'espace. Nous sommes dans le désert, entourés uniquement de terres vides et de centaines d'hectares délimités par une bête clôture en bois. Je remarque quelques baraquements, et un panneau qui indique où se trouve le musée ouvert au public. Ma mère m'a expliqué que c'était un site historique géré par le service des parcs nationaux mais que, il y a de ça un mois ou deux, les parcs nationaux ont perdu leur financement, et plusieurs sites ont dû fermer. Je me retourne pour y jeter un dernier regard. Un drapeau américain tout déchiré flotte encore au sommet d'un mât. Le paysage a l'air sépia à l'exception de ce drapeau, auquel il reste quelques bandes de rouge fané et un champ bleu sous les étoiles.

On s'éloigne. Les baraquements frêles et abandonnés de Manzanar continuent d'occuper mon esprit. Est-ce comme ça que nous allons vivre à partir de maintenant ? Il y a une tache de sueur en forme de main sur ma cuisse droite. Je sens la panique et l'angoisse qui émane par vagues silencieuses de tout le monde dans le bus. J'ai l'impression qu'aucun d'entre nous ne croit vraiment à ce qui nous arrive.

Les bus ralentissent lorsqu'on approche d'un périmètre délimité par un grillage d'au moins cinq mètres de haut, surmonté sur toute sa longueur de barbelé rasoir. Des miradors se dressent sur fond de ciel bleu, des gardes armés de fusils d'assaut nous surveillent d'en haut. C'est une prison. Je ferme les yeux et sens la main de ma mère se serrer autour de la mienne. Je l'entends se murmurer une prière. Je me joins à elle.

Je me demande si les autres ont ressenti la même chose – les Nippo-Américains emprisonnés pendant la Seconde Guerre mondiale. Ont-ils eu, eux aussi, cette impression de détachement surréel, comme s'ils n'habitaient plus leur corps mais se voyaient entrer dans ce camp, tels des fantômes, l'ombre de ce qu'ils étaient avant ? Se sont-ils demandé combien de temps ils resteraient là ? Se seraient-ils doutés que ça durerait des années ? Ont-ils essayé de faire abstraction de tout ça, de cloisonner cette expérience, de se convaincre que chaque jour serait le dernier ? Parce que nous ne sommes même pas encore passés sous cette espèce d'énorme portail électronique, pourtant j'ai déjà l'impression que ma vraie vie est à des millions de kilomètres.

Des gardes exclusifs postés à l'entrée viennent inspecter l'intérieur, l'extérieur et le dessous des bus avant de faire signe aux chauffeurs. Alors le portail s'ouvre, et nous entrons dans le camp dans un nuage de poussière tel que je ne vois presque plus rien.

— Tout le monde descend ! lance le chauffeur d'un ton sec après s'être arrêté brusquement à l'intérieur de l'enceinte. Un par un. Allez vous présenter au foyer. (Il désigne le monstrueux cube gris planté au milieu du camp.) Indiquez votre nom de famille, et on vous attribuera vos quartiers d'habitation.

Tels des zombies en laisse, nous avançons par centaines vers le plus gros bâtiment du site. Les familles restent groupées en petites grappes enlacées. On voit beaucoup de peaux brunes et noires, comme à la sortie d'une mosquée. Il y a également ici des musulmans qui pourraient passer pour des Blancs, d'ascendance arabe ou perse, peut-être – Blancs, mais sans le bagage de privilèges.

Un détail flagrant s'impose, en revanche. De même qu'à la gare, chaque homme armé est blanc, et pas du blanc des Bosniaques, par exemple – le genre de blanc qui pense que c'est avec des camps d'internement que l'Amérique va retrouver sa grandeur passée.

Le foyer est signalé par un drapeau américain qui claque dans le vent, trente mètres au-dessus du sol, et par de grosses lettres en plastique noir au-dessus de la porte : Mobius. Des bureaucrates de l'Autorité exclusive tournent en rond, rivés à leurs téléphones, parmi une forte présence de gardes armés. Je vois quelques types entrer et sortir d'une sorte de préfabriqué gris attenant au foyer. Des bureaux, peut-être ? Tandis qu'on s'approche du bâtiment, je commence à mesurer l'étendue du camp, dont l'immense clôture surmontée de lames acérées court sur des kilomètres, ponctuée de caméras qui traquent nos moindres mouvements. Il y a aussi de longues rangées de mobil-homes. J'en ai déjà vu des comme ça à la télé. Ce sont ceux que le gouvernement met à la disposition des personnes ayant perdu leur logement lors de catastrophes naturelles. Sauf que, cette fois, la catastrophe naturelle, c'est le fait d'être musulman.

Ma vision se brouille. Je cille face aux nuages de poussière, et mes genoux menacent de céder sous moi. Je me rattrape au bras de mon père. Tous ses muscles sont crispés. Il ajuste son sac à dos. Ma mère et lui se tiennent la main, et je les vois échanger un regard. Ils sont exténués. Les quelques rides qui marquent leur visage sont soulignées par cette poussière qui vole dans tous les sens. Ils ont l'air minuscules, tellement humains. Les enfants pensent toujours que leurs parents sont invincibles et omniscients, puis en grandissant ils se rendent compte qu'ils ne sont en fait que des êtres humains imparfaits, qui font de leur mieux pour se frayer un chemin dans le monde.

On doit ressembler à une colonie de fourmis, à avancer dans la poussière pour aller se fourrer dans un piège – une nappe de glu, ou peut-être un festin de poison qu'on répandra ensuite aux autres sans même s'en apercevoir. Je me mords la lèvre, sans ressentir aucune douleur. Quel est ce dicton, déjà, au sujet de l'Histoire ? Si on ne l'étudie pas, on risque de la répéter ? Il ne faut surtout pas oublier ? N'est-ce pas ça, la leçon à retenir ? Sauf qu'on finit toujours par oublier. L'oubli fait partie du tissu des États-Unis.

Un hurlement retentit non loin devant nous, suivi d'une sorte de commotion.

— NON ! NON ! NON ! crie un petit garçon.

Je le vois échapper à sa mère – je suppose que c'est sa mère –, une femme d'une quarantaine d'années coiffée d'un hidjab en turban bleu vif. Le garçon, aux cheveux châtains tout bouclés, semble avoir huit ou neuf ans. Elle lui court après et le rattrape, tout en lui parlant en arabe. La foule s'écarte d'eux. Soudain son fils la gifle. Un murmure choqué parcourt l'assistance. La femme porte la main à sa joue, et le garçon en profite pour s'enfuir. Il pousse sans ménagement quiconque se trouve sur son passage et part en courant vers le portail par où les bus sont entrés. Il ne va pas loin. Trois gardes exclusifs dégainent leur arme et le mettent en joue. Un gamin. Ils visent un gamin. Un quatrième garde le tacle et le plaque au sol. Je suis figée, physiquement incapable de bouger. L'action se passe au ralenti. J'entends le hurlement étouffé de la mère tandis qu'elle fend la foule en bousculant quelques personnes sur son passage, dont quelques-unes trébuchent et s'affalent en maugréant, ce qui ne fait qu'ajouter au chaos ambiant.

— Pitié ! Ne lui faites pas de mal ! Il ne comprend pas, crie la mère.

Elle tente d'agripper le garde qui maintient son fils contre terre. Il la repousse brutalement, et elle tombe à la renverse. Un des autres gardes se détourne du gamin et la met en joue, elle. Le petit sanglote. Les pleurs aigus de la mère résonnent dans tout le camp et jusqu'aux montagnes qui se dressent au loin. Puis un autre homme – le type du train, Tatouage à Boussole – s'approche. Il dit quelque chose que je n'entends pas puis pose une main sur l'épaule du garde qui immobilise le garçon. Le garde acquiesce et relâche sa proie. Boussole aide le gamin à se relever. La mère se précipite vers son fils, à genoux, et le serre tendrement dans ses bras pour le protéger, en s'écartant de Boussole. Ce dernier ne la frappe pas, ne porte pas la main à son arme. Il se penche pour murmurer quelque chose à son oreille et lui saisit le coude pour la remettre debout. Elle s'essuie les joues tout en gardant un bras autour des épaules de son fils. Le visage de ce dernier n'affiche plus la moindre expression. Sans un mot, la femme le reconduit à leur place dans la file, et la foule, parcourue de chuchotements, les laisse passer.

Les gardes rangent leur arme, et l'un d'eux lance :

— Le spectacle est terminé !

Et on reprend notre chemin, comme du bétail, en direction du foyer.

« Le spectacle est terminé. » Un « spectacle ». Comme si notre détresse tenait du divertissement.

Je jette un coup d'œil au garde tatoué, puis à son arme. Il croise mon regard, m'adresse un signe de tête puis se dirige à grandes enjambées vers un homme en costume noir qui a assisté à la scène, non loin de là. Il a le visage tout rouge, mais pas comme après un coup de soleil. On dirait plutôt que sa cravate l'étouffe. Qui s'habille en costume-cravate en plein désert, aussi ?

Quand je me retourne vers mes parents, je vois qu'ils ont les joues striées de larmes, tous les deux. On se remet en rang et on avance lentement. Personne ne parle. Nous sommes tous muets comme des tombes. Je prends une inspiration tremblante, puis une autre. Je me récite doucement la prière de Nanni. Je suis tellement contente qu'elle ne soit pas là pour voir ça… J'essaie de puiser du réconfort dans son souvenir, mais, au fur et à mesure que je prononce les paroles familières, mes muscles se tendent et mon souffle se fait bruyant. Alors je recommence, mais sans retrouver le côté méditatif que je recherche. Le *dou'a* ne parvient pas à me calmer ou à apaiser ma colère.

Nos pensées et nos prières. Combien de fois ai-je entendu ces mots dans la bouche d'hommes et de femmes politiques ?

Aurora.

Orlando.

Las Vegas.

Sandy Hook.

Umpqua.

Virginia Tech.

San Bernardino.

Sutherland Springs.

Parkland.

Santa Fe.

Je n'ai aucun repère m'indiquant ce que je devrais éprouver ou penser. Pourtant je sais que ni les pensées ni les prières n'ont pu sauver tous ceux et celles qui se sont fait tuer au cours de ces nombreuses fusillades. Elles ne vont pas nous aider non plus. Les prières ont leurs limites. Je me rappelle autre chose que disait souvent ma *nanni* : *« Il est important de prier, mais tu ne dois pas seulement prier pour obtenir ce que tu veux. Tu dois agir. »*

On va se ranger devant le foyer en fonction de notre nom de famille et on passe le contrôle de sécurité – des portiques et des scanners à bagages comme dans un aéroport, mais avec un billet pour nulle part. Ensuite on entre dans la salle principale, où des dizaines de tables ont été alignées le long des murs pour qu'on aille s'y inscrire. Je m'imprègne de ce cauchemar étrange. Je visualise le camp, avec cet énorme portail bien gardé qui semble en être l'unique point d'accès, avec son grillage et ses miradors à perte de vue. Et puis il y a les gens. Partout, ils ont tous l'air aussi abasourdis que moi. On se croirait aux Nations unies des internés. Jeunes et vieux. Noirs et bruns. Coiffés de hidjabs ou de *kufi*, vêtus des tenues traditionnelles de leurs régions ancestrales ou, pour beaucoup, en jeans, tee-shirts, shorts et chemises. Pourtant nous sommes tous citoyens des États-Unis, contraints à ce voyage sans but au cœur du désert. Les musulmans qui n'ont pas la nationalité américaine sont condamnés à un périple encore plus long – déportation, annulation instantanée de tout visa, de toute *green card*, d'un coup de plume présidentielle. Leur sort est peut-être plus enviable que le nôtre, en fait. Ils ont d'autres pays où aller tenter leur chance. Pour ceux d'entre nous qui sommes nés ici, les États-Unis sont l'unique patrie que nous ayons jamais connue. Les foules hystériques qu'on voit à la télé et qui nous crient de « rentrer chez nous » ne paraissent pas comprendre que c'est ici, chez nous.

Enfin c'est notre tour de nous enregistrer et de nous voir attribuer une résidence. Une femme aux cheveux auburn tirés en un chignon serré et aux lèvres rouges et pincées se penche vers l'écran de son ordinateur portable pour y lire les informations livrées par nos codes-barres.

— Ali, Sophia et Layla Amin.

Elle déclare ça sur un ton affirmatif mais semble attendre une réponse de notre part. Face à notre silence elle nous toise d'un regard dur.

— Oui. Je suis Ali. Voici ma femme, Sophia, et notre fille, Layla.

Mon père pose la main sur l'épaule de ma mère, puis sur la mienne, comme s'il nous présentait à un gala.

— Vous êtes assignés à la maison Mercury numéro 17, secteur numéro 2, déclare la femme en nous tendant trois cartes magnétiques. La réunion d'orientation obligatoire aura lieu à 17 heures précises dans l'auditorium du foyer.

— « Maison Mercury », c'est le nouvel euphémisme pour « mobil-home » ? dis-je.

La femme hausse un sourcil. Mon père me tire par le coude pour me faire reculer.

— Où se trouve le secteur numéro 2 ? demande ma mère.

— Voici un plan du camp. Vous trouverez un dossier intitulé « règlement intérieur » sur la page d'accueil de la borne numérique de votre logement. Tâchez de vous familiariser avec le contenu de ce document.

Je passe le doigt sur mon fin collier, avec son symbole de l'infini, en imaginant mon téléphone entre les mains d'un inconnu, ou peut-être déjà détruit. Toutes mes photos avec David, mes selfies avec l'équipe de tennis… perdus. Où que je regarde, je vois des hommes armés en uniforme. C'est terrifiant, pourtant je sens aussi la rage qui me prend à la gorge.

— Est-ce qu'on a un téléphone dans notre mobil-home ? Même les prisonniers ont le droit à des coups de fil, dis-je.

— Layla.

J'entends la peur dans la voix de mon père.

— Vous avez le droit de passer des appels pré-approuvés. Les téléphones se trouvent dans la zone détente du foyer. (La femme désigne un couloir qui part d'un bout de la salle où on se trouve.) Vous pouvez faire une demande afin de les utiliser, sous réserve d'approbation. Tout ça vous sera expliqué lors de la réunion d'orientation.

— Est-ce qu'on a le droit de manger aussi ? renchéris-je.

J'ai l'estomac qui gronde depuis qu'on est descendus du bus, et ça n'arrange rien à mon irritation.

La femme pousse un bruyant soupir. Je mets sa patience à rude épreuve.

— Des paniers-repas vous attendent près de la sortie.

— Et les actualités ? Comment va-t-on rester informés de ce qui se passe en dehors de… euh…

— MO-BI-US.

Elle articule le nom du camp d'une voix forte, avec une lenteur exagérée, comme si elle s'adressait à des étrangers.

— On parle tous la même langue que vous, vous savez.

— Layla, lance sèchement ma mère en me prenant la main.

La femme me jette un regard noir mais ne relève pas ma remarque. Elle continue sur sa lancée.

— C'est le directeur qui décide des informations à diffuser au sein de Mobius et qui vous permet d'y accéder grâce à la borne numérique de votre logement. Toutes les réponses à vos questions vous seront fournies lors de la réunion d'orientation. (Elle regarde derrière moi, visiblement agacée.) Aux suivants !

On reste plantés là un instant sans bien savoir quoi faire. L'incompréhension et la colère de centaines de personnes envahissent la grande salle et alourdissent l'air au point de le rendre irrespirable.

— Aux suivants ! répète la femme en hurlant presque.

On ressort du foyer pour se retrouver au grand jour. Je lève les yeux, une main en visière. Un petit drone se promène au-dessus de nos têtes. Il s'immobilise un instant, comme s'il me regardait, puis s'élance vers l'homme rougeaud en costume-cravate, occupé à s'éponger le front. Le drone est un objet ellipsoïde d'un rouge métallisé mais, alors qu'il s'approche de l'homme, trois pieds noirs se déploient, lui permettant de se poser verticalement, comme une araignée mécanique qui viendrait de sauter à terre. Puis il emboîte le pas à l'homme, comme un petit chien. Il y a des drones partout, maintenant, mais je n'en avais encore jamais vu de comme ça. On dirait presque qu'il est vivant.

Les maisons Mercury sont regroupées en secteurs de deux rangées de huit, toutes identiques, beiges avec une bande blanche autour des fenêtres et trois marches en aluminium qui mènent à la porte blanche ornée d'un numéro. Une petite plaque métallique près de la poignée annonce « MAISON MERCURY ». J'éclate de rire en imaginant le gouvernement en train de racheter ces caravanes à une entreprise qui espérait viser une clientèle hipster. Elles n'ont pas le joli look rétro de certains modèles récents, mais je suis sûre qu'on doit en trouver sur Airbnb, pour les gens qui ne veulent pas réellement passer des vacances de prolétaires mais qui aimeraient s'en donner l'air. Sauf que les ventes n'ont pas dû être à la hauteur de leurs attentes pour que tous ces mobil-homes se retrouvent changés en sorte de *glamping* carcéral. Ma mère passe la carte devant la serrure électronique, et on entre.

Je regarde autour de moi. La bile me monte à la gorge. Les maisons Mercury valent sans doute mieux que les baraques précaires qu'on a vues en passant devant Manzanar. C'est une caravane, mais ce n'en est pas moins une prison. La pièce principale rassemble cuisine, salon et salle à manger. C'est un espace austère, exigu. J'ai l'impression que, en mètres carrés, c'est plus petit que le salon de notre maison, et j'en déduis qu'on va vite se sentir méchamment à l'étroit.

Ma mère dépose les déjeuners que nous a offerts le camp sur la petite table, renifle puis se frotte le nez. L'intérieur empeste l'eau de Javel. Je me demande ce qu'il a fallu désinfecter comme ça.

Mon père se racle la gorge puis va ouvrir une des fenêtres rectangulaires qui surmontent le canapé aux banquettes de vinyle marron. Sauf qu'il l'a à peine soulevée de quelques centimètres quand il se prend des poussières dans l'œil et la referme aussitôt. Ma mère lui dit de s'asseoir pour qu'elle puisse regarder son œil. Le vinyle couine sous son poids.

Je sors un sandwich. Beurre de cacahouètes et confiture sur du pain de mie blanc. Évidemment. On ne fait pas plus américain. Je le dévore en trois bouchées.

Puis je traverse l'étroite cuisine pour aller ouvrir deux portes voisines.

— J'ai trouvé les chambres !

Je n'avais pas besoin de crier. Mes parents ont beau se trouver à l'autre bout de la « maison », ils ne sont qu'à trois enjambées de moi.

Ma mère m'adresse un signe de tête. Mon père n'a pas l'air aveuglé par la poussière, mais ses yeux restent larmoyants. Ceux de ma mère aussi. Ça me fait mal de les voir comme ça. Ils ont l'air vieux, fatigués, comme s'ils avaient fait le chemin à pied depuis la maison. Depuis notre vraie maison. Notre seule maison. Je me souviens d'un article que j'ai lu sur des gens qui se trouvent… pas exactement dans notre situation, mais qui se voient forcés de quitter leur foyer, de s'arracher à chez eux, et qui arrivent parfois à en tirer parti, à préserver dans leur cœur le sentiment d'être chez soi, même si ça ne correspond plus à un lieu particulier. Sauf que je m'y refuse. J'en suis incapable. J'aurais l'impression de trahir ma vie d'avant et de me trahir, moi. Je sais où c'est, chez moi, et ça ne sera jamais ici. Le gouvernement s'est donné le droit de nous voler nos vies, mais il ne peut pas s'approprier nos pensées.

Je ferme les yeux une seconde et prends une inspiration tremblante.

Puis je regarde dans les deux chambres. Celle de gauche a un lit double, et celle de droite a deux couchettes superposées.

— Je crois que la vôtre c'est celle-ci, dis-je en désignant celle de gauche. Enfin, sauf si vous voulez les lits superposés.

Mes parents m'adressent un sourire forcé. Ils ont à peine échangé deux mots depuis qu'ils se sont assis. Je suppose qu'ils voudraient me dire quelque chose de… je ne sais pas… de parental, mais ils sont sans doute comme moi. J'ai l'impression d'être pleine de trous.

J'entre dans la chambre de droite.

Les couchettes métalliques sont calées contre un mur. Les matelas et les oreillers sont recouverts de plastique. Le mur d'en face est percé d'une fenêtre carrée qui donne sur les montagnes au loin. En dessous il y a une chaise en plastique bleu et un petit bureau fixé au mur, qui se déplie comme la tablette à l'arrière d'un fauteuil d'avion. À côté du bureau, il y a un petit lavabo métallique rond et, dans le coin, il y a un placard pourvu d'étagères et d'un rideau en plastique transparent en guise de porte. Je fais un tour sur moi-même en respirant profondément. L'ensemble de la pièce fait à peu près la même taille que mon ancienne salle de bains.

Et maintenant, je fais quoi ? Je n'en ai pas la moindre idée. Je sais que je dois m'occuper parce que, si je reste plantée là, je vais finir par m'effacer et cesser d'exister. Je me demande si c'est comme ça qu'ils ont fait, ces Américains d'origine japonaise envoyés dans des camps pendant la Seconde Guerre mondiale. Peut-être qu'ils ont survécu en s'accrochant aux petits gestes du quotidien, jour après jour. Se lever le matin. Compter les heures. Avaler de la poussière. Dormir. En tout cas, c'est mon plan d'action, pour l'instant. Traverser cette épreuve. Survivre à cette folie. Garder les yeux ouverts.

J'ouvre mon sac et déplie tous mes vêtements pour les replier soigneusement sur les étagères. Je laisse un peu de place pour mes affaires de toilette, puisque le lavabo est trop petit pour y poser autre chose qu'un gobelet avec ma brosse à dents. Je trouve également un endroit où ranger mes livres de poche, *Anthologie de la poésie américaine* et *Macbeth*. Ni l'un ni l'autre ne figurent sur ma liste de titres à emporter sur une île déserte, mais je n'étais pas en état de réfléchir posément quand je les ai fourrés dans mon sac. Ensuite je déchire l'emballage posé sur le lit et prépare la couchette du bas avant de mettre de côté les draps supplémentaires. Je ne sais pas comment on va s'organiser pour faire la lessive, ce qui risque de me tuer parce que j'adore me glisser dans un lit au linge tout propre. Sauf que le coton de mon trousseau d'internée n'est pas des plus doux sous mes doigts. Un miroir ovale en acrylique est accroché au-dessus du lavabo, et, en me lavant les mains je remarque que j'ai l'air toute crasseuse. C'est la poussière. Je me rince les yeux à l'eau froide puis je me frotte le visage jusqu'à ce que le gant de toilette passe du blanc au gris marron. Alors je le lave au savon avant de le suspendre au petit porte-serviettes vissé dans le mur.

Je retourne dans la pièce principale.

— Où sont les toilettes et la douche ?

Ma mère se lève du canapé et fait peut-être dix petits pas pour se rendre à la cuisine, où elle ouvre deux portes que je pensais être des placards. Derrière l'une, c'est la douche ; derrière l'autre, les toilettes.

— Je vois qu'ils n'ont pas regardé à la dépense pour nous incarcérer, dis-je.

Ma mère me serre dans ses bras. Fort.

— Si tu savais combien je suis désolée, ma chérie. On ne pensait pas que ça en arriverait là.

Je me laisse faire. Quand ma mère s'écarte, c'est avec les yeux tout brillants de larmes. J'ai envie de dire quelque chose pour l'apaiser, pour qu'elle se sente un peu moins mal, mais mon attention est attirée par une petite caméra sphérique noire fixée au plafond.

— Ils nous surveillent même à l'intérieur ? Est-ce qu'on a le droit à un peu d'intimité aux toilettes, ou est-ce qu'ils observent ça aussi ?

Je brûle d'indignation face à cette violation. Il faut que je sorte de là. J'ai l'impression que les parois de la caravane sont en train de se refermer sur moi. Je n'arrive plus à respirer.

— Je vais faire un tour. Je trouverai peut-être la buanderie.

— Je ne suis pas sûre que ce soit prudent de s'aventurer dans le camp. On ne sait pas ce que tu risques.

— Maman, arrête. Il a plein de monde dehors. Et puis il y a des gardes exclusifs partout. Je ne vais pas me faire agresser.

— Justement, ce sont ces hommes armés qui m'inquiètent, réplique ma mère.

Elle se tourne vers mon père. Il m'adresse un petit sourire qui a l'air de lui demander un effort.

— Bon, d'accord, reprend ma mère. Mais tâche d'être revenue dans une heure. Il ne faudrait pas qu'on arrive en retard à la réunion d'orientation.

J'attrape une des cartes magnétiques et la range dans ma poche arrière.

— Ne vous en faites pas.

Sans doute la chose la plus ridicule que je puisse leur dire.

Je sors, aussitôt éblouie par le soleil.

Je passe devant des rangées de maisons Mercury identiques. Il y a des enfants qui jouent dehors, soulevant des nuages de poussière tandis que leurs parents tournent en rond à proximité, les traits tirés, les yeux hantés par la peur, sans trop savoir quoi faire, ou comment être, tout simplement. Je remarque que certains d'entre eux essaient de rassurer les petits en s'efforçant de leur sourire chaque fois que l'un d'eux les regarde. Je repense à mon père, et à son sourire avant que je sorte. Il m'est complètement impossible de comprendre ce que ça doit faire, d'être un parent – de se savoir investi du devoir sacré de protéger son enfant, puis de se rendre compte qu'on n'y arrive pas et qu'on ne peut rien y changer.

— Layla ?

Quelqu'un m'appelle dans mon dos.

Je me retourne, une main en visière.

— Ayesha ?

C'est la fille que j'ai rencontrée à la gare. Elle passe une main dans ses cheveux coupés au carré et me sourit.

— Toi non plus, tu ne supportais plus de rester à l'intérieur ?

— Ce truc, c'est…

— Une tombe, dit-elle. (Elle marque une pause tandis qu'un garde passe non loin.) On est dans le même secteur, à trois caravanes de la vôtre.

Je me remets doucement en marche, et Ayesha m'emboîte le pas. Il y a des gardes armés postés au coin d'un secteur sur deux. Ils n'ont pas le doigt sur la détente, pourtant c'est l'impression que ça donne.

— Comment sais-tu où on est ?

— Il y a un répertoire dans la borne numérique, répond Ayesha avant d'écarquiller les yeux d'un air faussement horrifié. Oserais-tu insinuer que tu n'as pas encore étudié le règlement ?

Sa question m'arrache un sourire en coin.

— Je me gardais ça pour ce soir, avant d'aller me coucher. J'ai cru comprendre que c'était passionnant.

— Un vrai piège à clics.

— On a le droit d'aller où on veut dans le camp ?

— Je crois, oui. Enfin, évite de te cogner au grillage, ou tu risques d'avoir un choc. La clôture est électrifiée.

Nouveau sourire en coin.

— Je dois t'avouer quelque chose, par souci de transparence : je ne me sens pas capable de fonder une amitié uniquement sur des jeux de mots.

— Même pas des reparties qui tuent ?

— Bon, d'accord. Si tu me promets une contrepèterie de temps en temps, je veux bien.

J'ai envie de rire mais je n'y arrive pas. Ces éclats de joie spontanés me semblent bien loin, envolés. Comme une émotion fantôme. Pourtant je m'estime heureuse d'avoir au moins ressenti ça.

Deux gardes surgissent au détour d'une rangée et tournent la tête vers nous. Sans réfléchir, on part dans la direction opposée.

— Tu sais qu'il y a une caméra dans le mobil-home ? (Je ne murmure pas vraiment, mais ça m'angoisse de voir des gardes partout, alors je parle tout doucement.) Comment est-on censés se doucher ?

— Les caméras couvrent uniquement la pièce commune, ni les chambres ni les toilettes ou la douche. Et puis, apparemment, elles ne sont pas dotées de micros, mais on ferait sans doute mieux de considérer qu'ils nous écoutent aussi. C'est plus sûr. Tu n'as vraiment pas lu le règlement ?

— Non. J'étais trop occupée à explorer notre logement d'internés… et à déballer mes affaires.

— Tes affaires ? Tu veux parler des dix vêtements qu'on avait le droit d'emporter ?

— J'en ai pris douze. Je suis très forte quand il s'agit de faire tenir trop de trucs dans un sac.

— Espèce de rebelle. Tu mériterais d'avoir une émission de téléréalité. Ça s'appellerait *Valise pour l'inconnu*.

Elle plaisante. Ça me paraît à la fois naturel et complètement indécent de plaisanter. Un peu comme cette conversation, à vrai dire. La moindre syllabe me dérange, la moindre réaction sonne faux. J'ai l'impression qu'il n'y a aucun moyen de simplement exister ici ; qu'on s'est embarqués dans un périple sans carte, ni boussole, ni destination.

— Viens par là. Je crois que j'ai vu un petit jardin.

Ayesha m'entraîne le long de la grande route qui divise le camp en deux. Sur le plan qu'on nous a remis, elle s'appelle la médiane.

— Un jardin ?

— Oui, enfin je crois que ça se résume essentiellement à des rochers et des buissons.

On descend la médiane. Je dirais que c'est une route, sauf qu'il n'y a pas de véhicules dans le camp – du moins, pas pour nous. Il y a un petit parking à gauche du portail, mais, comme tout le reste, nos voitures sont restées chez nous. Ce n'est qu'en marchant en direction de ce qui constitue l'arrière du camp – du côté des montagnes, pas de la route par laquelle on est arrivés – que je me rends compte de l'étendue réelle de Mobius. Pourtant le camp lui-même paraît insignifiant au milieu du vaste désert. Il y a du bruit, mais ce ne sont pas les sons de la ville. Pas d'avion au-dessus de nos têtes. Pas de sirènes. Et puis, en dehors des enfants qui essaient de s'amuser, il y a beaucoup de silence – un silence étrange. De nombreuses paires d'yeux, occupées à regarder de gauche à droite, s'empressent de se river au sol quand passent des gardes. Des visages souillés de larmes. Des ourlets de jupes et de pantalons poussiéreux. Des gens qui déambulent sans but, un peu comme Ayesha et moi, à la recherche de quelque chose – à se demander s'il y a une issue à tout ça. Malheureusement, tout ce qu'on voit, ce sont des gardes, des armes et une clôture dont le seul rôle est de nous enfermer ici – ou, éventuellement, de nous tuer.

L'arrière du camp semble légèrement moins surveillé. Il y a toujours des hommes qui patrouillent et des miradors, mais c'est plus calme. Il y a aussi des barrières en plastique orange, comme le long des défilés ou aux abords des concerts, à intervalles réguliers entre la clôture et nous. Clairement, elles ont été disposées là pour nous dissuader de trop nous approcher du grillage et de nous faire électrocuter, sauf qu'il y a largement la place de passer entre, et elles ne m'arrivent qu'à la taille. Je pense aussitôt aux gamins. J'imagine que tous les parents vont garder un œil sur leurs enfants dans cet endroit. Je prie pour que personne n'ait la bonne idée de venir jouer à cache-cache ici. Avec un peu de chance, les panneaux plantés tous les trois mètres avec écrit « Danger – clôture électrifiée » au-dessus d'une silhouette traversée par un éclair suffiront à éloigner les adultes et les enfants.

Le gouvernement – l'Autorité exclusive – a échafaudé tout ça, ce camp immense, dans le silence le plus total. Je me demande ce qu'ils ont construit d'autre – ce qu'ils peuvent nous faire de plus, pendant que les États-Unis ont le dos tourné.

On est presque arrivées au bout : il n'y a plus que la clôture et, au-delà, le désert. Sur le côté il y a un jardin – un bien grand mot, dans la mesure où il s'agit essentiellement de quelques gros rochers entourés de buissons vert pâle, de la couleur de l'eucalyptus. Ici et là j'aperçois de longues tiges sèches surmontées de fleurs jaunes qui ressemblent presque à des plants de moutarde. Si cet endroit isolé était tout ce qu'on voyait du camp, ce serait magnifique. Les pétales jaune vif, la terre brune, le ciel bleu… Si nous n'étions pas prisonniers, ce serait un lieu paisible. Si l'Histoire n'était pas peuplée de fantômes, je n'aurais pas une telle peur de ce qui va nous arriver. Si seulement. Sauf que les « si » sont toujours trompeurs.

Ayesha se penche pour cueillir une petite fleur violette qui a poussé à l'ombre d'un affleurement tout rugueux en forme de flèche. Elle s'assied sur celui-ci et fait tourner la tige entre son pouce et son index. Je m'approche d'un autre rocher et m'agenouille devant pour en essuyer toute la poussière accumulée.

— Qu'est-ce que tu fais ?

— J'ai l'impression qu'il y a quelque chose de gravé dans la pierre. C'est peut-être un pétroglyphe.

Je ramasse une brindille pour gratter les contours que j'ai vus. Puis je me sers de mes ongles. Je meurs de soif et je me promets de ne plus m'éloigner de la caravane sans prendre un peu d'eau. Je passe la main sur les motifs et m'assieds sur le sol terreux.

— Zut ! ça ne m'a pas l'air préhistorique.

Ayesha vient s'agenouiller à côté de moi et lit par-dessus mon épaule.

— « S.A. + T.J. » Tu n'en sais rien. C'étaient peut-être des peuples préhistoriques très, très en avance sur leur temps. Ou alors des extraterrestres.

— Des extraterrestres qui gravent des petits cœurs dans la pierre en plein milieu du désert californien. Tu as raison, Rasoir d'Occam. Il faut toujours se ranger à l'hypothèse qui demande le moins de présupposés. Je vote pour les extraterrestres vandales.

Je regarde Ayesha, qui me sourit puis laisse échapper un gloussement. On éclate de rire toutes les deux. Ce n'est même pas si drôle que ça, mais j'en ai mal au ventre, et de grosses larmes coulent sur mes joues. Ayesha s'adosse au rocher en se tenant les côtes, puis elle se cache le visage dans les mains et se met à sangloter. Ses épaules en sont toutes secouées. On ne rit plus.

Ne sachant pas trop quoi faire, je pose une main sur son genou.

— Hé, ça va aller. On va trouver un moyen de sortir d'ici.

Elle renifle et s'essuie le nez avec le dos de la main.

— Un moyen de sortir d'ici ? Il n'y en a pas. Il n'y a que cette immense clôture électrifiée.

— Je sais, dis-je dans un souffle. Ne perds pas espoir. Pas encore. C'est trop tôt.

— Ne t'inquiète pas, reprend-elle en se raclant la gorge. Je sais que la peur est un superpouvoir.

— Quoi ?

— C'est mon père qui m'a dit ça, un jour, à un concours d'orthographe. Il m'a expliqué que ma peur mettait mes sens en alerte, que je pouvais m'en servir pour mieux me concentrer.

— Et alors ? Tu as gagné ?

— Non, je suis arrivée deuxième. Enfin, bon, j'étais face à un autre *desi* qui a terminé champion de Californie. (Elle m'adresse un petit sourire.) Les *desi* sont super forts en orthographe. Bref, mon père avait raison : quand j'ai peur, j'ai toujours l'impression de pouvoir repousser mes limites.

Je lui souris. Puis je me relève et lui tends la main pour l'aider. On est en train de s'épousseter quand je remarque une sorte de dépression de terrain derrière les barrières orange, au pied de la clôture. On dirait que quelque chose s'est faufilé en dessous. Un petit animal, peut-être, ou… ?

Soudain on entend un éclat de voix, puis d'autres. On s'éloigne du jardin jusqu'à apercevoir un jeune homme en train d'engueuler un garde tandis que ses amis essaient de le retenir. On s'approche un peu. En même temps deux autres gardes accourent.

— Espèce de sale islamophobe ! hurle le jeune homme. On était au collège ensemble, connard ! C'est quoi, ton problème ?

Il est grand, tout mince, et il a notre âge ou peut-être un an ou deux de plus. Ses amis le retiennent chacun par un bras. L'un d'eux lui dit quelque chose, trop doucement pour qu'on entende.

— Ta gueule, Soheil ! aboie le garde. Je pourrais te faire arrêter pour ça. Crois-moi, il vaut mieux éviter.

Il se tourne vers ses deux collègues et leur fait signe de ne pas dégainer leur arme, les deux paumes tournées vers le sol, comme s'il tapotait l'air.

Ma poitrine se serre. Les gardes pourraient faire tout ce qu'ils veulent à Soheil. Vers qui pourrait-on se tourner ? Il n'y a pas de police pour voler à notre secours. Personne pour nous protéger. On devrait intervenir. Ils risquent de lui faire du mal. Je me remets en marche, mais Ayesha me rattrape par le bras en secouant la tête.

— Ne fais pas de bêtise, souffle-t-elle. Ils sont armés.

J'ai envie de lui crier dessus, mais je croise son regard terrifié et je respire un grand coup. Elle a raison. Je baisse les yeux vers mes mains qui tremblent. Je serre le poing droit et m'en frappe la cuisse. Puis, la mâchoire crispée, je hoche la tête.

Soheil lève les bras en se dégageant de ses amis et fait quelques pas en arrière.

Je ne vois pas bien le visage du garde mais je remarque que ses épaules se relâchent un peu.

— Ça va aller, Soheil. Détends-toi. On fait simplement notre boulot. À toi de faire le tien aussi.

— Ah oui ? Et c'est quoi, mon boulot ? lance Soheil avant de cracher par terre.

— C'est de faire ce qu'on te dit, répond le garde.

Puis il rejoint ses deux collègues, qui s'efforcent de disperser les quelques curieux rassemblés non loin.

Soheil secoue la tête et tourne les talons. Il s'approche du jardin – de nous. Chaque instant que nous avons passé à l'intérieur de cette enceinte a été une révélation, même si nous ne sommes là que depuis quelques heures. En cet instant précis, je me rends compte que Soheil a eu de la chance que le garde se contente de le rappeler à l'ordre.

— Ça va ? lui demande Ayesha lorsqu'il arrive près de nous.

Il relève la tête, surpris. Visiblement, il ne nous avait pas remarquées.

Il laisse échapper quelque chose qui tient à la fois du grognement et du soupir. Puis il regarde par-dessus son épaule. Les gardes comme les curieux ont disparu. Personne n'a envie de traîner dans le coin.

— Oui, répond Soheil avant de marquer une pause. Enfin, non. Ça ne va pas. Pas du tout. On est en plein délire fasciste de haut niveau.

On ne peut qu'acquiescer en silence, Ayesha et moi. Je donne un coup de pied dans un caillou, et on le regarde ricocher comme si c'était la chose la plus fascinante au monde. Dans la mesure où on n'a plus de téléphones, c'est presque vrai. Puis on se regarde, tous les trois.

— Je m'appelle Soheil, annonce-t-il enfin pour rompre le silence. Soheil Saeed, ajoute-t-il sur un ton presque solennel.

— Oui, on a entendu, dis-je. Moi, c'est Layla.

— Et moi, Ayesha.

Elle lui décoche un grand sourire, qu'il lui rend, et cela semble suffire à détendre un peu sa posture.

— Ma *teita* saurait exactement quel sort égyptien jeter à ces connards pour les maudire à jamais.

— Comme la malédiction de Toutankhamon ? demande Ayesha.

Soheil glousse doucement.

— Ce n'était pas le seul pharaon dans ce cas, tu sais. Elle – ma grand-mère – n'y croyait pas vraiment, à ces histoires, mais j'adorais ça quand elle me parlait de ces étranges coïncidences, de toutes ces morts mystérieuses survenues après des chantiers de fouilles. *Teita* était archéologue, et c'était une conteuse géniale. Croyez-moi quand je vous dis que les malédictions antiques et les momies, ça fait de super histoires d'horreur.

— Raconte ! dis-je. Au moins un mauvais sort, s'il te plaît.

Soheil passe une main dans ses cheveux noirs ondulés. Il lève un regard brun clair vers les montagnes au loin avant de le reposer sur nous.

— Le sort inscrit sur la statue d'un haut prêtre d'Amon promet que tout intrus « mourra de faim et de soif ».

— En même temps, c'était au milieu du désert. Il ne se mouillait pas trop, commente Ayesha.

Soheil lui jette un petit sourire en coin.

— Sinon, il y a aussi : « Il sera rôti en même temps que les condamnés. »

— Simple et efficace, dis-je. Je l'aime bien, celui-là. Puissent nos ennemis se faire rôtir en même temps que les condamnés.

— Ouais, enfin, c'est nous qui risquons de mourir de faim et de soif, pas les gardes qui nous surveillent ou les sales bureaucrates fascistes du foyer… et encore moins le Président, rétorque Soheil.

— Tu crois qu'ils vont nous affamer ? demande Ayesha.

— On est dans un camp d'internement. Tu n'as jamais vu les photos des camps de concentration de la Seconde Guerre mondiale ? réplique Soheil.

Elle fait un pas en arrière, comme si on l'avait frappée en plein cœur.

Alors je me rends compte qu'elle ne s'était pas imaginé que la suite puisse être encore pire que ce qui vient de nous arriver. Elle n'est certainement pas la seule. Tout le monde a peur à un niveau viscéral, jusque dans les os. Alors peut-être qu'envisager ce qu'ils peuvent nous faire subir d'autre... c'est tout simplement insupportable.

— On n'est pas dans un camp de concentration, dis-je. (Je ressens le besoin de protéger Ayesha, parce qu'elle n'est pas prête à affronter les scénarios les plus cauchemardesques.) Et puis ça n'aide personne de dire des choses pareilles. C'est trop horrible.

— Tant mieux. Je tiens à effrayer tout le monde. On a besoin d'avoir peur. Peut-être que, comme ça, les gens vont se soulever et réagir.

— Je comprends. C'est salutaire, la peur, mais pas trop non plus. Si on se replie sur soi au point d'en être pétrifié, ça ne sert plus à rien. Regarde un peu autour de toi. Ne fais pas de bêtises.

Soheil crispe les mâchoires, comme pour se retenir de dire quelque chose. Puis il regarde Ayesha, et son visage s'adoucit.

— Je... suis désolé. Je ne voulais pas te terroriser ; ce n'était pas le but.

— Ne t'en fais pas. On est tous un peu sur les nerfs.

— Tu es dans quel secteur ? dis-je pour tenter de détendre l'atmosphère.

Soheil tend le bras vers la médiane.

— Secteur numéro 6, avec les autres Arabes d'un peu partout.

Ce n'est qu'en entendant Soheil que je me rends compte que nous avons été regroupés en fonction de nos origines.

Ayesha a compris aussi.

— Oh, merde, souffle-t-elle. On est tous *desi* dans notre secteur. (Elle me regarde.) Je suppose que ce n'est pas une coïncidence s'ils nous ont séparés.

Soheil se masse la nuque en faisant une petite grimace.

— Je doute que l'Autorité exclusive laisse la moindre place aux coïncidences.

— Diviser pour mieux régner, dis-je.

J'ai l'impression que ni Ayesha ni Soheil ne m'ont entendue. Ils sont occupés à se regarder avec de petits sourires gênés.

— Oh, non ! lance Ayesha en regardant sa montre. On va être en retard à la réunion d'orientation. Ma mère va flipper.

— Je vous verrai plus tard, une fois qu'on nous aura orientés comme il se doit, ou qu'on nous aura dit tout ce qu'on doit savoir sur ce putain de cauchemar de merde, lance Soheil.

Ayesha et moi repartons vers notre secteur tandis qu'il se dirige vers le sien. À chaque pas que je fais, un autre de mes muscles se crispe. Ayesha se tient le ventre à deux mains.

Je vois quelques personnes qui retournent à leur mobil-home, mais la majorité s'achemine déjà vers le foyer en petites grappes familiales. Il règne un tel silence – un silence horrible. Nous sommes tous différents, pourtant chacun et chacune d'entre nous porte la même expression : une peur abjecte.

En approchant de notre secteur je me retourne vers les montagnes, vers ces majestueux pics de granit qui se dressent à l'horizon. Leur beauté austère se détache sur fond de crépuscule, et j'imagine déjà le spectacle qui nous attendra quand la lune se lèvera ce soir, croissant d'argent au-dessus de ces silhouettes. Puis je regarde un peu mieux, et, tout ce que je vois, ce sont le grillage, les barbelés et les fusils d'assaut.

Je frissonne, cinglée par la froide morsure du désert.

Chapitre 7

— Où étais-tu passée ? me demande mon père dès que je mets un pied dans la caravane. L'orientation commence dans un quart d'heure. Dépêche-toi. On ne peut pas se permettre d'être en retard.

— Je suis désolée. J'ai croisé Ayesha, la fille de la gare. On se promenait et on ne s'est pas rendu compte à quel point le camp était vaste. On s'est un peu perdues.

— Tu es toute sale, en plus ! s'écrie ma mère en ouvrant de grands yeux. Qu'est-ce que vous avez fabriqué ?

— Rien. C'est de la poussière. Je vais aller me nettoyer en vitesse.

Je file dans ma chambre. « Ma chambre. » C'est marrant comme l'esprit s'accroche à tout semblant de normalité et cherche le familier à tout prix, même dans un environnement complètement étranger. Sauf que non. Ça n'a rien à voir avec le dépaysement d'un voyage à l'étranger, où on est soudain tout content de croiser quelque chose qu'on reconnaît – quelqu'un qui vient de la même ville, ou une vieille enseigne Coca-Cola. Cet endroit ne nous est pas étranger ; il nous est imposé. C'est du poison qu'on nous fait avaler de force.

Je me débarbouille et me lave les mains. Puis j'enfile un tee-shirt Wilco gris que j'ai acheté quand on est allés les voir en concert l'été dernier, David et moi. J'ai l'impression que c'était il y a un million d'années, et que David est à un million de kilomètres. Je n'arrive pas à me débarrasser de toute la poussière dans mes cheveux, alors je me fais une queue-de-cheval et passe une casquette Wimbledon verte. Ça me fait penser à mon équipe de tennis. On était quelques-uns à se porter volontaires pour aider l'entraîneur à organiser une sorte de stage intensif pendant l'été, pour préparer les nouvelles recrues prometteuses à la série de tournois d'automne. Il y aura toutes sortes d'exercices techniques, des croisés-décroisés, des matchs amicaux, des éclats de rire et des ragots. Enfin, pas pour moi. Ma raquette et ma jupe sont restées dans mon placard, à attendre les toiles d'araignées. Ça me paraît impossible que le monde entier ait pu perdre d'un seul coup la raison et tout sens moral.

Et pourtant on en est là.

On se rend au foyer en compagnie de centaines d'autres familles. Les haut-parleurs balancent une violente sonnerie qui fait taire tout le monde et annonce la réunion imminente. Une fois de plus, je suis frappée de voir à quel point cette foule est américaine. Des peaux de toutes les couleurs, des dizaines d'ethnies différentes, des styles vestimentaires sans doute aussi variés que les opinions sur la politique, la vie ou l'islam. Enfin, ça, c'était l'Amérique d'avant. Maintenant on a tous quelque chose en commun : cette religion qui fait de nous des ennemis de l'État. Pourtant, cet État, nous en sommes tous citoyens, et la grande majorité d'entre nous y est née. Alors qu'on approche du foyer, une autre vérité me prend aux tripes : ces gardes armés qui nous surveillent comme du bétail, ce sont tous des citoyens américains, eux aussi. Je survole du regard la médiane dans l'espoir d'apercevoir le soldat avec la boussole tatouée sur le bras mais je m'arrête presque aussitôt. Peu importe ce que j'ai cru déceler sur son visage, dans ses yeux. De son point de vue, je suis l'ennemi. Et, lui, c'est mon geôlier.

Nous entrons dans le vaste auditorium du foyer. « Unité ». « Sécurité ». « Prospérité ». Ces trois mots occupent l'écran géant qui se trouve en fond de scène.

Malgré les centaines de personnes qui se pressent à l'intérieur, cet espace me paraît vide, caverneux. Je frémis en pensant à tous les internés qui risquent de venir nous rejoindre ici ou d'être emmenés vers d'autres camps qui n'ont pas encore de nom. Les musulmans constituent à peine un pour cent de la population des États-Unis, mais ça fait quand même trois millions et cinq cent mille personnes. Comment peuvent-ils nous emprisonner tous ? Ça reviendrait à enfermer quatre-vingt-dix pour cent des habitants de Los Angeles. Outre les problèmes de logistique, le simple fait d'envisager une chose pareille devrait être impossible dans un pays comme le nôtre.

Un homme corpulent vêtu d'un costume noir s'avance vers le centre de la scène – c'est le type au visage rougeaud qui a regardé sans réagir les soldats tacler le gamin. L'écho bruyant de ses pas fait taire le bourdonnement des voix. Il donne toujours l'impression que sa cravate trop serrée coupe sa circulation sanguine. Il est accompagné de ce qui constitue sans doute sa garde rapprochée, deux hommes qui, au lieu d'un uniforme militaire, portent un costume sombre, comme les services secrets. Avec leurs cheveux coupés très court et leur méchant rictus, ils ne dépareilleraient pas à un meeting de l'extrême droite. L'homme du milieu nous observe tandis qu'on entre dans la salle, le regard acéré, un sourire artificiel sur ses lèvres violacées et charnues. Si on lui mettait un polo vert et un sifflet autour du cou, il ressemblerait à s'y méprendre à M. Connors, l'entraîneur de l'équipe de football américain de mon lycée. Sa voix fend la foule comme un coup de tonnerre.

— Bienvenue à Mobius. Je suis le directeur de ce camp qui est le nôtre et qui a été nommé en hommage à la formation rocheuse de l'Arc de Mobius, toute proche.

— « Bienvenue » ? dis-je dans un murmure à l'oreille de ma mère. Comme si on avait choisi de venir…

Ma mère me prend la main et la serre tout en me jetant ce regard qui veut dire « chut », les lèvres pincées et les sourcils froncés.

— Nous tenons à ce que votre vie dans ce camp soit aussi paisible et agréable que possible. Prenez le temps de vous familiariser avec votre nouvel environnement. C'est un endroit vaste, doté de nombreuses infrastructures. Il y a des aires de jeux pour les enfants et les adultes. Nous avons prévu de planter un potager. Il y a aussi le magasin, où vous pourrez aller chercher vos rations et, naturellement, le mess, où toute notre communauté partagera le repas du soir.

Je le regarde, bouche bée, presque émerveillée de sa capacité à détourner le concept d'emprisonnement pour donner l'image d'une sorte de camp de vacances. « Communauté ». « Infrastructures ». « Jeux ». « Potager ». On croirait entendre l'animateur en chef sur un paquebot de croisière, pas le directeur d'un pénitencier. En regardant autour de moi, je vois des gens qui ont les yeux rivés droit devant eux, écarquillés par la peur, noyés par les larmes ou brûlants de colère. J'en vois qui bercent leur bébé ou font doucement rebondir leur enfant sur leurs genoux, tentant de les rassurer pour qu'ils ne fassent pas de bruit.

Ce geste d'amour tout simple me tue. Un camp d'enfermement n'est pas un endroit pour les enfants ; ce n'est un endroit pour personne. Je croise le regard d'une fillette qui ne doit pas avoir plus de trois ans. Elle a de beaux yeux verts, mais ils sont marqués de gros cernes qui trahissent sa fatigue. Elle n'a pas dormi, elle non plus. Elle m'observe, et son visage en forme de cœur me paraît familier, me rappelle quelque chose. Je me creuse la cervelle.

Les réfugiés.

Les réfugiés syriens. Voilà ce qu'elle me rappelle : le portrait d'une gamine d'à peu près le même âge, photographiée en gros plan à travers un grillage. Sauf que cette gamine-là, le photographe l'a saisie au moment où toute lumière s'éteignait dans son regard, étouffée non seulement par la peur mais par l'oubli complaisant de ce monde qui l'entoure. Cette photo, je l'ai vue dans le fil d'actualité en ligne auquel notre prof d'histoire nous avait abonnés, et je crois bien que c'est le plus poignant exemple d'isolement que j'aie jamais vu. Cette fillette, avec son visage en forme de cœur... j'espère tellement que cette lumière ne s'éteindra jamais chez elle !

J'aperçois également des gens qui hochent machinalement la tête, pensant sûrement qu'on a intérêt à faire profil bas, croyant peut-être que ça les aidera à être libérés plus vite. Je n'arrive pas à savoir s'ils ne se rendent pas compte de ce qui nous arrive ou s'ils espèrent encore que la justice l'emportera.

— Vous aurez peut-être remarqué que nous avons aménagé les secteurs en fonction de vos origines ethniques et culturelles. L'Autorité estime que vous serez plus à l'aise au sein de vos semblables.

Mes semblables, ce sont les Américains – tous les Américains.

Le directeur poursuit son déluge d'arrogance verbale.

— Afin de faciliter votre transition, chaque secteur est pourvu de plusieurs tuteurs. Ces tuteurs parlent votre langue pour la plupart. Ils sont donc en mesure de comprendre tout ce que vous dites. (Le directeur marque une pause.) Tout.

Quel connard ! La moindre de ses paroles est un tissu de menaces. On vous observe. On vous écoute. On est partout.

Il poursuit.

— Vos tuteurs et tutrices sont à votre disposition, nuit et jour.

Il désigne une vingtaine de personnes assises derrière lui. Elles sont comme nous : coiffées de hidjabs ou de *topi*, vêtues de jeans et de tee-shirts. Présentant toutes les couleurs de peau et toutes les ethnies qui figurent dans le camp. Pourquoi attendre de se faire museler par le gouvernement quand nos « semblables » se portent volontaires ?

Le directeur leur fait signe de se lever.

— Ces braves gens viennent du même milieu que vous ; ils partagent vos valeurs. Ils ont généreusement décidé de faire don de leur temps afin de vous aider à adopter le rythme de vie de Mobius…

— Bande de traîtres ! Fascistes !

Une femme aux cheveux châtains tirés en queue-de-cheval se lève au beau milieu de l'auditorium et interpelle les tuteurs. Une rumeur houleuse parcourt la foule, et quelques personnes dans le fond joignent leur voix à cette rébellion spontanée.

— Espèce de traîtres !

Le directeur rougit violemment mais ne perd pas son calme. Il fait signe aux gardes d'expulser la jeune femme.

— Nous ne tolérerons aucune perturbation à Mobius. Nous sommes le premier camp, et c'est à nous de montrer l'exemple. Quiconque s'essaiera à contrevenir aux règles en souffrira les conséquences.

Tandis qu'il parle, deux gardes exclusifs arrachent la femme à sa chaise et la traînent jusqu'à l'allée centrale. L'un d'eux sort une paire de menottes. Elle crache à la figure de l'autre, qui répond à ce geste par une gifle si violente que la femme en tombe par terre. J'ai mal au cœur de voir ça. Le second garde se penche pour la relever, mais elle se débat et lui flanque un coup de talon dans le tibia. C'est alors qu'il lui donne un coup de Taser. Un grésillement retentit, suivi d'un hurlement perçant. Il lui lance une deuxième décharge. Puis les deux hommes l'attrapent chacun par un bras et traînent son corps inanimé jusqu'à la porte de l'auditorium. Toutes les paires d'yeux les suivent du regard jusqu'à ce qu'elle se referme derrière eux.

Le silence plane. Les gens sont trop choqués ou apeurés pour parler. Personne ne semble savoir où regarder – ses pieds, son voisin… Je remarque que certains se sont plaqué les mains sur la bouche ou sur le visage. Je me tourne vers mes parents en secouant la tête, les yeux brûlants de larmes. Les mots me manquent. À quoi me serviraient-ils face à une chose pareille ? Ma mère m'attire contre elle et serre ma main un peu plus fort.

Puis tout le monde finit par se retourner vers la scène, d'où le directeur a assisté à cette violence dans un silence imperturbable. C'est un silence terrifiant, comme dans les films d'horreur, quand quelque chose d'atroce est sur le point de se produire et qu'on ne peut rien pour l'empêcher.

Le directeur se racle la gorge.

— N'oubliez pas notre devise, lance-t-il en désignant l'écran dans son dos. *Unité. Sécurité. Prospérité.* Et maintenant, allons dîner. Les tuteurs vont appeler leurs secteurs respectifs et vous conduire jusqu'au mess.

Les tuteurs nous appellent donc et nous montrent le chemin jusqu'au mess tout proche. Nous les suivons par centaines, dans un silence choqué. Je crois que nous sommes tous profondément secoués – pas seulement par la cruauté à laquelle on vient d'assister mais aussi par la banalité de la chose. Le directeur n'a même pas bronché ; les gardes n'ont même pas hésité à électrocuter cette femme. Je me demande où ils l'ont emmenée, et si ce qu'on a vu n'était en fait que la partie visible de l'iceberg. Un drone bourdonne au-dessus de nos têtes et enregistre notre procession muette.

Le mess est une sorte d'immense cantine sans âme, comme on en trouve dans les lycées publics et les prisons. De longues tables flanquées de chaises en plastique bleu sont alignées le long des murs. Mes Converse couinent sur le sol en vinyle à damiers tandis que je suis le mouvement de la foule. Enfin, je pense que c'est du vinyle. Ou une espèce de revêtement en époxy, peut-être. C'est presque moelleux sous mes pieds. Le mess est une grande pièce rectangulaire avec des cuisines et un comptoir à un bout et des murs gris couverts de posters colorés qui nous expliquent comment nous laver les mains et respecter les règles d'hygiène de base. Comme dans un lycée ou une prison, donc. Il plane un léger relent d'eau de Javel, comme dans notre mobil-home, mais mêlé à des odeurs de friture et à ce doux parfum que je surnommais « eau de cafèt' » à l'époque où j'allais encore en cours.

Le mess est lui aussi divisé en secteurs. Chaque table porte un numéro sur un petit carton plié, histoire qu'on sache où s'asseoir. Un brouhaha s'élève lentement à mesure que les gens trouvent leur place et retrouvent leur voix, même si je doute que quiconque ose dire ce qui lui passe réellement par la tête.

Mes parents et moi restons plantés près de la table de notre secteur sans trop savoir quoi faire. Puis nos tuteurs passent parmi nous pour se présenter.

— Je m'appelle Saleem, et voici ma femme, Fauzia.

Ils sont jeunes – je parie qu'ils n'ont pas encore la trentaine, et ils ne semblent pas avoir d'enfants. Je les ai croisés dans le secteur, tout à l'heure. Ce sont des *desi*, comme nous. Enfin, en version traîtres et collabos. Je me demande comment ils en sont arrivés là, ce qui a bien pu les pousser à se retourner contre les leurs.

Je regarde autour de moi les gens qui s'installent à leurs tables ségréguées – visages typés d'Asie du Sud et du Sud-Est, Afro-Américains, Arabes, ainsi que quelques Hispano-Américains, même s'ils sont beaucoup moins nombreux. Soheil avait raison. Tout a été soigneusement calculé. Diviser pour mieux régner. Nous sommes tous musulmans, certes, mais ça ne nous empêche pas d'avoir nos propres préjugés et notre forme de racisme. C'est beaucoup plus facile de jouer sur nos réflexes en « isme » si on nous isole les uns des autres et qu'on attise nos peurs. Il ne faut pas grand-chose pour que chacun de nous devienne « l'autre » aux yeux de son voisin. Alors le directeur n'aura presque plus rien à faire. Aujourd'hui nous sommes une communauté de musulmans qui ont été amenés ici de force, mais il ne serait peut-être pas compliqué de réveiller notre sectarisme et de nous monter les uns contre les autres, détournant notre colère de ceux qui la méritent vraiment. Typique d'une stratégie de conquête coloniale. Vous n'avez qu'à demander aux Britanniques.

Ayesha s'approche de nous. Elle tient la main d'un petit garçon, et un couple d'une quarantaine d'années marche à côté d'eux. Je suppose que ce sont ses parents et son frère.

— Ma tante, mon oncle, dit-elle en saluant mes parents.

Elle utilise les titres honorifiques réservés par la coutume *desi* à toute personne en âge d'être parent. Certains et certaines d'entre nous ont peut-être perdu l'usage de leur « langue maternelle », comme l'appelait ma *nanni*, mais le *tameez*, le respect dû aux aînés, reste quelque chose de très présent dans notre culture, même après plusieurs décennies.

— Je vous présente mes parents, Asfiya et Zaki, et mon petit frère, Zoubair, poursuit Ayesha.

Les adultes échangent une poignée de mains.

— *Assalamu alaykum*. Ravi de faire votre connaissance, dit mon père. (Il marque une pause.) Que de poussière, hein !

— On ne peut même pas ouvrir les fenêtres de notre… euh… maison Mercury, ajoute ma mère.

La mère d'Ayesha renchérit :

— Je ne sais pas comment on va s'y prendre pour garder des vêtements propres.

Je croise le regard d'Ayesha, qui secoue doucement la tête. Il faut croire que la poussière va jouer le rôle du temps qu'il fait : le truc dont on parle quand on ne sait pas quoi dire d'autre. On a le droit d'aller chercher notre repas uniquement lorsque quelqu'un appelle notre numéro de secteur. Quand, enfin, notre tour arrive, Ayesha et moi allons faire la queue, et nos parents nous emboîtent le pas. On défile face aux employés de la cantine, qui nous tendent des assiettes de riz imbibé d'une sorte de ragoût de légumes méconnaissables. Il y a aussi des briques de lait individuelles, des salades de fruits et de petits pots de gelée.

— J'ai mal au cœur, souffle Ayesha en examinant son plateau. Je ne sais pas si je vais réussir à manger.

— Pareil, dis-je.

— J'ai l'impression de me retrouver à la cantine du lycée, ronchonne-t-elle tandis qu'on retourne à notre table.

— C'est exactement ça, jusque dans les moindres détails : les employés avec les cheveux dans un filet et la mine patibulaire. (Je prends une première bouchée, qui m'arrache une petite grimace.) Et il semblerait que le seul assaisonnement disponible soit du sel. Tu crois que c'est censé être une sorte de plat *desi*, ce truc ?

— Si tu osais servir ça à une famille pakistanaise, ce serait un coup à te faire renier. (Ayesha rapproche sa chaise de la mienne et se penche pour chuchoter à mon oreille.) Le directeur… quel gros connard !

Je me raidis et regarde autour de moi, terrifiée à l'idée que quelqu'un l'entende, mais le vacarme des couverts contre les assiettes suffit à couvrir le son de sa voix, alors je m'autorise à me détendre.

— Oui ! c'était horrible. On dirait que ce n'est même pas un vrai être humain. Sauf que si, justement, et c'est ça le plus terrifiant. Les monstres les plus flippants, ce sont ceux qui nous ressemblent le plus.

— À ton avis, où est-ce qu'ils vont emmener cette femme ? demande Ayesha en baissant encore la voix, même si je doute qu'on puisse l'entendre.

Je n'ai pas très envie de réfléchir à cette question.

— En prison, peut-être ? Je veux dire, à l'intérieur de cette prison en plein air où on est déjà tous enfermés. Il doit bien y avoir des sortes de cellules, ou un truc du genre. Je ne sais pas. Je t'avoue que j'ai un peu peur d'apprendre ce qui lui est arrivé. J'espère qu'ils ne vont pas lui faire de mal. Enfin, pas davantage.

Je sais bien que c'est naïf de ma part mais j'ai besoin de m'accrocher à un semblant d'espoir pour cette femme – pour nous tous. Tant pis si c'est illusoire.

— Ce n'est pas comme si on avait des libertés civiques dans ce camp… ou des avocats, poursuis-je.

Ayesha se plaque une main sur la bouche, comme si elle n'avait pas encore pensé à ça.

— C'est comme Guantanamo, mais en Californie. J'ai peur de ce qui risque d'arriver si on reste coincés ici. On doit bien pouvoir faire quelque chose…

Je me tais.

Ayesha a les yeux écarquillés. Elle ouvre la bouche puis la referme sans un mot. J'ai peut-être trop parlé.

On ne dit plus rien pendant un petit moment. Je crois qu'on n'a pas le courage de discuter davantage des conséquences qui guettent peut-être la femme de l'auditorium, ni l'une ni l'autre.

Je repousse mon assiette de bouillie insipide et arrache le couvercle de ma salade de fruits.

— Bon, et sinon, c'est lequel, ton préféré ? demande Ayesha en rompant le silence.

— De quoi tu parles ?

— De *Star Wars*. C'est lequel ton film préféré ? Tu ne te rappelles pas notre conversation de tout à l'heure, à la gare, à propos de Lando qui est le meilleur absolu de tous ?

— Oh, putain ! c'est vrai que c'était seulement il y a quelques heures…

Ayesha hoche la tête, puis baisse les yeux vers son assiette, attrape un peu de riz avec sa fourchette et l'approche de ses lèvres. Puis elle la repose et soupire. Mon estomac se noue de voir ça. Je crois savoir ce qu'elle veut : une seconde de normalité. Je peux au moins lui apporter ça. Je prends une longue inspiration.

— À vrai dire, je n'en avais jamais regardé un avant d'aller voir *Le Réveil de la Force* au cinéma. Et encore, c'est parce que mes parents m'y ont traînée.

— Tu n'as jamais vu les préquelles ou la trilogie originale ? La course de pods ? L'enfance de Luke ? C'est un scandale ! Il faut absolument qu'on répare cette erreur.

Je souris.

— Ma mère était amoureuse de Luke Skywalker quand elle était jeune. (Je ne mens pas. C'est vrai.) Elle m'a raconté qu'elle avait fait la queue pendant des heures pour aller voir les premiers films. Je te jure, chaque fois qu'elle en parle, c'est avec une espèce de vénération dans la voix, comme si c'était une expérience religieuse. Elle s'est créé un compte Twitter juste pour pouvoir suivre Mark Hamill.

Ayesha éclate de rire.

— Elle me plaît déjà, ta mère. En même temps, il y a Riz Ahmed dans *Rogue One*. Tu te rends compte ? Un *desi* dans *Star Wars* ! Je ne m'en suis toujours pas remise.

Je glousse doucement. Ça fait du bien de rire un peu, de s'accorder un bref moment de légèreté. Sauf que je me reprends aussitôt, parce que ça me dérange, ce semblant de normalité. Ça me fait mal.

Saleem, notre tuteur, se lève. Il a une petite barbe brune soigneusement taillée. Il espère sans doute que ça le vieillisse, mais ça ne parvient pas à cacher le côté poupin de son visage. Fauzia se lève à son tour et nous sourit. Ils font à peu près la même taille, peut-être un mètre soixante-dix, et ils sont tous les deux très minces, avec des épaules de nageurs. Le sourire de Fauzia semble presque sincère, mais pas celui de Saleem, qui reste forcé. Clairement, ses talents d'acteur ne sont pas à la hauteur.

— Secteur numéro 2. Nous allons retourner tous ensemble à nos maisons Mercury. Comme vous le savez, nous formons une équipe.

Saleem essaie de croiser le regard de tout le monde. Il est hyper tendu, et sa diction est tellement mécanique qu'on croirait entendre un manuel d'instructions.

— Il y a beaucoup de choses à apprendre, et je suis sûre que nous aimerions tous prendre le temps de nous installer, ajoute Fauzia. Le couvre-feu entre en vigueur à 22 heures très précises. Nous voulons un secteur exemplaire. Le directeur a promis des privilèges particuliers à ceux qui se conforment parfaitement aux règles. N'oubliez pas que, si vous avez des questions, notre porte vous est toujours ouverte.

Elle s'interrompt un instant avant de poursuivre, avec un sourire hésitant :

— Il y a des caméras, plus des drones de surveillance. Vous serez… bien protégés. *Unité. Sécurité. Prospérité. Khudafis.*

C'est la formule traditionnelle qui, en urdu, signifie « que Dieu soit avec vous ». Aussitôt je remarque que Saleem lui prend la main et la serre. Fauzia se mord la lèvre et se racle la gorge.

— Je veux dire : passez une bonne soirée.

Tout le secteur numéro 2 se lève. Il n'a fallu que quelques heures, une devise nauséabonde et une démonstration de violence autoritaire pour que l'on obéisse aux ordres.

Je n'aime pas qu'on me dise quoi faire, surtout quand ce qu'on me dit est tellement lamentable.

On se souhaite bonne nuit, Ayesha et moi. Ses parents sont pressés de retourner à leur mobil-home et prennent la tête du groupe. Je les comprends. Il y a peut-être des caméras à l'intérieur des logements, mais là, dehors, en plein air, on a encore plus l'impression d'être du bétail parqué dans un enclos en attendant l'abattoir.

Il fait nuit noire. Les projecteurs des miradors balaient le camp tandis que des gardes patrouillent, armés de leur fusil d'assaut et de leur Taser. Leurs visages impassibles ne trahissent pas la moindre émotion, le moindre doute. En arrivant au coin du secteur numéro 2 je trébuche. Le garde blond au tatouage est posté entre les secteurs 1 et 2. Il a un Taser et un fusil, comme les autres.

Il tourne la tête et remarque que je le regarde. Il m'adresse un petit signe du menton puis reprend sa posture rigide, les yeux rivés droit devant lui.

Chapitre 8

Mon pauvre corps n'en peut plus, pourtant je n'arrive pas à dormir. Chaque fois que mes yeux se ferment, je revois le type en costard pointer son pistolet sur moi, à la maison. *Arrête. Respire. Dors.* Cette fois c'est le petit garçon, avec sa mère paniquée. *Arrête. Respire. Dors.* La femme maîtrisée au Taser. Ces images ne cessent de défiler dans ma tête.

Je me lève de ma couchette et me passe de l'eau froide sur le visage.

On ne peut pas rester ici. On ne peut pas vivre ici.

Mais comment peut-on s'échapper ?

Il y a forcément un moyen. Aucun mur n'est infranchissable.

J'enfile mes vêtements et mes tennis toutes poussiéreuses et sors de ma chambre sur la pointe des pieds. La porte de mes parents est fermée. À pas de velours, je gagne la petite cuisine et le coin salon pour attraper une des cartes magnétiques sur la table. Puis je me glisse dans la nuit en m'assurant que la porte du mobil-home ne fasse pas de bruit en se refermant. Mes parents vont péter un câble s'ils se rendent compte que j'ai défié le couvre-feu.

Le fond de l'air est frais, alors je remonte la capuche de mon sweat – celui que je portais quand je suis allée retrouver David en douce. J'essaie de ne pas trop penser à lui. J'aurais tellement voulu pouvoir l'appeler, le voir, avant d'être embarquée de force. Ça me brise le cœur de n'avoir pas pu lui dire au revoir. Je dois l'écarter de mes réflexions, du moins pour le moment. Si je m'autorise à admettre – à éprouver – à quel point il me manque, je n'arriverai même pas à me lever le matin.

Il y a moins de gardes à cette heure-ci. Les deux plus proches se trouvent au coin du secteur suivant et sont occupés à bavarder. L'un d'eux fume une cigarette, dont les cendres rougeoyantes vont se mêler au sol poussiéreux. En revanche, les projecteurs continuent de balayer le camp. Je m'efforce de rester à l'ombre des caravanes. Je compte les secondes entre chaque passage des faisceaux et cours de l'une à l'autre pour éviter de me faire repérer et de devoir souffrir les conséquences de ma désobéissance. Je me plaque contre un mobil-home lorsqu'un projecteur s'oriente vers moi. Il passe tout près – trop près. J'ai le cœur qui bat dans les oreilles. Mon souffle s'affole.

Je m'immobilise parce que je me rends soudain compte que, dans mon immense stupidité, je ne sais pas exactement où je vais. Je suis toute seule et sans défense, dans le noir. Mobius est tellement loin de tout qu'on pourrait aussi bien être sur la lune. Puis je distingue le jardin au loin. Alors je me rappelle l'espèce de dépression de terrain que j'ai vue au pied de la clôture, juste avant que Soheil s'accroche avec le garde. Si un animal a réussi à se frayer un chemin, je pourrai peut-être en faire autant.

Le vent est tombé, et je lui en suis reconnaissante. Je me passerais bien de respirer toute cette poussière. Il plane sur le camp un silence troublant. Au loin un aboiement aigu résonne parmi les collines. On dirait le son de la solitude. J'en ai la chair de poule. Il n'y a pas de chiens à Mobius. Les animaux sont interdits. C'est peut-être un coyote, un loup ou un renard. Honnêtement, je suis presque sûre de ne pas savoir faire la différence entre ces trois espèces. Tout ce que je sais, c'est que, l'espace de ce bref instant, je suis bien contente qu'une clôture électrifiée se dresse entre moi et ces bruits.

Les secteurs sont assez proches les uns des autres, mais un vaste espace sépare la dernière caravane du jardin. Je retiens mon souffle et attends que le projecteur soit passé pour rejoindre les rochers en courant. Je m'accroupis derrière l'un d'eux lorsque le faisceau revient vers moi. Heureusement, il ne m'atteint pas. Je m'autorise à respirer.

Je me déplace lentement vers le rocher où Ayesha s'est assise tout à l'heure. C'est de là que j'ai aperçu la dépression, l'espèce de trou sous la clôture. Je passe la main sur la pierre à la recherche des initiales gravées. Une fois que je les ai trouvées, je les suis du bout du doigt. Elles ont une histoire. À une époque pas si lointaine, deux personnes sont venues ici de leur plein gré, sans doute deux jeunes amoureux. Qui sait ce qu'ils sont devenus ? Leur amour a-t-il survécu ? Je choisis de croire qu'ils sont toujours ensemble quelque part, heureux. C'est de la pure fiction, mais ça me redonne un peu d'espoir. Ça me rappelle que, à une époque, la normalité existait.

Je me plaque au sol et rampe pour aller me placer face aux montagnes. Je regarde entre les barrières orange et plisse les yeux dans l'obscurité pour tenter de voir le trou, mais c'est impossible. Je n'ai pas de téléphone pour me servir de lampe. La seule lumière est celle des projecteurs, et je n'ai pas l'intention de me laisser prendre dans leur faisceau. Pourtant je m'obstine à chercher un creux dans le terrain, ou n'importe quel autre moyen de franchir cette clôture. Cette clôture électrifiée. Elle ne l'est peut-être pas vraiment, d'ailleurs. Si ça se trouve, ce n'est qu'un mensonge destiné à nous faire peur. C'est peut-être pour ça qu'un animal a pu passer sans se faire tuer. Cet animal imaginaire, qui est peut-être passé par ce trou que je ne vois même plus. Et puis, même si ce n'était pas complètement débile et risqué, comment pourrais-je espérer me frayer un chemin là-dessous ? Je lève les yeux vers le barbelé en rasoir qui surmonte le grillage. Même si la clôture n'est pas vraiment électrifiée, et même si j'arrivais à grimper jusqu'en haut, je n'arriverais jamais à passer par-dessus sans me faire lacérer. Et puis je n'ai aucun moyen de tester si elle est électrifiée ou non.

Qu'est-ce qui m'a pris de venir ici ?

Je prends une longue inspiration tremblante et pleure, une joue contre terre. Mes larmes se mêlent à la poussière. Je sens des crevasses de boue se former sur mon visage. Je serre les poings. Pleurer ne sert à rien sinon à me mettre en colère contre moi-même. Les larmes ne me seront d'aucune utilité ici. Ma rage, en revanche… je compte bien m'y accrocher.

J'entends un crissement, des pas, puis le crépitement de petits cailloux projetés contre un rocher. J'étouffe un cri et me plaque les deux mains sur la bouche.

Une voix d'homme résonne doucement de l'autre côté du rocher.

— Tu ne devrais pas te trouver ici.

Mon cœur s'affole. Je me retourne et me redresse. Mes genoux tremblent, mais j'arrive à me remettre debout. Je jette un coup d'œil autour de moi puis rencontre le visage du garde que j'ai croisé dans le train. Tatouage à Boussole.

Pas moyen de fuir.

Je prends une longue inspiration, puis une autre.

Réfléchis.

Ne fais pas de bêtise.

Souris.

Le regard de l'homme s'adoucit, mais ses mâchoires restent crispées.

— Qu'est-ce que tu fais ici ?

— Je… euh… J'avais perdu mon collier cet après-midi mais je l'ai retrouvé. (Je caresse le symbole de l'infini que je porte au cou, la dernière chose qui me lie à David.) C'était un cadeau de mon copain.

Je m'étrangle presque avec ces mots. *Ne pleure pas. Pas maintenant. Pas devant lui.*

— Tu es en violation du couvre-feu. Tu t'en rends compte ? Est-ce que tu comprends ce que tu risques quand tu enfreins les règles ici ?

— Est-ce que vous allez me dénoncer ? (Ma voix fléchit. Je me racle la gorge.) Au directeur ?

Le garde fait un pas vers moi. Il cille. Je suis soudain très consciente que mes joues sont striées de larmes boueuses. Je m'essuie du dos de la main. Je ne vois pas nettement son visage dans le noir, mais il semble faire une grimace, comme s'il avait mal quelque part. Puis il crispe les mâchoires. Il me prend par le coude, et je crois sentir ses doigts trembler. Il regarde vers les montagnes, puis tout autour de nous. Nous sommes seuls.

— S'il vous plaît, dis-je dans un murmure. Je suis désolée.

Il se frotte le front de sa main libre.

— Il faut qu'on te ramène chez toi, et sans tarder.

Il m'entraîne au pas de course. On esquive le faisceau des projecteurs et on se faufile entre les caravanes pour éviter de se faire remarquer.

Le camp dort à poings fermés. Je lève les yeux vers le ciel et j'y vois des étoiles. Partout. J'éprouve une fois de plus cette sensation qui refuse de me lâcher. Si ce n'était pas une prison, cet endroit serait magnifique. Sauf que, justement, j'ai l'impression que le ciel va s'embraser d'un moment à l'autre et que toutes les étoiles vont se percuter dans un orage de feu avant d'être réduites en cendres. Je ralentis à l'approche de notre caravane. Je ferais sans doute mieux de ne pas lui poser la question, mais ma curiosité l'emporte, comme trop souvent.

— Pourquoi ne me dénoncez-vous pas ?

— Parce que je ne suis pas…

Il s'interrompt.

— Vous n'êtes pas un garde exclusif dans un camp d'internement ?

Il s'arrête et me regarde dans les yeux.

— Les apparences sont parfois trompeuses, Layla.

Il connaît mon prénom. Je doute que ce soit une bonne chose d'être connue dans ce genre d'endroit. On couvre les derniers mètres en silence. Puisqu'il connaît mon nom, ce n'est que justice que j'apprenne le sien.

— Comment vous appelez-vous ? dis-je lorsqu'on s'arrête devant ma porte.

Il plisse les yeux, comme s'il essayait de lire quelque chose qui est imprimé trop petit. Il se penche vers moi pour murmurer :

— Je suis le caporal Reynolds. Ne refais plus jamais ça. Il y a des serpents… et des hommes qui n'hésiteraient pas à te tirer dessus.

CHAPITRE 9

En allant au mess, l'autre soir, j'ai surpris une conversation entre deux petites filles de neuf ou dix ans qui vivent dans le secteur numéro 3 – un secteur *desi* comme le nôtre. L'une d'elles racontait qu'elle avait fabriqué un rideau pour la petite fenêtre de sa chambre à l'aide d'une taie d'oreiller décorée au marqueur. Elle semblait toute contente d'avoir quelque chose de joli à regarder parce qu'elle trouvait que ça rendait la pièce « plus douillette ». J'en ai eu mal au ventre de l'entendre dire ça – de la savoir aussi heureuse à propos d'un si petit détail, si simple. Les gens font ce qu'il faut pour supporter le quotidien du camp, mais je refuse catégoriquement de me sentir chez moi à Mobius. Pour moi, ça reviendrait à baisser les bras. Malgré tout, j'ai suivi les deux petites jusqu'à leur secteur après le dîner et je leur ai donné le rouleau de *masking tape* japonais que j'avais mis dans mon sac un peu au hasard mais que je n'avais même pas déballé. Parfois ce sont les petits détails qui nous permettent de garder espoir et de tenir le coup.

Je suis assise en tailleur sur le sol de ma petite cellule insipide aux cloisons blanches. Ayesha est perchée sur ma couchette. Cette chambre n'est qu'un cube étriqué, mais Ayesha partage la sienne avec son frère, alors cette pièce lui offre un minuscule refuge loin du petit garçon – un semblant d'intimité. C'est une infime bulle où ni les caméras, ni les gardes, ni les drones ne nous surveillent.

Je soupire.

— On n'a vraiment pas la moindre idée de combien de temps on va rester ici, pas vrai ? On a élu ce type qui nous considère tous comme une menace. Rien ne l'oblige à nous libérer un jour. On est comme des poissons dans un filet ; on essaie de trouver un peu d'eau sans même se rendre compte qu'on est en train de se noyer sur la terre ferme.

Ayesha baisse la voix.

— Qu'est-ce que tu veux dire ? Comment voudrais-tu qu'on s'y prenne ?

— Je ne sais pas, mais il faut qu'on trouve un moyen. On ne doit pas être les seules de cet avis. Je sais qu'il y en a d'autres qui seraient d'accord. Il n'y a pas que de la peur dans ce camp ; il y a aussi de la colère.

— La colère ne risque pas de couper le courant de la clôture. À moins que tu comptes sortir d'ici dans un cercueil…

Ayesha se plaque une main sur la bouche pour se faire taire, mais je pensais la même chose de toute façon.

— Non. J'ai bien l'intention de sortir d'ici vivante. Si on réfléchit bien, tous les murs de l'Histoire ont toujours fini par être franchis.

— Comme celui de la frontière ?

— Par exemple, ou comme le mur de Berlin. Tu as vu ça en cours ? Des gens avaient réussi à passer par-dessus en ballon, ou à creuser un tunnel en dessous.

— Sauf qu'on n'a pas de pelles ou de pioches, ni de ballons, objecte Ayesha.

Je hausse les épaules en poussant un petit grognement.

— Écoute, poursuit-elle, je ne dis pas que je ne suis pas d'accord, mais il faut rester réaliste. Réfléchis bien. Tu parles du risque de se faire tuer. Mes parents n'iront jamais se mêler à un plan d'évasion. Tu crois que les tiens oseraient ?

Sa voix se fait de plus en plus aiguë.

Je secoue la tête.

— Ils ont trop peur, mais ce n'est pas le cas de tout le monde. Regarde Soheil, ou nous. Je sais bien qu'on ne peut pas se permettre de faire n'importe quoi mais je ne veux pas non plus mourir enterrée dans ce camp, oubliée de tous.

Je me lève et commence à marcher de long en large dans la minuscule pièce, tout en enroulant une mèche de cheveux autour de mon index. Je prends une longue inspiration et gonfle les joues avant de souffler. Quand je tourne les talons pour repartir dans l'autre sens, je remarque qu'Ayesha se mord la lèvre. Elle est inquiète.

— Tu as raison, dis-je. Je ne voulais pas être blessante. Désolée. Je ne sais pas ce qui me prend. C'est toute cette poussière, cet isolement, cette clôture, David… Je voudrais discuter avec David, entendre sa voix, ou peut-être…

— « David » ? intervient Ayesha.

Je me rends compte que, à force de m'interdire de trop penser à lui, je n'en ai même pas parlé à Ayesha. Quand je dis son nom à voix haute, ça me rappelle tout ce que j'ai perdu.

— C'est mon copain. Enfin je suppose que, techniquement, c'est toujours mon copain. (Je caresse mon symbole de l'infini.) Je ne sais pas quand je le reverrai. Je me demande qui il va emmener au bal de promo.

Ayesha ouvre la bouche, tente de réprimer un éclat de rire… et échoue.

— Désolée. Je suis vraiment désolée, dit-elle. Je ne me moque pas du tout. Au contraire, j'adore le fait que le bal de promo figure sur ta liste des priorités juste après la liberté et ne pas oublier de respirer.

— Oh, merde ! C'est ridicule, pas vrai ? Il y a des moments, comme ça, où j'ai encore l'impression que cet endroit n'existe pas vraiment… que c'est juste un horrible cauchemar. Dans ces moments-là, mon esprit se sent libre de penser à des trucs du genre le bal de promo.

— Je comprends. On a tous besoin de ces moments où on se rappelle qu'on est des êtres humains, avec des préoccupations toutes bêtes, sinon le poids de cet endroit finirait par nous écraser. C'est comme dans *Footloose.* Tu l'as vu ?

— Quoi ? Le film ?

— Oui. C'est un des préférés de ma mère depuis qu'elle l'a vu quand elle était encore au collège. Elle m'a forcée à le regarder un jour, sous prétexte de passer un peu de temps entre mère et fille. L'original, hein ? pas le remake. Le point de départ est carrément ridicule. C'est des lycéens qui décident de se révolter parce qu'ils n'ont pas le droit de danser dans leur ville. Le pasteur prétend que c'est contraire à la Bible, ou un truc dans ce genre.

— La charia, mais version chrétienne, quoi.

Je lève les yeux au ciel. Les musulmans ne comprennent que trop bien l'hypocrisie des xénophobes d'extrême droite. Ces abrutis ont une peur bleue d'un mot qu'ils ne comprennent même pas, peur qu'une loi religieuse infiltre leur pays, mais en même temps ils sont pour la peine de mort, contre le droit à l'avortement, et ils estiment qu'il faudrait enseigner le créationnisme à l'école pour des raisons – attendez la suite – religieuses.

Ayesha me lance un sourire espiègle.

— C'est un peu ça, oui. Bref, ils organisent un bal en dehors de la commune pour contourner la loi.

Je ris doucement et m'autorise à repenser à David, à m'imaginer au bal de promo avec lui. Je me rappelle l'ultime vrai sourire qu'on a échangé, lui et moi, puis notre dernière soirée ensemble, l'instant horrible et terrifiant où il m'a crié de m'enfuir.

— David, dis-je à voix haute. (Ayesha lève les yeux vers moi.) David. Il est libre, lui. Il pourrait peut-être nous aider. Son père travaillait pour le ministère de l'Intérieur à un moment donné. Certes, il n'a pas levé le petit doigt pour nous défendre, alors je doute qu'il lui ait soudain poussé une conscience. Je ne sais pas… C'est peut-être tiré par les cheveux comme idée, mais je n'en ai pas d'autre pour l'instant.

— Tu crois qu'on a le droit à des visites ? Tu pourrais faire une demande officielle pour pouvoir appeler David, mais les téléphones du foyer doivent être sous surveillance. C'est obligé. (Elle s'interrompt un instant.) Est-ce que tes parents savent que tu as un copain ?

— Oui.

Ayesha se lève et se cogne la tête à la couchette du haut.

— Aïe, putain !

— Tu t'es fait mal ? Ça m'arrive tout le temps. Tout est contre nous dans ce camp, même ces stupides lits à la con.

Ayesha se frotte le front.

— Ça va. Continue ce que tu disais. Ça me fascine, cette situation de connaissance parentale du copain.

Je glousse.

— Je ne leur raconte pas tout, hein, mais oui, ils sont au courant. David vient dîner à la maison des fois. Il est même venu à la mosquée à plusieurs reprises et, l'an dernier au ramadan, il a fait le jeûne pendant trois jours.

— Sérieux ? Il va se convertir ?

— Quoi ? Non. Il n'en a jamais été question. Ses parents sont juifs, et c'est quelque chose qui compte beaucoup pour lui. Je veux dire, la moitié de la famille de son père a été tuée pendant l'Holocauste, et du côté de sa mère, c'étaient des juifs du Yémen, des réfugiés. Certains ont tout simplement disparu des camps où ils étaient internés. (Je m'interromps et retiens mon souffle en entendant l'écho de mes paroles. L'Histoire semble soudain très proche, et terrifiante.) Ils ont tellement souffert pour s'accrocher à leur famille et à leur foi. David en est profondément conscient, et reconnaissant que ses parents aient survécu. Du coup, il ressent l'obligation de ne jamais oublier et de toujours oser dire la vérité.

Ayesha me dévisage avec de grands yeux.

— Attends, là. David est à la fois métis et juif?

Je hoche la tête.

— Honnêtement, quand on s'est rencontrés, à l'école primaire, je pensais qu'il était *desi*. J'imagine que j'avais envie de croire que je n'étais pas la seule. Tu comprends?

— Une *desi* musulmane d'une famille d'immigrés et un juif métis, fils d'une réfugiée... vous formez l'équipe de rêve pour un modèle des Nations unies.

Je souris.

— David sait bien que son père jouit du privilège des Blancs, mais il a aussi vu sa mère subir à la fois l'antisémitisme et le racisme, alors il comprend le problème. On essaie d'en apprendre un maximum sur la foi de l'autre ; on n'hésite pas à se poser des questions et à en discuter.

Ayesha hoche la tête.

— C'est génial.

— Oh ! et puis, pour le dîner du shabbat, sa mère fait du *marak temani* – c'est un ragoût yéménite, c'est trop bon – avec une espèce de pain feuilleté frit qui s'appelle du *malawach* et que j'aime encore plus que les *paratha* de ma mère. Tu ne lui dis pas, hein !

Ayesha éclate de rire.

— Ça te vaudrait un aller simple pour un internat en Inde.

Je m'efforce de lui sourire et me racle la gorge en essayant de ne pas faire attention au nœud qui s'y est logé.

— Enfin, bref… tu crois vraiment que quiconque oserait se convertir maintenant ? Publiquement ? Ce serait beaucoup trop dangereux.

— Je connais une femme qui s'est convertie à notre mosquée, il y a un mois ou deux, en toute connaissance de cause. Franchement, sa prononciation de l'arabe est mille fois meilleure que la mienne.

— Quoi ? Sérieux ? Est-ce qu'elle est ici avec nous ?

— Non. Je ne crois pas. C'était après le recensement. Et puis, elle est blanche. Je n'ai pas vu de convertis blancs dans le camp. Des Arabes au teint très pâle, oui, mais des Américains blanc de blanc ? Non. Peut-être qu'ils finiront par se faire interner aussi, mais pour le moment… Tu as regardé autour de toi. Tu sais aussi bien que moi.

— Ouais. Il y a une sorte de hiérarchie de la bigoterie, pas vrai ? Leur haine des musulmans n'est pas égalitaire. Il y en a qu'ils détestent plus que d'autres. Plus ta peau est sombre, ou plus ton nom sonne étranger, plus tu es dans leur collimateur. Si tu es noire et que tu portes le *hidjab*, tu as droit à une double peine.

— Honnêtement j'ai l'impression qu'il y en a qui croient que l'islam est une appartenance ethnique plutôt qu'une religion. Genre, ils pensent qu'on est tous marron et qu'on vient du Musulmanistan.

Un coup discret à la porte de la chambre interrompt notre conversation. On entend la voix étouffée de ma mère.

— Ma puce, il faut qu'on raccompagne Ayesha chez elle. On ne voudrait pas que ses parents s'inquiètent.

— Une seconde. On arrive.

Ayesha me lance un grand sourire.

— Tes parents frappent au lieu d'entrer sans rien demander ? C'est le rêve ! Ils pourraient peut-être donner quelques tuyaux aux miens.

J'oublie parfois à quel point mes parents sont géniaux. Je connais plein d'ados de mon âge, musulmans ou non, qui m'envient la confiance que mon père et ma mère ont en moi. Je n'ai jamais eu besoin de leur cacher qui je suis. Je connais deux ou trois filles, à la mosquée, qui aimeraient bien pouvoir ouvertement sortir avec des garçons sans être obligées de faire le mur. Il y en a d'autres que l'idée d'un mariage arrangé rassure. Et puis, il y a celle qui porte le *hidjab* et qui a été élue reine du bal de son lycée. Le truc, c'est que mes parents m'ont toujours appris à ne pas juger la religiosité des autres musulmans. Chacun d'entre nous pratique sa foi à sa manière, et Dieu est seul juge. « Nulle contrainte en religion ! » Je ne saurais dire combien de fois mes parents ont pu citer cet *ayat*.

J'échange avec Ayesha un regard lourd de triste sens, qui se passe de mots. J'ouvre la porte. Mes parents et moi la raccompagnons jusqu'à sa caravane, toute proche. La mère d'Ayesha est assise sur les marches. Elle l'attend. Qui oserait lui en vouloir ? L'angoisse et la peur sont à leur paroxysme et dominent l'humeur ambiante. Tout le monde a les sens en alerte, le sang fouetté par un flux constant d'adrénaline. Je me demande ce que ça va nous faire, quand toute cette fébrilité va finir par retomber.

Pendant que mes parents échangent des *salaam* avec la mère d'Ayesha, je serre mon amie dans mes bras pour chuchoter à son oreille :

— Je vais voir si je peux joindre David. Il trouvera peut-être un moyen de nous aider.

Je ne suis vraiment pas sûre que David puisse faire quoi que ce soit pour nous, même si j'arrive à lui parler, mais je tiens à quitter Ayesha sur une note d'espoir tandis qu'on observe le visage de nos parents, mélancoliques, les traits tirés. Les parents du camp – sans exception – n'ont plus que deux expressions : une inquiétude terrifiée, et un calme de façade orné d'un sourire forcé pour que leurs enfants ne remarquent pas leur angoisse.

Il nous reste encore une heure avant le couvre-feu, alors j'arrive à convaincre mes parents de venir marcher un peu avec moi. Maintenant, dès que je suis dehors, j'observe, à l'affût d'une issue possible. Je prends note des gardes qui ont l'air de s'ennuyer. Dans le noir, les projecteurs des miradors nous rappellent, sinistres, que nous sommes enfermés. Je sais que les drones planent au-dessus de nos têtes ; je sens leur bourdonnement dans mes os. On retourne en silence vers notre caravane. Le caporal Reynolds est stationné au coin de notre secteur. Il croise mon regard mais se détourne aussitôt.

Chapitre 10

— Lève-toi, ma puce. Ton père et moi allons au foyer pour la réunion d'organisation communautaire. Ensuite on ira à la prière – plusieurs personnes se rassemblent pour la *namaz* dans une caravane du secteur 8. Il faut que tu manges quelque chose.

Je roule sur le dos et me frotte les yeux pour tenter d'en chasser la fatigue. J'ai l'impression de ne jamais vraiment dormir, ici. C'est comme si, même dans mon sommeil, j'étais toujours sur le qui-vive. Je suis constamment sur les nerfs.

— Oui, maman. D'accord.

Je sors une main des couvertures, le pouce levé, puisqu'elle a passé la tête à l'intérieur. Une fois qu'elle est partie, je me lève, en faisant bien attention de ne pas me cogner la tête. Il m'a fallu plusieurs jours à Mobius avant de retenir cette leçon, et ça n'a pas été sans douleur. Je m'approche du lavabo et me regarde dans le miroir. De profonds cernes se sont imprimés sous mes yeux.

Mes parents ont l'air de s'habituer à la vie dans le camp. Comme tout le monde, en fait. Les gens se rencontrent, s'organisent. Il y a une école, des prières régulières, une répartition du travail. Ma mère a même commencé à proposer des séances de kiné dans la clinique que des médecins ont aménagée dans une salle du foyer. Chaque jour, depuis deux semaines, mes parents me font des suggestions plus ou moins directes. Je devrais me faire des amis, me rendre utile, former un club de lecture. Sauf que ce qui tient lieu de bibliothèque à Mobius est tout simplement pathétique. Il n'y a que très peu de livres, et il semblerait que les seuls auteurs que l'Autorité exclusive approuve soient de vieux Blancs morts depuis longtemps. Je n'ai pas envie de m'habituer. Je ne veux pas m'adapter à la surveillance constante, au regard menaçant de gardes blancs armés de fusils ou au perpétuel sourire de mort qui crispe les lèvres du directeur. Je voudrais que personne ne s'y habitue.

Et puis, j'ai besoin de voir David. Sans raison particulière. Pour toutes les raisons du monde.

Je me brosse les dents et me nettoie le visage, en faisant bien attention d'économiser l'eau. Tout est rationné. Il y a assez d'eau et de nourriture pour tout le monde, mais pas plus. Le pire, c'est le minuteur de la douche. Ça me manque de ne pas pouvoir prendre de longues douches, avec shampoing et après-shampoing. On a droit à cinq minutes par jour et par personne. Pas de temps pour le luxe. Pas de luxe du tout. On ne peut même pas tricher, la douche s'arrête automatiquement. Autre leçon précieuse que j'ai apprise au cours de cette première semaine au camp : il vaut mieux se laver le soir si on ne veut pas avoir l'impression de dormir dans une tempête de sable. La plus importante de toutes ces leçons, cependant : ne surtout pas compter toutes les choses qui existaient avant mais auxquelles on n'a plus droit maintenant. Ne surtout pas faire cette liste. C'est un coup à devenir fou.

On frappe à la porte. Je fais entrer Ayesha. On passe beaucoup de temps ensemble, à essayer d'oublier la claustrophobie de cette vie dans un enclos électrifié. On papote, on fait des tours et des détours à l'intérieur du camp, et on retrouve d'autres jeunes de notre âge aussi désœuvrés que nous.

Et puis on s'efforce de trouver un moyen de s'échapper de cet endroit. Essayer de contacter David pour lui demander de nous aider me paraît à la fois infantile et complètement irréaliste. Pourtant on n'a pas encore envisagé d'autre solution qui ne présente pas de risque de mort – du moins pas immédiate. On commence à se rendre compte que ce risque, on va peut-être devoir l'accepter si on veut réellement s'enfuir et pas seulement en discuter. Je ne l'ai pas encore dit à Ayesha mais je m'accorde deux semaines pour réfléchir à tout ça. J'arrive mieux à me concentrer quand j'ai une date limite.

— Il est craquant, David ? lance Ayesha en une question sortie de nulle part.

— Je suis sûre qu'il est persuadé de l'être, réponds-je en riant. Enfin, moi, je ne le lui ai jamais dit. Je ne veux pas qu'il attrape la grosse tête. Et toi ? Il y a quelqu'un que tu trouves craquant ? Au sein même de ce camp, peut-être ? Un certain garçon avec qui tu discutes souvent dans la queue de la cantine ? Un certain Soheil ?

Ayesha me sourit de toutes ses dents.

— Peut-être… J'ai l'impression qu'il trouve toujours de bonnes raisons de venir me parler, et je ne me gêne pas pour l'encourager. Il est mignon, intelligent, drôle… Sauf que c'est complètement futile, tout ça, tant qu'on est coincés ici. On n'a nulle part où sortir ensemble, et ce n'est pas comme si on avait un bal de promo en perspective.

Je lui prends la main et la serre doucement. Je suis contente qu'elle ait au moins cette distraction.

J'inspire lentement, profondément, tandis que le visage souriant de David s'impose à mon esprit.

— David me manque – beaucoup. Je sais bien que ça ne fait que deux semaines que je ne l'ai pas vu, mais j'ai l'impression que c'était il y a des mois. C'est cet endroit. Le temps y est tout distordu.

— Oui, je sais. Je te jure, si j'entends encore une seule fois le directeur nous vomir ses salades à base d'unité, de sécurité et de prospérité, je vais me mettre à hurler. Les gens ont tellement peur de se faire taser et de disparaître que plus personne n'ose rien dire. Mes parents sont à la réunion, comme les tiens, et mon petit frère joue au foot avec des gamins de ce secteur et de quelques autres. Ce sont des tuteurs qui les entraînent. Je trouve ça hallucinant.

Les disparitions ont commencé la semaine dernière. Je ne l'ai pas remarqué tout de suite, mais les rumeurs ont vite circulé. « Le réseau des murmures », comme dit Soheil. Quelqu'un s'est fait embarquer au milieu de la nuit, quelqu'un d'autre a été convoqué au foyer pour une raison ou une autre... Personne ne revient jamais. J'imagine que les responsables – le directeur, sa milice et le reste du personnel exclusif – font en sorte que ça ne s'ébruite pas. Sauf quand ils veulent que ça se sache.

Il paraît que, il y a trois jours, deux gardes ont coincé un type qui sortait du foyer après le couvre-feu. Apparemment il s'y était introduit en douce dans l'espoir d'utiliser un des ordinateurs. Il s'est fait arrêter alors qu'il tentait de regagner sa caravane, et il a blessé un des gardes au bras, à l'aide d'un couteau qu'il avait dérobé au mess. Quand son partenaire s'est lancé à sa recherche, les gardes l'ont informé qu'il était parti – pas hospitalisé ou envoyé en cellule. Non : parti. C'est tout ce qu'ils lui ont dit. Je l'ai aperçu, le compagnon de l'homme disparu. Je me rendais au foyer, et j'ai vu un petit groupe qui le regardait courir d'un garde à l'autre, complètement paniqué, pour tenter d'en apprendre un peu plus sur son copain – où il était, quand il reviendrait. Les gardes ont commencé par faire comme s'ils ne le voyaient pas, ne l'entendaient pas, puis l'un d'eux a perdu patience. Il l'a frappé à l'épaule avec la crosse de son fusil, si violemment que l'homme en est tombé par terre. Alors les gardes lui ont passé les menottes et l'ont embarqué, lui aussi. Le pire, c'est qu'il ne s'est même pas débattu. Quant à nous, qui assistions à la scène, nous sommes tous restés plantés là, sans rien dire, sans rien faire. Puis tout le monde s'est dispersé. Et c'est ainsi que deux hommes se sont volatilisés.

C'est pour ça qu'il faut absolument que je trouve un moyen de sortir d'ici, de m'échapper. Quand les gens perdent espoir, c'est là que l'Autorité sait qu'elle a gagné la bataille.

— Soheil est partant, pas vrai ?

— Quoi ? fait Ayesha.

— Il veut bien nous aider ?

— Je ne sais pas. Je pense que oui, mais je ne lui ai pas posé la question directement. On parle essentiellement de nos films et séries préférés, quand on n'est pas occupés à se plaindre de la qualité de la bouffe.

— Je l'ai vu se disputer avec ses parents hier soir en repartant du mess. Sa mère essayait de le faire taire, mais je l'ai entendu dire qu'il refusait de faire le mort alors que nos droits étaient foulés aux pieds.

— *« You say you want a revolution… »*, chantonne Ayesha dans un murmure. Tu dis vouloir une révolution…

— Tu as vraiment un truc pour les vieux tubes, toi ! C'est presque une maladie à ce stade.

— C'est la faute de mes parents. Ils ont zappé les berceuses et nous ont fait une éducation musicale qui va des Beatles à Nirvana… et c'est là que leur immense culture musicale s'arrête en dérapage.

Je ne fais pas entièrement attention à ce qu'elle dit. Postée derrière ma petite fenêtre, je sens une idée se former. Le caporal Reynolds est en pleine conversation avec les gardes qui surveillent notre secteur. Cet endroit inspire les secrets. J'ai les miens, et je ne suis pas la seule.

— Suis-moi, dis-je en me dirigeant vers la porte.

— Oooh ! on va faire les boutiques ? ou au cinéma ?

— La plus courte distance d'un point à un autre, c'est la ligne droite.

— On parle un langage codé maintenant ?

Je secoue la tête.

— Je n'arrête pas de chercher un moyen de contacter David. On a le droit de passer des coups de téléphone, pas vrai ? Alors je vais demander.

— D'accord, mais ils écoutent tous les appels. Et puis, tu dois te plier à la démarche officielle.

— Ouais, je sais, mais je vais tenter quelque chose.

Je sors de ma chambre. Ayesha m'emboîte le pas. Quand on descend les marches du mobil-home, je me tourne vers elle.

— Joue le jeu, OK ? puis retourne dans ta caravane. Maintenant essaie d'avoir l'air inquiète et fais semblant de me consoler. Je vais me mettre à pleurer.

Ayesha fronce les sourcils.

— Je ne vais pas avoir besoin de me forcer. Je m'inquiète vraiment parce que j'ai l'impression que tu t'apprêtes à faire une grosse bêtise.

Je m'immobilise et lui prends la main.

— Écoute, tu n'es pas obligée, si tu ne préfères pas. Je suis bien consciente des risques, mais ça fait des jours qu'on en parle. Je suis fatiguée de parler.

Ayesha hoche la tête. Je m'attends à ce qu'elle reparte vers sa caravane, mais au lieu de ça elle me sourit et me serre doucement la main.

On se retourne vers les gardes et le caporal Reynolds. Pleurer sur commande, ce n'est pas dur. C'est retenir ses larmes qui demande un effort, dans ce camp.

Alors qu'on approche du coin du secteur, je me racle la gorge bruyamment et je m'essuie les joues. Le caporal

Reynolds me regarde ; les autres aussi. Il fait un pas vers nous. Je ne lui ai pas parlé depuis la fois où il m'a surprise après le couvre-feu. Je frotte mes paumes moites contre mon jean. Ayesha passe un bras autour de mes épaules et me serre gentiment contre elle. Elle va même jusqu'à me soutenir quand mes genoux cèdent un peu sous moi.

— Mesdemoiselles. (Reynolds retire ses lunettes de soleil aviateur en s'approchant de nous.) Quelque chose ne va pas ?

Je me jette à l'eau.

— Il faut que je passe un coup de fil.

Il prend une longue inspiration.

— Il y a une procédure pour ça.

— Je… Il se trouve que…

— Ça fait un an aujourd'hui qu'elle est avec son copain, alors elle voudrait lui parler. Elle n'a pas pu le joindre depuis qu'on est arrivés ici. (Ayesha incline la tête vers moi.) Vous ne pouvez pas l'aider ? S'il vous plaît.

Le ton de sa voix est impeccable – un parfait mélange d'inquiétude et de pitié, avec une pointe de supplication.

Il nous dévisage tour à tour, sans un mot. Ce silence me rassure. Ça veut dire qu'il envisage d'accepter. Je sens mes épaules se crisper, et Ayesha me serre un peu plus fort.

Le caporal Reynolds finit par hocher la tête.

— OK. Viens avec moi.

Ayesha soupire en même temps que moi. Je la prends dans mes bras une seconde, et elle murmure à mon oreille :

— *Jazak Allah.*

Les larmes me montent aux yeux. Pour la première fois, j'ai l'impression d'avoir réellement besoin d'une intervention divine. Qu'Allah nous récompense.

Je suis le caporal Reynolds jusqu'au foyer.

L'adrénaline qui me fouette le sang fait battre mon cœur si fort que j'ai l'impression qu'il va exploser. J'avale ma salive – une fois, puis deux. J'ai tellement soif ! J'essaie de me concentrer sur ce qui se passe autour de moi. Reynolds garde les yeux braqués droit devant lui. Quand il se rend compte que je dois presque courir pour rester à sa hauteur, il ralentit la cadence de ses longues enjambées. Ses larges épaules se voûtent légèrement quand il marche. Il a les cheveux très courts. Je devine qu'il se les est fait couper récemment au bronzage irrégulier de sa nuque entre le col de sa chemise et la casquette couleur sable de son uniforme d'infanterie. Il n'a pas retroussé ses manches aujourd'hui, alors je ne vois pas son tatouage.

J'ai l'impression qu'il faudrait que je dise quelque chose. Je ne sais pas bien quoi, mais ce silence devient pesant, trop lourd de sens, et j'ai besoin de souffler un peu. Peut-être que ça m'aidera à mieux respirer de parler, mais rien ne me vient à l'esprit. Je me racle la gorge.

— Euh… caporal Reynolds ? Je me demandais si vous aviez regardé la nouvelle saison de *Jessica Jones*. On n'y a pas accès, nous, et je meurs d'envie de savoir ce qui se passe. Ce qui m'intéresse surtout, c'est l'histoire entre Jessica et Luke Cage. Ça m'énerve qu'Iron Fist fasse une apparition. C'est un gros chouineur. Je n'ai pas pu terminer sa série à lui ; je n'ai pas supporté l'appropriation culturelle.

Reynolds ralentit un instant et me jette un regard, les sourcils froncés, avant de se détendre de nouveau.

— C'est sur ma liste, mais je n'ai pas commencé la dernière saison. Je te tiendrai au courant.

— Merci, dis-je, puis je trouve le courage de poursuivre : Et merci de me laisser appeler David.

— On va voir comment ça se passe. Surtout n'en parle à personne.

Je hoche la tête. Je jette un coup d'œil à son pistolet et, soudain, je suis à la maison, où l'agent en costard tire son arme et la pointe sur moi pendant que son collègue plaque mon père au sol et que ma mère hurle de peur. Elle hurlerait aussi si elle me voyait là, en compagnie d'un garde. Je secoue la tête et me murmure tout bas de penser à respirer.

— Tu disais ?

— Moi ? Oh, je… (J'opte pour la vérité.) Je me rappelais de penser à respirer.

— « De penser à respirer » ?

— Ma famille a été envoyée de force dans un camp d'internement pour la simple raison qu'on existe, et vous avez un pistolet avec lequel vous pouvez me tirer dessus si jamais je fais un pas de travers. Alors, oui, j'essaie de penser à respirer.

Je crispe les mâchoires. J'imagine l'expression horrifiée de ma mère si elle m'entendait ; la terreur que ça leur causerait, à mon père et à elle. Moi aussi, je suis terrifiée, mais j'en ai plus que marre d'obéir à toutes ces conneries.

Le caporal ralentit le pas puis s'arrête carrément et se tourne vers moi.

— Je ne vais pas te tirer dessus, dit-il lentement, en détachant bien les syllabes. (Puis il rouvre la bouche et hésite un instant.) Et puis, tu as raison. C'est Lewis Tan qui aurait dû jouer le rôle d'Iron Fist.

L'annonce d'un sourire incurve presque ses lèvres, mais il semble se l'interdire. Il se remet en marche, un peu plus vite. Je presse le pas pour le suivre et m'autorise, moi, un petit sourire.

On arrive au foyer, mais il m'entraîne vers une caravane stationnée à côté du bâtiment administratif où se trouve le bureau du directeur. Reynolds jette un regard alentour avant de me faire entrer.

C'est un mobil-home comme celui auquel ma famille a été affectée, mais sans cuisine ou coin salon. L'intérieur a été aménagé en bureau. Contre l'une des cloisons il y a une table rectangulaire – un peu comme celles qu'on utilise au lycée quand on fait des ventes de gâteaux, mais en plus étroite –, flanquée de trois chaises pliantes en métal gris. Reynolds désigne un des deux téléphones posés sur la table. Je m'assieds à côté. Il décroche le combiné, compose un code, puis me le tend.

— Tu as deux minutes, dit-il.

J'approche le téléphone de mon oreille. Je ne me souviens même pas de la dernière fois que je me suis servie d'un fixe. Je me moque de mes parents, qui en ont toujours un, mais pour le coup je suis trop contente d'entendre la tonalité – une vraie tonalité, à l'ancienne, qui me tend les bras depuis le passé comme un doudou réconfortant, preuve que le monde existe toujours au-delà de cette clôture. Le combiné glisse dans ma main moite, et je m'empresse de le rapprocher de mon oreille. D'un doigt tremblant, j'appuie sur les touches qui vont me conduire à David. Ou, du moins, à sa voix. Il n'y a que trois numéros que j'ai mémorisés en plus du mien : les deux portables de mes parents, et le sien.

Je me demande si sa voix sera différente. Je me demande ce que je devrais lui dire pour le faire venir – pour qu'il nous aide – pendant que le caporal et je ne sais qui d'autre nous écoute. Au moins Reynolds m'a tourné le dos. Ce n'est pas grand-chose, mais ce petit geste m'accorde un faux-semblant d'intimité.

« Dring ! »

Mon cœur tambourine à mes oreilles. Ces battements résonnent dans tout mon corps. Une espèce de légèreté me gonfle la poitrine, j'ai l'impression que c'est de l'espoir. Ça fait mal, comme un muscle que je n'aurais pas utilisé depuis longtemps.

« Dring ! »

Deux minutes. *Réfléchis, Layla. Fais venir David. Dis-lui que tu l'aimes, mais ne perds pas tout ton temps en élans de guimauve sentimentale.*

« Dring ! »

La panique me prend à la gorge. Je regarde autour de moi et m'arrête sur le micro-ondes, dont le minuteur affiche l'heure en numéros vert fluo. On est en plein milieu de la semaine. David est au lycée. En ce moment même il est en cours de littérature.

Non. Non. Non. Non.

« Dring ! »

« Dring ! »

— « Salut, c'est David. Vous connaissez le principe. »

J'entends un « bip », puis c'est le silence.

— David, dis-je dans un murmure étranglé.

Puis un élan de rage m'emporte et je raccroche brutalement. La voix de ma mère s'invite dans mon esprit. *« Respire, Layla. »* Je ne l'écoute pas, cette voix ; je la repousse violemment, en même temps que les quelques miettes de raison qu'il me restait. La colère me brûle les entrailles. Je n'arrive plus à étouffer mes émotions à coups de logique.

Le caporal Reynolds fait volte-face, surpris par le claquement du combiné sur la base du téléphone.

— Il y a un problème ?

— « Un problème » ? « Un problème » ? (J'éclate de rire mais m'étouffe aussitôt avec.) Par où commencer ? Il n'y a pas qu'un seul problème ; il y en a un million. C'est toute ma vie, le problème. C'est le fait que je me retrouve coincée dans ce putain de camp parce que j'ai le culot d'exister.

Mon estomac fait des nœuds, et j'entends ma voix devenir de plus en plus forte, mon souffle de plus en plus rapide. Pourtant je ne m'arrête pas. Je m'approche du caporal Reynolds.

— Et vous, et tous les autres qui bossent ici, tous les gardes, tous les hommes et femmes politiques, tous les voisins et voisines qui nous ont vus nous faire embarquer et qui n'ont rien dit du tout… Ce cauchemar, c'est votre faute à tous. Je ne peux même pas entendre la voix de mon copain sans devoir supplier quelqu'un. Ça me rend malade. Je déteste le Président. Et vous aussi, je vous déteste. Je vous hais de toutes mes forces, parce que vous pourriez me tirer dessus sans raison, et personne ne protesterait. Et je me hais, moi aussi, parce que je suis assez conne pour gueuler sur un garde, et que maintenant je vais devoir me prosterner et compter sur votre pitié, sinon je risque de finir en cellule ou de disparaître comme tous ces gens qui cherchaient simplement à vivre.

Je prends une bruyante inspiration. Des larmes brûlantes m'inondent les joues. Je les essuie avec ma manche et j'attends. J'attends que Reynolds dise quelque chose, fasse quelque chose. Qu'il me passe les menottes, qu'il me frappe, qu'il m'embarque.

Il n'en fait rien. Il se déplace d'un pied sur l'autre, les yeux rivés sur ses bottes. Puis il redresse la tête et soutient mon regard. L'atmosphère de la caravane est devenue irrespirable. J'ai les joues en feu. Il ne dit toujours rien. Il me dévisage avec une expression presque peinée.

Puis il finit par inspirer longuement et se racle la gorge avant de m'adresser un petit signe de tête. Il s'avance vers la porte du mobil-home, l'ouvre et s'en va.

Je ne bouge pas. J'ai un peu envie de vomir. Je ne peux pas retirer ce que j'ai dit. Surtout, je ne veux rien retirer du tout. C'était peut-être complètement stupide, mais une petite part de moi se sent mieux, peut-être même heureuse. Est-ce que ça veut dire que je suis encore plus conne que je le croyais ? Je n'en sais rien. Ça veut peut-être simplement dire que je suis humaine.

J'ouvre la porte ; le soleil m'aveugle. Je mets une main en visière. Le caporal Reynolds m'attend. Il me lance un petit sourire triste. On retourne au secteur numéro 2 sans échanger un mot.

CHAPITRE 11

Je ramasse un caillou et le lance vers les montagnes. Ça reflète exactement ce que je suis : un caillou face à des montagnes. Je suis assise par terre, adossée à l'un des rochers du jardin. Le message de David passe et repasse en boucle dans ma tête. Je n'ai sorti qu'un pauvre mot avant de succomber à la colère et de raccrocher rageusement. Je suis vraiment une grosse maligne. Il doit penser que j'ai perdu la tête. C'est peut-être le cas, d'ailleurs. Au moins j'ai pu entendre sa voix, mais dans le genre lot de consolation, on fait difficilement plus merdique.

Je suis dans le recoin le plus isolé du jardin, pour essayer d'octroyer à Ayesha et Soheil un semblant d'intimité. Ayesha n'a pas envie de se faire surprendre seule avec lui, alors je lui sers d'alibi le temps de cette courte visite.

Du coin de l'œil, je vois Soheil se rapprocher discrètement d'Ayesha – ils sont perchés sur l'un des énormes rochers. Je détourne aussitôt la tête et recommence à lancer de petits galets. Je ne les regarde pas, mais ils ne sont qu'à trois ou quatre mètres de moi, alors j'entends tout ce qu'ils disent, même si je fais semblant d'être sourde.

— Tu ne trouves pas ça bizarre qu'on se soit rencontrés ici ? demande Ayesha à Soheil.

— Si. « Bizarre », c'est une façon de décrire la chose. Sinon, il y a « révoltant », aussi, mais je suis quand même super heureux que nos chemins se soient croisés.

Ayesha éclate de rire.

— C'est clair que ce n'est pas exactement la scène de rencontre dont je rêvais.

— C'était quoi, la scène de tes rêves ?

— Eh bien, je me voyais plutôt entrer dans un immense auditorium, plein à craquer, où tout le monde est occupé à se chercher une place. L'atmosphère crépite sous le coup de l'anticipation. C'est le panel *Star Wars* de Comic-Con. Soudain je l'aperçois à l'autre bout de la salle bondée. Il est brun, super beau…

— Tu as oublié « élégant », intervient Soheil.

— Oh, pardon. J'aperçois donc ce beau brun élégant à l'autre bout de la salle. Nos regards se croisent, et on ne voit plus rien d'autre. Autour de moi tout ralentit, tout devient flou. Il s'approche de moi. Mon cœur bat à cent à l'heure. Alors il me tend la main et il dit : « Salut. Je m'appelle Riz Ahmed. »

Je tente d'étouffer un gloussement et je tourne la tête pour croiser le regard d'Ayesha, mais elle n'a d'yeux que pour Soheil, qui part d'un grand rire chaleureux.

La sirène du camp retentit.

— Vous n'avez qu'à aller dîner. Je vous rejoins, dis-je.

— Ça va, Layla ? me demande Ayesha.

— Oui, oui. J'ai besoin d'une minute de solitude, c'est tout.

Je leur souris, et ils se remettent en route.

Dîner au mess. Une fois de plus. Je crois que je ne vais plus tenir très longtemps. Tout le monde qui fait semblant. Tous ces faux sourires, ces dialogues vides de sens avec les tuteurs, qui, chaque jour, se donnent scrupuleusement la peine de tous nous saluer. Il va encore falloir cacher toute panique et faire comme si tout allait bien, ravaler l'envie de hurler parce que celui ou celle qui ose se faire entendre risque de se faire traîner au cachot. Au mess, nous sommes tous rassemblés dans un espace fermé, avec des tuteurs et des gardes partout, et l'atmosphère est chargée de terreur et d'angoisse, pourtant on ne peut même pas l'avouer ; on a trop peur de se faire remarquer. Ici, se faire remarquer, c'est ce qui peut arriver de pire.

Je ferme les yeux. À mesure que le soleil se couche, l'air se rafraîchit. Si je fais abstraction de tout l'espace d'une minute – juste une minute –, j'arrive à respirer sans qu'un poids ne m'écrase la poitrine. Je laisse mon esprit vagabonder où il veut. Il s'arrête toujours sur de petites choses du quotidien. Aller au cinéma. La climatisation. Manger des glaces. Embrasser David entre les rayonnages de la bibliothèque du lycée. Le lycée. Pendant une infime seconde je prie pour me réveiller de ce cauchemar et me retrouver à la maison. Puis je me force à rouvrir les yeux et à affronter l'aride désert. Il n'y a pas de place pour la nostalgie ici.

— Layla.

Le son de sa voix me fait sursauter. Le caporal Reynolds est seul. Il ne m'a pas dénoncée pour lui avoir crié dessus, ou pour avoir déclaré que je déteste le Président, ce qui était autrefois autorisé par la liberté d'expression mais qui, maintenant, relève de la haute trahison. Omettre d'applaudir le Président lors de son fichu discours sur l'état de l'Union, c'est presque un acte de sédition. Et il y a encore des gens qui croient qu'on vit dans une démocratie.

J'essuie mon jean tout poussiéreux. Je fais comme si tout allait bien. Enfin, aussi bien que possible. Je hoche la tête.

— Je sais. Je sais. C'est l'heure du dîner. Je vais me dépêcher d'aller déguster mon repas cinq étoiles, dis-je en commençant à me diriger vers le mess.

En général je retrouve mes parents là-bas. Ils vont paniquer s'ils ne me voient pas arriver.

Le caporal Reynolds me rattrape par le coude.

Je me fige et lève les yeux vers lui, bouche bée. Des vagues de terreur successives me fouettent, et toutes mes alarmes internes se mettent à hurler. J'ai peut-être été stupide de croire qu'il ne m'avait pas dénoncée. Il attendait peut-être simplement de me trouver seule, parce que ce serait plus facile de m'embarquer comme ça. *Oh, merde!* comment est-ce que j'ai pu être aussi bête ?

— Je... suis désolée. Je ne me suis pas rendu compte que j'étais en retard. Je vais rattraper les autres en courant.

Je me passe la langue sur les lèvres. J'ai très soif, d'un seul coup. Je cille pour refouler mes larmes.

— Ne t'inquiète pas. Tout va bien. Je n'ai pas l'intention de t'emmener où que ce soit. Désolé. Je n'aurais pas dû te toucher. (Il me relâche le bras.) Attends une seconde, Layla, reprend-il d'une voix plus douce. J'ai quelque chose pour toi.

De petits groupes se dirigent déjà vers le mess. D'habitude les gardes qui surveillent les secteurs nous suivent jusqu'à la cantine tandis que la relève arrive. Tout le monde nous tourne le dos. Mon instinct me crie de m'enfuir. C'est ce qu'il me crie en permanence, mais pour aller où ? Je me demande si, à force de voir que je n'écoute pas ses avertissements, mon corps va se lasser. Va-t-il commencer à m'envoyer des signaux erronés parce que j'aurai trop refusé d'obéir à ses impulsions ? Est-ce que cette espèce de sifflement qui me fouette les oreilles s'arrêtera un jour ?

— Je suis désolé que tu n'aies pas réussi à joindre ton copain hier.

C'est pour me dire ça qu'il est venu ? Je le dévisage, médusée.

— Tiens. (Il sort prudemment de sa poche ce qui ressemble à un vieux téléphone à clapet et le place dans ma main.) C'est un jetable.

Mon cerveau n'arrive pas à saisir ce qu'il m'offre.

— Mets-le dans ta poche. Je vais te raccompagner à ta caravane, et tu vas te rendre directement dans la salle de bains en te tenant le ventre comme si tu avais des crampes. De là, tu pourras appeler ton copain. Tu ne disposeras que de quelques minutes. Si on te demande ce qui s'est passé, tu t'es sentie mal dans le jardin, et je t'ai escortée avant de te ramener au mess. Compris ?

Un million d'idées bourdonnent sous mon crâne, mais je suis incapable de parler. Alors je hoche la tête. On rejoint la médiane. Devant nous deux ou trois retardataires s'éloignent en courant, mais quand on arrive au coin de mon secteur, tout est vide. Personne ne veut jamais être en retard ici. On nous rappelle sans cesse qu'il y aurait des conséquences. Pas de précisions. Seulement ce mot qui flotte dans l'air en permanence : conséquences.

Je monte dans la caravane et vais m'enfermer dans la salle de bains, pliée en deux, comme me l'a recommandé Reynolds.

David décroche à la première sonnerie.

— Allô ?

— David, c'est moi, dis-je dans un murmure.

— Oh, mon Dieu ! Layla.

— Chut…

J'ignore où il est, ou si quelqu'un écoute cette conversation de son côté.

— Ça me fait tellement plaisir d'entendre ta voix ! Je n'en reviens pas… Comment tu as fait pour m'appeler ? Oh, putain ! Tu vas bien ? Qu'est-ce qui t'arrive ? Est-ce qu'on t'a fait du mal ? Est-ce qu'on t'a dit quand tu pourrais sortir ? Est-ce que… ?

Sa voix. La voix de David. Ma vie d'avant. Sauf que je n'ai pas le temps de céder à la nostalgie ou aux sentiments – ou à mes émotions, tout simplement.

— David, dis-je pour l'interrompre. Tu me manques beaucoup, et je t'aime tellement, mais…

— Moi aussi, je t'aime. Tu me manques, Layla. Je n'en reviens pas que la situation soit partie en vrille à ce point.

— David, j'ai besoin de ton aide. Est-ce que tu peux venir ici ? venir me voir ? Je suis dans…

— Je sais où tu es. Les anciens collègues de mon père au ministère de l'Intérieur le lui ont dit. Ç'a beau être un sale con, je lui ai promis que, s'il ne se débrouillait pas pour découvrir où tu étais, je ne lui adresserais plus jamais la parole. Et oui, bien sûr que je vais venir. Est-ce qu'ils permettent… ?

On frappe à la porte du mobil-home. Eh merde !

— David, il faut que j'y aille. S'il te plaît, je vais continuer à réfléchir. J'ai besoin de toi. On pourrait peut-être trouver un moyen de te faire entrer dans le camp en douce.

De nouveau on frappe à la porte, puis je l'entends s'ouvrir.

— Au revoir, David. Je t'aime.

— Layla, attends. Si tu veux me rappeler pendant les cours, à partir de maintenant je laisserai mon téléphone allumé toute la journée. Tu n'auras qu'à raccrocher après une sonnerie puis recommencer tout de suite après. Comme ça, je saurai que c'est toi. Moi aussi, je t'…

— Layla. (La voix du caporal Reynolds remplit toute la caravane.) Il faut qu'on y aille. Sur-le-champ.

Je raccroche sans un mot de plus, range le téléphone dans ma poche et ressors de la salle de bains.

Reynolds me traîne presque dehors.

— La relève des gardes arrive, chuchote-t-il. N'oublie pas : tu te sentais mal, alors je t'ai raccompagnée.

Il jette un rapide coup d'œil alentour puis me fait signe de lui redonner le téléphone, qu'il cale au fond de sa paume. Puis il s'agenouille sur le sol poussiéreux pour refaire ses lacets et glisse l'appareil à l'intérieur de sa Rangers.

En se relevant, il me prend par le coude et me fait passer devant les gardes qui viennent de se poster au coin de notre secteur. Les deux hommes le saluent. Il leur adresse un signe de tête, et on se dirige vers le mess.

Les autres gardes le respectent. Ils sont obligés, j'imagine, mais chez certains d'entre eux, je vois bien que c'est plus qu'une obéissance mécanique.

J'observe le caporal Reynolds tandis que nous marchons. Je ne sais pas bien quoi penser de lui. C'est un militaire armé d'un pistolet mais, en même temps, il prend des risques pour m'aider. Le caporal Reynolds est un puzzle complexe auquel il manque la moitié des pièces. Alors je n'arrive pas à deviner qui il est vraiment.

— Pourquoi est-ce que vous faites ça ? Pourquoi m'aider ?

— C'est seulement un coup de téléphone, dit-il. Et puis, j'ai mes raisons, ajoute-t-il d'une voix un peu brusque.

J'ai l'impression qu'il est fâché, mais contre lui-même.

— Merci, caporal Reynolds, dis-je lorsque nous approchons du mess.

Je suis sincère. Je ne lui fais pas entièrement confiance. Qui sait ce que cachent les pièces manquantes du puzzle ? Un monstre, peut-être, mais mon instinct me souffle que ce n'est rien de si méchant.

Avant qu'on arrive à portée de voix des gardes stationnés devant le mess, il se penche et murmure :

— Appelle-moi Jake. Et puis, crois-moi, quoi que tu essaies de faire, quoi que tu penses pouvoir obtenir, réfléchis-y à deux fois. Ne te lance pas dans des plans stupides. Tu risquerais de te faire arrêter ou tuer. C'est beaucoup plus facile que tu ne l'imagines, ici.

Chapitre 12

Aucune information ne circule. Rien ne franchit la clôture. Enfin, on entend des bribes ici et là, naturellement. Le réseau des murmures ne se tait jamais : il paraît qu'il y a des manifestations dans certaines villes, des défilés pour protester contre cette situation. Il paraît qu'un deuxième camp se prépare. Sauf que, tout ça, ce sont essentiellement des rumeurs, des fragments rapportés par le personnel non militaire du camp, ceux que leurs élans de culpabilité poussent à adopter une attitude peut-être pas franchement compatissante mais, au moins, à peu près aimable. Peut-être que leurs voisins sont musulmans ; peut-être qu'ils avaient des copains musulmans en cours. Peut-être qu'ils n'avaient jamais rencontré de musulmans en vrai avant d'arriver au camp et que, à force de nous regarder en face, dans les yeux, ils se sont rendu compte que nous sommes des êtres humains qui rient et qui pleurent, comme eux. Que nous sommes faits de chair et d'os, et que nous saignons. Cette fine couche d'amabilité, ce signe de tête, ce demi-sourire, ce morceau de beurre supplémentaire sur une louche de purée s'accompagnent parfois de brefs échos du monde extérieur qui, rapidement, font le tour de Mobius. C'est comme le jeu du téléphone, où la phrase finale n'a parfois plus grand-chose à voir avec celle de départ, mais on peut quand même imaginer de quoi il s'agissait. On peut quand même espérer.

On frappe à ma porte. Ce sont mes parents. Ils sont là, tous les deux, une tasse de thé à la main, plus une troisième pour moi. Ils préparent le thé tous les matins, c'est leur rituel, mais c'est la première fois qu'ils viennent le prendre dans ma chambre. D'une certaine façon, ça les aide de préserver leurs habitudes. Ils prient toujours, et ma mère ne retire jamais le *tasbih* qu'elle porte au poignet. Déjà, à la maison, ils aimaient structurer leur quotidien autour de petites routines. À partir du moment où papa s'est fait licencier et où les patients de maman ont commencé à se faire plus rares, j'ai eu l'impression de les voir devenir de pâles copies d'eux-mêmes. Ils ne m'en ont jamais parlé ; ils ont toujours essayé de me préserver, de me protéger même des plus infimes soucis, mais je l'ai bien senti. Ici, c'est mille fois pire. Enfin, maman passe ses journées à la clinique, à remettre des dos en place, et papa se réunit tous les jours avec d'autres professeurs pour établir une école de fortune, en commençant par les plus jeunes enfants. Ils s'efforcent d'aider leur prochain à leur manière, parce que, les connaissant, j'imagine sans mal à quel point ils se sentent impuissants, au fond. J'éprouve la même chose.

— *Beta*, est-ce qu'une tasse de thé te ferait plaisir ? demande mon père. On s'est dit que ce serait rigolo, une sorte de petit déjeuner au lit.

Je fronce les sourcils. Je ne suis pas sûre de bien comprendre de quoi ils parlent, mais je m'écarte pour les laisser entrer, et maman referme la porte.

Je tire la chaise de mon petit bureau, et elle me passe ma tasse avant de s'y asseoir. Je bois une gorgée. Il est bien sucré, avec du lait, comme j'aime. Mon père s'adosse à la porte, en tailleur par terre. Je m'installe entre la chaise et le lit.

Puis je regarde mes parents et hausse les épaules.

— Vous avez quelque chose à me dire ?

Il n'y a pas de caméra dans les chambres, donc ce geste n'est pas anodin. Je ne vois pas d'autre raison pour laquelle ils seraient venus s'entasser dans cette pièce minuscule au lieu de prendre leur thé tranquillement – un souvenir de leur vie d'avant.

Ma mère fait signe à mon père, qui se racle la gorge.

— Il y a des gens qui prétendent que…

Elle l'interrompt.

— D'autres parents nous ont raconté qu'ils t'avaient vue suivre le garde, là… le grand qui ne sourit jamais.

Je me crispe un peu mais j'essaie de ne pas trop le montrer.

— Aucun des gardes ne sourit jamais, maman. Ce sont des militaires, pas des gentils organisateurs.

Ma mère hausse un sourcil.

— Le sarcasme n'arrange rien, rétorque-t-elle. Tu veux donc dire que ce n'est pas vrai ? Tu ne t'es pas rendue au foyer en compagnie de ce garde ?

Eh merde. Il faut croire que j'ai manqué de prudence. Il ne faudra pas que ça se reproduise.

— Je… Ce n'était rien du tout. Je lui ai demandé si je pouvais passer un coup de téléphone à David.

— Quoi ? lance ma mère d'une voix plus aiguë. As-tu perdu la tête, de demander une faveur à un garde ? Te rends-tu compte de ce qu'il pourrait te faire ?

— *Jaan*, intervient mon père en accompagnant ce surnom affectueux qu'il réserve à ma mère – « mon âme, ma vie » – d'un geste apaisant. Laisse Layla s'expliquer.

Tous deux se tournent vers moi.

— Je suis désolée. Ce n'était vraiment rien. Je lui ai demandé si on avait effectivement le droit de passer des coups de téléphone et si je pouvais appeler David. Je l'ai suivi jusqu'au foyer, et puis je me suis souvenue que David devait être en cours et qu'il ne répondrait pas, de toute façon. C'est tout.

C'est l'essentiel de la vérité et, pour le moment, c'est tout ce que je peux leur avouer sans les inquiéter encore plus.

Ma mère me dévisage, bouche bée.

— Layla, est-ce que tu te rends compte du risque que tu as pris ? Le simple fait de lui poser la question… Tu t'es mise en danger ! Il est hors de question que tu traînes seule avec un de ces hommes. On ne sait jamais ce qu'ils…

Elle s'interdit d'achever cette phrase.

Mon père reprend le fil de sa pensée.

— Layla, la meilleure chose à faire ici, c'est de rester discrets. Ne pas se faire remarquer, se fondre dans la foule, rester complètement anonymes. Il n'y a que comme ça qu'on peut survivre.

J'avais porté ma tasse de thé à mes lèvres mais je la repose à côté de moi un peu plus brusquement que prévu, et le liquide chaud déborde. Je secoue la main et m'essuie sur mon jean.

— « Survivre » ? Il faut qu'on se contente de ça, maintenant ? de survivre ? On n'a plus le droit de vouloir vivre ? ou est-ce qu'on a déjà oublié ce que c'était ? Est-ce qu'on a déjà décidé que, ça y est, notre vie entière va se dérouler dans ce camp ? Est-ce que j'ai raté quelque chose ?

— Layla. (D'habitude ma mère s'efforce d'adoucir le ton de sa voix quand elle sent la colère monter, mais pas cette fois.) Tu es jeune, trop jeune et trop naïve, pour comprendre ce qui est en train de se dérouler. Nous n'avons plus le moindre droit, plus aucun pouvoir, et il est hors de question que l'un d'entre nous prenne des risques. Compris ?

— *Beta*, souffle mon père pour tenter de tempérer un peu la sévérité de ma mère, est-ce que tu te souviens d'un poème que j'ai écrit ? « Il n'y a qu'en s'ouvrant au silence du cœur que tu l'entendras rugir. »

— Je croyais que tu avais composé ça après ma naissance, et que ça parlait de trouver l'amour dans des moments de calme.

Mon père sourit. Il se lève, s'approche de moi et s'assied tout près pour me caresser les cheveux, comme quand j'étais petite. Je regarde ma mère, qui a les larmes aux yeux.

— Oui, tu as raison, mais c'est aussi un rappel du fait que le silence n'est pas toujours synonyme de faiblesse. Il faut parfois une force incroyable pour oser se taire. Il faut parfois une force incroyable pour survivre.

Ma mère prend une longue inspiration tremblante. Mon cœur saigne pour elle – pour eux deux. Je me fais du souci pour eux, alors je n'imagine même pas à quel point ils doivent s'inquiéter pour moi. Après tout, ils ont construit toute leur vie autour de moi. Je sais que leurs intentions sont louables. Je ne partage pas leur vision du monde, mais ça, je n'ai pas l'intention de le leur dire.

— Je suis désolée. Vous avez raison. J'aurais dû me montrer plus maligne et plus prudente. Je… David me manque tellement !

Ma voix se brise.

— On le sait, *beta*, murmure ma mère. Je m'en veux d'avoir haussé le ton. On a trop peur qu'il t'arrive quelque chose. Il y a des gens qui…

— Maman, je suis au courant. Ce n'est pas la peine de prendre des pincettes. Il y a des gens qui disparaissent, et personne ne sait ce qui leur arrive. J'étais là, avec vous, à la réunion d'orientation. Ne vous inquiétez pas. Je ne vais pas faire de bêtises. Je passe le plus clair de mon temps avec Ayesha, à l'écouter me parler de *Star Wars*.

— De toute évidence, Ayesha a une culture impeccable ; j'approuve cette amitié de tout cœur, lance mon père avec un léger gloussement.

— Ha ! je lui ai déjà dit que maman et toi étiez des fans absolus.

Ma mère m'adresse un petit sourire nostalgique.

— Ah, ma puce… si tu savais. Luke Skywalker jeune, c'était mon premier coup de foudre. Or, un premier amour, ça ne s'oublie jamais.

— Et moi qui croyais t'avoir fait oublier toutes tes histoires passées, gronde mon père en l'embrassant sur la joue.

— Ah, mais c'est vrai, *jaan*. Je n'ai plus d'yeux que pour toi maintenant – toi, et Luke Skywalker jeune.

On éclate de rire.

« Un premier amour, ça ne s'oublie jamais. »

Il faut que je reparle à David. Je sais ; j'ai promis à mes parents que je ne prendrais plus de risques, et j'ai horreur de leur mentir. Sauf que les mensonges font partie de la vie à Mobius. Il n'y a que comme ça qu'on survit.

Chapitre 13

Mes parents se rendent au « travail ». Je fais la vaisselle et nettoie le thé que j'ai renversé dans ma chambre. Normalement je passerais prendre Ayesha et on irait traîner parmi les rochers du jardin. Soheil est de plus en plus souvent là, lui aussi. Hier soir, pendant qu'on faisait la queue au mess avant le dîner, il a murmuré quelque chose à l'oreille d'Ayesha. Un peu plus tard elle m'a demandé si on pouvait changer nos plans ce matin au lieu de se voir comme d'habitude. Elle commence à s'enhardir et elle n'a plus besoin que je joue les chaperons. Tant mieux pour elle. On a tous besoin de se distraire dans cet endroit.

Les paroles de ma mère résonnent encore à mes oreilles. *« Un premier amour, ça ne s'oublie jamais. »* David a promis qu'il viendrait, et je le crois, mais il faut quand même que je lui parle. Il ne peut pas se permettre de débarquer devant le portail sans prévenir. Je tire sur le bas du tee-shirt *X-Files* vintage que j'ai sauvé du placard de ma mère il y a quelques années de ça. Je frotte mes paumes moites sur mon jean tout usé. Il n'y a qu'un moyen d'avoir accès à un téléphone.

Je sors de la caravane. Ma conversation de ce matin avec mes parents m'a fait comprendre que les drones et les gardes ne sont pas les seuls à me surveiller. Je jette un coup d'œil alentour. Maintenant que les adultes ont presque tous un « métier », on ne les voit plus beaucoup pendant la journée.

Il y a une espèce de crèche, où les grands-parents s'occupent des tout-petits. Il ne reste pas grand monde dehors.

Les gardes patrouillent selon une rotation. Le caporal Reynolds est affecté à notre secteur aujourd'hui. *Carpe diem.*

Je ne cours pas ; je ne me presse même pas. Je ne fais rien qui puisse paraître inhabituel. Je marche tranquillement en direction des gardes, comme si j'allais simplement passer devant eux. Il n'y a pas de drone au-dessus de ma tête. C'est le moment idéal pour prendre un risque stupide. Je trébuche.

— Aïe !

Je crie un peu plus fort que nécessaire. Les deux gardes se tournent vers moi. Reynolds dit quelque chose à son collègue avant de s'approcher de moi. Je me masse la cheville, assise par terre.

— Ça va ? demande-t-il en s'agenouillant à côté de moi.

— Oui. Je voulais attirer votre attention mais je ne savais pas trop comment m'y prendre.

Il secoue la tête.

— Il faut que tu arrêtes, avec tes plans débiles et risqués.

Je n'ai pas le temps de me vexer.

— Il faut que je parle à David. Est-ce que vous pourriez me procurer un téléphone, comme l'autre fois ?

— Sérieux… (Le caporal se frotte le front en soupirant.) Lève-toi, et fais semblant d'avoir du mal à marcher.

Je me remets lentement debout. Il me saisit le coude et me raccompagne à ma caravane. Je m'applique à boiter. Je pense être convaincante parce qu'un jour je me suis déjà foulé la cheville en jouant au tennis. Je ne risque pas de gagner un oscar, mais ça fera l'affaire.

Une fois devant ma porte, Reynolds me chuchote à l'oreille.

— Entre et tiens-toi tranquille. Je t'en supplie, pour une fois, fais ce que je te dis. Je reviens.

Je hoche la tête et entre.

À l'intérieur, j'attends bien sagement. Les minutes s'écoulent. Je tourne en rond un instant, en tâchant de boiter pour les caméras. Puis je m'assieds à la petite table et pose la jambe sur la chaise voisine. J'essaie d'oublier que, d'une minute à l'autre, je pourrai peut-être parler à David. Alors je laisse mon esprit vagabonder ailleurs. Je me demande ce qu'Ayesha et Soheil sont en train de faire en ce moment même. Enfin, non, je ne me le demande pas vraiment. J'espère qu'elle est en train de goûter son premier baiser. J'espère qu'elle sourit. Soheil est quelqu'un de bien, j'ai l'impression. Je prie pour que mon instinct ne se trompe pas à son sujet.

Je sursaute quand on frappe à la porte, même si je m'y attendais. Mes réflexes sont hyper sensibles, ces derniers temps.

Je vais ouvrir en boitillant. Je prends mon temps, terriblement consciente des caméras qui nous surveillent.

Le caporal Reynolds croise mon regard et autorise un petit sourire à fissurer le vernis impassible de son masque. Il me tend plusieurs poches de glace.

— Tiens, applique ça sur ta cheville. Tu as sans doute intérêt à aller t'allonger avec la jambe surélevée, sur un oreiller, par exemple. C'est ce que m'a recommandé l'infirmière.

Je lui prends les poches de glace des mains et le remercie avant de refermer la porte. J'ai envie de me ruer dans ma chambre mais je me retiens. J'avance lentement, de ma démarche de fausse éclopée. Une fois en sécurité dans ma chambre, la porte fermée, je soulève la première poche. En dessous je trouve un téléphone à clapet noir dans un petit sac en plastique, ainsi qu'un petit mot :

« La relève arrive dans trente minutes. Mon collègue va s'entretenir avec les nouveaux gardes. Rapporte-moi le téléphone à ce moment-là, entre les poches de glace. Remercie-moi et fais demi-tour, c'est tout. Sois ponctuelle. Fais couler de l'eau sur ce papier jusqu'à ce qu'il ne reste plus d'encre. Puis déchire-le et réduis-le en bouillie avant de le jeter dans les toilettes. »

Je compose le numéro de David. Je raccroche après une sonnerie et rappelle aussitôt, comme il me l'a conseillé. Il décroche au bout de trois sonneries.

— Layla ? chuchote-t-il. Désolé, j'étais en cours ; j'ai dû demander l'autorisation d'aller aux toilettes.

Le simple fait d'entendre sa voix me donne l'impression qu'on vient d'enlever le rocher qui m'écrasait la poitrine. J'arrive enfin à respirer.

— David. (Je me mets à pleurer doucement mais, aussitôt, je m'essuie les joues et me racle la gorge.) David, est-ce que tu peux venir ? J'ai besoin de ton aide pour trouver un moyen de sortir d'ici.

— Je serai là demain. Ce n'est pas très loin.

— Qu'est-ce que tu vas dire à tes parents ?

— Ils n'ont qu'à aller se faire foutre. J'ai demandé à mon père s'il pouvait intercéder auprès de ses contacts au ministère pour vous libérer, toi et tes parents, mais il m'a répondu que ça ne se faisait pas. Apparemment, ils relâchent uniquement les internés qui peuvent leur être utiles. Je lui en veux à mort de se plier à ces conneries, et ma mère... Je ne comprends pas comment elle peut se taire alors qu'il se passe des horreurs pareilles. Je sais bien qu'ils ont peur, mais j'ai l'impression qu'ils ont complètement oublié toutes les valeurs qu'ils m'ont transmises.

J'écoute à peine ce qu'il me dit. Le son de sa voix me fait vibrer et me brise le cœur à la fois. Soudain, je suis frappée par l'énormité que je viens de commettre – par le risque insensé que je lui demande de prendre en venant ici. Ça n'en vaut pas la peine. Je ne sais pas ce qui m'a pris.

— David, je t'aime de tout mon cœur, mais j'ai eu tort. Ne viens pas. C'est trop dangereux. Impossible, même. On n'a pas le droit aux visites.

— On va trouver un moyen, Layla. Rappelle-toi quand je t'ai dit que ce n'était la fin de rien et surtout pas de toi et moi. J'étais sincère. Je suis à ton côté. Toujours. Est-ce qu'il y a un endroit où on pourrait se voir sans que personne ne s'en rende compte ?

— Je ne sais pas, David. Il y a des gardes et des caméras partout. Il y a des drones qui tournent au-dessus du camp. On n'aurait nulle part où se cacher.

— Est-ce que quelqu'un pourrait t'aider de l'intérieur ?

J'hésite.

— Je ne suis pas sûre. Je pourrais peut-être demander au caporal Reynolds.

— « Au caporal Reynolds » ?

— Ne panique pas. C'est un des gardes. C'est lui qui m'a procuré les téléphones avec lesquels j'ai pu t'appeler. Il m'aide.

— Ça, pour le coup, ça me paraît dangereux, Layla. Tu es certaine qu'il n'essaie pas de te piéger ?

— Ça m'étonnerait qu'il se donne tout ce mal pour me dénoncer ensuite. Ils peuvent se permettre de supprimer qui ils veulent ; ils n'ont même pas besoin de prétextes.

— Oh… putain ! je n'en reviens pas que le monde en soit arrivé là.

— Tu m'étonnes… Je lui fais confiance, David. Enfin, dans la mesure où c'est un inconnu – et un garde – dans un camp d'internement. Je pense pouvoir me fier à mon instinct.

— Bon. Si tu lui fais confiance, alors moi aussi. Fais attention à toi, Layla. Je t'aime.

J'entends une sonnerie derrière lui. Je donnerais n'importe quoi pour être au lycée en ce moment, pour que tout redevienne normal – pour retourner dans l'Avant, au lieu d'être prisonnière de cet interminable, insupportable Après.

— Je vais trouver un moyen. Je pourrais t'appeler, ou lui demander de t'appeler, lui. Dans tous les cas, je te vois demain peut-être ? J'espère !

— Je t'aime, pour toujours. Et oui, je te vois demain.

C'est peut-être l'idée la plus débile de toute ma vie ; c'est certainement la plus périlleuse. Tant pis, ma décision est prise. Je n'ai plus d'autre choix que d'aller de l'avant.

Chapitre 14

J'ai les mains qui tremblent quand j'enfile mon sweat noir à capuche. Il faut croire que c'est mon uniforme officiel pour défier les couvre-feux. David est ici. Tout près. Si proche. Je prie pour que rien n'aille de travers. Le caporal Reynolds a accepté de m'aider – de nous aider. Je suis presque sûre qu'il se sent coupable à cause de tout ce qui nous arrive. Il a raison, d'ailleurs. En d'autres circonstances j'aurais peut-être des scrupules à exploiter sa sympathie ou sa culpabilité pour faire de lui mon complice, mais je n'ai pas d'autre choix.

Je sors sur la pointe des pieds. Il est un peu plus de minuit. Je dois me rendre seule au jardin de pierres. Il n'y a pas de gardes dans les parages, comme me l'a promis Reynolds. Je reste dans l'ombre des caravanes, en évitant les projecteurs. Ces derniers balaient le camp selon une séquence bien précise, alors je compte les secondes avant de courir d'un mobil-home à l'autre. Les battements précipités de mon cœur résonnent à mes oreilles. J'ai la chair de poule partout. La part logique de mon cerveau me hurle d'arrêter, de retourner auprès de mes parents, mais je refuse. J'en suis incapable.

Le caporal Reynolds m'attend au jardin. En me voyant, il lève la main pour que je m'immobilise. Un faisceau passe à quelques centimètres de lui. Alors il me fait signe de me dépêcher.

— J'ai éloigné les gardes qui couvraient ce coin du camp, et un de mes potes a modifié le parcours des drones, mais tu n'as que cinq minutes – maximum –, tu m'entends ?

Il parle d'une voix tendue, nerveuse, et il a les traits crispés, même si j'ignore à cause de quoi.

— Le directeur s'est absenté pour la journée. C'est pour ça que j'ai pu faire quelques manips, mais ne va surtout pas t'imaginer que tu ne risques rien. Tu es en danger, à tout moment, même si je suis là, à ton côté. Est-ce que tu comprends ce que je te dis ?

Je hoche la tête. J'entends le poids de ses paroles, le sérieux de cet avertissement, mais je ne les ressens pas vraiment. Ma seule émotion du moment, c'est l'euphorie de savoir que David est ici. Il est venu, dans ce camp où je pensais que tout le monde nous avait oubliés. Cependant, je vois bien que Reynolds attend une réponse de ma part, et que mon vague hochement de tête ne lui suffit pas.

— J'ai compris, caporal. Je suis en danger tout le temps.

— Exactement. Et puis, je te l'ai déjà dit, appelle-moi Jake. Je crois qu'on a dépassé le stade des formalités militaires.

— Jake ? Merci, dis-je dans un murmure.

Sans réfléchir je pose une main sur son bras – un geste spontané qui nous surprend l'un comme l'autre. Je recule aussitôt.

Jake désigne, de l'autre côté de la médiane, un petit hangar à outils en taule rouge. Une Jeep est garée à côté. On s'en approche d'un pas vif. On n'échange pas un mot, mais j'ai l'impression que les battements de mon cœur résonnent dans le canyon.

Jake m'arrête devant la porte et me tend une lampe de poche.

— N'oublie pas : vous ne disposez que de cinq minutes. Reste aux aguets. Si tu m'entends dire quelque chose, ne bouge pas, ne fais pas de bruit et, surtout, ne sors pas. J'ouvrirai la porte le moment venu. Compris ?

Je hoche la tête et pose la main sur la poignée.

— Layla, souffle Jake, il n'y a pas de caméras là-dedans, mais ne parlez pas trop fort.

Je pousse la porte. Il fait tout noir à l'intérieur.

— Layla.

C'est lui. C'est sa voix.

J'allume la lampe, et David vient me prendre dans ses bras. Je pleure contre son tee-shirt, et il me serre encore plus fort. C'est tellement bon de pouvoir me blottir contre lui ! J'ignore si c'est possible, mais j'ai l'impression que ça me manque encore plus alors même que j'en profite. Puis on s'embrasse – un baiser lent et doux, très tendre, qui me donne envie de rire et de pleurer à la fois. L'espace de cet instant parfait, le monde entier disparaît.

David s'assied par terre, dos à la porte, et m'attire gentiment près de lui. Il passe son bras droit autour de mes épaules et entremêle ses doigts aux miens.

J'ai envie de rester là sans rien dire, toute la nuit. Moi, David, les senteurs fleuries de ses vêtements propres, l'odeur mentholée de son savon, et la sensation familière de nos deux corps lovés l'un contre l'autre. C'est ce que recherche tout être humain, non ? Se savoir connu, compris. David me connaît, mais on n'a pas assez d'espace, pas assez de temps. On n'a que quelques minutes, quelques secondes. Bientôt on va devoir revenir à la réalité : aux barbelés et aux clôtures électriques.

— Layla, écoute-moi. Ils n'ont pas l'intention de fermer ce camp. Au contraire, ils vont en ouvrir un autre d'ici quelques semaines. Ils ont renforcé les restrictions envers les musulmans : toute immigration leur est devenue impossible, et même les touristes n'ont plus le droit d'entrer. Ça concerne aussi les ressortissants non musulmans de pays à majorité musulmane. Cela dit, j'ai une idée.

Cette information me noue l'estomac.

— Une idée ? Pour quoi ?

— Je ne sais pas si ça va marcher, hein, mais tu te souviens de ce que m'a dit mon père, à propos des personnes qui peuvent être utiles au gouvernement ?

Je hoche la tête, sans bien savoir où David veut en venir. Je ne suis pas sûre de vouloir le savoir.

— Ça m'a fait réfléchir. Peut-être que…

Il s'interrompt et prend une longue inspiration. Il n'est jamais tendu en ma présence d'habitude, mais là, je sens ses muscles se crisper. Ce qu'il a à me dire lui reste en travers de la gorge, et il doit se forcer à poursuivre.

— David, tu me fais peur. Peut-être que quoi ?

— Tu crois que tu pourrais convaincre tes parents d'aider le gouvernement à… ?

Je lui fais face, bouche bée, et braque la lampe sur sa figure. Il lève une main pour se protéger les yeux, alors je finis par la baisser.

— Quoi ? Tu veux que mes parents aident les connards qui nous ont enfermés dans ce trou ? Tu as craqué, ou quoi ? C'est ton père qui t'a donné cette idée ?

— Non, il ne sait rien du tout. J'ai pensé que, peut-être, si je lui disais que tes parents étaient… disposés à coopérer, il essaierait de vous faire sortir d'ici. Je ne parlais pas de les forcer à tirer sur des innocents ; il s'agirait plutôt de… je ne sais pas… servir de traducteurs ou d'interprètes, quelque chose comme ça. Aider l'Autorité à s'informer.

Les larmes coulent sur mon visage. David vient de laisser un trou béant dans ma poitrine. J'ouvre la bouche, bredouille… Il y a tant de mots que j'aimerais hurler mais qui restent gelés dans ma gorge. Et puis je ne peux pas me permettre de crier. Pas ici. Pas dans ce camp – nulle part.

— Tu es malade, David ? Je n'ai que toi ! Tu es la seule personne en qui j'aie confiance en dehors de ce camp, et tu voudrais faire de mes parents des… quoi ?… des collabos ? Tu veux qu'on livre des informations sur d'autres musulmans dans l'espoir de sauver notre peau ? Mes parents ne feraient jamais une chose pareille, et moi non plus.

Je m'écarte de lui et me redresse.

David tend le bras vers moi, mais je l'esquive. Alors il se lève à son tour et pose une main sur ma joue. Je m'autorise un instant à savourer ce geste, cette chaleur, la courbe familière de sa paume contre ma peau. Je soupire. Puis je recule, submergée par un flot de rage. Je tourne le dos à David le temps de chercher quoi lui dire. Il me contourne pour m'attirer contre lui, mais je le repousse. Alors il se penche et murmure à mon oreille :

— Layla, écoute-moi. Je suis désolé. Je ne voulais pas t'insulter ou te blesser, mais… et si c'était la seule façon de te faire sortir d'ici ? de te mettre en sécurité ?

— Tu es qui, là ? Ta mère a la peau brune, son nom de famille, c'est Shabazi, et sans la protection de ton père, des fascistes ignorants auraient très bien pu l'embarquer par erreur et l'enfermer dans ce camp, elle aussi. Et toi, tu voudrais qu'on coopère avec eux ? Tu crois réellement que ton père marcherait dans ta combine débile ? Est-ce que tu y as réfléchi, à ça ?

— Tout ce que je sais, c'est que je t'aime, Layla. Je suis mort de trouille ; j'ai peur qu'il ne t'arrive quelque chose… Je veux te faire sortir d'ici parce que je sais ce qui se passe dans ce genre de camp. Ma famille l'a appris depuis longtemps. Tu ne comprends pas ? Je deviens fou de te savoir ici, loin de moi. (Sa voix se brise.) Je ne vois pas d'autre moyen de t'aider.

Je crispe les mâchoires, mais les paroles de David viennent aussi me percer le cœur.

— Si tu me connaissais un tout petit peu, tu te serais rendu compte que c'était très con de me poser cette question.

Je soutiens son regard, furieuse, mais j'ai le cœur rongé de doutes. Qu'est-ce que je ne ferais pas pour sortir d'ici ? Pour être libre. Pour savoir mes parents en sécurité. Pour faire des trucs de tous les jours. Aller me promener. Respirer. Dormir. Pourtant, même si je les suppliais, mes parents ne céderaient jamais. Ils ont refusé de mentir lors du recensement – un petit mensonge qui nous aurait permis de passer inaperçus –, alors je les imagine mal devenir des traîtres ou des espions. Même s'ils ne voyaient pas directement les victimes de leurs actes, ils seraient conscients de condamner des innocents à l'enfermement – ou pire. Ils ont toujours eu à cœur de vivre une vie respectueuse de l'éthique et de la morale. J'entends la voix de mon père et répète ces paroles qui me sont venues à l'esprit :

— « Dans le silence de la nuit, le cœur sait quels mensonges tu as dits pour survivre. »

— C'est de qui ? demande David.

— De mon père, réponds-je dans un souffle.

— Eh bien, voilà. C'est exactement ça. Il faut parfois faire des compromis si on veut survivre et continuer la lutte.

— Non, David. Ce n'est pas ça que le poème veut dire. Ça veut dire que tu ne peux jamais échapper à tes mensonges, même si tu te crois à l'abri... même si c'était une question de survie. Les mensonges, ta duplicité, te suivront à jamais.

David se recroqueville comme s'il venait de recevoir un coup de poing. Je crois bien ne l'avoir jamais vu aussi pâle. C'est seulement maintenant que je remarque les cernes qu'il a sous les yeux, aussi foncés que des hématomes. On dirait qu'il n'a pas dormi depuis des semaines.

Ses yeux s'emplissent de larmes. Il se racle la gorge, et c'est dans un infime murmure qu'il reprend la parole :

— J'ai peur pour toi. J'ai peur de ce qu'ils pourraient te faire. S'il t'arrivait quelque chose…

— Tu crois que je n'ai pas peur, peut-être ?

Je fais quelques pas vers la porte.

— Layla, je suis désolé. S'il te plaît. J'ai pris une chambre en ville. Il est hors de question que je rentre chez moi. Je vais trouver un autre moyen. Je refuse de repartir sans toi.

La porte s'ouvre. Jake se tient dans l'encadrement. Je n'imagine même pas de quoi on a l'air – de quoi j'ai l'air, moi. Les joues trempées de larmes, les yeux tout gonflés.

— David, reste ici, comme je te l'ai indiqué. Tu te remettras sous la toile cirée pour que je te reconduise, comme à l'aller. Surtout ne fais pas de bruit.

David hoche la tête puis se tourne vers moi.

— Je t'aime, Layla. Je suis désolé.

Il recule dans l'obscurité, et Jake referme la porte.

On reprend le chemin de la médiane. Je me laisse guider par Jake, qui m'entraîne d'ombre en ombre pour éviter les faisceaux. Mes larmes coulent trop vite pour que je puisse les essuyer. Je pensais que David pourrait m'aider, mais au lieu de ça il voudrait qu'on se transforme en collabos ? Je me frotte le nez sur ma manche. Mon univers est à l'envers.

Jake sort un mouchoir de sa poche et me le tend.

— Je ne pense pas que… (Il s'interrompt et se masse légèrement la nuque.) Il essaie d'aider ta famille.

Je serre les poings. La colère me monte à la gorge.

— Vous croyez peut-être que je ne le sais pas ? Et puis, vous nous écoutiez ?

— J'ai presque tout entendu. Difficile de faire autrement. Ce n'est qu'une bête cabane à outils ; il n'y a pas d'isolation phonique. Il ne sait plus vers où se tourner, c'est tout.

— Moi non plus, je ne sais plus vers où me tourner, mais ce qu'il suggère… ce n'est pas une solution. On ne peut pas faire ça. Si on accepte, on ne vaudra pas mieux que…

Je lève les yeux vers Jake et me détourne.

— Vas-y. Termine ce que tu allais dire. Vous ne vaudrez pas mieux que moi, c'est ça ?

Il tressaille à ces mots.

J'ai soudain la bouche sèche. J'ai failli bredouiller quelque chose de terriblement stupide ou dangereux. Je reste muette.

Jake balaie le camp du regard à chacun de ses pas. Il est prudent, toujours sur le qui-vive et prêt à adapter son comportement à la situation. Il ne parle jamais si quelqu'un risque de l'épier.

— Layla, écoute-moi. Je te l'ai déjà dit : rien n'est jamais perdu d'avance, que ce soit ici ou dehors. Il se passe des choses. Les gens commencent à s'organiser, à se rassembler dans la région. Tu te souviens de la petite ville d'Independence ? De plus en plus de médias et de manifestants y convergent chaque jour. Ils ont appelé leur mouvement *Occupy Mobius*. Le secrétaire d'État à la Guerre s'est fait doxer par les Anonymes – tu sais, les hackers activistes ? Ils ont publié ses coordonnées personnelles.

Je m'arrête et le regarde, les yeux écarquillés. Je hoche la tête. Mon estomac se noue. On reçoit souvent des bribes d'infos du dehors, mais je n'avais encore rien entendu de tel. Ici, on est figés dans le temps, coincés, mais, dehors, le monde continue de bouger.

— Pourquoi est-ce que vous me dites tout ça ?

— Parce que, à mon avis, ce que David voulait te dire – ce qu'il t'aurait sans doute dit s'il n'était pas tellement terrifié à l'idée de perdre – c'est : ne baisse pas les bras.

On arrive devant ma caravane.

— Vous voulez dire que tout espoir n'est pas perdu ?

Jake se penche légèrement vers moi.

— *Inch Allah*, murmure-t-il.

Chapitre 15

« *Inch Allah.* »

La voix de Jake résonne à mes oreilles. Je ne suis pas sûre de ce que ça peut signifier qu'il ait dit ça : « Si Dieu le veut. » Tout et rien à la fois ? C'est trop souvent le cas ici, où il faut sans cesse interpréter les gestes les plus ténus parce qu'ils sont tous potentiellement dangereux, parce qu'un signe de la main peut dire qu'il faut aller se cacher ou simplement bonjour…

Je glisse la main sous mon oreiller et en sors le petit mot que Jake m'a remis ce matin quand je suis allée chercher nos rations de nourriture – c'est un petit mot de David, qu'il a dû gribouiller en vitesse pendant que Jake le raccompagnait. Il m'y présente ses excuses. Il me promet de m'aider par tous les moyens qui me paraîtront valables. Avant mon entrevue avec David, je pensais que nous échapper était la priorité absolue, mais quand il m'a exposé son plan ridicule pour faire de nous des collabos, je me suis rendu compte que je ne pouvais pas partir en laissant tous les autres ici. Il y a beaucoup trop de monde qui risquerait de souffrir. Peut-être que je suis trop conne ou trop myope pour voir clairement les conséquences réelles. Peut-être que cette douleur qui me tord le ventre est faite de remords ; peut-être que c'est de la peur, parce que je commence à comprendre à quoi je vais devoir me résoudre.

— Tu devrais y réfléchir, tu sais, dit Ayesha quand je lui parle de la proposition de David.

On est dans le jardin de pierres. Elle ne l'a pas mentionné, mais elle n'arrête pas de regarder en direction de la médiane, et j'imagine que c'est dans l'espoir d'apercevoir Soheil.

— Sérieux ? Comment tu peux me conseiller ça ?

— C'est peut-être ta seule et unique chance. On passe notre temps à chercher des moyens de s'enfuir, mais on n'a pas encore trouvé mieux. Et puis où est-ce qu'on irait, tous ? On pourrait tenter de rejoindre le Mexique, mais avec toutes les patrouilles qui surveillent la frontière… ? En admettant qu'on ne meure pas en essayant de franchir cette clôture ou de nous cacher dans un camion de livraison, on se ferait tirer dessus pendant qu'on escaladerait le mur, même si c'était pour *sortir* des États-Unis.

Je saisis la main d'Ayesha.

— Il est hors de question que je te laisse ici. Je n'en ai même pas parlé à mes parents. Je ne veux pas qu'ils soient tentés. Ils accepteraient peut-être pour me sauver, moi, mais je crois sincèrement qu'ils ne se le pardonneraient jamais.

— Ils ont peur. Des parents seraient prêts à tout pour protéger leur enfant. Si on me faisait cette proposition, je ne sais pas si j'aurais la force de refuser.

La voix d'Ayesha se brise.

— Souviens-toi des conseils de ton père au sujet de la peur, pendant ton concours d'orthographe. Et de ce qu'a dit Soheil aussi. On a raison d'avoir peur, et on doit apprendre à s'en servir.

Ayesha me regarde. Elle a les yeux qui brillent chaque fois qu'elle entend le nom de Soheil. Ça fait partie de ces petits bonheurs dont je suis de plus en plus consciente – et que j'apprécie de plus en plus.

Je reprends la parole.

— On ne peut pas riposter de l'intérieur… pas tout seuls, en tout cas. Jake m'a raconté que les choses s'organisaient dehors. Il faut qu'on montre au reste du monde ce qui se passe réellement dans le camp.

— « Jake » ?

— Le garde qui m'a aidée à contacter David.

— Tu l'appelles par son prénom maintenant ? Il peut se retourner contre nous à tout moment. Il est armé, je te signale. Est-ce que tu es sûre de savoir ce que tu fais ?

Eh merde.

— Je ne pense pas que ce soit son genre.

J'explique à Ayesha tout ce que m'a dit Jake, mais elle n'est pas convaincue.

— N'importe qui peut balancer « *inch Allah* » sans pour autant être musulman. Et puis, musulman ou pas, ça ne garantit pas qu'il soit de notre côté. Il a très bien pu dire ça pour gagner ta confiance.

Je comprends ce qui la gêne. J'ai passé la moitié de la nuit à me poser la même question. Je connais des musulmans – un de mes oncles, notamment – qui emploient cette expression à tout bout de champ, comme si c'était un équivalent d'« avec un peu de chance ». Je me souviens d'une fille, au *masjid*, qui râlait parce que sa mère s'en servait, en gros, pour dire « non » en douceur – « Maman, est-ce que je peux aller au cinéma demain ? » « *Inch Allah, beta.* » Je connais aussi des non-musulmans qui disent ça : « si Dieu le veut ». Sauf que, dans la bouche de Jake, j'ai eu l'impression que c'était sincère, délibéré.

— Je comprends ce qui t'inquiète, vraiment, mais je pense qu'il veut réellement nous aider. Il a utilisé cette expression comme si c'était un signe, ou un…

— Un *shibboleth*. Il a utilisé ça comme un *shibboleth*, intervient Ayesha.

Je fronce les sourcils.

—C'est un mot qui sert à distinguer qui est dans ton camp et qui ne l'est pas. Je ne me souviens plus de tous les détails, mais ça vient d'une histoire de la Bible hébraïque. Un groupe a pu démasquer ses ennemis parce qu'ils étaient incapables de prononcer le mot *shibboleth* avec ce « sh » particulier.

—Alors le terme « *shibboleth* » est lui-même un *shibboleth.*

—En gros, oui.

Je soutiens le regard d'Ayesha.

—Je sais que tu as peur, mais mon instinct me dit que Jake n'est pas notre ennemi.

J'espère que mon instinct ne se trompe pas, parce que ce n'est pas seulement ma vie que je mets en jeu ; c'est celle de mon amie, aussi.

Ayesha secoue la tête.

—Je ne sais pas, Layla. Ça revient à s'en remettre à lui. C'est dangereux.

—Je te promets de ne pas prendre de risques inutiles.

Pourtant, en prononçant ces quelques mots, je me rends compte que c'est un mensonge.

Ayesha m'adresse un petit hochement de tête, et j'en déduis qu'elle me croit.

—Tu as déjà lu Nietzsche ?

Elle fronce les sourcils et me fait signe que « non ».

—J'ai autre chose à faire de mes vacances d'été.

—Il a dit un truc du genre : « Donnez-moi une feuille de papier et de quoi écrire, et je saurai renverser le monde. »

—Tu espères tous nous libérer à l'aide de ta plume acérée ? Qu'est-ce qui se trame dans ta petite tête ?

—Tu as déjà entendu parler de La Rose blanche ?

Elle ne me répond pas. Elle regarde Soheil, qui s'approche du jardin. Un sourire se dessine sur son visage.

—Salut, lance-t-il en arrivant près de nous.

—Salut, réplique Ayesha.

—Salut, répète-t-il.

Puis le silence retombe. Ayesha baisse les yeux sur ses chaussures et donne un coup de pied dans la poussière. Soheil met les mains dans les poches de son jean et se dandine d'un pied sur l'autre.

—Ah, pardon… J'étais peut-être censée dire « salut », moi aussi ? C'est ça qui cause ce silence gêné ?

Ayesha se tourne vers moi en écarquillant les yeux pour me faire taire. L'air de rien, je vais m'asseoir sur un autre rocher pour que Soheil puisse prendre place à côté d'elle.

—Tu parlais de La Rose blanche ? me demande Ayesha.

—La Rose blanche ? intervient Soheil. Le frère et la sœur qui, pendant la Seconde Guerre mondiale, ont écrit des pamphlets pour encourager d'autres étudiants allemands à résister aux nazis ?

—Oui, dis-je. Je ne me souviens pas précisément de leur histoire, mais je sais qu'ils se sont servis de leurs mots pour essayer de s'opposer à l'oppression.

—C'est une histoire que je connais bien, reprend Soheil. Elle s'est mal terminée pour eux, d'ailleurs. C'était un groupe d'étudiants, menés notamment par Hans et Sophie Scholl. Ils distribuaient des tracts dans lesquels ils critiquaient Hitler, au péril de leur vie. Ils sont même allés jusqu'à appeler au sabotage de l'effort de guerre.

—Sérieux ? Ils avaient du cran, commente Ayesha.

—C'est clair, poursuit Soheil. Sauf qu'ils se sont fait dénoncer par un des concierges de l'université. Ils ont été exécutés tous les deux, ainsi que quelques autres du mouvement. Ils ont été guillotinés.

Ayesha se plaque une main sur la bouche.

—C'est horrible, chuchote-t-elle.

— Pourquoi est-ce que vous parliez d'eux ? demande Soheil. Vous cherchez un moyen de résister ? d'organiser un soulèvement ?

Je sens la bile me prendre à la gorge tandis que Soheil parle mais, en même temps, je me souviens d'autres détails au sujet de La Rose blanche. J'ai appris en cours d'histoire qu'ils s'étaient fait tuer parce qu'ils refusaient de baisser les bras et de rester impuissants. Ils refusaient de se taire.

— Pendant le procès, il me semble que Sophie a dit quelque chose comme « après tout, il fallait bien que quelqu'un commence », non ? Je crois me souvenir d'avoir lu ça dans un manuel. Elle avait raison. Il faut bien que quelqu'un commence, alors autant que ce soit nous.

Ayesha déglutit bruyamment.

— Tu veux vraiment distribuer des tracts ici ?

— Non. Je veux écrire des histoires qui réveillent la colère du public hors du camp. Je vais demander à David de les diffuser. Je sais qu'il a peur, mais à un moment donné on va devoir arrêter de parler en rond et commencer à rappeler au monde qui nous sommes : des citoyens américains, des êtres humains.

— On est bien d'accord là-dessus. (Ayesha pose une main sur mon avant-bras.) Enfin, autant que possible, je préférerais éviter la capture et la guillotine.

— Plus personne n'utilise la guillotine, intervient Soheil.

Ayesha lui donne un coup de coude.

— Même pas drôle. Je suis très sérieuse.

— Tu as raison. Je suis désolé, dit-il. C'était nul.

— Écoutez, je sais bien que cette situation est merdique et qu'on doit faire très attention. On ne peut pas s'amuser à rêvasser qu'on sera la nouvelle Résistance. On doit réfléchir posément et décider à qui on peut se fier ou non, mais Sophie avait raison : il faut bien que quelqu'un commence, alors autant que ce soit nous.

En disant ça, j'entends la détermination qui fait vibrer ma voix, pourtant je tremble intérieurement. Cette belle assurance est un masque, de même que certains des mensonges qu'on se raconte pour survivre jour après jour. Après tout, c'est typiquement américain cette habitude de faire semblant quand on ne sait pas quoi faire d'autre.

— OK, donc, en admettant que tu écrives ces histoires... comment vas-tu t'y prendre pour les faire passer à David – c'est ton copain, pas vrai ? Il est à l'extérieur ? demande Soheil.

J'ai déjà mentionné David à plusieurs reprises, mais Soheil n'est pas au courant de ce que Jake a fait pour nous. Quand je lui en parle, il en reste bouche bée, trop choqué pour dire quoi que ce soit, ce qui n'est pourtant pas son genre.

— Je vais essayer de convaincre Jake de m'aider à revoir David.

— Attends, là. Désolé, mais j'en suis encore à digérer le fait que David ait pu s'introduire dans le camp grâce à un garde – un garde exclusif, que tu appelles par son prénom.

Soheil plisse les yeux.

— Jake n'est pas un simple garde. Enfin, si, mais c'est plus compliqué que ça. Il est plus compliqué que ça.

— Dans ce cas, il devrait avoir le courage de dire quelque chose, non ? Il pourrait se rebeller, lui, lance Soheil.

— Peut-être qu'il aimerait faire quelque chose mais qu'il ne sait pas par où commencer. Ou peut-être qu'il nous aide déjà, mais qu'on ne s'en rend pas encore compte. Je me fie à l'instinct de Layla, pour le coup. Et puis elle ne lui a pas parlé de notre plan, de toute façon.

Ayesha a beau prendre ma défense, je décèle un léger tremblement dans sa voix. Elle a envie de me faire confiance, et je tiens à le mériter.

— Ça, c'est peut-être parce qu'on n'a pas de plan, rétorque Soheil sèchement.

Je remarque qu'Ayesha se crispe, mais elle ne se laisse pas démonter.

— C'est précisément pour ça qu'on est là : pour s'organiser. D'ailleurs Layla a déjà prévu d'écrire un article et de le faire passer à David. C'est un premier pas. (Ayesha redresse les épaules et fait face à Soheil.) Personne ne t'oblige à être ici, mais, si tu décides de rester, alors autant te rendre utile.

Soheil prend une profonde inspiration avant de hocher la tête.

— Je reste. Je suis partant. Je suis de votre côté, évidemment. (Sa voix s'adoucit.) Je me faisais l'avocat du diable, c'est tout. Je ne veux pas qu'il t'arrive des ennuis. À toi ou à qui que ce soit d'autre, d'ailleurs.

— Pareil, murmure Ayesha.

Je ne la connais que depuis quelques semaines, mais, depuis le début, j'ai su que je pouvais compter sur elle. C'était un coup de foudre amical. C'est un sentiment nouveau pour moi, d'ailleurs, cette confiance, cette loyauté. Il y a David, bien sûr, qui représente tout ça et même plus, et j'ai des amis au sein de l'équipe de tennis ou du syndicat des élèves, mais personne d'aussi proche – pas récemment, en tout cas. Je suis vraiment heureuse d'avoir rencontré Ayesha. Je lui souris.

— Je suis morte de trouille aussi, mais on ne va pas faire de conneries. On va s'organiser, se cacher sous le nez des gardes et se protéger les uns les autres. On va faire de notre mieux.

Soheil hoche la tête.

Ayesha descend de son rocher pour venir me prendre dans ses bras. Puis elle me serre doucement la main.

— OK, dit Soheil, on va trouver un moyen de faire parvenir tes messages à David…

— Un moyen de provoquer l'outrage à l'extérieur du camp. Il y a déjà des reporters en ville, et des groupes venus protester. Je veux allumer la mèche, lancer une étincelle, dis-je.

Soheil se met à faire les cent pas autour des rochers.

— Oui, mais il faut aussi qu'on monte une forme de résistance à l'intérieur.

Pendant qu'il parle, Ayesha déballe un petit sac en plastique, dont elle sort trois sandwichs au beurre de cacahouètes et à la confiture. Elle sourit.

— J'étais scout quand j'étais petite. Je suis toujours prête… à assouvir mes inévitables fringales.

On la remercie, Soheil et moi, et je remarque qu'il effleure doucement ses doigts en lui prenant le sandwich des mains.

Puis il baisse les yeux dessus.

— Une grève de la faim. On organise une grève de la faim. On pourrait convaincre tout le monde de refuser de dîner un soir, par exemple.

— Tu as remarqué que, quand j'ai les crocs, je commence à mordre, pas vrai ? intervient Ayesha. Sinon, ce n'est peut-être pas une mauvaise idée de se passer de l'infâme bouillie qu'on nous sert au mess tous les soirs.

Soheil éclate de rire.

— C'est très Gandhi, en plus. C'est inscrit dans votre ADN, lance-t-il en nous montrant du doigt.

Ayesha lève les yeux au ciel.

— Ouais, tu as raison. Tous les *desi* américains se réunissent régulièrement pour s'encourager à être un peu plus comme Gandhi, et on tisse notre coton nous-mêmes aussi. De la même manière que tous les Arabes sont champions de courses de chameau, pas vrai ?

Elle donne un coup de poing joueur dans l'épaule de Soheil, et, à voir la tête de ce dernier, j'ai l'impression qu'elle a frappé un peu plus fort qu'il ne s'y attendait.

— Ça va, j'ai compris. Je remballe mes préjugés.

Ayesha incline la tête sur le côté.

— On a au moins un avantage : les musulmans ont l'habitude de jeûner. Qui eût cru que le ramadan nous préparait à ce genre d'épreuve ?

— Ce serait simplement un repas pour commencer, interviens-je. Et puis, si on n'est que trois, on ne risque pas vraiment d'attirer l'attention. Comment est-ce qu'on pourrait en convaincre d'autres de se joindre à nous ?

Alors Soheil nous expose l'ébauche d'un plan d'action.

— On commence par un petit noyau. Je pensais inviter Nadia et Nadeem, les jumeaux qui habitent dans mon secteur, plus quelques autres. Vendredi prochain, le directeur a promis de nous laisser choisir notre table à l'heure du dîner, histoire de nous prouver son immense générosité. On n'a qu'à saisir cette occasion. D'ici là, on va rassembler un groupe suffisamment nombreux pour se faire remarquer.

— D'accord, mais comment savoir à qui on peut se fier ? Il faut qu'on recrute du monde, dit Ayesha en se tournant vers Soheil, qui lui rend son sourire.

— Le recrutement, c'est ma spécialité. À moi tout seul j'ai réussi à convaincre une dizaine de joueurs de rejoindre l'équipe de foot de mon lycée. Je m'en occupe. Par contre, on ne peut pas tous se réunir ici. Trois personnes qui se retrouvent pour manger un sandwich, ça n'a rien de suspect, mais à partir de cinq les drones vont commencer à détecter quelque chose.

— J'ai une idée ! s'écrie Ayesha avec un grand sourire. La semaine dernière, quand je suis passée chercher un livre au foyer, j'ai parlé à la bibliothécaire de planter un potager avec d'autres jeunes du camp. Elle a trouvé que c'était une bonne initiative et elle a même commandé du matériel et des semences. On n'a qu'à faire ça : cultiver notre jardin, saisir les outils qu'on nous donne, nous mettre au travail, nous rebeller.

Mais oui! planter les graines de la révolte. C'est parfait.

Chapitre 16

On est encore tout excitées, Ayesha et moi, depuis notre conversation de ce matin avec Soheil. Tandis qu'on descend la médiane en direction du mess, un des drones rouges du directeur passe au-dessus de nos têtes, ralentit et commence à nous suivre. On se tait brusquement, trop mal à l'aise trop parler. Puis Ayesha mentionne le menu d'hier soir et entreprend de dresser la liste de tout ce qu'elle aimait manger avant, tout ce qui lui manque depuis son arrivée au camp. Je lève le menton vers le drone et regarde la caméra en face ; je me demande si ce truc transmet la vidéo en direct au bureau du directeur. C'est malsain, déstabilisant. Je n'aime pas me savoir observée ; je refuse de m'y habituer. On continue à avancer en discutant de *Cheetos* goût piment, de gâteau au chocolat avec glaçage à la vanille, des hamburgers de chez *In-N-Out*, DU POULET FRIT DE CHEZ *Badmaash*, de *biryani*, de *keema paratha*, de samosas, de tacos, de sushis au saumon… Résultat : je meurs de faim maintenant, mais au moins le drone s'en va, en direction du fond du camp, ce qui m'étonne étant donné que tout le monde se dirige vers le mess. C'est l'heure du dîner. C'est obligatoire. La seule raison…

On entend des hurlements suivis d'un martèlement de bottes, et une dizaine de gardes déboulent au pas de course. J'entraîne Ayesha vers le mess. Du coin de l'œil, j'aperçois le directeur et ses forces spéciales qui suivent les gardes. C'est mauvais signe.

— Je vais voir ce qui se passe, dis-je dans un souffle.

— Tu es folle ? proteste Ayesha. On devrait déjà être au mess.

— Je reviens dans une minute. Et puis je suis prête à parier que tout ça va faire une diversion.

Ayesha soupire.

— Bon, d'accord. Je viens avec toi, ne serait-ce que pour te rappeler de te dépêcher de rejoindre le mess, où, au pire, on risque l'indigestion, pas de se faire tirer dessus.

Je lui adresse un petit sourire. Puis, une fois que les gardes postés à la porte du mess s'avancent vers la médiane pour voir de quoi il retourne, je prends Ayesha par la main et l'entraîne entre les préfabriqués qui servent de bureaux. On attend un peu avant de se faufiler entre les rangées de caravanes. On se dirige vers l'endroit où se rendaient les drones et les gardes, mais en restant à l'écart de la médiane pour éviter de se faire repérer.

Puis on entend de nouveaux cris. Je me fige. Je n'arrive plus à respirer. J'ai la chair de poule partout. Je regarde Ayesha, dont le visage est blême. Cachées derrière un mobil-home, on se penche pour voir ce qui se passe. Une femme se fait traîner le long de la médiane par les hommes du directeur, sa milice personnelle. Il leur emboîte le pas très calmement, les mains croisées dans le dos comme s'il se promenait, comme si ces mains n'étaient pas tachées de sang.

C'est Noor.

Oh, mon Dieu, non !

Un jour, au tout début, Noor m'a vue sourire face à son hidjab aux couleurs du drapeau américain pendant qu'on faisait la lessive, alors elle s'est présentée. *« Secteur numéro 6 »*, m'a-t-elle dit en levant les yeux au ciel. Arabo-américaine, donc. Elle m'a raconté que les costards de l'Autorité étaient venus l'arrêter à l'université pour « actes de sédition ». Quand je lui ai demandé si elle avait réellement fait ce dont on l'accusait, elle m'a regardée avec un sourire mystérieux.

« La rébellion fait partie de l'identité américaine au même titre que la bannière étoilée. Malheureusement, le fascisme aussi », m'a-t-elle dit.

Et voilà que deux hommes la traînent, chacun par un bras, le long de la médiane. Elle saigne de la bouche et du front. Elle se débat et donne des coups de pied pour tenter de s'arracher à la poigne de ces brutes. Elle a beau hurler, ils ne réagissent pas, comme si elle n'était qu'un fantôme invisible et inaudible.

Incapable de me détourner, je fais un pas vers eux. Ayesha me rattrape, mais c'est inutile, parce qu'il n'y a plus personne au mess. Tout le monde est là, à regarder la scène.

Du coin de l'œil, je vois deux femmes noires accourir vers Noor. Elles sont jeunes, la petite vingtaine, et viennent des secteurs 7 ou 8.

Non. Non. Arrêtez, ou ils vont vous embarquer aussi. Je voudrais crier, mais les mots se coincent dans ma gorge. Aucune des deux femmes n'est armée.

J'ai déjà rencontré l'une d'elles, Asmaa. Elle a les cheveux coupés court et porte un tee-shirt jaune vif avec écrit « Bad Brains » en grosses lettres rouges sur le devant. Elle se jette sur l'un des hommes qui malmènent Noor. Aussitôt un garde exclusif intervient, saisit Asmaa par son tee-shirt et lui donne un grand coup de coude dans le visage, comme si elle comptait pour du beurre. Elle s'effondre en grognant de douleur, la tête entre les mains. Deux autres gardes la relèvent.

Puis l'action passe au ralenti. Il y a des cris, et des nuages de poussière fine qui s'arrachent du sol.

J'entends Ayesha murmurer :

— Oh, non ! C'est Bilqis.

Au milieu de cette folie, Bilqis – qui porte un hidjab bleu ciel – décoche une droite à un des gardes, en pleine figure. Du sang jaillit du nez et de la bouche du type. Un sourire ravi éclaire le visage de la jeune femme, mais, avant qu'elle ait pu faire un pas de plus, deux autres hommes se ruent sur elle. L'un d'eux lui assène un violent coup de poing dans le ventre, et quand elle se plie en deux, l'autre la fait tomber d'un coup de pied avant de lui passer des menottes. Une fois qu'ils l'ont remise debout, celui à qui elle a cassé le nez vient lui arracher son foulard. Bilqis lui crache à la figure, et il riposte avec une gifle, si violente que le cri de Bilqis ferait presque se fendre la terre. Il y a du sang partout, sur les visages et les vêtements. Je tombe à genoux ; j'ai l'impression que je vais vomir. Ayesha se penche sur moi.

Ça hurle dans tous les sens. Les trois femmes poussent des sons étranges, rauques, presque animaux. Des jurons et des pleurs retentissent dans la foule. Des gardes s'efforcent de rétablir l'ordre tandis que leurs collègues entraînent Noor, Asmaa et Bilqis. Sauf que l'on ne se disperse pas. Quelqu'un derrière nous lance une pierre, qui atteint au bras un des hommes du directeur. On entend des cris de joie, mais en regardant le directeur je comprends que ce geste va nous coûter cher. Son visage cramoisi semble sur le point d'exploser. Il s'avance vers un de ses gardes, lui prend son pistolet, lève le bras en l'air et tire. Le coup de feu résonne entre les montagnes. Il recommence.

La foule se tait. On n'entend plus que l'écho des cris des femmes, qui hurlent toujours.

Le directeur attend, l'arme toujours levée. Il attend. C'est insupportable de devoir entendre les voix de ces femmes disparaître tandis qu'on les emmène Dieu sait où. Elles sont tellement courageuses ! J'ai le cœur dans la gorge. C'est ce que veut le directeur. Il veut qu'on entende leurs cris. Il veut qu'on sache que ces voix pourraient être les nôtres.

Puis il ne reste plus qu'un silence absolu.

Chapitre 17

Mes parents viennent me border. Je ne me souviens même pas de la dernière fois qu'ils ont fait ça. On n'a dit que le strict minimum depuis l'incident des trois femmes. Le directeur nous a autorisés à aller dîner, et on a obéi sans un mot. C'était atroce. On n'entendait que les gens qui mâchaient, les fourchettes qui raclaient contre les assiettes en plastique, et des parents occupés à bercer leurs bébés, qui ne se doutaient de rien. Si la peur avait un son propre, ce serait le silence pénible, pesant, qui régnait sur le mess ce soir.

— Tu veux que je reste dormir avec toi, *beta* ? demande ma mère.

Elle parle d'une voix si douce que ça me brise presque le cœur.

Je leur souris.

— Non. Ça va.

— Si jamais tu veux nous parler, de quoi que ce soit, sache que ta mère et moi sommes toujours là pour toi. On pourrait aller faire un petit tour dehors, par exemple.

Mon père me tapote gentiment le genou. Ils cherchent à me rassurer mais, en même temps, ils doivent bien se rendre compte qu'ils n'y arrivent pas. C'est tout simplement impossible.

Je les embrasse sur la joue tous les deux, et ils ressortent.

J'attends qu'ils aient fermé la porte de leur chambre pour me relever. Je m'approche de mon minuscule bureau, allume la lampe et m'assieds. Je me sens incapable de dormir. Les visages ensanglantés, choqués, de ces trois jeunes femmes refusent de quitter mon esprit – pas davantage que leur courage. J'essaie de ne pas penser au sort qu'elles subissent peut-être en ce moment même, ou à ce qui les guette, mais je finis par laisser mon imagination suivre son cours. La conclusion est terrifiante. Très franchement, c'est sans doute encore pire en vrai.

Puisque je n'arrive pas à dormir, j'ouvre le cahier que j'ai apporté avec moi, et j'écris. Je raconte le quotidien de Mobius ; je parle de Noor et de ces filles courageuses qui ont tenté d'intervenir. Puis je me rappelle la femme à la queue-de-cheval à la réunion d'orientation, ou encore l'homme désemparé qui n'a même pas protesté quand les gardes l'ont embarqué après la disparition de son compagnon.

Je décris les hurlements – ces hurlements qui resteront à jamais gravés dans ma mémoire.

J'écris tout petit, mais en prenant soin que ça reste lisible malgré le tremblement de ma main. J'essuie mes larmes au fur et à mesure pour qu'elles ne mouillent pas le papier. Puis je plie la page en un petit carré, que je glisse sous mon oreiller. Avant l'incident, Jake a accepté – un peu malgré lui – de faire passer un message à David de ma part. J'ai peur pour lui. Pour moi. Pour David. Je ne veux même pas imaginer ce que fera le directeur s'il a vent de toute cette histoire. Ce serait illusoire d'espérer nous en sortir indemnes. C'est sûrement de la haute trahison – tant de choses sont devenues trahison. Toute cette histoire de liberté de parole ? Le droit de demander des comptes à notre gouvernement ? Ça n'existe plus vraiment dans un camp d'internement.

Je jette un coup d'œil à mon reflet dans le petit miroir en vinyle. J'ai le visage tout gonflé et tout rouge, comme si je l'avais frotté trop fort avec un savon exfoliant. Je me traîne jusqu'à mon lit et pose la tête sur l'oreiller. J'ai les yeux qui piquent. Je m'autorise à les fermer.

Quelque chose claque dans la pièce commune. Je me redresse d'un bond et manque de me cogner la tête. Je ne m'habituerai jamais à ces fichus lits superposés. Je pose les pieds par terre, tout étourdie. J'agrippe le matelas à deux mains pour me stabiliser. Je ne compte plus les fois où je me suis réveillée sans comprendre où j'étais, à me demander à qui appartenait ce lit… cette chambre. Ce matin j'ai la tête qui bourdonne mais, au moins, je sais où je suis. Je sais ce qu'il me reste à faire.

Je me lève, m'asperge le visage d'eau froide puis enfile mon jean préféré et le tee-shirt *X-Files* de maman. Tous mes vêtements me paraissent sales. Il y a une buanderie, mais j'ai l'impression que rien n'est jamais vraiment propre, même après une lessive. La poussière de Mobius s'est infiltrée dans les moindres fibres de tissu qui touchent ma peau. Avant de sortir de ma chambre, j'attrape la feuille pliée sous mon oreiller et la glisse dans ma poche arrière.

Alors j'entre dans le petit espace commun de notre caravane. Mes parents sont rivés à la borne numérique, qui transmet les dernières annonces en date. Il ne s'agit pas de vraies informations, seulement de ce que le directeur juge bon de nous faire savoir. Or, ce qu'il veut nous faire savoir aujourd'hui, c'est que tout est revenu à la normale depuis que les « éléments perturbateurs » ont été appréhendés. Puis il reporte son attention sur les petites affaires de Mobius.

— On dirait que le projet de jardin communal est en bonne voie, commente ma mère en me voyant approcher. Il y aura même un coin potager pour les ados.

Elle m'adresse un sourire vide. Elle est toute pâle. On vit sous un soleil de plomb depuis déjà plusieurs semaines, pourtant ma mère est un fantôme. Je vais me poster à côté d'elle. Elle me masse doucement entre les omoplates – un geste qui ne manquait jamais de m'apaiser quand j'étais petite.

Je les observe, mon père et elle, et je me rends compte qu'ils n'ont pas l'intention de parler d'hier soir. Ils ne tiennent pas à mentionner toute cette violence, ou ce courage.

— Peut-être que travailler au jardin redonnera le sourire à certains. Il faut qu'on fasse de notre mieux, déclare ma mère d'une voix docile qui ne lui ressemble pas. Soyons heureux d'être tous ensemble, poursuit-elle avec un léger tremblement. Soyons heureux d'être tous en vie.

— Pourquoi ? Qu'est-ce qui nous oblige à rester là, bien sagement, et à faire comme si c'était normal ? Vous n'avez pas vu ce que j'ai vu hier ? J'aimerais que tout le monde arrête de faire semblant. Ce qui se passe ici n'est pas normal.

Je parle plus fort que je ne devrais.

— Layla, souffle mon père sur un ton égal, toujours conscient des caméras qui nous surveillent. Ta mère veut simplement dire qu'on doit tous s'efforcer de fonder une communauté. On sera de retour chez nous en un rien de temps, tu verras.

Je comprends pourquoi ils ressentent le besoin de donner le change face aux caméras, mais je ne le supporte plus. J'ai peur qu'ils ne commencent à croire aux mensonges qu'ils racontent.

— Et si on ne ressort jamais ? Des gens sont morts dans les camps d'internement américains pendant la Seconde

Guerre mondiale. Je préfère encore mourir en me battant qu'obéir comme un mouton.

J'en ai tellement marre de cette surveillance constante! La colère bouillonne dans mes veines, mais je sais que ce n'est pas prudent de parler ainsi. C'est dangereux – pour moi, et pour mes parents.

Un feu furieux fait rage dans ma poitrine, comme si j'étais sur le point d'exploser en un million de petites braises. J'étudie le visage de ma mère ; son épuisement fait peine à voir. Je me rends compte que c'est en partie à cause de moi qu'elle a les traits aussi tirés. Je plante les ongles dans mes paumes et serre les poings de toutes mes forces. Puis je regarde les petits croissants rouges imprimés dans ma peau.

Je pousse un long soupir tremblant.

J'ai promis à Ayesha que je ferais attention et que je ne prendrais pas de risque insensé ou inutile. Tout ceci n'est qu'une façade. Je ne dois surtout pas l'oublier.

Je me mords la lèvre.

— Papa, maman, je suis désolée. Vous avez raison. C'était bête, de dire ça. Je ne le pensais pas vraiment.

Ma mère prend mes mains dans les siennes, et mon père se joint à nous. Quelque chose me frappe : le regard que je vois dans leurs yeux, et que je n'avais jamais vu avant qu'on nous enferme ici, c'est une forme unique de peur. C'est la terreur de se demander, chaque fois que leur enfant sort de la pièce, s'ils la reverront un jour. La peur recèle des profondeurs multiples, complexes ; notre emprisonnement a fait la lumière là-dessus.

Je dis à mes parents que je vais retrouver Ayesha, mais c'est un mensonge, et c'est pour leur propre bien. Je les embrasse sur la joue et, avant de sortir, je leur fais un petit signe de la main.

Puis je me prends les pieds dans les marches, parce que Jake se tient tout près de la porte et que ça me fait sursauter.

— Désolé, dit-il en me rattrapant par le coude pour éviter que je tombe.

Je lève les yeux vers lui. Aussitôt il me relâche.

— J'attendais que tu sortes.

Certes, on avait prévu de se croiser pour que je lui remette mon article, mais je ne pensais pas qu'il avait l'intention de rester planté devant ma caravane. Et puis il a l'air soucieux, ce qui ne lui ressemble pas.

Je tire sur le bas de mon tee-shirt et je me lisse les cheveux. « *Malaise.* » Voilà le mot qui me vient à l'esprit en cet instant précis. Je jette un coup d'œil alentour et mets la main dans ma poche arrière, mais Jake m'immobilise d'un geste.

— Suis-moi, et ne pose pas de question.

J'hésite. Je repense à ma conversation avec Ayesha et Soheil. Peut-être que j'ai effectivement tout compris de travers. Pourquoi Jake est-il si nerveux ? Je me tue à répéter à mes amis que je lui fais instinctivement confiance, et j'ai dit la même chose à David, mais… et si mon instinct s'était trompé ? et si Ayesha avait raison quand elle m'a mise en garde ? Je déteste douter de mes décisions. Une partie de moi se demande si je n'ai pas été très conne de me fier à Jake, pourtant je lui emboîte le pas. Si mon instinct s'est trompé, et si Jake a fait semblant de m'aider dans le seul but de me piéger, alors il peut m'embarquer à tout moment, sans se gêner.

Il me fait traverser le camp au vu de tout le monde. Il salue chacun des gardes que l'on croise, nonchalant, comme s'il avait reçu l'ordre de me conduire quelque part. C'est peut-être le cas, d'ailleurs. On passe devant le foyer et on se dirige vers le mess.

Pourtant la cantine n'ouvre qu'à l'heure du dîner. Les autres repas, on les prend chacun de son côté, en se débrouillant avec les rations qu'on nous donne, et qui sont souvent ridicules. L'autre jour il y avait une bouteille de ketchup dans notre carton. Sur la liste, elle était classée comme un légume. Un légume, quoi. D'abord, la tomate, c'est un fruit, mais, en plus, le ketchup c'est un condiment, avec un apport nutritionnel proche de zéro. Il faut croire que ça, ils s'en fichent pas mal.

— Pourquoi est-ce qu'on va au mess ? Vous allez m'autoriser à chiper du rab de mayonnaise ? Ça doit bien compter pour des œufs, ça, non ?

Jake me jette un regard en coin mais ne daigne pas me répondre. La plupart du temps, je m'efforce de museler mon sarcasme, essentiellement pour tranquilliser mes parents, mais il m'est impossible de cacher entièrement qui je suis, même dans l'enceinte de Mobius, où révéler son caractère est un coup à s'attirer des ennuis ou, pire, à disparaître.

Les lumières du mess sont éteintes. Le grand espace vide résonne, et c'est un peu flippant, comme si les lieux étaient hantés. Pourquoi m'a-t-il amenée ici ? J'ai la chair de poule. Il ne dit rien, et ça m'inquiète.

Jake se dirige vers les cuisines et me fait signe de le suivre. J'obéis, mais d'un pas hésitant, en gardant mes distances. Je suis terriblement consciente de la distance qui me sépare des issues, et je calcule à quelle vitesse je vais devoir sprinter si jamais je dois tenter de fuir. La cuisine est plongée dans le noir. Jake ouvre la porte d'un placard.

— Jake. Caporal Reynolds. Je ne comprends pas ce que…

Je recule en trébuchant un peu.

— Layla.

David sort de l'ombre.

J'en reste bouche bée. Il porte une salopette kaki ornée, sur la manche, d'un écusson de l'Autorité exclusive.

— Qu'est-ce que… ?

Je les regarde tour à tour, complètement éberluée.

— Je vous laisse, mais vous n'avez pas beaucoup de temps. Les camions du recyclage repartent dans un quart d'heure. Vous disposez de cinq minutes.

Jake retourne vers la cantine.

Mon cœur s'arrête une seconde. Mon esprit s'emballe.

— David, qu'est-ce qui se passe ? dis-je dans un murmure.

David suit mon regard.

— Oh, ça ? fait-il en désignant son uniforme. C'est le caporal Reynolds qui me l'a procuré. Il s'est débrouillé pour me faire monter dans l'un des camions-poubelles.

— Quoi ? Mais comment ? Quand est-ce que tu l'as vu ?

J'ai la tête noyée de questions. Mon corps m'entraîne vers David, mais j'hésite. Je me retiens une seconde.

— En ville, près de mon motel. Écoute, je n'ai pas le temps de tout t'expliquer, mais je suis désolé pour l'autre jour… pour tout. J'ai tellement peur qu'il t'arrive quelque chose. Je n'avais pas bien réfléchi. Je ne me rendais pas compte de ce que je te suggérais vraiment, des compromis que ça impliquait. Je pensais… J'espérais peut-être pouvoir conclure un marché avec mon père – ta liberté en échange de votre coopération, à tes parents et toi. Comme si j'avais la moindre influence ! Mon père ne m'aurait pas pris au sérieux, de toute façon. Il ne m'aurait certainement pas aidé. Il ne nous aidera pas. Je suis désolé, mais j'étais sincère, tu sais. Si tu as besoin de moi, je suis prêt à tout. Tu n'as qu'à me dire ce que je dois faire.

L'espace d'un instant, je reste muette de stupeur face à ses paroles, à cette situation impossible. Puis je me jette dans ses bras et je me vois d'au-dessus, comme si j'étais sortie de mon corps. Je me presse contre lui, les yeux fermés, et je lève mon visage à la rencontre de ses lèvres. Je laisse cet endroit qui nous entoure fondre dans le néant. Embrasser David, c'est la seule chose qui semble me maintenir en vie pour de vrai. Ça me rappelle tout ce qui nous a été arraché, mais ça me redonne espoir aussi. Ça ne dure qu'une brève seconde, cependant. L'instant d'après je me demande si David peut voir ma gorge se serrer. Je suis folle de joie de le voir mais, en même temps, je tremble de peur pour nous deux. S'il se fait surprendre dans le camp comme ça, je ne suis pas sûre que son père puisse le protéger. Mes pensées se tournent vers Jake. J'avais raison : il ne nous trahira pas. Ça me fait peur pour lui aussi.

Lorsqu'on s'écarte enfin, je sors de ma poche le petit article que j'ai écrit. Je fais part de mon plan à David. Je lui parle de La Rose blanche, de Sophie Scholl, de ce que j'ai besoin qu'il fasse – ce que je sais qu'il fera pour moi.

Jake se racle la gorge bien fort. C'est l'heure. Les minutes sont longues à Mobius, et pourtant on n'a jamais le temps de rien.

— Il t'a raconté, pas vrai ? On parle de vous à l'extérieur ; il y a des manifestations. Le groupe *Occupy Mobius* est en ville, à tel point qu'il n'y a plus la moindre chambre libre. Les gens dorment dans leur voiture ou sous la tente. Il y a une journaliste dans mon motel, je lui ai parlé ce matin au petit déjeuner. Elle est de tout cœur avec vous. Elle a de la famille musulmane. Je suis sûr qu'elle acceptera de faire paraître ton article. Tout le monde va lire ton témoignage.

Entre deux phrases, David dépose de petits baisers sur mon visage.

— Fais attention, s'il te plaît. Je n'ai pas mentionné mon nom là-dedans, mais, si le tien est révélé, ils vont s'en prendre à toi. Et tes parents…

— Mes parents péteraient un câble, mais je m'en fous. Je sais bien qu'ils cherchent à me protéger, mais ils ont besoin qu'on leur rappelle les préjugés qu'ils ont dû affronter eux-mêmes. Il faut qu'ils se réveillent. Ne t'inquiète pas pour moi. (David m'embrasse sur le front.) Fais-moi confiance. (Puis il pose un doigt sur ses lèvres et me donne un petit téléphone à clapet.) C'est un jetable, chuchote-t-il à mon oreille. N'en parle pas à Jake. Appelle-moi ou écris-moi quand tu pourras.

Je hoche la tête et glisse l'appareil dans ma poche, bien contente que le tee-shirt *X-Files* soit tout vieux et détendu. Il m'arrive presque aux hanches et dissimule le téléphone. Alors je réponds d'une voix normale.

— Évidemment que je te fais confiance. Le problème, c'est tout le reste de ce monde à la con. Tu sais, ici aussi, il se passe des choses. Enfin, ça ne va pas tarder. On commence à s'organiser.

— Layla, je t'en prie, ne leur donne pas la moindre raison de te faire du mal. Ce camp est une zone de non-droit. Même le procureur général n'a aucun contrôle sur ce qui se passe ici.

— Je sais. Tout ça, je le vis de l'intérieur, mais je ne peux pas rester sans rien faire. (Les paroles de Sophie Scholl me reviennent.) « Il faut bien que quelqu'un commence. »

David m'attire dans ses bras, et j'ai l'impression de me retrouver enroulée dans mon vieux duvet en *kantha* que j'aime tant.

— Tu es formidable.

On reste comme ça une seconde, en silence. Ça me rappelle un vers de Walt Whitman que mon père murmure parfois à ma mère : *« Là, tous les deux, contents, heureux d'être ensemble, parlant peu, ou peut-être même pas. »*

— Je t'aime, chuchote David en caressant du bout du doigt le petit collier qu'il m'a offert.

Quand Jake revient dans les cuisines, David m'embrasse une dernière fois. C'est un baiser léger comme une plume, et j'y trouve une sorte de magie magnifique, un peu amère.

Puis il saisit deux gros sacs-poubelles noirs et se dirige vers la porte de derrière. Je le regarde sortir, anéantie.

Jake attend que David soit parti pour me prendre par le coude et me faire retraverser la cantine. C'est lui qui m'épate le plus, dans tout ça.

Il marche avec une lenteur inhabituelle, en traînant presque les pieds. Alors qu'on approche de mon secteur, il observe les alentours et le ciel au-dessus de nos têtes avant de s'arrêter brusquement et de me faire face.

— Attends. S'il te plaît. (Il soupire.) Mettre tout ça par écrit et le donner à David… Je n'aurais pas dû l'introduire dans le camp. Mon influence a des limites. J'ai des ordres à respecter. Si tu essaies d'organiser quelque chose dans le camp – un mouvement de désobéissance civile quelconque –, tu risques de te faire arrêter. Il y aura des conséquences, et je ne pourrai peut-être pas te protéger.

Son visage est marqué d'une inquiétude sincère. D'habitude, il reste impassible et ne montre presque pas d'émotions. Il prend un risque, lui aussi, mais c'est parce qu'il l'a choisi. J'ai le droit de faire mes propres choix.

Je plisse les yeux et mets les deux mains dans mes poches.

— Je lui ai donné un bout de papier, c'est tout.

Jake lève les yeux au ciel et renverse la tête en arrière. Il prend une longue inspiration.

— Le directeur n'est pas stupide. Tu as remarqué toutes les caméras. Je te l'ai déjà dit : il y a des limites à ce que je peux faire pour l'instant. Il va finir par te voir et, s'il comprend ce que vous mijotez tous les deux, ou ce que tu tentes d'organiser dans le camp, le prix à payer sera bien pire que ce que tu as pu voir jusqu'ici. Je t'ai entendue parler de La Rose Blanche. Ces jeunes se sont fait exécuter. Il faut arrêter, là. Je refuse d'être mêlé à cette histoire. C'était déjà irresponsable de ma part de jouer le jeu jusqu'ici. Le danger… tu n'imagines même pas.

Mon cœur cale. C'est uniquement grâce à l'aide de Jake que j'ai pu voir David. Peut-être que j'ai été bête de trop compter sur lui.

— Si on se fait prendre…

— La question, c'est « quand », pas « si ». (Jake pose une main sur mon bras.) Ne l'oublie surtout pas. Quand vous vous ferez prendre, pas « si » vous vous faites prendre.

— Je ne comprends pas. Vous nous menacez, maintenant ? Si le but c'est de nous dénoncer, autant aller tout raconter au directeur. Ce n'est pas comme si je pouvais vous en empêcher.

— Je ne vais pas vous dénoncer. Tu ne l'as pas encore compris ? Tu as besoin de protection. Les choses s'accélèrent dans le camp. Je ne suis pas tout seul ; il y a…

Jake s'interrompt. Il baisse les yeux et secoue la tête.

— Il y a quoi ?

— Rien. Je sais que d'autres essaient de vous aider, dans la mesure du possible, mais je ne pourrai pas intervenir si le directeur donne l'ordre de te transférer d'urgence et te fait capturer en pleine nuit par sa milice. Tu ne sais pas de quoi il est capable, mais moi, si. Crois-moi.

— J'ai l'impression qu'on a tous eu une belle démonstration de ce dont il est capable.

— Quoi ? Taser des rebelles, les faire rouer de coups et les traîner dans une cellule ? Ce n'est rien du tout, ça. Ce genre de choses arrive même dans les postes de police. Ici, dans le camp, une fois que tu es incarcérée… Ce périmètre est officiellement une zone de guerre. Les règles ne s'y appliquent plus.

— Je sais ; j'ai compris. Nos libertés ont été réduites à néant.

— Il ne s'agit même pas de vos droits constitutionnels. Si tu te retrouves dans un site clandestin, ils n'hésiteront pas à te faire subir un interrogatoire violent. Tu n'imagines même pas. La femme qui s'est fait embarquer à la réunion d'orientation, ce n'était rien du tout, à côté. Elle s'est fait un peu malmener, sans plus. Là, je te parle de torture. Tu te souviens des types qui ont disparu ? À ton avis, pourquoi est-ce qu'ils ne sont jamais revenus ?

Ses paroles me frappent en plein cœur. Jusqu'à maintenant, David, Ayesha, Soheil et moi avons surtout passé notre temps à parler et à échafauder des plans, à jouer à la Résistance de Mobius. Soudain je me rends compte qu'on n'est qu'une bande d'amateurs. L'enjeu réel est de taille. Il s'agit de vie ou de mort, et je ne suis pas sûre qu'on soit prêts à défier le directeur et les conséquences qu'il nous promet sans cesse.

Je prends une longue inspiration.

— Il faut agir. Je suis obligée. Si ce que vous dites est vrai, alors il faut absolument qu'on en parle. Je doute que le public tolérerait ce genre de choses s'il était au courant.

— C'est pour ça que le directeur maintient une chape de plomb sur le camp. Aucune information n'en sort. Mobius était le premier, mais un autre est sur le point d'ouvrir, et le haut commandement de l'Autorité exclusive ne compte pas s'arrêter là. Le but à long terme est de généraliser le processus d'internement.

— Le haut commandement ?

— Tout ça se trouve sous l'égide du secrétaire d'État à la Guerre, mais le personnel vient essentiellement de la Sécurité intérieure. De la CIA et du FBI, aussi. Comprends-moi bien : le Président a l'air de croire que la Constitution n'est qu'une page blanche dont il peut faire ce qu'il veut. Son parti est majoritaire à la Chambre des représentants et au Sénat. Il n'y a aucune opposition. Personne n'ose contredire les mensonges éhontés qu'il balance en continu.

Je me voûte. J'ai l'impression que mon corps va fondre et se répandre au sol. Je relève les yeux et murmure :

— Aidez-nous, Jake.

Il sort de sa poche un mouchoir, qu'il me tend.

— Viens. Ne restons pas là ; on risque d'attirer les soupçons. Il faut que je te ramène chez toi.

Alors qu'on se retourne pour rejoindre le secteur numéro 2, la silhouette imposante du directeur se dresse devant nous et bloque le soleil. Un drone le suit de près.

— Monsieur… (Jake bredouille un bref instant avant de se mettre au garde-à-vous) le directeur.

Je ne l'avais encore jamais vu d'aussi près. Je remarque l'avancée de sa mâchoire inférieure, ce qui souligne encore plus ses grosses lèvres violettes.

Je tourne la tête vers Jake, mais il garde les yeux rivés sur un point à l'horizon. J'aimerais pouvoir l'imiter, faire semblant de me concentrer. Mon problème, quand l'adrénaline me fouette le sang comme en ce moment, quand mon corps hésite entre fuir et se battre, c'est que tout devient terriblement net autour de moi. C'en est presque insupportable. J'entends le gémissement d'un moteur de camion qui démarre, le sol poussiéreux du désert qui crisse sous de gros pneus lourds. Je me demande si c'est le camion où David est caché. Je l'espère. J'imagine le portail s'ouvrir et se refermer ; David en sécurité de l'autre côté de la clôture.

Le directeur use du silence. C'est comme lorsque la femme s'est fait taser, ou quand il a attendu que les hurlements de Noor, d'Asmaa et de Bilqis s'estompent, histoire d'être sûr que tout le monde avait entendu. Il manie le silence comme si c'était un outil, mais je vois bien que ça ne lui vient pas naturellement. Il passe l'index sous le col de sa chemise et tire. Le soleil nous frappe de ses rayons. Je regarde les gouttes de sueur qui perlent sur le front du directeur. Il s'essuie à l'aide d'un mouchoir blanc.

— Je vois que vous avez décidé de vous lancer dans une petite excursion, mademoiselle Amin. Vous n'êtes pas en compagnie de votre camarade de secteur, pour une fois ? En train d'encourager les joueurs de foot ?

Il sait comment je m'appelle. Il nous connaît tous. J'ai essayé de ne pas me faire remarquer mais je n'ai peut-être pas été assez prudente. Le directeur a beau être mal à l'aise, il n'en est pas moins sur ses gardes. Il paraît tendu, prêt à bondir, comme un chien dressé au combat.

Ma poitrine se serre – fort. Je prie pour que mon vieux tee-shirt cache effectivement le téléphone dans la poche de mon jean. Le sang me monte à la tête, et j'ai l'impression que le monde penche. Je me concentre sur l'horizon afin de garder l'équilibre.

Puis je redresse les épaules et m'efforce de respirer.

— Euh… si, monsieur le directeur. Seulement il se trouve que…

J'ai l'esprit vide. Je ne trouve rien à dire.

— Elle avait perdu son collier au mess, alors je l'ai accompagnée afin qu'elle puisse le chercher, intervient Jake.

Il répète le mensonge que je lui ai servi le premier soir, et il parle plus vite que d'habitude – moins distinctement.

Le directeur s'approche encore. Mon corps entier me crie de fuir, mais j'ai les pieds figés au sol. Il passe son index boudiné le long de mon pendentif infini. C'est le même geste que David a eu quelques minutes auparavant, mais en version répugnante. Mon estomac se révolte. Je détourne la tête et ferme les yeux.

— On dirait que ce collier a une valeur particulière, commente le directeur.

La bile me monte à la gorge.

— En effet. C'est un cadeau de mon petit ami.

Le directeur sourit. C'est écœurant. Aussitôt je comprends que j'aurais mieux fait de me taire. Je me suis rendue un peu moins anonyme. Je lui ai fourni une ouverture et je sens bien qu'il n'hésitera pas à s'en servir contre moi.

— Un petit ami ? Comme c'est charmant. Il n'est pas ici avec vous ? J'en déduis donc qu'il n'est pas musulman. N'est-ce pas ?

Merde ! pourquoi ai-je ouvert ma grande gueule ? Pourquoi ai-je dit la vérité ?

— Non, monsieur, réponds-je dans un murmure.

— Vous êtes sans doute au courant que l'Autorité exclusive n'encourage pas ce genre d'amalgame entre religions.

Ces mots m'arrachent une grimace, mais je garde le silence. Je croise les bras sur mon ventre et baisse les yeux. Mon souffle est court, superficiel. J'entends la poussière crisser sous la botte de Jake.

Le directeur poursuit, sans égard pour ma gêne, qu'il n'a peut-être même pas remarquée. Sauf que si, évidemment. C'est ce qu'il recherche : ma gêne, ma peine.

— Alors, dites-moi, de quelle religion se réclame votre petit ami ?

J'ai les paupières qui piquent. Je cille pour m'efforcer de ne pas pleurer mais je perds cette bataille intérieure, et une larme coule sur ma joue. Rien ne sert de mentir à ce stade ; il n'aurait aucun mal à découvrir la vérité. Il lui suffirait d'un simple coup de fil au lycée pour apprendre le nom de David.

— Il est juif.

J'ai l'impression de commettre une trahison en révélant ça à voix haute. Les États-Unis se contentent d'emprisonner les musulmans pour l'instant, et le directeur se préoccupe surtout de nous, mais la bigoterie pose rarement des limites à la haine. Les islamophobes sont souvent antisémites aussi.

Si j'en juge par la mine pincée du directeur, je dirais qu'il fait partie de ceux-là.

— Quoi qu'il en soit… (Il se penche légèrement vers moi, si bien que je sens son haleine chargée de café.) N'hésitez pas à me prévenir si vous égarez de nouveau ce précieux souvenir. J'ai des yeux partout, tout le temps.

Il lève la tête vers le drone qui plane tout près avant de reporter son attention sur moi.

— Monsieur le directeur, lance Jake d'une voix beaucoup trop forte.

Le directeur recule d'un pas et se tourne vers lui.

— Oui, caporal ?

— Je voulais vous informer que je me charge d'un tour de garde supplémentaire puisque Johnson a été rappelé. Son remplaçant devrait se présenter à Mobius d'ici la fin de la semaine.

Le directeur hoche la tête en se frottant le menton.

— Bon. Vous avez la situation en main, je n'en doute pas.

— Oui, monsieur.

Le directeur passe à côté de moi, sans doute pour retourner à son bureau dans le bâtiment administratif. Soudain, il s'arrête et fait volte-face.

Je retiens mon souffle et me mords la lèvre. Je fais un pas tremblant en arrière. Jake pose une main dans mon dos.

Le drone s'élève au-dessus de l'épaule du directeur et braque sa caméra sur moi.

— N'oubliez pas, mademoiselle Amin, je vois tout. Mon rôle est d'assurer la sécurité de ce camp, et je prends ça très au sérieux. N'en doutez pas un seul instant.

Puis il s'éloigne, laissant dans son sillage un nuage de poussière et de menaces.

Chapitre 18

Je passe prendre Ayesha, et on se rend au jardin de la Paix. C'est comme ça qu'ils l'appellent : le jardin de la Paix. Au moins le fascisme ne tue pas l'ironie. Soheil est déjà là, à ratisser la parcelle vide et à répandre le terreau où on fera pousser des graines. Il a recruté des renforts : quinze autres ados travaillent dans la poussière autour de lui. La bibliothécaire nous a donné un cours de jardinage l'autre jour. Le directeur est passé nous présenter ses encouragements mais surtout, je pense, nous rappeler qu'il n'est jamais loin – que tout ce qui existe à Mobius est tributaire de son bon plaisir, et que le reste n'existe pas. On a des outils, des graines, du terreau et des arrosoirs qu'on peut remplir à une petite citerne. Au début ça m'a surprise qu'ils nous permettent de manier des objets en métal, mais, en regardant Jake se poster à côté de deux autres gardes, je comprends que le directeur voue à leurs armes à feu une confiance absolue. Il sait qu'on a tous peur de lui – ou, du moins, de ses fameuses conséquences –, alors il peut se permettre de nous témoigner une espèce de générosité perverse et de nous accorder quelques libertés.

Je n'ai pas raconté à Ayesha notre petite rencontre d'hier – pas encore. Ça va l'affoler. Moi-même, ça m'affole encore un peu. Ses menaces si peu subtiles et son avertissement qu'il a des yeux partout… Je suis bien obligée de prendre tout ça au sérieux.

Ayesha, comme moi, attrape une petite pelle, et on se met à creuser la terre afin d'y déposer des graines. Soheil vient s'accroupir à côté de nous ; la sueur lui dégouline dans le cou.

— Je vois que ton ombre t'accompagne, me dit-il en haussant un sourcil.

Il incline légèrement la tête en direction de Jake.

Je lève les yeux. Il a toujours son bronzage à deux vitesses dans la nuque. Quand il m'a raccompagnée à ma caravane hier, il m'a promis qu'il garderait un œil sur moi, lui aussi. Je sais bien qu'il cherche à me protéger, mais le fait de me sentir surveillée – que ce soit par des hommes ou par des drones – ne me rassure pas du tout. Au contraire.

Je repose ma pelle et enfonce l'index dans le terreau frais et humide. Il a fallu en apporter de gros sacs, parce que la poussière du désert ne se prêtait pas à notre projet. J'imagine que ce n'était pas gratuit, mais ils estiment peut-être que ça vaut le coup si ça leur permet de passer pour des dirigeants bienveillants plutôt que pour de violents tyrans. C'est sûrement moins cher que les munitions ou que le traitement des cadavres. Ce qui m'inquiète, c'est que certains des internés ont l'air d'accord. Ils ont l'air de considérer que ce n'est pas si terrible, après tout, et ils ont raison. Ça pourrait être bien, bien pire. Or, justement, j'ai peur que tout s'envenime par ma faute. Enfin, que ça s'envenime encore plus.

— Écoutez, dis-je tout bas à Soheil et Ayesha. Je pense qu'on devrait repousser notre jeûne.

D'un même mouvement ils arrêtent de creuser et tournent la tête vers moi. Ayesha plisse les yeux face au soleil et croise mon regard.

— Quoi ? lance Soheil d'une voix forte.

Puis il remarque qu'on nous regarde et poursuit dans un chuchotement :

— Pourquoi ? J'ai recruté du monde, comme tu peux le voir. Ils sont prêts. On est tous prêts.

Il a beau parler doucement, j'entends sa détermination.

Ayesha pose la main sur son avant-bras.

— Ne t'énerve pas, Soheil. Layla a sans doute ses raisons.

Alors elle se tourne vers moi, comme si elle attendait des explications.

Je leur raconte rapidement ce qui s'est passé hier : David, le directeur, et les menaces de ce dernier. Ayesha passe un bras autour de mes épaules.

— Je suis désolé, souffle Soheil. Tu vas bien ?

— Oui. Jake était là.

Soheil arque un sourcil.

— Je sais bien que tu lui fais confiance, mais…

— C'est vrai, et ça n'a pas changé.

J'ai eu des doutes, moi aussi, mais je ne leur en parle pas. Je ramasse ma pelle, et ils se remettent au travail eux aussi.

— Je te fais confiance, me dit Ayesha avant de se tourner vers Soheil en lui tendant un sachet de graines. Toi aussi, tu devrais.

Il prend une longue inspiration.

— Je te fais confiance à toi, Layla, mais je me méfie de ce qui le motive, lui. Tout ce que je te demande, c'est de faire attention à toi. À tout moment il peut décider de te dénoncer. C'est un garde. Sa mission consiste à s'assurer que tu ne sortes pas d'ici. Ne l'oublie pas.

— Je sais, et je n'oublie pas non plus que certains d'entre nous risquent de se faire arrêter ou disparaître. C'est précisément pour ça que j'ai des doutes au sujet du jeûne. On n'est peut-être pas encore assez nombreux. Ils n'auront aucun mal à tous nous taser. Ce qu'on a prévu, c'est un caprice de mômes, pas une révolution. Il faut qu'on s'organise mieux que ça, et qu'on se prépare au pire. Quoi qu'on décide, c'est dangereux, et on ne peut pas se permettre la moindre naïveté. Ça nous coûterait beaucoup trop cher.

— Qu'est-ce qu'elle a dit, déjà, la fille de La Rose Blanche ? demande Ayesha en me prenant doucement la main. « Il faut bien que quelqu'un commence », non ? Je suis morte de trouille, comme tout le monde ; je ne suis pas courageuse de nature mais je sais qu'on doit agir avant que la situation n'empire. Ce jeûne, ce n'est peut-être pas grand-chose, mais c'est comme ça qu'on commence.

Soheil se déplace de façon à se trouver face à nous, mais il n'a d'yeux que pour Ayesha.

— Bien sûr que si tu es courageuse, chuchote-t-il.

Elle lui sourit doucement.

— Et elle a raison, Layla, poursuit-il. On doit continuer la lutte, plus que jamais. Ce n'est pas le moment de perdre la foi, ni de se laisser ramollir. On est tous morts de trouille. Le courage, ce n'est pas de ne pas avoir peur, c'est de faire ce qu'il faut même quand on a peur.

Plus je regarde mes amis, plus je les écoute, et plus je sais qu'ils ont raison. C'est tellement difficile d'agir quand on est pétrifié tout le temps. Le directeur compte là-dessus, naturellement – la terreur répand le silence, pas les cris.

Ayesha donne un petit coup de coude à Soheil.

— Creuse, sinon ils vont croire que tu complotes… ou, pire, que tu dragues.

Je ris doucement et baisse les yeux, soudain fascinée par ma pelle. Pourtant je remarque quand même le sourire que Soheil adresse à Ayesha.

Le bourdonnement d'un drone captive l'attention de tous. Avant qu'il arrive au-dessus de nous, Soheil murmure rapidement :

— Vendredi soir, on jeûne. Tous ceux que tu vois ici sont partants. On ne se dégonfle pas.

La carcasse rouge métallisée du drone scintille sous le soleil de plomb. Je mets une main en visière et toise cet espion mécanique comme s'il avait des yeux. Je crispe la mâchoire. J'ai du mal à me retenir de lui balancer ma pelle, à cet engin de malheur. Jake croise mon regard et secoue très légèrement la tête. J'ignore comment il a deviné à quoi je pensais. J'articule « OK » en silence et je me remets au travail.

On passe deux heures au soleil, à suer à grosses gouttes, et on trouve même le temps de rire, parfois. La tâche n'est pas facile, mais je me perds dans ce labeur répétitif qui consiste à creuser un trou puis à y planter une graine. Vers midi, notre petit groupe se disperse, à la recherche d'un coin d'ombre où aller déjeuner. Ayesha me fait au revoir de la main en se dirigeant vers le secteur de Soheil. Elle m'a proposé de venir déjeuner avec eux, mais je tiens à leur accorder ce bref tête-à-tête.

Je repose mes outils à côté des autres et vais remplir ma petite bouteille à la citerne avant de boire longuement. La terre que j'ai sur les mains se change en boue au contact de la condensation qui se forme sur le plastique. Je m'essuie une paume, puis l'autre, sur un coin de mon jean qui n'est pas encore sale.

— Ma mère adorait le jardinage, lance Jake dans mon dos.

Tandis qu'il s'approche, je remplis ma bouteille une fois de plus.

— Elle adorait ? Elle n'aime plus ça ?

— Elle est morte quand j'avais douze ans. (Jake donne un petit coup de talon dans la terre.) Je la revois encore, en été, avec les ongles tout noirs et le jean tout crasseux. Elle portait toujours le même, qu'elle gardait spécialement pour ça. Les genoux en étaient presque solides, tellement ils étaient terreux.

Un sourire mélancolique passe sur son visage.

— Je suis désolée, dis-je.

Il hausse les épaules.

— C'était il y a longtemps. Mon frère est beaucoup plus âgé ; il ne vivait déjà plus à la maison. On a appris à se débrouiller, mon père et moi.

Jake parle sans me regarder. Il observe les montagnes, au loin, avec la même expression qu'hier, quand le directeur a surgi devant nous. Concentré, mais pas sur ce qui se trouve devant lui. C'est la première fois qu'il mentionne quelque chose de personnel, et pour la première fois je me rends compte qu'il a une vie en dehors de tout ça.

— Ça n'a pas dû être facile, dis-je.

— Mon père est militaire aussi. Il a fait carrière dans l'armée. Il menait la maison à la baguette : chaque chose avait sa règle. Je pense que c'est ce qui m'a sauvé, cette structure. Dans l'armée, le fait que chacun fasse son boulot, la hiérarchie, c'est ça qui assure notre sécurité à tous. C'est comme ça que mon père témoignait son amour, je crois : en nous protégeant. Il ne parlait pas souvent, et jamais de ses sentiments. Ça, c'était le rôle de ma mère, ce qui ne l'empêchait pas d'être stricte aussi quand il le fallait.

Jake rit doucement. Il ne le dit pas, mais je vois bien à son regard qu'elle lui manque beaucoup.

— Ce n'est jamais facile de perdre ce qu'on aime. Même une vie parfaitement ordonnée ne peut remplacer ça.

Ma voix se brise à ces mots, ce qui m'étonne moi-même.

Jake se tourne enfin vers moi avec, toujours, ce sourire triste sur les lèvres. Pourtant une partie de lui reste concentrée sur l'horizon.

Je suis allongée sur mon lit. Mes parents sont encore au travail. J'irai les rejoindre au mess pour le dîner. Normalement je me douche juste avant d'aller me coucher, mais j'avais la peau toute salée d'avoir tellement transpiré, et j'avais un peu mal partout. J'avais envie de rincer tout ça. Je ferme les yeux un instant et j'imagine mon lit à moi, si douillet, et mon cher duvet en *kantha*. Ce lit-là, cette maison, j'ai l'impression que c'était une autre vie. C'est comme si j'étais une autre personne, à l'époque, et que je garde les souvenirs d'une existence qui n'est plus la mienne.

On frappe à la porte de la caravane. Ayesha a promis de passer me raconter les détails – sans doute très chastes – de son déjeuner avec Soheil. Je déroule la serviette que je portais en turban et laisse mes cheveux retomber dans mon dos avant d'aller lui ouvrir.

— Alors, comment ça… ?

Ce n'est pas Ayesha.

C'est Jake.

— Fais-moi entrer. Vite, dit-il avant de m'adresser une espèce de grimace.

Je me fige. Je ne comprends pas ce que ça signifie, ou ce qu'il fait ici. Je sens mes longues mèches mouillées tremper le bas de mon tee-shirt, et ça me fait frissonner. Je jette un coup d'œil alentour. Il n'y a personne dans les parages. Alors je m'écarte pour laisser passer Jake, en priant pour que ce soit la bonne décision.

On reste plantés dans la petite pièce commune. Je mets les mains dans les poches et me balance d'avant en arrière, en attendant que Jake dise ou fasse quelque chose. Il s'approche de moi et, avec un grand sourire forcé, pose une main sur mon épaule. Je tressaille. Il me regarde droit dans les yeux et hoche très légèrement la tête. Sans un mot, il désigne ma chambre et se dirige vers la porte. Puis, voyant que je ne bouge pas, il me fait signe de le suivre. Je me lance, en espérant que ce ne soit pas dans le vide.

Je retiens mon souffle et entre. L'avertissement de Soheil résonne dans l'air autour de moi : ne fais confiance à personne. Sauf que si, je me fais confiance, à moi. J'espère simplement que mon instinct ne s'est pas trompé. Jake referme la porte derrière nous.

— Et maintenant ? dis-je d'une voix un peu trop forte.

Jake pose un doigt sur ses lèvres et fait un pas vers moi.

— Il n'y a pas de caméra dans cette pièce, mais il vaut mieux parler doucement. Désolé de débarquer comme ça, mais il n'y a qu'ici qu'on est hors de portée des caméras et des drones.

— Peut-être, mais on vous a vu monter dans la caravane et entrer dans ma chambre. Ça ne risque pas d'éveiller les soupçons ?

— Un garde qui entre dans la chambre d'une femme… Disons que ce n'est sans doute pas si rare, et que le directeur s'en fout.

— Oh, non ! c'est dégueulasse… C'est d'un garde et d'une prisonnière qu'il s'agit. Les prisonniers n'ont pas le pouvoir de consentir. C'est…

— C'est de la contrainte. C'est du viol. Je sais. Je n'ai pas encore entendu de noms, mais il y a des rumeurs qui circulent.

— Jake, vous ne pouvez pas laisser faire ça. Il faut…

— Je sais, et si je vois quoi que ce soit de louche, j'interviendrai. Je te le promets. Maintenant écoute-moi. Qu'est-ce que vous organisez ? Dans le jardin, avec les autres ?

— Rien.

Clairement il est au courant de quelque chose, mais je ne suis pas sûre de vouloir lui en raconter davantage. Je ne suis pas sûre d'en avoir le droit. Ça ne concerne pas que moi.

— Je comprends que tu méfies. C'est une preuve d'intelligence, et il en faut pour survivre.

Jake pousse un petit soupir précis, puis un autre, un peu comme s'il les comptait dans sa tête. Il retire sa casquette et passe une main dans ses cheveux blonds trempés de sueur.

— Écoute, le directeur… Il parle de faire venir davantage de gardes. Il a senti que ça remuait, que la rébellion menaçait. Il est hargneux et mesquin, mais il n'est pas stupide. Tu te souviens de la jeune femme d'origine arabe qu'ils ont emmenée…

Je me crispe, les poings serrés.

— Elle a un nom. Elle s'appelle Noor.

— Oui, pardon. Noor. Elle portait un hidjab aux couleurs du drapeau américain. Tu te souviens ?

Je hoche la tête.

— Apparemment il lui a été arraché à un moment, et ce matin on l'a retrouvé accroché à la porte du bâtiment administratif. Il était tout déchiré, taché de sang, et il y avait écrit « Résistance » dessus au marqueur.

Une espèce de joie étrange pétille dans ma poitrine. J'ignore ce qui est arrivé à Noor ou aux autres jeunes femmes. Je n'ose même pas y penser. Pourtant ça veut dire qu'Ayesha, Soheil et moi… on n'est pas seuls. Non, ce n'est pas de la joie qui me gonfle le cœur. C'est de l'espoir.

— Qui a fait ça ? Et comment ? La milice du directeur traîne toujours près de ces bâtiments, sans parler des autres patrouilles.

— Justement, reprend Jake. Ça n'aurait pas dû être possible, et il le sait. Il pense que c'était peut-être un garde.

J'en reste bouche bée.

— Oh, putain !

Jake poursuit.

— Il était fou de rage. Il veut tout surveiller d'encore plus près, comme il te l'a dit. Il me fait confiance pour le moment, alors…

— Il vous fait confiance ? C'est censé me rassurer, ça ?

— Oui, justement. Écoute, il m'a fallu pas mal de temps pour en arriver là – trop longtemps. C'est ce que je voulais te dire tout à l'heure. Je suis militaire et fils de militaire. J'ai grandi dans une maison où les ordres, c'était sacré. Sauf que j'ai aussi reçu des contre-ordres. Depuis que je suis ici, que je t'ai rencontrée, toi, et les autres… j'ai enfin compris le sens de ma vraie mission, mon devoir de protéger ce pays contre l'ennemi, qu'il soit extérieur ou intérieur.

Je ne comprends pas bien ce qu'il essaie de m'expliquer, et il doit le voir à mon air interloqué.

— Layla, je fais partie des gardes exclusifs, mais pas seulement. Je t'en ai déjà trop dit. Ça risque de te mettre en danger.

— Qu'est-ce que ça signifie ? Et pourquoi, d'ailleurs ? Pourquoi est-ce que vous acceptez de… ?

J'ai la tête pleine de questions et d'incompréhension, à tel point que j'en ai le tournis.

Jake s'approche encore de moi.

— Je suis désolé, souffle-t-il avec une douceur qui me prend au dépourvu. Ça me fait horreur, de devoir accepter tout ça, mais pour le moment, je suis obligé. Je suis vraiment désolé si mes actions – passées comme futures – te causent du tort. Il ne faut surtout pas que le directeur me soupçonne. S'il veut que je garde un œil sur toi, c'est précisément parce qu'il pense que j'ai gagné ta confiance et que je l'avertirai au moindre signe de dissidence. Il faut que je joue le jeu pour l'instant. Il n'y a que comme ça que je peux assurer ta sécurité.

Sa voix n'est plus qu'un murmure et, tout doucement, il referme les doigts autour de mon bras. Je baisse les yeux vers sa main. Aussitôt il recule. Je suis surprise, mais ce n'est pas de la peur.

— Moi aussi je me fais du souci pour moi – pour nous tous. Chaque jour je vis dans la peur, à chaque instant, mais il y a le feu tout autour de moi, et je ne peux pas rester là sans rien faire. Vous le comprenez, ça, non ? D'ailleurs, vous-même, vous prenez un risque en nous aidant.

— C'est mon devoir, Layla. Ce à quoi je me suis engagé.

— Eh bien, moi aussi, je fais mon devoir.

Ma voix n'est plus qu'un couinement, ce qui m'arrache une grimace gênée.

Le regard de Jake s'adoucit.

— Comprends-moi bien. Le directeur… ce qu'il t'a dit hier… Il ne plaisante pas. S'il décide de s'en prendre à toi, il n'hésitera pas à te faire du mal, et je ne serai peut-être pas capable de l'en empêcher. Je ne peux pas non plus…

Les larmes me montent aux yeux.

— Je sais bien que le directeur peut nous faire subir tout ce qu'il veut sans que personne ne le remarque ou n'essaie d'intervenir, mais si on n'agit pas maintenant, si on continue à se taire, qu'est-ce qui va se passer ? Si on est condamnés à disparaître de toute façon, on se doit de se battre jusqu'au bout.

Dans ma tête, cette déclaration me paraissait courageuse, mais maintenant que je l'ai dite à voix haute, je la trouve mêlée de terreur.

Jake se frotte le front.

— C'est justement ce que je craignais. N'oublie pas que vous n'êtes pas seuls. Il y a déjà de vives réactions à l'extérieur du camp, des manifestations devant la Maison-Blanche. Les gens discutent de votre sort. Le directeur ne vous en parle pas, évidemment – il n'en parle à personne –, mais ça remue, de plus en plus.

J'arrive à lui sourire un peu.

— Raison de plus pour nous soulever ici aussi. (Ma voix tremble, et une larme coule sur ma joue.) Je suis terrifiée.

Aussitôt je me racle la gorge. J'ai l'impression de confesser quelque chose que je devrais plutôt taire, mais je ne sais pas comment rester forte en permanence alors que j'ai tout le temps l'impression d'être isolée par la peur et la solitude. Je lève les yeux vers le regard doux et chaleureux de Jake.

Il hésite, puis ouvre légèrement les bras. Je me réfugie contre lui. Il me serre fort, et je me sens en sécurité. Je sais bien que ce geste est déplacé mais, l'espace de ces quelques secondes, j'ai besoin de réconfort, et c'est ce que m'apporte Jake. Je puise de sa force pour nourrir ma détermination, pour qu'elle ne vacille plus face à ce que l'avenir nous réserve.

Pourtant, même ça, c'est trop. Je rouvre les yeux et m'écarte, si brusquement que je trébuche presque.

Jake recule, l'air soudain consterné.

— Je suis désolé, Layla. Je suis vraiment désolé. Je ne sais pas ce qui m'a pris.

Je secoue la tête en bredouillant.

— C'est cet endroit… Je me sens si seule, et David me manque tellement ! J'ai l'impression d'être dans une crypte dont on mure peu à peu la porte. Je voudrais la repousser mais je n'y arrive pas, et personne ne m'entend crier.

Je relève les yeux et vois un type à peine plus âgé que moi. Dans un autre monde, il fréquenterait la même université ; il m'aiderait peut-être à me repérer pendant ma première semaine de cours ; ce serait peut-être le gentil beau gosse chargé de surveiller notre résidence. Un ami, un confident. Sauf que ce monde-là n'existe pas. C'est un garde dans le camp où je suis enfermée. C'est ça, la réalité. C'est mon présent, et je compte bien me démener pour que ce ne soit pas mon avenir.

— Tu n'es pas seule, Layla. Je vais faire tout mon possible pour te protéger. Le directeur me croit sur parole. Il m'a demandé de lui faire des rapports réguliers sur tes activités, alors je serai dans les parages une grande partie du temps.

J'articule « merci » en silence.

— Je vous crois. On a organisé un…

— Non, ne me dis pas. Je sais que je t'ai posé la question tout à l'heure, mais ne me dis rien. Si je ne suis pas au courant, je ne risque pas de vous trahir, quoi qu'il arrive.

— Vous voulez pouvoir plaider l'ignorance ? Comme dans les films d'espionnage ?

Je m'efforce de sourire un peu mais je comprends ce qu'il insinue.

S'il ne connaît pas la vérité, il ne risque pas de la révéler, même sous la torture.

Chapitre 19

— Layla ? On va se mettre en route pour le foyer. Tu viens ? lance ma mère juste derrière la porte de ma chambre.

Le téléphone jetable que m'a passé David m'échappe des mains et va s'écraser par terre. Merde !

— Layla ? Ça va ?

— Oui ! J'ai fait tomber ma brosse à cheveux, c'est tout. J'arrive ; je suis presque prête.

Tout en parlant je ramasse le téléphone et le cache entre mon matelas et le mur. Je n'en ai toujours pas parlé à Jake, et je ne m'en suis presque pas servie parce que j'ai trop la trouille. Je ne peux pas me permettre de faire trop de bruit, et puis j'essaie de garder ces quelques précieuses minutes pour des urgences absolues. Quoique, franchement, la vie dans le camp est une urgence perpétuelle. Je n'ose pas appeler, c'est trop risqué, mais j'ai échangé quelques textos avec David et j'ai prévu de le revoir. Aujourd'hui.

Je mets la main dans ma poche pour la centième fois de la matinée. Mon prochain article y est soigneusement plié. Mon tee-shirt aux couleurs de Wimbledon, vert et violet, m'arrive aux hanches. Quand j'entre dans la pièce commune, je trouve mes parents en train de finir leur thé. La petite table est calée sous une des fenêtres du mobil-home. La poussière accumulée sur la vitre filtre les rayons du soleil et nimbe la routine de mes parents d'une lumière douce, presque dorée.

Chaque matin, quand je sors de ma chambre et que je les aperçois, j'ai l'impression qu'ils ont vieilli pendant la nuit, comme si le sommeil épuisait toute vie en eux au lieu de recharger leurs batteries. Peut-être qu'ils n'arrivent pas à dormir, tout simplement. Pourtant aujourd'hui, avec cette lumière, je repense à une vieille photo qui se trouve sur la table de chevet de ma mère dans un petit cadre en argent tout oxydé. C'est un portrait d'eux, mais jeunes, bien avant ma naissance, alors qu'ils venaient à peine de se rencontrer. Ma mère m'a raconté que c'était un ami qui avait pris ce cliché pendant un voyage à Paris. Ils sont dans un café, assis à une petite table ronde en métal vert, tout près d'une grande fenêtre. Les ongles rouge vif de ma mère contrastent joliment avec la tasse couleur crème qu'elle tient à la main. Les cheveux bouclés de mon père lui tombent devant les yeux. Il observe ma mère, qui regarde par la vitre, éclairée par une lumière douce. Soudain je comprends à quel point cette photo est belle, parfaite. J'en ai la gorge nouée.

Je vais les embrasser sur la joue, l'un après l'autre. Ma mère me sourit, et mon père me prend la main.

— J'ai quelque chose pour toi, dit-il.

Il me tend un livre de poche aux pages usées et écornées.

— *Persuasion* ? lis-je.

Il hoche la tête.

— La bibliothèque du foyer n'offre pas beaucoup de choix, mais il y a quand même des titres de qualité. Je pense que cette histoire te plaira beaucoup. Et puis, tu ne crois pas qu'il est temps de te remettre à tes études ?

Je le regarde, perplexe. Mes études. Mais bien sûr. C'est ma préoccupation principale dans ce camp : m'assurer d'obtenir mes équivalences du lycée. Il y a déjà une sorte d'école primaire pour les plus jeunes, mais à ma connaissance on n'a pas encore de lycée *Mobius* susceptible de nous délivrer nos diplômes. J'ai envie de balancer une repartie sarcastique mais je me retiens.

— Merci, papa. J'ai adoré *Orgueil et Préjugés*. Je suis sûre que je vais aimer celui-ci aussi.

— C'est l'histoire d'une jeune femme, Anne Elliot, qui est très moderne en son genre. Les personnages y découvrent leur vraie nature, mais pas seulement. Ils apprennent aussi à rester fidèles à eux-mêmes. D'une certaine façon, à l'époque, ç'a été reçu comme quelque chose de très subversif, explique mon père sans détacher son regard du mien. Évidemment, c'était il y a très longtemps, s'empresse-t-il d'ajouter. Maintenant ça se lit pour le plaisir, mais je te demanderai de rédiger un essai dessus lorsque tu auras terminé.

Il a hésité à prononcer le mot « subversif », puis il s'est repris. Les caméras, ces yeux qui nous surveillent en permanence, font de nous des maîtres de la dissimulation mais nous forcent aussi à trouver de nouveaux moyens de communiquer, de nouveaux mensonges pour assurer notre survie.

— Merci, papa. J'ai hâte de me remettre au travail, dis-je sur un ton peut-être un peu trop enjoué.

On sort de la caravane, tous les trois. J'ai les doigts qui tremblent. Je suis terriblement consciente de la feuille pliée dans ma poche ; j'éprouve une espèce de nausée à l'idée de ce que je cache désormais à mes parents, à Ayesha et à Jake. Il vaut mieux pour eux qu'ils ne sachent pas. La possibilité de plaider l'ignorance. N'est-ce pas là-dessus qu'on s'est mis d'accord, Jake et moi ?

Je descends la médiane en compagnie de mes parents. Ils adressent un sourire et un *salaam* à chaque personne que nous croisons, et tout le monde les salue aussi, comme si nos sourires étaient authentiques. On est à mi-chemin du foyer quand je fais demi-tour, sous le prétexte que je veux aller chercher mon roman afin de le lire à la bibliothèque.

Je dis au revoir à mes parents et repars vers notre secteur, en regardant par-dessus mon épaule pour vérifier qu'ils se rendent bien au foyer. Puis je m'élance vers les secteurs de l'autre côté de la médiane. Il y a plein de monde dehors, des gens qui vont au travail, qui emmènent leurs enfants à l'école ou à la crèche organisée par les grands-parents. J'en vois qui trimballent des sacs de linge sale, d'autres qui portent des cartons vides, qu'ils rempliront de ce qu'on voudra bien leur donner au magasin. Je ne cours pas ; je ne cherche pas à me cacher. Je reste sur le qui-vive au cas où des gardes ou des drones passeraient à proximité. J'entends les camions du recyclage franchir le portail puis je vois les hommes en uniforme kaki se déployer dans le camp. Je n'aperçois pas David mais je sais qu'il est là. Je me dirige vers la porte de derrière du mess. Il n'y a jamais personne qui la surveille, et elle n'est pas verrouillée pour le ramassage des déchets. Je jette un coup d'œil autour de moi avant d'entrer.

Les paumes moites, le cœur qui bat dans les oreilles, je m'avance vers les cuisines sur la pointe des pieds. Le mess est plongé dans le noir, à l'exception des quelques lampes qui surmontent les issues et qui grésillent doucement. Je prends bien soin de ne surtout rien toucher, par peur de faire du bruit… peur de ce qui pourrait arriver.

La porte de la réserve est entrouverte. Il y a de la lumière. Je retiens mon souffle et m'approche. Dès que je pose les doigts sur le montant de la porte, une main agrippe la mienne et m'attire à l'intérieur.

Je tombe dans les bras de David. Il m'embrasse si tendrement, si sincèrement, que j'ai envie de pleurer. J'ai beau être terrifiée à l'idée de ce téléphone caché entre mon matelas et la cloison, je suis surtout reconnaissante qu'il nous ait permis cet instant, dans la réserve du mess. David blottit son visage dans mon cou.

— Tu me manques, dit-il avant de reculer. Il faut que je te montre quelque chose.

Il sort son téléphone de son uniforme kaki et tourne l'écran vers moi. Un gros titre proclame : « Fascisme à Mobius : premier témoignage de l'intérieur. »

— Ils l'ont mis en ligne alors que j'étais dans le camion, chuchote David. KALA-TV a diffusé la nouvelle, et la présentatrice a même lu ton article à l'antenne. D'après elle, ça devrait se répandre comme une traînée de poudre, si ce n'est pas déjà fait. Le monde entier va te connaître – ou, du moins, tes paroles. Tu as réussi, Layla. Tu es incroyable !

La voix de David se brouille. Les yeux rivés à l'écran, je lis et relis le gros titre, complètement soufflée. Je ne vois plus que ces quelques mots – *mes* mots. Puis soudain je revis cet instant. J'entends tout. Les hurlements de Noor. Les hommes du directeur qui l'embarquent. Asmaa et Bilqis qui tentent de voler à son secours. Leur sang qui tache le sol aride. Le directeur. Le pistolet. Les larmes me montent aux yeux. Je chuchote :

— Le monde entier va savoir comment elles s'appellent.

David essuie mes joues puis y dépose de petits baisers.

— Oui. Tout le monde va les connaître maintenant, et c'est grâce à toi.

— Et à toi, dis-je.

Je passe les doigts dans ses cheveux, moites de sueur. Il est toujours là quand j'ai besoin de lui. Littéralement. Il est ici, à côté de moi, pourtant, en ce rare moment de tranquillité, je prends conscience d'un fossé infime entre nous, d'une fissure que je ne sais pas comment combler. Je ne suis même pas sûre de ce que c'est. Peut-être que c'est dû à notre dispute, le premier jour où il est venu au camp. Peut-être que c'est à cause de cette clôture électrique qui semble nous séparer même quand je suis dans ses bras. J'ignore pourquoi exactement, mais c'est horrible. Je tente de repousser cette émotion dont je ne veux pas. Il prend des risques insensés pour me voir, pour m'aider. Je veux que tout redevienne comme avant. Qu'est-ce que je ne donnerais pas pour un bref moment d'Avant avec David ! Le parfum mentholé de son savon, la chaleur de ses bras, nos doigts entrelacés, notre peau presque du même brun. Toutes les sensations familières de chez moi. J'aurais tellement besoin de ça ! Pourtant je sais bien que c'est hors de portée, même si David est là, tout près. Je l'embrasse et lui prends la main pour lui donner la nouvelle histoire que j'ai écrite en tout petit sur une feuille.

— Notre grève de la faim, c'est demain, dis-je dans un murmure.

— J'ai peur pour toi.

— Moi aussi. J'ai peur pour nous tous, mais Jake garde un œil sur nous.

David s'écarte un peu de moi.

— Je sais bien qu'il nous a aidés, mais… tu es sûre de pouvoir lui faire confiance ? que ce n'est pas une ruse de sa part ?

— Je lui fais confiance. Je comprends ta réaction, David. Je ne peux pas t'en dire davantage. À vrai dire, je n'en sais pas davantage moi-même. S'il voulait me dénoncer au directeur, il aurait déjà pu le faire au moins une centaine de fois, mais non. Il est de notre côté.

David secoue la tête.

— Je ne peux pas me fier à quelqu'un qui a une arme braquée sur toi. Toi non plus, tu ne devrais pas.

Je prends une profonde inspiration.

— Il ne fera de mal à personne, surtout pas moi. Je te le promets.

David hausse un sourcil.

— Tu as quelque chose d'autre à me dire ? Quelque chose que je devrais savoir ?

La fissure que je visualise entre nous s'élargit imperceptiblement.

— Non, ça n'a rien à voir. Crois-moi, je t'en prie. Je t'aime. Et puis la jalousie ne te va pas du tout.

J'ai le cœur dans un étau. Peut-être que David aussi a ressenti cette fissure.

La porte claque et nous fait sursauter.

— Montrez-vous ! Je sais que vous êtes là !

La voix de Jake tonne dans le mess, et on l'entend traverser la cantine d'un pas lourd. Je saisis la poignée, mais David pose une main sur la mienne en faisant « non » de la tête.

Ça ne change rien. Jake ouvre la porte de la réserve. Il a les mâchoires crispées, la mine sévère et officielle, furieuse. Le militaire dans toute sa splendeur.

— C'était très con, ce que vous venez de faire. (Il chuchote, mais c'est un sifflement rageur.) Le directeur est au courant. (Il se tourne vers moi.) Tu as un autre article sur toi ?

J'ouvre la bouche mais j'hésite.

— On n'a pas de temps à perdre. Il arrive. Donne-le-moi.

Je mets la main dans la poche de David pour en sortir la feuille pliée avec mon écriture dessus. Je la tends à Jake, qui la glisse dans sa botte. David me regarde, sous le choc.

La porte du mess s'ouvre en coup de vent. Toutes les lumières s'allument. Le directeur débarque dans les cuisines, suivi de deux de ses hommes. Ce ne sont pas des militaires, ni des gardes exclusifs. Ce sont les deux types qui ont entraîné Noor. Ils font partie de cette milice qui n'a jamais prêté le serment de protéger la Constitution. Leur loyauté est vouée au directeur et à lui seul.

— Merci, caporal Reynolds. Vous avez fait de l'excellent travail. Maîtrisez Mlle Amin.

Le directeur postillonne méchamment, le visage cramoisi et les veines du cou saillantes, tels des câbles tendus à se rompre. Je me crispe. Mon souffle se fait rauque, comme s'il n'y avait pas assez d'oxygène dans cette pièce. Chaque fois que quelque chose me terrorise depuis mon arrivée au camp, je me dis que je n'avais encore jamais eu aussi peur, mais, chaque fois, sans exception, je découvre un niveau de terreur que je n'imaginais même pas.

Jake se tient devant nous ; il se retourne et me regarde avec, l'espace d'une seconde, une certaine douceur. Puis il me saisit par le bras. Je jette un coup d'œil paniqué autour de moi, du directeur à ses gardes du corps, puis à Jake et, enfin, à David. Je m'arrache à la poigne de Jake et cours vers David. Je passe les bras autour de son cou et murmure à son oreille :

— Sors ton téléphone. Instagram. Vas-y.

Jake me rattrape, l'air choqué.

— C'est ma faute, dis-je, même si je sais que ça ne changera rien. Tout ça, c'est entièrement ma faute. David n'a rien fait de mal.

Le directeur se frotte les mains comme s'il voulait se les laver.

— Je vous remercie pour cet aveu, mademoiselle Amin, mais j'ose affirmer qu'il y a largement assez de culpabilité pour deux dans cette affaire. Une chose est sûre ; il y aura des conséquences pour tous les responsables.

Il jubile presque. J'en frémirais de peur si je n'avais pas déjà dépassé ce stade. J'ai l'impression que des fourmis me courent partout sur la peau, comme dans un cauchemar affreux où je me griffe pour les chasser mais où je n'arrive qu'à me blesser.

J'arrive à articuler quelques mots.

— David ne fait pas partie des internés du camp. Il a encore tous ses droits. La loi s'applique toujours.

Jake me tire doucement sur le coude, sans doute pour m'avertir que je ne fais qu'aggraver mon cas. Sauf que j'ai quelque chose à dire. Si David est là, c'est à cause de moi, parce que je lui ai demandé de venir – parce que j'avais besoin de lui. Et voilà qu'il risque de s'attirer de sévères ennuis pour la simple raison que je suis une sale égoïste.

— La loi, c'est moi ! enrage le directeur.

Il fait signe à ses hommes, et l'un d'eux m'agrippe le bras.

— Non !

Un cri m'échappe lorsque l'homme me plaque contre le frigo. Tout va trop vite. Ma joue s'écrase contre le métal dur et froid avant que j'aie pu comprendre ce qui se passe. Les voix et les silhouettes se brouillent tout autour de moi. J'entends Jake hurler quelque chose, dire que je suis encore mineure.

David va se camper face au directeur. Du coin de l'œil, je remarque qu'il tremble.

— Je suis sûr que ça intéressera beaucoup le monde de savoir que la loi c'est vous, et que vous brutalisez des mineurs dans ce camp – des enfants. (Il tient son téléphone devant lui ; il filme tout.) Je suis en direct sur Instagram Live. Cette jeune fille s'appelle Layla Amin ; elle vient de Californie. C'est une citoyenne américaine.

Je croise le regard de David tandis qu'il s'approche de moi et de l'homme qui me maintient toujours plaquée contre le réfrigérateur.

Le directeur tire sur le col de sa chemise ; il est rouge betterave. Il respire tellement fort que je m'attends presque à voir des flammes jaillir de ses narines.

Jake vient remplacer le type qui m'immobilise, puis il m'écarte doucement du frigo et pose une main dans mon dos. David filme toujours la scène. Jake parle lentement, d'une voix très calme.

— Veuillez excuser ce… (Jake s'interrompt le temps de regarder le directeur) regrettable accident, mademoiselle Amin. Je suis sûr que notre directeur voudrait qu'un médecin vous examine à l'infirmerie. L'Autorité exclusive suit des règles très strictes quant au traitement des mineurs à Mobius.

Le directeur se racle la gorge et s'écarte légèrement de nous pour aller se placer à l'ombre d'une immense étagère.

— Oui, bien sûr. Nous tenons à nous assurer que Mlle Amin n'a pas été blessée lors de ce petit malentendu. Nous cherchons simplement à établir la provenance des mensonges répandus au sujet de Mobius. (Il sort une tablette de la poche de sa veste.) Mademoiselle Amin, vous pouvez sans doute assurer aux gens qui regardent la vidéo de votre petit copain que ces allégations sont entièrement fausses.

Je redresse les épaules afin de le regarder dans les yeux. Le côté gauche de mon visage m'élance et me brûle. Je serre les poings.

— Non, je ne peux pas, monsieur le directeur.

Il fait un pas vers moi, mais Jake s'interpose.

— J'imagine que Mlle Amin n'est pas en position de commenter cette affaire dans la mesure où elle n'a pas eu accès à la nouvelle, monsieur.

Le directeur plisse les yeux. Les muscles de son cou sont tellement tendus, et il est tellement rouge, que je me demande s'il respire. Je ne suis même pas sûre que, moi, je respire.

— Caporal, veuillez escorter notre… (il se racle la gorge) notre invité jusqu'aux portes du camp et accompagner Mlle Amin à l'infirmerie, où elle sera entre d'excellentes mains.

David filme le directeur et sa milice tandis qu'ils ressortent du mess.

Il ne baisse son téléphone qu'une fois que la porte claque derrière eux. Il a expliqué ce qui se passait au fur et à mesure, je crois, mais je n'ai rien entendu à cause du sang qui rugissait dans mes oreilles. Je tombe à genoux et éclate en sanglots, le visage entre les mains.

David s'agenouille à côté de moi et me caresse le dos.

— Layla, ça va ? Je suis désolé. Si seulement j'avais pu faire quelque chose !

Je lève les yeux et vois que les siens sont emplis de larmes. Je m'essuie la joue sur ma manche et tressaille aussitôt. Mon visage commence à enfler.

— Tu as fait quelque chose, David. Tu n'aurais rien pu faire de plus.

Je l'embrasse sur la joue.

Jake vient m'aider à me relever. David se remet debout aussi.

— Je dirais même que tu en as assez fait comme ça, David, lance-t-il.

Je me tourne vers lui, choquée qu'il se montre aussi cruel après ce qui a failli se passer – après ce qui s'est passé.

— Jake…

Il ne me laisse pas parler.

— As-tu la moindre idée de ce que tu as risqué ? demande-t-il à David. Tu es libre. Elle est enfermée ici. Tu crois peut-être que tu l'as échappé belle, que tu as été très malin, sauf que toi, tu as le droit de sortir de ce camp. Pas elle. Et puis, cette idée de lui donner un téléphone pour qu'elle le cache dans sa caravane ? (Il se tourne vers moi.) Je vais le confisquer, au fait. Les mesures de sécurité vont être renforcées comme jamais. Ça va devenir Fort Knox ici.

David détourne les yeux. On dirait qu'il vient de recevoir un coup de poing dans le ventre. *« Dévasté. »* C'est le mot qui me vient à l'esprit quand je le regarde. J'observais son visage pendant que Jake parlait, et j'ai cru voir tout l'éventail de ses émotions – d'abord la colère défensive, puis la peur, la tristesse et, enfin, l'horreur. Je le sais, parce que j'ai ressenti la même chose.

Jake secoue la tête.

— Je dois vous faire sortir d'ici tous les deux. Allez.

Il nous entraîne vers la porte du mess, en restant entre David et moi, comme une espèce de chaperon. On ne peut pas se tenir la main, et un baiser d'adieu est clairement hors de question. Chaque pas que je fais me répète la vérité : David ne pourra plus jamais remettre les pieds ici, même si Jake acceptait encore de nous aider, ce qui ne risque pas d'arriver.

Je me sens complètement démunie quand on s'arrête à quelques mètres du portail. David se tourne vers moi et articule « je t'aime » en silence. Il essaie de s'approcher, mais Jake s'interpose.

David déglutit puis lui tend la main.

— Protégez-la, s'il vous plaît.

Sa voix n'est qu'un faible crissement. Jake lui serre la main avant d'appeler un autre garde. Il murmure quelque chose à l'oreille de son collègue, qui hoche la tête.

On se regarde, David et moi. Je devine ce qu'il ressent : il est écrasé de nous savoir complètement impuissants – comme moi.

Le garde lui fait signe de le suivre. David lui emboîte le pas mais, jusqu'au portail, il reste à moitié tourné vers moi, un petit sourire aux lèvres, comme s'il voulait convaincre les choses de s'arranger. Jake m'entraîne vers l'infirmerie. Mon cœur voudrait résister, mais mon corps n'en a plus la force. Pas maintenant. Alors je lance un dernier regard à David.

— Est-ce qu'il va s'en tirer indemne ? dis-je.

Jake soupire.

— Ouais. Fred va le reconduire en ville et s'assurer qu'il regagne son motel sans encombre. Il va aussi lui rappeler de diffuser cette vidéo partout où il le pourra. Le directeur va être fou de rage. Il était déjà furieux que David ait transmis tout ça en direct, alors quand il va savoir que c'est devenu viral… surtout après ton article… C'est pour ça que c'était très bête de le faire venir ici aujourd'hui.

— Je sais.

— Tu t'es mise en danger. Pas que toi, d'ailleurs, tes amis et tes parents aussi.

— Je sais.

— Je ne peux pas être là tout le temps pour garder un œil…

— Jake, dis-je, un peu trop fort. Je sais. On a merdé. Je n'avais pas réfléchi aux conséquences. Je me rends bien compte que ça pourrait vous mettre en difficulté, vous aussi.

Ses épaules s'affaissent.

— Layla, souffle-t-il, ce n'est pas pour moi que je m'inquiète. Au contraire, le directeur pense que j'ai foncé vers le mess dans le seul but de vous attraper en premier. Je lui ai sauvé la mise. Ça devrait renforcer la confiance qu'il a déjà en moi. Par contre, quand je pense à ce qu'il pourrait te faire…

Il me touche doucement le coude.

Le moment est peut-être mal choisi pour poser cette question, mais il n'y a pas vraiment de moments bien choisis à Mobius.

— Qu'est-ce que vous allez faire de mon deuxième article ?

— Ne t'inquiète pas. Je vais le diffuser. Après la vidéo, toutes les chaînes et tous les blogueurs doivent brûler d'en savoir plus. Tu avais raison. Il faut que le monde entier apprenne ce qui se passe ici. Il faut faire le jour sur la torture, les opérations clandestines et la disparition de nombreux citoyens américains.

Je pose la main sur son bras. Ses muscles se crispent.

— Soyez prudent, Jake.

— Ne te bile pas pour moi. Je suis armé, après tout.

— Et moi ? Qu'est-ce que je peux faire maintenant ?

— Demain, la Croix-Rouge vient visiter le camp. Le directeur est sur les dents. Il veut faire bonne figure. Si jamais il donne l'impression qu'il ne contrôle pas ce qui se passe ici, il est fichu. Le haut commandement doit déjà lui mettre la pression pour cette histoire de fuite. Bref, tu devrais être tranquille pour le moment, mais après ça… je trouverai bien une solution.

Il me sourit, mais je vois bien que son cœur n'y est pas.

Je ne crois pas un mot de ce qu'il vient de dire, et j'ai l'impression que lui non plus.

Chapitre 20

Je me tiens devant ma caravane, une poche de glace contre la joue.

Je ferme les yeux de toutes mes forces. J'ai l'esprit qui tourne en boucle. Mon corps ne va plus tenir très longtemps. D'une minute à l'autre, la gravité va quadrupler et m'écraser comme une canette vide. Quand je rouvrirai les yeux, je veux me trouver sur une plage. Je veux entrer dans l'océan et m'avancer dans le Pacifique jusqu'à ce que les vagues me lèchent les épaules et me caressent le cou. Je veux respirer l'air salé, sentir l'eau laver la poussière qui me colle à la peau et rincer mon âme de toute peur. Je veux le picotement de la mer dans mes yeux; je veux flotter sur les vagues, transportée dans le temps vers une autre vie. Est-ce possible? Est-ce que je peux déchirer le tissu de l'espace-temps et disparaître de Mobius? Je rouvre les yeux. Apparemment, modifier le monde par la force de l'esprit, ça reste dans le domaine de l'imaginaire. Or la réalité m'entoure de toutes parts.

Ma joue me picote. Je ne vais pas pouvoir cacher la vérité à mes parents. Ils n'entendront peut-être pas parler de ma toute nouvelle célébrité sur Instagram – du moins, pas tout de suite, parce que, même quand les informations nous parviennent, ça met du temps –, mais ils finiront bien par l'apprendre. Comment leur expliquer que j'ai risqué ma vie et la leur pour un baiser de mon petit copain? Comment leur révéler que l'article que j'ai écrit est sans doute devenu viral ? Le camp est une immense prison, mais une fois que mes parents sauront ce que j'ai fait, ils ne me laisseront même plus sortir de l'espace confiné de cette caravane.

J'entre enfin, bien décidée à ne rien leur avouer parce que, pour l'instant, aujourd'hui, un mensonge vaut mieux pour nous tous. Lorsque la porte se referme derrière moi, une sirène retentit dans le camp et me fait sursauter. Elle est suivie d'une annonce qui résonne dans toute la vallée.

— Retournez sur-le-champ à votre maison Mercury et attendez les instructions qui vous seront transmises par votre borne numérique.

Je me retourne vers la fenêtre et vois des gens regagner leur mobil-home en courant. Mes parents entrent peu de temps après, hors d'haleine. Je remarque les cheveux tout décoiffés de ma mère et le regard paniqué de mon père. Les choses vont encore empirer pour eux, et c'est à cause de moi.

— On était au foyer, m'explique-t-il en s'approchant de l'évier.

Il remplit deux verres d'eau et en tend un à ma mère. Ils s'adossent à l'étroit plan de travail et boivent à grandes gorgées. Puis ils aperçoivent ma joue toute rouge et gonflée.

— Oh, mon Dieu, souffle ma mère en s'approchant pour écarter la poche de glace et regarder en dessous. Qu'est-ce qui t'est arrivé, *beta* ? Est-ce qu'on t'a fait du mal ?

— Non, ça va. Je me suis pris les pieds dans les marches de la caravane en revenant chercher mon livre et je me suis éclatée contre la porte. Je suis vraiment une grosse…

La borne numérique s'allume, et le visage furieux du directeur emplit l'écran.

— Notre communauté a subi une trahison. Quelqu'un a répandu des mensonges au sujet de la vie à Mobius, des calomnies visant à perturber les gens à l'extérieur. Nous allons identifier le ou la coupable. Vous pouvez compter sur nous. En attendant, c'est la communauté entière qui devra répondre de cette affaire.

Je crispe les mâchoires pour contenir la rage qui bouillonne en moi. Le directeur cherche à nous terroriser afin de vaincre toute résistance. Le pire, c'est que ça va fonctionner parce que, de plus en plus, il ose afficher sa haine, abandonnant tout semblant de civilité. Tant mieux. Le masque est tombé, il ne prend plus de gants, et je compte puiser dans ma colère pour rester forte et ne pas fléchir.

Le directeur poursuit :

— Je compte sur vous, mes chers citoyens de Mobius. C'est à vous d'appréhender cet odieux élément perturbateur, qui s'est employé à déstabiliser l'ordre de notre paisible société. Ouvrez l'œil et, si vous voyez quoi que ce soit de suspect, n'hésitez pas à le dire. Vos tuteurs sont à votre disposition, jour et nuit. Toute personne qui coopérera sera dûment récompensée. Comme je l'ai annoncé la semaine dernière, nos amis de la Croix-Rouge doivent nous rendre visite demain. Nous allons leur présenter, avec toute la fierté qu'elle mérite, la belle communauté que nous avons construite à Mobius. Nous allons leur montrer nos jardins, nos aires de jeux, notre clinique et notre école. Nous allons leur montrer les nombreux avantages de ce camp idyllique où nous vivons. Il est prévu qu'ils dînent avec nous au mess, et nous respecterons scrupuleusement toutes les règles du camp.

Le directeur s'interrompt le temps de sourire à la caméra. Sauf qu'il donne surtout l'impression de nous montrer les dents, de nous provoquer.

— N'oubliez pas. *Unité. Sécurité. Prospérité.*

Je jurerais voir des flammes danser dans ses yeux.

Mes parents sont blêmes.

— Qui a bien pu faire une chose pareille ? s'étonne ma mère à voix haute. Et comment ? C'est complètement insensé. Ils mettent tout le monde en danger.

Elle pose la tête sur l'épaule de mon père.

— On ne connaît peut-être pas toute l'histoire, dis-je.

Ma mère se redresse et me regarde comme si elle étudiait mon visage pour la première fois. J'attends qu'elle rétorque que rien ne justifie de faire courir un tel risque au camp entier ; que nous devons tous faire des efforts pour nous adapter à la situation et pour respecter les règles. Depuis le début, mes parents se montrent douloureusement conscients de la caméra qui capture le moindre moment dans nos vies, même dans notre caravane. Il n'est jamais possible de se détendre, même pas pour une seconde, et ça finit par ronger l'âme.

— Tu as raison, *beta*.

Je n'en crois pas mes oreilles, pourtant c'est bien ce qu'elle dit.

Maman poursuit :

— Cette personne nous a mis en danger, mais on est tous en danger de toute façon, en permanence. Dans ce pays le progrès ne s'obtient jamais sans risque. Ç'a été le cas pour tous les mouvements : les droits civiques, le mariage pour tous, les droits des femmes…

Mon père lui prend la main et la serre doucement. D'un geste presque imperceptible, il fait « non » de la tête. Puis il jette un coup d'œil à la caméra avant de se retourner vers ma mère. Ses yeux sont injectés de sang, écarquillés par la peur. Ma mère l'embrasse sur la joue. De bien des façons, mes parents sont très différents l'un de l'autre, mais ils ont aussi ce mode de communication intime – un simple geste, un regard, une inflexion de la voix – que je leur envie. Je me demande si je connaîtrai ça un jour, moi aussi, si je trouverai quelqu'un qui me comprenne mieux que personne. J'aime David de tout mon cœur mais, pour l'instant, il y a cette fissure entre nous.

Ma mère me tend le bras, de sorte qu'elle nous tient la main à tous les deux.

— Ça va aller, chuchote-t-elle.

J'aimerais pouvoir le croire ! Je suis sûre qu'elle aussi, d'ailleurs. Ou peut-être qu'elle y croit vraiment. Peut-être que sa foi est plus forte que la mienne. Je sais que celle de mon père l'est.

J'ai le cœur un peu plus léger de me trouver là, avec mes parents. Le simple fait d'entendre ma mère nous dire ça, j'ai moins l'impression d'être en cellule d'isolement dans cette caravane. En revanche, il est hors de question que je mette leur vie en danger. Je n'avouerai jamais à mes parents que c'était moi – que David et moi sommes les éléments perturbateurs, que Jake nous aide, et que ça ne fait que commencer. Ma joue enflée n'est qu'une ride à la surface de ce que le directeur peut nous faire. Mes parents essaieraient de me dissuader. Ça fait partie de leur mission, de me protéger. Je les comprends, mais moi aussi, j'ai une mission à accomplir, malgré la peur qui me tient au ventre et qui menace d'exploser dans chaque cellule de mon corps. Ma réponse est : « Non, monsieur le directeur, je ne plierai pas. »

Le dîner se déroule en silence. Personne n'est d'humeur très bavarde après les menaces du directeur. Les tuteurs nous accueillent avec la même jovialité forcée que d'habitude, comme si de rien n'était. Ayesha, Soheil et moi – ainsi que les autres jardiniers rebelles – échangeons des signes de tête. Le jeûne est prévu pour demain, en même temps que la visite de la Croix-Rouge, histoire de frapper un grand coup, de sonner l'alerte. Sauf que, avec la diffusion de mon article, j'ai aussi décuplé les risques. Est-il possible d'avoir le mal de mer en plein désert ? Parce que c'est ce que je ressens, et ça doit se voir sur ma figure.

— Bien joué, Layla. Courage. Demain on passe aux choses sérieuses, murmure Soheil lorsque je le croise.

Je hoche la tête et tente de me cheviller le courage au corps. Soheil se veut rassurant, mais je doute qu'il existe des mots assez forts pour me redonner du cœur en ce moment.

On ressort tous en silence dans la poussière pour regagner les caravanes. Nous avons beau vivre dans un camp en plein air, nous respirons une atmosphère recyclée, chargée de terreur et d'angoisse. Comme tout le monde, je me demande de quoi demain sera fait. Espoir. Peur. Anticipation.

Les tuteurs nous assignent des tâches particulières pour la venue de la Croix-Rouge. Ils nous rappellent que le directeur a promis toutes sortes de récompenses si cette visite se passe bien. On ne saura jamais en quoi consistaient ces piteuses récompenses. Ça en fâchera sans doute certains. Il y a toujours des gens qui acceptent de se contenter de miettes. Nous, la seule récompense que nous voulons, c'est la liberté. Quoique ce ne soit pas une récompense si on naît avec et qu'un voleur s'introduit chez nous en pleine nuit pour nous en priver. C'est quelque chose qui nous appartient de droit, et qu'on veut simplement retrouver.

J'ai les muscles tout endoloris, comme des élastiques trop tendus.

En arrivant à la caravane je file directement sous la douche. Je laisse à l'eau le soin de me laver de la poussière et du stress, de toute la peine de cette journée. Je regarde le flot boueux qui tourne autour de la bonde. Pour la première fois depuis des heures, je respire profondément. Le minuteur sonne. L'eau s'arrête. Comme toujours.

Mes parents sont installés devant un des programmes télé diffusés par la borne médiatique ; ils tentent de s'enfuir vers un autre monde. Je leur souhaite une bonne nuit et entre dans ma chambre, où je me couche aussitôt en ramenant les couvertures sous mon menton. Le matelas s'enfonce sous mon poids, et mes paupières se ferment. Je dors d'un sommeil profond, sans rêves, pourtant c'est un cauchemar qui me réveille en sursaut. Je manque de me cogner la tête mais, cette fois, j'esquive juste à temps. Je ne me souviens déjà plus de ce qui m'a affolée comme ça, mais dans ce camp, tout est un cauchemar perpétuel.

Je pose les pieds par terre et m'approche de la petite fenêtre. Le ciel est dégagé et constellé d'étoiles ; les montagnes dressent leur silhouette au clair de lune. Le paysage est magnifique, mais, ça, c'est ce qui se trouve de l'autre côté de la clôture, hors de portée – comme notre liberté. Si proche. Si loin. Je me demande si ça changera ma façon de voir des montagnes sous un ciel étoilé une fois qu'on sera sortis d'ici. Si tant est qu'on ressorte un jour. Est-ce que leur beauté sera gâchée par le souvenir de Mobius ? Est-ce que la beauté elle-même aura disparu à mes yeux ?

J'ai peur de ce qui va se passer demain. Le jeûne ; la rébellion. Je regarde vers l'est, au-delà des montagnes. J'entends la voix de Nanni dans ma tête, une autre prière qu'elle murmurait souvent à mon chevet. Cette prière, c'est sa propre *nanni* qui la lui avait transmise ; c'est celle qu'elle répétait en boucle pendant la partition de l'Inde, quand elle vivait dans la peur des foules furieuses et du désastre que les troupes britanniques avaient laissé dans leur sillage.

« Dieu, protège-moi contre eux, de quelque façon que tu le souhaites. »

Protège-nous.

Chapitre 21

« *Boum. Boum. Boum.* » Je suis réveillée par de grands coups frappés à la porte. Puis quelqu'un s'époumone :

— Lève-toi ! Ils sont là !

Mon cœur s'échappe de ma poitrine. J'avais l'impression que ces coups résonnaient sous mon crâne. Je regarde autour de moi et me rends compte que le soleil entre à flots. Mon cerveau tout engourdi comprend enfin où je me trouve.

Je me lève d'un bond et me cogne au montant du lit. J'en suis à cinquante pour cent de tapage de tête le matin. Je frotte ma bosse perpétuelle en me raclant la gorge.

— Ayesha ? Quand tu dis « ils sont là », c'est qui ?

— Attention, j'entre !

Ayesha déboule dans ma chambre au moment où je me mets debout en me frottant les yeux, presque jalouse de la voir aussi bien réveillée.

— Dépêche-toi ! Tiens, enfile ça.

Elle me tend mon tee-shirt *Wonder Woman* gris tout usé et un jean. Pendant que je m'habille, elle m'explique ce qui se passe.

— Il y a des gens devant le portail. Des reporters, des manifestants…

— Quoi ? Je pensais que tu parlais de la Croix-Rouge.

— Ils sont là aussi.

Je me demande si David est parmi les manifestants. Il a dû revenir. Je l'imagine mal rater une occasion pareille.

J'attrape ma brosse à dents, sur laquelle Ayesha a déjà mis du dentifrice.

— Ils sont nombreux ? dis-je avant de me rincer la bouche.

— Je ne sais pas. On n'a qu'à aller voir.

Je mets une casquette et fais passer mes cheveux dans l'ouverture à l'arrière avant de sortir en compagnie d'Ayesha. Mes parents sont déjà au travail, alors, pour le moment du moins, je n'ai pas à craindre leur réaction. On descend la médiane en courant et on passe devant le foyer, puis on s'arrête brusquement. Il y a peut-être deux cents personnes de l'autre côté du grillage. Certains d'entre eux ont des pancartes : « LIBÉREZ MOBIUS », « ÉTATS-UNIS, PAS ÉTATS-HAINEUX », « ÉTATS-UNIS : TOUS BIENVENUS », « LA GRANDEUR DE L'AMÉRIQUE, C'EST MAINTENANT, POUR TOUT LE MONDE. » Des agents de police sont postés entre les civils et les barrières orange qui ont surgi pendant la nuit de l'autre côté de la clôture. Ce doit être au cas où les manifestants ne verraient pas les énormes panneaux blancs frappés d'un symbole « Danger ». Je compte six camionnettes de chaînes télévisées garées le long de la route et je vois les équipes de reporters qui préparent leur matériel. Je refoule mes larmes. Je ne veux pas trop m'emballer, mais j'ose espérer. J'ai le tournis, comme quand je n'ai pas assez mangé, et je me rends compte que j'ai faim. Au même moment j'aperçois David dans la foule. Il scande : « Pas de paix sans justice ! » Je le vois. Le poing levé, les cheveux emmêlés par le vent. Il porte son tee-shirt Wilco identique au mien. Il est magnifique.

— David !

Je cours vers la clôture en hurlant. Je veux qu'il me voie. Je veux qu'il sache que je vais bien. Un cordon de gardes exclusifs s'interpose devant moi, et les policiers repoussent David. Je plisse les yeux face aux rayons du soleil et je me dresse sur la pointe des pieds pour voir entre les gardes. David me sourit de toutes ses dents et me fait de grands gestes. Sa peau brune est luisante de sueur. Les flics l'empêchent de s'approcher davantage ; ils essaient d'éloigner les manifestants du grillage. Pourtant on se voit. Je lui envoie un baiser, et il articule « je t'aime » avant d'être happé par la foule.

Une petite procession de voitures arrive devant le portail et s'arrête pour que les gardes puissent contrôler l'identité des passagers et le contenu des véhicules. Pendant ce temps, le directeur s'approche du petit attroupement qui s'est formé à l'intérieur du camp. Il arbore un grand sourire forcé. Je me demande si ce rictus a déjà convaincu qui que ce soit. Je me demande s'il arrive à se convaincre lui-même.

— Bonjour, tout le monde. La journée s'annonce chargée. Il est temps de se disperser et d'aller se mettre au travail. C'est une belle matinée.

Il parle dans un mégaphone afin de se faire entendre par-dessus les slogans des manifestants mais, autrement, il ne semble pas les remarquer. Il ne les regarde même pas, comme s'ils étaient invisibles, ou comme si son cerveau était incapable de détecter leur existence. Le portail s'ouvre pour laisser passer les véhicules de la Croix-Rouge. La police empêche la foule d'entrer.

Je tends le cou dans l'espoir d'apercevoir David de nouveau, mais je ne le vois plus.

— Viens, dit Jake en m'éloignant du cordon de gardes. On a pour ordre de dégager ce périmètre.

Nous sommes encore nombreux à observer la scène, et c'est avec une gentillesse inhabituelle que les militaires s'efforcent de renvoyer tout le monde vers les caravanes ou vers les divers lieux de travail. C'est sans doute le meilleur moment pour parler franchement à Jake. Je me rapproche de lui.

— Comment est-ce que c'est possible ? Qui a arrangé ça ? Quand ? Et comment ?

— Toute la nuit des voitures n'ont pas arrêté d'arriver pour se joindre à ceux qui étaient déjà là. Tes articles ont fait boule de neige… mais vraiment. Et puis la vidéo sur Instagram aussi. Ç'a été diffusé par toutes les chaînes d'information, et les médias sociaux s'en sont emparés aussitôt. Il y avait déjà des gens qui s'organisaient pour élever la voix, mais ton témoignage… Tu as été un élément catalyseur. Le collectif *Occupy Mobius* a organisé une manifestation. Leur hashtag est repris partout. Ils ont décidé d'exploiter une faille de l'ordre exécutif. Tout ce qui se trouve à l'intérieur du périmètre est sous la juridiction du Département d'État à la Guerre, mais de l'autre côté de la clôture, c'est toujours la Californie. Or le gouverneur de l'État n'est pas très fan du Président ou de ses politiques racistes.

J'entends ce que m'explique Jake ; je vois les manifestants. Je souris. Ce n'est pas le sourire que j'affiche tant bien que mal d'habitude – cette grimace polie qu'on voit sur tous les visages et qui signifie « allons, ne faisons pas de vagues. » Non, c'est un vrai sourire, un de ceux qui réchauffent le corps de l'intérieur et qui font mal aux joues. C'est un sourire qui me rappelle que je suis vivante.

Le programme de la journée a été établi avec un soin méticuleux. J'observe les gardes qui dispersent les derniers internés, puis les tuteurs qui nous orientent vers nos tâches du moment. Le directeur ne veut pas prendre le moindre risque en présence de la Croix-Rouge. Et puis, maintenant que la presse et les manifestants sont ici, j'imagine sans mal la colère qui le consume derrière ce faux sourire de façade. J'espère qu'il va entrer en combustion spontanée.

Les membres de la Croix-Rouge ne sont pas durs à repérer, avec leur tee-shirt blanc frappé du symbole rouge connu partout dans le monde. Un groupe de tuteurs les conduit vers le foyer en riant aux éclats. Je me demande si les traîtres sont toujours aussi sereins. La Croix-Rouge va passer la journée à Mobius : d'abord le foyer, puis la clinique, le jardin et l'aire de jeux. Ils vont assister à une espèce de représentation patriote de *La Bannière étoilée* que les enseignants de la petite école ont arrangée, puis ils vont inspecter le secteur numéro 1, où les caravanes ont été nettoyées de fond en comble. Enfin ils vont dîner au mess, comme tout le monde. Le directeur va les accompagner tout au long de la journée, à leur distribuer sourires et flatteries et à essayer de leur faire croire que la vie au camp est presque enviable, bien au-dessus des normes humanitaires fondamentales.

La bonne blague.

J'ai appris que la Croix-Rouge avait visité le « camp de concentration modèle » des nazis à Terezín quand mes parents m'ont emmenée au musée de l'Holocauste, à Washington D.C. Les prisonniers y avaient toutes sortes de « privilèges spéciaux » – par exemple on ne leur rasait pas la tête ; ils portaient des vêtements normaux ; ils étaient même « payés » pour les travaux forcés qu'ils exécutaient, et ils avaient le droit d'utiliser cette fausse monnaie dans le café et les petites boutiques de fripes que les nazis avaient installés dans le camp. Il y avait des cours et des aires de jeux pour les enfants, qui ont dû mettre en scène une comédie musicale à l'occasion de cette visite. C'était une écœurante entourloupe, et la Croix-Rouge a gobé la propagande nazie. Le camp a reçu leur approbation, sans réserve. La plupart des détenus de Terezín ont ensuite été envoyés à Auschwitz ou vers d'autres camps d'extermination. Ils ont presque tous été tués.

Si les dignitaires de la Croix-Rouge ont trouvé que les camps de concentration nazis n'étaient pas bien méchants, ils vont croire que Mobius est une sorte d'utopie.

Je tourne une dernière fois la tête dans l'espoir d'apercevoir David, mais je vois à peine la clôture. Entre les gardes exclusifs à l'intérieur et le cordon de flics de l'autre côté, c'est impossible de distinguer quoi que ce soit. En revanche, j'entends ce qu'ils scandent : « Le peuple uni ne sera jamais vaincu. »

Jake s'approche d'Ayesha et moi pour nous raccompagner à notre secteur, sauf qu'on n'a pas l'intention d'y retourner. On a prévu de retrouver Soheil, Nadia et Nadeem au jardin de pierres. Le directeur est occupé, et les drones ne circulent pas afin de ne pas mettre nos chers visiteurs mal à l'aise, alors autant en profiter.

— On se débrouille, Jake. Tout va bien, dis-je en espérant qu'il retourne à son poste.

— Vous allez retrouver les autres, pas vrai ? Je viens avec vous, lance-t-il.

Ayesha le regarde.

— Comment est-ce que vous êtes au courant ? On a décidé ça il n'y a même pas une demi-heure.

— J'ai entendu Soheil en parler à un de ses amis pendant que la foule se dispersait. Vous n'êtes pas assez prudents… mais vraiment pas. Ça va mal se finir, cette histoire.

J'échange un regard avec Ayesha, qui hausse les épaules.

— Il sait déjà tout ce qu'il y a à savoir, de toute façon, dit-elle.

Quand Soheil nous voit approcher du jardin, il donne une tape sur l'épaule de Nadeem et murmure quelque chose à l'oreille de Nadia. Ils nous font face.

— Tout va bien, dis-je. Il est avec nous.

Soheil nous regarde tour à tour.

— Je ne vois pas de quoi tu parles. On voulait juste papoter tranquille. Je ne pensais pas qu'on avait besoin d'un garde pour ça.

Ayesha va poser une main sur son bras.

— C'est bon. Il est au courant.

Soheil se détourne, donne un coup de pied dans un caillou et en suit la trajectoire des yeux tandis qu'il roule vers la médiane dans un soulèvement de poussière.

— Qu'est-ce qui vous prend, à toutes les deux ? C'est un garde. C'est l'ennemi, et je suis certain qu'il n'hésitera pas à nous tirer dessus si on lui en donne l'ordre.

— Je ne ferai pas ça. Jamais. Même si on m'en donnait l'ordre. Vous avez ma parole. Je n'ai pas non plus l'intention de vous dénoncer. Je suis là pour vous aider, dit Jake.

— Et pourquoi est-ce qu'on devrait vous croire ? rétorque Soheil.

Il a raison de se méfier. C'est une preuve d'intelligence.

— Parce qu'il vous dit la vérité. Il nous a sauvé la peau, à David et moi. Il a pris le deuxième article que j'ai écrit avant que le directeur ne risque de le trouver sur moi, et il l'a transmis au blog. Il a pris des risques pour nous aider. Alors, oui, moi je vous dis qu'on peut lui faire confiance.

— Le blog s'appelle *Inside Mobius*, et les articles se sont répandus comme une traînée de poudre, de même que la vidéo de Layla avec le directeur, explique Jake. Tous les médias s'en sont saisis, et les Anonymous ont lancé un avertissement à l'administration. Ils ont menacé de révéler toutes leurs données personnelles s'ils ne fermaient pas le camp immédiatement. Il y a même un site, *Occupy Mobius*, qui accompagne la manifestation et qui a prévu d'organiser régulièrement des coups d'éclat. Ils ont lancé un podcast, La Voix de la dissidence.

Ayesha me serre dans ses bras.

— Tout ça, c'est grâce à toi, murmure-t-elle.

— Non, c'est grâce à nous tous.

— Il faut tout un village pour raser un camp, réplique-t-elle en me faisant un clin d'œil.

Ça lui vaut un sourire de Soheil.

— OK, dit-il. Je veux bien qu'il nous aide, mais ça ne me plaît pas du tout.

Nadia intervient.

— Sauf que, si les choses se gâtent, qu'est-ce qui l'empêche de tous nous dénoncer pour sauver ses fesses ?

— Qu'est-ce qui nous empêcherait, nous, de nous dénoncer les uns les autres ? dis-je. On n'a pas été entraînés à supporter la torture, je vous signale.

— Moi, je ne dénoncerai jamais personne, déclare Soheil. Ils peuvent me faire tout ce qu'ils veulent…

Nadeem, qui a peut-être un an ou deux de plus que lui et qui encadre aussi les gamins qui jouent au foot sur la médiane, lui pose une main sur l'épaule.

— Écoute, Soheil, tu es mon frère, et je ne doute pas que tu sois sincère quand tu dis ça, mais la torture ? Non. Aucun d'entre nous ne résisterait très longtemps. Tu n'as pas entendu ce qu'ils ont fait subir à ces mecs, à Guantanamo ?

— Je ne vais pas vous dénoncer. Jamais, reprend Jake. Et puis, j'ai reçu un entraînement SERE.

On se tourne vers lui d'un même geste. Je lève les deux mains.

— Je ne sais pas ce que ça veut dire et je crois que je ne suis pas la seule.

— Survivre, Esquiver, Résister, Échapper, énonce-t-il sur un ton sec, comme s'il répondait à un ordre.

— Alors vous savez résister à la torture ? C'est ça ? demande Nadia en croisant les bras.

— Ce n'est jamais garanti. C'est simplement un entraînement, mais je suis certain que j'arriverais à supporter un certain niveau de contrainte. Tout être humain finit toujours par craquer, mais je vous donne ma parole que je résisterai de mon mieux.

Je sonde le regard de Jake. Il est sincère, je le vois. Il pense ce qu'il dit, et j'en suis rassurée. Sauf que même lui ne sait pas ce qui pourrait arriver – ce qu'il pourrait tolérer, ce qu'il finirait par confesser si ça devenait trop dur. Les êtres humains sont capables de tellement de choses merveilleuses, mais il n'y a pas de limites aux atrocités qu'on s'inflige les uns aux autres. Je frémis. Franchement, la torture n'est pas un sujet auquel j'ai envie de trop penser. Ce simple mot me retourne l'estomac, et j'ai peur, si je laisse mon imagination suivre son cours, de ne plus avoir le courage de faire ce qu'il faut.

— Tant mieux pour toi, mec, mais jusqu'ici tu t'es contenté d'obéir aux ordres, lance Soheil. Tu étais dans le train qui nous a amenés ici. Tu n'as pas essayé de saboter les rails, que je sache.

Il parle d'une voix tendue, stressée.

— Soheil, ce n'est pas ce qui…

— Non, il a raison, intervient Jake sans me laisser finir. C'est exactement ce qui s'est passé. (Il regarde Soheil dans les yeux.) Je comprends pourquoi tu te méfies de moi. Et c'est judicieux. Presque tous les hommes de mon unité ont été transférés à la Garde exclusive. J'ai obéi aux ordres, parce que c'est tout ce que je sais faire. Pendant trop longtemps j'ai oublié mon devoir sacré, le serment que j'ai prêté de protéger ce pays et ses citoyens. J'en suis désolé. À présent j'obéis à des ordres différents, en contradiction directe avec les mesures illégales qui ont permis l'existence de ce camp. Je ne réponds plus au directeur – plus maintenant. Cependant il me fait confiance. Ce pays a fait une arme de la blancheur de peau, alors pourquoi ne pas utiliser la mienne afin de tous vous aider ?

— Merci, caporal Reynolds, souffle Ayesha.

— Inutile de me remercier. Ce n'est pas moi qui suis courageux ici.

Soheil le regarde en face.

— Vous avez raison. D'ailleurs je ne vous remercie pas.

Je me racle la gorge.

— Bon. Au moins, maintenant, on sait à quoi s'en tenir. Est-ce que tout est prêt pour ce soir ?

— Tout est prêt, répond Soheil. Nadeem, au dernier décompte, il y avait combien de personnes ?

— Vingt-cinq, et tout le monde sait exactement comment ça va se passer, explique Nadeem. On va tous s'asseoir à la première table, avec des plateaux vides. Ni nourriture, ni eau. Ça devrait suffire à attirer l'attention.

— À votre avis, Jake, comment est-ce que le directeur va réagir ?

— Difficile de le savoir. Il sera furieux, mais la question, c'est : est-ce qu'il craquera devant les représentants de la Croix-Rouge ? Il y a deux reporters qui les accompagnent, et je doute que le directeur ait envie de s'attirer encore plus de mauvaise presse. C'est après leur départ que ça risque de mal tourner. Il saura qui vous êtes, tous. Il saura que vous vous êtes organisés, et il vous le fera payer. Tant que la presse et les manifestants seront devant le camp, vous serez relativement protégés, mais il espère pouvoir les chasser.

— Il ne faut surtout pas qu'ils s'en aillent, intervient Ayesha. Comment peut-on faire pour qu'ils restent ?

— Jake, si j'écris un nouvel article pour le blog, est-ce que vous pourrez le diffuser ? Vous pensez pouvoir sortir du camp ?

— Oui. Ce n'est pas compliqué.

— Dans ce cas, faisons ça, dis-je en essayant d'avoir l'air déterminée. Je vous retrouve au mess ce soir, d'accord ? En attendant, ne faites pas de vagues.

Je laisse Ayesha avec Soheil, Nadeem et Nadia, et je retourne vers ma caravane en compagnie de Jake. On s'enferme tout de suite dans ma chambre. Là, je sors mon cahier et gribouille en vitesse quelques paragraphes au sujet du jeûne de ce soir. Je parle aussi de la visite de la Croix-Rouge, de l'annonce menaçante d'hier et des préparations visant à faire passer Mobius pour un camp exemplaire, un modèle pour de futurs sites. Mon style n'est pas très soigné, mais tant pis. Nous n'avons pas beaucoup de temps.

Je passe la feuille à Jake.

— Merci pour tout, et pour les risques que vous prenez. Désolée si ça vous met en danger. Est-ce que ça fait partie de vos nouveaux ordres spéciaux de nous aider de l'intérieur comme ça ?

— Tu te rappelles, quand je t'ai dit que, si tu ne connais pas la vérité, on ne risque pas de te l'arracher ? Il vaut mieux garder des distances. (Il m'adresse un sourire un peu triste et range l'article dans sa poche.) Je remettrai ça entre de bonnes mains dès que j'en aurai l'occasion.

Puis il se relève et sort.

Je le suis du regard puis referme la porte de ma chambre. Je vais m'allonger sur mon petit lit, l'esprit en ébullition.

Tout le monde est en danger. Tout le temps. Le directeur exige de ceux qui l'entourent une loyauté sans faille. Que ferait-il à Jake s'il venait à le surprendre en possession de mon article ? Je compte sur Jake. Je n'imagine même pas traverser ces épreuves sans lui. Et puis il y a Ayesha et Soheil, Nadia, Nadeem… tous les autres. Une fois qu'on se sera fait remarquer, on ne pourra plus se cacher. Le directeur saura qui on est, et l'enfer s'abattra sur nous.

Je roule sur le côté et, la joue sur mon oreiller, je pense à David. Mon corps s'échauffe à son souvenir. Il est là, de l'autre côté du grillage, hors de portée. Est-ce que ça suffira à le protéger ? Je ne pourrai peut-être plus jamais me réfugier dans ses bras, mais il est ici. Tout près. Pour le moment, ça suffit.

Mes sentiments se cognent aux parois de la cloche en verre qu'est cet emprisonnement, ce camp. Les mains crispées sur mon ventre, je ferme les yeux et je m'efforce de repousser tout ça, d'enrayer ces réflexions automatiques, ce débordement spontané de scénarios catastrophes. Je n'ai pas de temps à perdre, et ni mes sentiments pour David ni ma sympathie pour Jake n'ont d'importance pour le moment. Je dois continuer à raconter notre histoire, jusqu'à ce que tout le monde nous écoute. Je ne peux pas me permettre la moindre distraction.

Ce soir, on jeûne.

Il y aura peut-être des blessés.

Je serai peut-être l'une d'entre eux.

Chapitre 22

Depuis que mes parents sont revenus du « travail » cet après-midi, ils sont d'une humeur joyeuse que je trouve très perturbante. La visite de la Croix-Rouge leur a redonné le moral, et je ne veux pas les faire tomber de leur petit nuage. Pas tout de suite.

— J'ai parlé à l'un des membres à la clinique, tout à l'heure, dit ma mère en rangeant quelques petites mèches dans son chignon autrement impeccable. (Nous sommes assises sur la banquette en vinyle de la caravane pendant que papa lave les tasses laissées dans l'évier ce matin.) Elle m'a dit que les gens pensent à nous, qu'ils savent pertinemment que nous ne sommes pas l'ennemi des États-Unis. Ils se rendent bien compte que nous ne sommes pas l'Autre, mais que nous faisons partie du Nous, comme eux.

— C'est super, maman, dis-je, heureuse de la voir aussi animée.

Ça m'a fait tellement de peine de la voir perdre toute énergie au cours des dernières semaines. Malheureusement, je crains que sa joie ne soit que de très courte durée. J'imagine la terreur qu'ils vont éprouver tous les deux quand je vais m'attabler avec les autres et refuser de manger pour protester en silence face au directeur et aux envoyés de la Croix-Rouge.

— Oui ! En plus, je crois qu'ils vont s'asseoir parmi nous pour le dîner. Ça va nous faire du bien d'avoir des nouvelles de l'extérieur, ajoute mon père en s'essuyant les mains.

— J'ai prévu de rejoindre Ayesha et les autres puisque le directeur nous accorde le droit de choisir notre table ce soir.

— C'est formidable, ma chérie. (Ma mère me caresse les cheveux.) Je suis ravie que tu te sois fait des amis. Quelle que soit la situation, il vaut toujours mieux s'en accommoder.

Je ne veux pas m'accommoder de cette situation, et je déteste qu'on en soit réduits à jouer la comédie, à faire semblant, dans cet espace qui devrait être privé. C'est de la téléréalité, dont le seul but est de faire plaisir au directeur. Sauf que, ce soir, on lâche le script.

Nous sortons de la caravane, mes parents et moi, et nous allons rejoindre les dizaines d'autres familles qui se dirigent vers le mess. En entrant, j'aperçois des observateurs de la Croix-Rouge en pleine conversation avec de petits groupes d'internés, et d'autres avec le directeur. Soheil et Nadeem sont déjà installés, en compagnie d'Ayesha. J'embrasse mes parents sur la joue et vais retrouver mes amis.

Quand je m'assieds, Ayesha me prend la main sous la table.

— Tu es prête ?

— Sans doute pas, mais ça ne va pas m'arrêter, dis-je en serrant sa main doucement.

Quelques minutes plus tard, toutes les tables sont occupées, et le directeur va se placer au bout de la pièce. Il porte le même costume sombre qu'à la réunion d'orientation. Je me demande s'il a mal aux joues, après une journée entière à afficher le même sourire forcé. Son expression a beau être faussement joviale, son regard reflète une confiance absolue, la certitude que sa cruauté est justifiée. Il se racle la gorge. Puis il attend. Il attend toujours que le silence retombe avant de prendre la parole.

— Au nom de la communauté de Mobius, je tiens à remercier la Croix-Rouge et les journalistes qui sont venus se joindre à nous aujourd'hui pour cette merveilleuse visite. Ils ont pu constater que nous vivons dans la paix et l'harmonie. Nous incarnons l'unité, la sécurité et la prospérité. À présent je vous souhaite un bon appétit ; sachez que nous sommes tous vos amis. Les tuteurs vont appeler les tables l'une après l'autre, en commençant par le fond.

On attend patiemment que notre tour arrive. Les autres vont faire la queue le long des comptoirs pour remplir leur assiette puis retournent s'asseoir en bavardant avec des membres de la Croix-Rouge. Quand, enfin, un tuteur appelle la table numéro 1, personne ne bouge. J'ai la gorge toute sèche, comme si j'avais la bouche pleine de sciure de bois. Je me masse doucement la nuque.

Le tuteur tend le cou comme un poulet curieux.

— Table numéro 1 ! lance-t-il un peu plus fort.

Voyant qu'aucun de nous ne réagit, il s'approche à grandes enjambées et se penche vers nous.

— Je viens d'appeler votre table, crache-t-il en un chuchotement furieux. Levez-vous et allez chercher à manger.

On échange des regards, mal à l'aise, mais on reste assis. On fait comme s'il n'était pas là. Je ressens des élans jumeaux de fierté et de panique.

Le tuteur va chercher le directeur, qui est en train de parler au chef d'équipe de la Croix-Rouge. Le directeur s'excuse poliment et se dirige vers notre table. Il sourit toujours, mais de grosses plaques rouges envahissent son cou, puis son visage, trahissant sa colère.

— Table numéro 1, allez chercher votre repas.

Il articule lentement et détache chaque mot. Plus personne ne mange dans le mess. Tout le monde observe la scène. Je tourne le dos à mes parents, heureusement, mais j'imagine la panique qui doit leur étreindre le cœur. Ça me fait de la peine, mais pas assez pour m'arrêter.

Le directeur se détourne un instant avec un petit rictus. Ce n'est plus le faux sourire qu'il a affiché toute la journée. J'ai déjà vu cette expression quand il nous a surpris, David et moi. C'est la grimace qui annonce ses accès de rage. Il pense maîtriser la situation, mais c'est parce qu'il est trop bête pour se rendre compte qu'il est sur le point d'exploser.

Il fait volte-face et frappe des deux poings sur la table avec une violence inouïe.

— J'ai dit : debout !

La table tremble. Mon cerveau tremble. Son hurlement résonne dans le mess. On entend des hoquets surpris. Plusieurs personnes se lèvent, et je remarque deux reporters debout le long du mur, le téléphone braqué sur nous. Ils filment la scène.

Soheil prend la parole d'une voix forte et posée, en s'adressant aux journalistes.

— Nous protestons contre l'illégalité de l'existence de Mobius. Nous protestons contre la violation systématique des droits civiques de la communauté musulmane. Nous voulons faire savoir au monde entier que plusieurs internés de ce camp ont été torturés avant de disparaître. Ici, sur le sol américain. Nous sommes détenus ici sans raison et sans procès.

Le visage du directeur devient luisant de sueur. Il retrousse les lèvres et montre les dents. J'ai l'impression de voir sa lutte intérieure. Il essaie de se maîtriser face aux reporters et à la Croix-Rouge, mais c'est trop tard. Il a déjà perdu.

Il referme la main droite et décoche un méchant coup de poing à Soheil. J'entends un craquement. Du sang jaillit du nez et de la bouche de Soheil, qui tombe de sa chaise. Il y a un hurlement perçant – j'ignore d'où il vient –, puis c'est la panique totale. Ayesha crie quelque chose. On s'agenouille à côté de Soheil, elle et moi, en attrapant au passage des serviettes en papier pour essuyer tout le sang. Les reporters fendent la foule qui s'est rassemblée autour de nous, le téléphone levé pour filmer le désordre.

En levant les yeux, je vois que les membres de la Croix-Rouge forment un cordon entre nous et le directeur, qui les invective, rouge de rage. Ses propres gardes du corps le maîtrisent tandis qu'il hurle des injures. Le responsable de l'équipe, un homme d'âge mûr au front barré de rides profondes, essaie de se faire entendre par-dessus le vacarme. Je saisis quelques bribes, dont « violation de la convention de Genève » et « prisonniers de guerre ».

Le docteur Mahar, de la clinique, se fraie un chemin jusqu'à nous. On a réussi à redresser Soheil, assis par terre, et on presse des serviettes sous son nez pour tenter d'arrêter le flot de sang. Le docteur s'accroupit pour l'examiner. Ayesha tient la main de Soheil et murmure à son oreille. Je me relève pour voir ce qui se passe dans la pièce. Les tuteurs aident les gardes, qui essaient d'évacuer le mess. J'aperçois mes parents, qui me regardent d'un air sidéré, perdu. Ma mère tend le bras vers moi, mais la foule l'entraîne vers la porte.

Le directeur se tient dans un coin ; il s'entretient avec sa milice. Le chef de la Croix-Rouge est au téléphone. Soudain les portes s'ouvrent, et une véritable armée de gardes exclusifs débarque. Ils écartent violemment tous ceux qui se trouvent sur leur passage. Plusieurs personnes trébuchent et tombent. Des cris retentissent partout. Les hommes du directeur s'approchent des deux journalistes et leur arrachent leur téléphone. Les reporters protestent. L'un d'eux cite un certain article 79 et le droit des journalistes en temps de guerre, mais rien n'y fait. On regarde tous, impuissants, les appareils tomber au sol. L'un des hommes de la milice les réduit aussitôt en miettes avec la crosse de son fusil.

J'avais déjà peur mais, en voyant les gardes dissoudre le cordon de la Croix-Rouge qui tente de nous protéger, je me retrouve paralysée. Leur responsable va se planter devant le directeur en protestant vivement, mais ce dernier l'écarte sans ménagement et aboie des ordres à ses hommes. Le docteur Mahar et un autre aident Soheil à se relever et s'approchent du responsable de la Croix-Rouge, qui tend le bras vers eux tout en hurlant dans son téléphone. Soudain une alarme incendie se déclenche, et tout le monde se fait tremper. La foule se précipite vers la sortie. Je cherche mes parents du regard mais je ne les vois nulle part. J'ai la tête qui tourne, l'estomac qui se rebelle. Je ne sais plus où aller.

— Viens !

Ayesha me prend la main et m'arrache à la foule. Elle m'entraîne à contre-courant vers une des portes de derrière. Elle l'ouvre, et Jake la saisit par les épaules.

— Il faut que vous retourniez chez vous. Vite ! Suivez-moi ! lance-t-il.

Nadeem et les autres repartent en courant vers leur secteur. Jake s'élance, et on le suit du mieux qu'on peut. Il fait un détour par le foyer pour éviter le flot de gardes exclusifs et d'internés qui sortent du mess et se rassemblent sur la médiane. En passant devant le foyer, je vois les projecteurs de l'autre côté de la clôture. D'autres internés fuient en hurlant. Les manifestants se lèvent pour tenter de voir ce qui se passe derrière le cordon de la police. Les équipes de télévision se précipitent pour filmer, même si les officiers les empêchent de trop s'approcher. Tout autour de nous la poussière vole en bourrasques, et l'air tremble en rythme avec les pales d'un hélicoptère qui passe au-dessus de nos têtes. Au moins on a réussi à attirer l'attention sur nous.

Les projecteurs des miradors illuminent le camp. Les gens regagnent leur caravane en courant. Je reste figée tandis que, devant moi, un homme est jeté à terre par un garde, qui le roue de coups de pied au ventre et à la tête. Je hurle mais je ne suis qu'une voix parmi des centaines d'autres qui saignent au milieu de cette folie.

À un moment, je me rends compte que je ne tiens plus la main d'Ayesha. Je ne vois plus Jake non plus. Je les ai perdus dans les tourbillons de poussière et d'internés paniqués. Je m'élance vers la clôture dans l'espoir d'apercevoir David. Des ambulances foncent vers le camp, et les manifestants se couvrent le nez et la bouche à l'aide de bandanas ou de leur tee-shirt pour se protéger des nuages de terre. Un agent de police muni d'un mégaphone leur crie de s'éloigner du grillage. Certains repartent vers leur véhicule. Je cours le long de la clôture, aussi près que possible, en appelant David, mais le vacarme de l'hélicoptère et des sirènes noie mes cris dans le blizzard.

Je retourne au secteur numéro 2, espérant trouver mes parents dans notre mobil-home. Deux autres hélicoptères arrivent et soulèvent encore plus de poussière, à tel point qu'on n'y voit plus qu'à cinquante centimètres – et encore. J'ai les yeux qui brûlent, et mes larmes se mêlent à l'épaisse couche de poussière accumulée sur mes joues. Quand j'essaie de les essuyer, mes doigts en restent tout boueux.

Je tousse. Je crache. Je suffoque.

Autour de moi j'entends les cris des internés qui regagnent leur caravane, à la recherche d'un air respirable. Les gens se cognent les uns aux autres ; certains portent leurs enfants, d'autres se cachent le visage ou se protègent les yeux.

En arrivant à mon secteur j'aperçois Jake qui aide mes voisins à remonter dans leur mobil-home. Quand il me voit, il court vers moi et me fait entrer avant de claquer la porte derrière nous. Puis il se dirige vers l'évier, attrape un torchon, emplit un verre d'eau et se rend dans ma chambre sans rien dire. Je le suis et referme la porte. Il mouille le torchon et m'essuie les paupières, les joues, le nez et les lèvres, nettoyant tendrement toute cette poussière. Puis il se redresse, croise mon regard et me tend le verre d'eau.

— Bois, mais doucement, me dit-il.

Je prends quelques petites gorgées avant de vider le verre d'un trait. C'est la première fois que je suis reconnaissante d'avoir accès à de l'eau fraîche et propre. Je rends le verre vide à Jake.

— Ayesha ? Elle va bien ?

— Oui. Elle est avec ses parents et son frère dans leur mobil-home.

Il tend la main comme pour me caresser la joue mais se ravise.

Je sonde son regard inquiet.

— Et mes parents ? Est-ce que vous les avez vus ? Je les ai cherchés, mais avec toute cette poussière...

— Je suis sûr qu'ils vont revenir. Une fois qu'ils seront là, restez sagement à l'intérieur. Ne ressortez surtout pas, tu m'entends ? C'est un vrai désastre, dehors. À mon avis, on va tout droit vers un état d'urgence.

— Un état d'urgence ?

— À tous les coups, ils vont limiter le droit des internés à se déplacer dans le camp, ou des employés à en sortir. Le directeur va devoir convaincre ses supérieurs qu'il n'est pas responsable de ce foutoir et qu'il n'a pas perdu le contrôle de la situation.

Je prends une longue inspiration.

— Et Soheil ? À votre avis, qu'est-ce qui va lui arriver ? D'après le docteur Mahar, le directeur lui a cassé le nez.

— Estime-toi heureuse que ça n'ait pas été pire. Il a eu de la chance que les envoyés de la Croix-Rouge soient justement là aujourd'hui. Ils vont le faire sortir du camp. Le directeur a largement dépassé les bornes en frappant un interné. Devant des reporters, en plus… Le Président va faire une crise d'apoplexie quand il va apprendre la nouvelle. Depuis le début il s'évertue à passer tout ça sous silence, et voilà qu'il se retrouve avec des journalistes dont les caméras ont été détruites par une milice privée et un jeune homme éloquent et charismatique sous la protection de la Croix-Rouge, prêt à livrer son témoignage à un public qui n'attend que ça.

— Vous voulez dire que notre plan a fonctionné.

— Carrément, oui. (Jake pose une main sur mon épaule.) La situation va devenir encore plus dangereuse pour toi et tes amis à partir de maintenant. Le blog d'*Occupy Mobius* a publié ton article juste avant l'incident du mess. Entre ça et la couverture médiatique du désastre de ce soir, le monde a les yeux tournés vers vous, mais ça signifie aussi que le directeur ne va pas se gêner pour vous cibler.

— Et vous ? On a dû vous voir entrer ici avec moi. Ça ne risque pas de vous attirer des ennuis ?

— C'est la débâcle dehors. Je ne sais pas. J'ai un ami affecté à la surveillance du…

— « Un ami » ?

— Rappelle-toi, je t'ai déjà dit que je n'étais pas le seul garde de votre côté – le seul côté qui compte, répond-il avec un petit sourire.

— Ne vous en faites pas pour moi. Ça va aller. Par contre, il faut que je retourne chercher mes parents, dis-je tandis qu'on regagne la pièce commune.

La porte de la caravane s'ouvre en coup de vent. Mes parents entrent, fantômes de poussière, mais s'immobilisent en apercevant Jake debout dans notre cuisine.

Je pousse un soupir – un gros soupir. S'ils l'avaient vu sortir de ma chambre, ils auraient risqué une double attaque cardiaque.

— Madame, monsieur, les salue Jake. Je voulais m'assurer que Layla rentre en toute sécurité. Comme je le lui ai dit, il vaut sans doute mieux que vous restiez à l'intérieur. Vous ne devriez pas tarder à recevoir de nouvelles instructions.

Mes parents restent plantés là, trop choqués pour bouger ou même parler.

— C'est compris, caporal Reynolds, dis-je en passant devant mes parents pour lui ouvrir la porte. On ne compte pas ressortir ce soir.

Une fois qu'il est dehors, je murmure un remerciement. Il m'adresse un sourire triste de rigueur puis disparaît dans la nuit jaune de poussière.

— Qu'est-ce qu'il faisait ici ? Tu vas bien ? me demande mon père.

— Oui. Je suis tombée dans la panique, alors il m'a aidée.

Ma mère jette un coup d'œil à la caméra et ravale ce qu'elle allait dire. En voyant l'hésitation dans son regard, j'ai envie de la rassurer, mais je ne me sens pas capable d'expliquer la situation de façon satisfaisante.

Ils passent à côté de moi pour aller se nettoyer le visage à l'évier de la cuisine.

— Qu'est-ce qui vous a pris, les enfants ? Vous vous rendez compte de ce que vous avez fait ? (Ma mère ne mâche pas ses mots.) Il y a eu des blessés. Et Soheil ! Ça aurait pu se terminer encore plus mal que ça pour lui. Toute action appelle des conséquences, et maintenant on va tous devoir payer le prix fort à cause de votre petite combine.

J'ai envie de croire qu'elle dit tout ça pour la caméra, pour faire croire à ceux qui nous surveillent qu'elle est en colère contre moi. Depuis quelque temps je m'amuse à imaginer que ces objectifs braqués sur nous sont en fait l'œil de Sauron. Elle croit peut-être qu'en jouant le rôle de la mère furibonde elle m'évitera des conséquences trop rudes, comme si je n'étais qu'une sale gamine irréfléchie et pas une menace pour le camp. Sauf que, pour le directeur, la moindre désobéissance, si infime soit-elle, remet en question son autorité absolue. Je voudrais que ma mère soit fière de moi de me voir résister, mais il semblerait que sa fierté ait été entièrement consumée par la peur.

— Ta mère a raison, Layla. C'était parfaitement stupide.

Comme toujours mon père reste calme et mesuré, mais il est en colère aussi. Je le devine à la rigidité de sa posture et au ton sec de sa voix grave.

J'ouvre la bouche, mais avant que j'aie pu répondre, avant même que j'aie trouvé ce que j'allais leur dire, mes parents me tournent le dos et vont s'enfermer dans leur chambre.

Ils ont donc choisi le silence ou presque. J'aurais préféré que ma mère me crie dessus un peu plus, ou que mon père élève la voix. La vérité, voilà ce que je veux. Je voudrais qu'on puisse parler en toute honnêteté, qu'on soit libres d'exprimer ce qu'on pense et ce qu'on ressent. Sauf qu'il n'y a rien de libre ici, tout n'est que grillage électrique et barbelés à lames de rasoir, où nos vérités sont piégées. Je rentre dans ma chambre, moi aussi, et je claque la porte derrière moi, les yeux brûlants de poussière et d'amertume. Je me déshabille et jette mes vêtements par terre ; de fines particules s'en échappent avant de retomber sans un son. L'extérieur m'appelle – j'ai envie de courir vers les montagnes et de hurler face aux canyons. Je veux que l'écho de ma voix fissure le sol entre mes pieds.

Le minuteur de la douche se déclenche. Ce doit être ma mère, qui tente de se laver de sa peur et de sa déception. J'imagine me plonger dans un bon bain chaud et mousseux, la douceur de l'eau sur ma peau, le luxe de sentir mes pores se dilater et de savoir que je suis enfin propre. Mes ongles crasseux sont devenus mes compagnons de chaque instant – mes ongles crasseux, et ma terreur. Je vais me laver les mains dans mon petit lavabo et frotte jusqu'à ce qu'elles soient toutes rouges. La porte de mes parents s'ouvre et se referme encore deux ou trois fois. Une fois certaine qu'ils sont couchés, je sors sur la pointe des pieds pour aller me doucher à mon tour, mais c'est un jet d'eau glaciale qui m'accueille. On est privés d'eau chaude. C'est une gifle supplémentaire. Je m'enroule dans une serviette en grelottant et je retourne dans ma chambre. J'ai les doigts qui tremblent le temps d'enfiler mon pyjama le plus chaud et un sweat-shirt par-dessus. J'essore mes cheveux mouillés et, mon turban sur la tête, je me blottis dans mon lit. J'ai tellement mal partout que même ce matelas tout dur me paraît le bienvenu.

J'aimerais pouvoir persuader mes parents, les convaincre de s'exprimer, de se rebeller, mais ils m'en veulent d'avoir pris des risques. Ils veulent prendre leur mal en patience jusqu'au jour où on sera libérés comme par magie et où le Président ne sera plus un taré fasciste.

C'est-à-dire jamais.

Je n'ai pas envie de passer ma vie ici. Je n'ai pas non plus envie de mourir ici, mais peut-être qu'il y a pire que la mort.

Chapitre 23

La sirène du camp retentit. Il est 6 heures. Je me lève et vais rejoindre la pièce commune de notre caravane. Soit mes parents n'ont pas dormi de la nuit, soit ils sont levés depuis déjà un moment. Je les trouve tout habillés, en train de boire leur thé.

— Qu'est-ce qui se passe ?

Pour toute réponse, ma mère hausse les épaules. Mon père va regarder par la fenêtre et secoue la tête. La borne numérique s'allume.

À l'écran le directeur nous fusille du regard, les yeux bordés de rouge.

— Après l'acte d'insubordination d'hier soir, nous avons instauré de nouvelles règles à Mobius. À partir de maintenant vous vous présenterez à l'appel chaque matin à 6 h 30, et vos tuteurs noteront votre présence. À 7 heures vous vous rendrez en cours ou à votre poste de travail. Toute personne n'ayant ni cours ni métier assigné devra rester dans son secteur. Le dîner a toujours lieu au mess à 18 heures précises. Le couvre-feu entre en vigueur à 21 heures, sans exception. Une fois rentrés dans votre maison Mercury, vous n'en ressortirez plus jusqu'à l'appel du lendemain. Toute désobéissance sera punie comme il se doit. Les conséquences seront sévères et sans délai, soyez-en assurés. Mobius aura également le plaisir de recevoir des visites impromptues de la part de la Croix-Rouge.

Il crache cette déclaration sans même chercher à masquer son dégoût pour le personnel humanitaire. Ces observateurs représentent le seul rempart entre nous et la violence contenue dans les avertissements du directeur. C'est ténu, mais c'est le seul espoir qu'on a.

Le directeur poursuit :

— Je n'ai naturellement pas besoin de vous rappeler l'importance vitale de votre coopération en la matière. *Unité. Sécurité. Prospérité.* (Ses grosses lèvres se retroussent en un sourire menaçant.) Rendez-vous à l'appel sur-le-champ.

La borne s'éteint.

Mes parents et moi n'échangeons pas un mot. Je ne vois même pas à quoi ça pourrait servir de parler. En sortant, on aperçoit les autres familles de notre secteur qui viennent d'en faire autant et qui regardent alentour. Certains visages sont hébétés, d'autres sont clairement en colère. Je me retourne en entendant mon nom. Je vois Ayesha me faire de grands signes, jusqu'à ce que sa mère la force à baisser les bras. Alors elle hausse les épaules d'un air penaud.

Saleem et Fauzia, nos tuteurs – enfin, nos traîtres domestiques, comme je les surnomme affectueusement –, ordonnent aux seize familles du secteur numéro 2 de former une colonne entre les deux rangées de caravanes. Sans un bruit, sans une question, nous rentrons dans le rang, trop fatigués et trop sonnés pour faire autre chose qu'obéir. C'est exactement ce qu'ils veulent : notre épuisement, notre soumission.

— Vous avez entendu le directeur, crie Saleem. À partir d'aujourd'hui, c'est ainsi que ça se passe : présentez votre bras gauche à Fauzia pour qu'elle puisse vous scanner.

Fauzia se déplace le long du rang, équipée d'un appareil de la taille d'un téléphone. La machine lit le code-barres ultraviolet tatoué au poignet de chaque détenu, et notre photo s'affiche brièvement sur l'écran tandis qu'on est marqués présents. Plusieurs personnes grommellent quand elle passe parmi nous. Elle nous adresse à tous un sourire faiblard et, dès qu'elle a fini, elle retourne auprès de son mari.

— Ne manquez surtout pas l'appel, reprend Saleem d'une voix éraillée comme s'il n'avait pas dormi depuis plusieurs jours.

Tant mieux. J'espère qu'il ne connaîtra plus jamais le sommeil. C'est mesquin, mais je m'en fous. Ils peuvent me priver de ma liberté, mais pas de ma nature merveilleusement rancunière.

— Ne vous avisez pas de désobéir aux nouvelles directives. N'allez pas vous aventurer où vous n'en avez pas le droit ; ne faites pas un pas de travers. Sachez que vous êtes surveillés de près. Nous le sommes tous. Nous ne voulons pas que notre secteur figure sur la liste des ennemis du directeur. (Il s'interrompt un instant et se tourne vers moi.) Enfin, nous ne voulons pas aggraver notre statut déjà endommagé par les actions de quelques individus.

Ça ne m'étonne pas qu'il me vise personnellement. Quand on arrive à vendre ses semblables et à les regarder se faire tabasser et disparaître, c'est qu'on ne s'embarrasse guère de considérations éthiques. Le boulot des tuteurs, c'est de dénoncer les autres musulmans du camp, et Saleem vient de nous faire comprendre qu'il allait poursuivre sa mission, quelles que soient les atrocités que le directeur nous réserve. Un murmure parcourt le rang. Un vieil homme en *kurta* blanc coiffé d'un *topi* gris me désigne du doigt.

— C'est elle qui mérite d'être punie, pas nous.

— La ferme, Adil ! hurle mon père.

Cette réaction me surprend. D'habitude, il évite toute confrontation. Ses paroles regonflent légèrement mon pauvre cœur tout fissuré.

Ayesha s'en mêle.

— Oui ! Et puis, j'étais là, moi aussi.

Ça m'arrache un sourire tel que j'en ai les larmes aux yeux. Ayesha est prête à se jeter dans la gueule du loup avec moi.

Une jeune femme qui porte une longue tresse et un *dupatta* rose pâle proteste à son tour.

— Adil a raison ! crie-t-elle. Ces gamins ont fait preuve d'une bêtise irresponsable en refusant de manger comme ça. Ils se prennent pour Gandhi ou quoi ? Qu'est-ce qui vous est passé par la tête ? (Elle agite l'index vers moi.) Tu vois ce que tu as fait ? Ce jeune homme n'a eu que ce qu'il méritait.

J'en vois plusieurs qui hochent la tête. La bile me prend à la gorge. Sauf qu'il y a aussi une vieille dame – elle doit bien avoir quatre-vingts ans – qui croise mon regard et lève le poing à hauteur de son épaule tout en me faisant un signe de tête. Quand on est arrivés au camp, elle nous a dit de l'appeler « tante Khadijah ». Elle est coiffée d'un chignon gris ; elle vit seule et elle a une étincelle dans les yeux. Elle me donne la force dont j'ai besoin.

— Ce que j'ai fait moi ? dis-je. Et vous, alors ? Vous n'avez rien fait du tout ! Vous n'avez pas levé le petit doigt au moment des élections, pensant que rien de tout ça n'arriverait pour de vrai, que le racisme et la xénophobie qui ont pollué la campagne, en fait, ce n'était que du vent. Vous n'avez rien dit non plus quand on vous a privés de vos droits, et vous avez sagement fait vos bagages quand on est venu vous embarquer. Chacun d'entre vous ! D'entre nous ! On s'est offerts en une espèce de sacrifice abrahamique, sauf que personne ne va venir nous substituer un agneau. On a le cou sur le billot et on attend le coup de hache. Si on veut un miracle, on va devoir l'accomplir nous-m…

Ma mère me plaque une main sur la bouche pour me faire taire.

Saleem a les yeux qui lui sortent de la tête. Il vient se camper devant moi et me plante un doigt dans l'épaule.

— Ferme ta grande gueule, et fais gaffe où tu mets les pieds. Je n'hésiterai pas à te dénoncer, et ce n'est pas en cellule que tu atterriras. Le directeur se fera un plaisir de t'envoyer...

— Saleem, intervient Fauzia. On n'a pas fini de leur donner toutes les instructions.

Elle arrive à le faire reculer, et ma mère passe un bras autour de mes épaules. Mon père s'interpose entre Saleem et moi.

Saleem se laisse entraîner par sa femme, puis il se racle la gorge avant de reprendre la parole.

— Chacun et chacune d'entre vous aura désormais un planning précis, disponible sur la borne numérique dans le dossier « travail ». Rendez-vous à votre poste à l'heure stipulée. Si vos enfants vont à l'école, vous avez le droit de les accompagner puis de les attendre au foyer. Plusieurs d'entre vous ont été affectés à de nouvelles missions au mess, à la buanderie ou au jardin. Toutes les instructions nécessaires se trouvent dans le même dossier que le planning. (Sa colère cède la place à un ton presque suppliant.) Faites ce qu'on vous dit, tous. S'il vous plaît. Ça suffit, les coups d'éclat et les grands gestes. Montrez-vous coopératifs, et tout finira par s'arranger. N'oubliez pas : *unité, sécurité, prospérité*. Vous pouvez disposer.

Les gens s'éloignent lentement. J'entends mon nom parmi les chuchotements. Ayesha et ses parents s'approchent de nous. Ayesha me serre de toutes ses forces tandis que nos parents discutent.

— Je n'en reviens pas. Quelle bande d'affreux ! On dirait qu'ils n'ont même pas remarqué que, moi aussi, j'étais une rebelle au cœur noble.

Elle se fend d'un grand sourire. Cette fille est une petite merveille.

— Des nouvelles de Soheil ?

Sa mine s'assombrit, et elle cille à plusieurs reprises.

— La Croix-Rouge l'a emmené. Le caporal Reynolds m'a dit qu'il y avait un hôpital pas loin. J'ai peur pour lui, Layla. Et s'ils le ramènent à Mobius ? Il doit être tout en haut de la liste des ennemis du directeur.

Je lui serre doucement l'épaule.

— Peut-être qu'ils vont le garder à l'hôpital jusqu'à ce qu'il soit complètement remis, ou que la Croix-Rouge pourra lui offrir une sorte de protection spéciale ?

J'aimerais pouvoir me montrer plus rassurante que ça, mais j'en suis incapable parce qu'elle a sans doute raison. Si Soheil remet les pieds dans le camp, il aura une cible dans le dos.

Ayesha se mord la lèvre.

— Est-ce que tu crois que c'était une erreur ? Notre jeûne, je veux dire. Qu'est-ce qu'on peut faire maintenant ?

— Je n'en sais rien, dis-je en toute sincérité. On n'a qu'à commencer par… Aïe !

Quelque chose m'a frappée dans le dos. En me retournant j'aperçois une motte de terre dure par terre.

— Mais… putain ! Ça va, Layla ? me demande Ayesha.

On regarde autour de nous, et je vois que Saleem nous observe. Il est assis sur les marches de sa caravane, un sourire satisfait aux lèvres. Sauf qu'il était en face de moi, et que j'ai été touchée dans le dos. Je fais volte-face et remarque, à quelques mètres de moi, un vieil homme aux dents toutes rougies à force de mâcher du bétel. Il nous toise d'un air mauvais et crache par terre. Une tache couleur de sang séché fleurit dans la poussière.

CHAPITRE 24

Des gouttelettes de sueur me dégoulinent dans la nuque et imbibent mon tee-shirt. Je vais chercher de l'eau et, après avoir bu et rempli ma bouteille d'eau, je mouille le bandana avec lequel je nettoie la terre et le sel de mon visage. Puis je le rince et le replie soigneusement dans la longueur avant de le nouer autour de mon cou. Élégance façon Mobius. Je baisse la visière de ma casquette Wimbledon délavée par le soleil et je passe du baume sur mes lèvres toutes gercées. Quand j'ai vu que j'étais affectée au jardin tous les matins, j'ai cru que c'était une bénédiction – largement mieux que d'être enfermée à la buanderie ou au mess – mais, à la fin de ma première astreinte de trois heures, je suis rentrée directement à la caravane et je me suis écroulée de fatigue.

Au moins Ayesha, Nadia et Nadeem font partie de la même équipe. Je pensais que le directeur nous séparerait, mais les gardes s'approchent de nous chaque fois qu'on échange plus de trois mots. Il a peut-être fait exprès, pour nous garder au fond du camp, loin des manifestants postés près du portail. Peut-être même qu'il espère qu'on va retenter quelque chose, lui fournir une excuse pour frapper un grand coup. Quoi qu'il en soit, il nous rappelle jour après jour qu'il ne saurait tolérer ni « rassemblement non accrédité » ni « fraternisation inconvenante ». Évidemment, chaque fois qu'il fait une annonce, il nous crache à la figure la devise du camp – *unité, prospérité, sécurité* – comme si, à force de le répéter, il espérait nous faire oublier que cet endroit est une prison.

Dans mon équipe il y a plusieurs filles qui portent le hidjab, même sous cette chaleur de plomb. Je n'imagine même pas le courage qu'il doit falloir pour préserver cet élément de leur identité musulmane malgré les circonstances actuelles. Le voile est un choix individuel, mais, si j'avais décidé de le porter, je ne suis pas sûre que j'aurais toujours la force ou la foi de m'y tenir.

Cinq jours se sont écoulés depuis l'incident – c'est comme ça que tout le monde appelle la débâcle du mess – et tout est relativement tranquille dans le camp. Dehors, en revanche, un vrai campement s'est établi. De nouveaux manifestants sont arrivés par centaines, et on dirait presque un village d'artistes dans le genre de Burning Man. Jake m'a raconté qu'un milliardaire de gauche qui est à la tête d'une fondation pour la défense de la démocratie a fait don de toilettes portables, de tentes, de milliers de bouteilles d'eau et de barres de céréales. Grâce à tout ça, les médias s'intéressent d'encore plus près à Mobius et au directeur. Quand on se fait arrêter chez soi en pleine nuit par des hommes en costume noir, il est facile de se laisser gagner par une terreur qui mord jusqu'à l'os, la peur d'être perdu à jamais. Alors le simple fait que ces gens soient là me rassure. Ça veut dire qu'on ne nous a pas oubliés. L'avenir n'est jamais certain mais, pour la première fois depuis qu'on s'est fait embarquer, je sais qu'on ne baissera pas les bras. On ne sera pas réduits au silence. On va se battre.

J'ai à peine eu l'occasion de passer près du foyer parce que mon affectation au jardin m'occupe à l'autre bout du camp. Je n'ai pu que jeter de brefs coups d'œil au petit village improvisé. Je n'ai pas aperçu David, mais ça me console de savoir qu'il est là. Jake s'est vu confier la protection de la clôture, alors je ne lui ai pas beaucoup parlé mais, chaque fois qu'il peut s'éclipser sans éveiller les soupçons, il vient m'apporter des nouvelles. Je suis donc au courant que les manifestations se multiplient ; qu'il y a des rassemblements devant la Maison-Blanche aussi ; que Mobius figure à tous les bulletins d'information et que mes articles ont été lus plusieurs dizaines de milliers de fois. Avec l'aide de Jake, j'ai réussi à en écrire deux autres sur les retombées de l'incident et sur le durcissement des mesures de sécurité à Mobius. Malheureusement, quand les Anonymous ont relayé ma dernière publication, le directeur s'est lancé dans une demi-heure de diatribe enragée sur nos bornes numériques. Puis il a ordonné que tout le personnel du camp et tous les gardes exclusifs soient fouillés avant de pouvoir sortir. C'est devenu trop risqué pour Jake de se promener avec mes notes dans la poche. Je me demande si je pourrais le convaincre d'écrire ses propres articles chaque fois qu'il quitte le camp.

— On est avec toi, tu sais, chuchote une voix douce par-dessus mon épaule.

En me retournant je reconnais Suraya, une des trois filles noires qui portent le hidjab et qui travaillent au jardin. On a échangé quelques sourires et quelques mots, mais on n'a jamais passé beaucoup de temps ensemble. Elle vit dans le secteur numéro 8.

— Euh... merci.

— Je suis très sincère. J'ai entendu ce que racontent certains parents, mais ils se trompent. Ce que tu as fait – ce que vous avez fait, tous –, c'était très courageux. La prochaine fois, on sera là. Il y aura bien une prochaine fois, pas vrai ?

— Qui c'est, « on » ? (Je remarque qu'un garde nous observe.) Aide-moi à désherber, dis-je à Suraya en lui faisant signe d'approcher.

Elle s'agenouille dans la terre à côté de moi et commence à arracher les petites pousses qui ont germé tout autour des plants de gombos. Son front est luisant de sueur le long de son foulard aux couleurs du drapeau américain. Ça me rappelle Noor. Que Dieu la protège. Une fois que le garde se détourne, je répète ma question, mais sans cesser de désherber.

— Qui est-ce que tu veux dire par « on » ?

Suraya tend l'index vers d'autres jeunes filles, mais je m'empresse de lui prendre la main en secouant la tête.

— Ah, oui. Pardon. Je parlais de Raeshma, d'Anjum et de moi, reprend Suraya. On veut faire partie du prochain jeûne ou de la prochaine action. On n'est pas les seules, d'ailleurs. Il y a aussi les filles du groupe d'études coraniques.

Je décale mon poids d'un genou sur l'autre, mal à l'aise.

— Oh, je… J'en ai entendu parler, en effet. Je ne suis pas vraiment allée à la prière depuis qu'on est arrivés.

Suraya éclate de rire.

— Ce n'est pas la peine de te confesser, tu sais. Ta foi, ton *dîn*… ça ne regarde que Dieu et toi. Je ne te juge pas ; tu ne me juges pas non plus. C'est aussi simple que ça.

Je suis ébahie de la voir sourire et même rire. L'année écoulée a dû être encore bien pire pour elle, qui est visiblement musulmane – en plus d'être noire. Les petites agressions islamophobes, puis les violences réelles, ont d'abord pris pour cibles les femmes qui portaient le voile, et surtout les femmes noires. Je doute fort que Suraya ait échappé au racisme toxique combiné à la haine islamophobe. Après les élections, il y a eu une vague d'agressions où des femmes se sont fait arracher leur hidjab en public, alors plusieurs membres de la communauté ont suggéré qu'il valait peut-être mieux se passer de voile et éviter de s'attirer des ennuis. Je ne connais personne qui y ait renoncé. Alors ça ne m'étonne pas que Suraya et les autres soient prêtes à rejoindre la lutte ; elles savent déjà ce qu'est la bravoure. Elles ont fait le choix du hidjab, et c'est un choix courageux, surtout ces temps-ci. Je me sens bête – pire : je m'en veux – de ne pas être allée leur parler avant. Je pensais qu'elles n'oseraient peut-être pas s'opposer au directeur mais je me trompais complètement.

Je hoche la tête.

— Je crois qu'on sait tous qui est l'ennemi dans ce camp, et tu as raison : autant se serrer les coudes.

— Il y a des parents qui ont trop peur, mais ce n'est pas le cas de tous les adultes. J'en connais qui veulent résister. Il ne faut pas faire attention aux grincheux ; on se fiche pas mal de ce qu'ils pensent.

— Il y a toujours des gens qui sont prêts à courber l'échine. Il n'y a qu'à regarder les tuteurs.

— Si on ne se dresse jamais contre rien, on finit par se faire marcher dessus, dit Suraya, un sourire dans son regard chaleureux.

Nanni me racontait souvent la parabole de la lumière – un *ayat* du Coran ; elle disait que certaines personnes étaient touchées par l'étincelle incandescente de Dieu, qui illuminait leur visage. C'est ce que je vois sur le visage de Suraya quand elle parle.

— Exactement, dis-je en lui souriant à mon tour. Nous devons résister par tous les moyens possibles.

— Par tous les moyens nécessaires pour nous sortir de cette prison.

— Toutes les idées sont les bienvenues, mais je pense qu'on devrait faire quelque chose devant les caméras, près du portail. La police empêche les manifestants de trop s'approcher, mais les objectifs peuvent zoomer.

— Une marche silencieuse, par exemple ? On n'a pas le droit de traîner près de l'entrée, alors le simple fait de se rassembler là serait un acte de dissidence. En même temps, le directeur est sur notre dos en permanence. Il y a encore plus de gardes, et les nouveaux ne rigolent pas.

— Il nous faudrait une diversion. On pourrait faire ça juste après le dîner, en sortant du mess ; c'est tout près du portail.

— Continue, je t'écoute, dit Suraya.

Elle attend que je poursuive, mais quelque chose a attiré mon attention. J'ai aperçu Jake qui se dirigeait vers nous à grandes enjambées.

— Qu'est-ce qui se passe ? me demande Suraya.

— Je ne sais pas, mais j'ai un mauvais pressentiment.

Je suis Jake du regard tandis qu'il tend un message à un de ses collègues. Le garde en question me fait signe. Je me lève, confie mes gants de jardinage à Suraya et emboîte le pas à Jake, sans un mot. Je jette un coup d'œil par-dessus mon épaule et vois que Suraya, Ayesha et les autres m'observent avec un mélange de peur et d'incompréhension. Je hausse les épaules.

Une fois qu'on est suffisamment loin, je demande à Jake où on va.

— Le directeur veut te voir. Je suis désolé, murmure-t-il.

J'ai l'impression qu'il voudrait en dire plus, mais il se tait et il évite de croiser mon regard. Tandis qu'on marche en silence, je remarque qu'il a les poings serrés.

Je m'attendais à ce que le directeur me convoque après l'incident puis, comme il ne se passait toujours rien, j'ai cru qu'il ne se souciait plus de moi. Je me trompais.

— Tu ne seras pas seule avec lui. Des observateurs de la Croix-Rouge seront là aussi. Ils n'ont pas le pouvoir d'intervenir, mais tu es encore mineure, ce qui te garantit une certaine protection. Le directeur ne tient vraiment pas à s'attirer de nouvelles critiques. Moi, je resterai derrière la porte. (Sa mâchoire se crispe quand il parle.) Le directeur sera entouré de sa milice.

— Qu'est-ce qu'il me veut ? Qu'est-ce qu'il compte faire ?

J'ai soudain très soif, et ma voix se brise.

Jake prend une longue inspiration en secouant la tête.

— Il veut t'interroger. Tu ne risques rien tant que les observateurs sont là, mais sois prudente. Ne le provoque pas. Ne lui concède pas l'avantage. Ne lui donne pas la moindre excuse de s'acharner contre toi. Je sais bien que ce n'est pas juste de te demander, à toi, d'être l'adulte responsable dans cette histoire, mais le fait est que le directeur n'a de comptes à rendre à personne. Ça me désole de ne pas pouvoir rester dans la pièce avec toi. Il faut que j'obéisse aux ordres si je veux garder sa confiance. Sinon il risquerait de me transférer ailleurs, et je ne veux pas te laisser toute seule ici.

— Je comprends. Vous avez des ordres bien précis. Et puis, vous avez raison, il ne faudrait surtout pas que vous perdiez la confiance du directeur.

J'essaie de me donner l'air déterminé, ne serait-ce que pour me convaincre que tout va bien se passer. Sauf que j'ai l'impression d'aller affronter un dragon sans même une épée.

Jake s'arrête le temps de croiser mon regard.

— Je ne suis pas le seul à être de votre côté. Tu as du courage. Tiens bon. Ne le laisse pas te malmener.

— Je vais faire de mon mieux.

— Je sais.

Quand Jake ouvre la porte du bureau du directeur, je suis accueillie par une vague d'air froid. C'est un vrai congélateur, ce qui contraste avec la fournaise du dehors. On a étudié *La Divine Comédie*, de Dante, en cours de littérature, et à l'époque je trouvais ça bizarre que le neuvième cercle de l'enfer soit un lac gelé – l'absence d'espoir, de lumière et d'amour. Forcément, le bureau du directeur est un frigo géant. Normal.

Il est assis dans un fauteuil et me fait signe de prendre place en face de lui. Il congédie Jake, qui me jette un regard empreint de désarroi avant de ressortir. Je me tasse sur ma chaise, respire un grand coup, puis je redresse les épaules. Deux des vigiles du directeur sont postés dans les coins, derrière l'imposant bureau en bois. Il y a aussi un homme et une femme de la Croix-Rouge assis le long du mur, un carnet à la main. La pièce se trouve dans le bâtiment de l'administration – en gros, un cube préfabriqué relié au foyer par un étroit couloir sombre, avec des cloisons grises et un toit blanc tout plat. Une grande fenêtre offre au directeur une vue imprenable sur le portail du camp, derrière lequel j'aperçois la foule des manifestants et les camionnettes des médias. Je souris.

— Vous voyez quelque chose qui vous amuse, mademoiselle Amin ? demande le directeur, ramenant mon attention sur lui.

— Non, monsieur, pas du tout.

— Vous vous réjouissez peut-être du spectacle de ces jeunes paresseux, de ces hippies jamais contents qui essaient de se rendre intéressants face à la presse ? Après tout, c'était le but de l'incident au mess, n'est-ce pas ? ainsi que de votre petite vidéo ?

— Non, monsieur.

— « Non, monsieur ? » C'est tout ce que vous avez à dire ? Alors que votre petit coup monté a perturbé la paix de notre belle communauté ? Plusieurs personnes ont souffert à cause de vos actions.

— Oui, monsieur.

Son visage s'empourpre. S'il espérait garder son calme, c'est raté.

— Je vous préviens, mademoiselle Amin, ma patience a des limites. Que voulez-vous dire par « oui, monsieur » ?

— Je voulais dire que, oui, en effet, plusieurs personnes ont souffert, mais c'était à cause de vos actions, pas des miennes. Ce n'est pas moi qui ai frappé Soheil, monsieur.

Dès que ces mots franchissent mes lèvres, je comprends que j'ai fait une grave erreur. Une erreur peut-être fatale. Je devrais tempérer ce que je pense, mais ma colère l'emporte sur ma peur. Ce n'est peut-être pas malin, mais c'est la seule issue possible.

Le directeur tape du poing sur son bureau avant de se lever.

— Comment osez-vous ? Savez-vous seulement qui je suis ? Ce que je peux faire ?

Il me toise, et je me recroqueville légèrement. Je ferme les yeux l'espace d'une seconde. *Respire. Prépare-toi.* Sauf que c'est une blague. Je n'ai aucun moyen de me préparer pour ce qui pourrait m'arriver.

— Oui, monsieur. Vous êtes le directeur d'un camp d'internement où des citoyens américains sont détenus illégalement.

J'entends les deux observateurs griffonner à toute vitesse ; je leur jette un regard en coin.

— Vous croyez peut-être que ces personnes vont vous sauver ? lance le directeur en les désignant du doigt. Ils en seraient bien incapables. La Croix-Rouge peut venir fouiner et prendre toutes les notes qu'elle veut, mais elle n'a pas le droit d'interférer avec les lois de cette nation. Or Mobius opère selon un règlement qui respecte le droit fédéral des États-Unis. Cela dit, si par malheur vous vous coupiez avec du papier, je ne doute pas que ces gens vous feraient généreusement don d'un pansement.

Les observateurs remuent sur leur chaise. L'un d'eux murmure quelque chose que je n'entends pas. Je ne les regarde pas. J'ai trop peur de quitter le directeur des yeux.

Il va se rasseoir, lève l'index et l'agite comme s'il s'apprêtait à faire quelque brillante remarque.

— Vous savez quoi ? Je vais vous offrir, quant à moi, une chance de salut pour vous-même et pour certains de vos amis qui ont pris part à cette tentative puérile et bâclée de protester lors du dîner. Qui avait organisé ça ? Quels sont les projets suivants ? Qui sont les personnes impliquées ? Si vous acceptez de coopérer, je ferai en sorte qu'il ne vous arrive rien, à vous ou à votre famille.

— Vous avez vu tout le monde. Nous étions tous assis à une table en face de vous. Personne d'autre n'était impliqué.

— Ne me prenez pas pour un imbécile, jeune fille. Je sais pertinemment qu'il y avait d'autres personnes. Qui étaient les adultes responsables de tout ça ? Que cherchent-ils à vous imposer d'autre ? Inutile de les protéger ; ils se servent de vous. S'ils avaient un tant soit peu de courage, ils seraient en première ligne au lieu de se planquer derrière un bouclier humain, d'envoyer des enfants faire leur sale boulot. Le véritable ennemi, c'est eux.

— Il n'y avait personne d'autre que nous, et personne n'a rien prévu de plus, monsieur. Croyez-moi.

Il éclate de rire.

— Vous voulez que je vous croie. Mais bien sûr. Et maintenant parlons de ces articles, publiés sur un blog. Qui a écrit toutes ces histoires ? Je sais déjà que quelqu'un s'emploie à les faire sortir du camp. Je pensais que c'était vous et votre petit copain juif, mais il semblerait que ce soit quelqu'un d'autre. Alors dites-moi. Racontez-moi tout. Je pourrais vous faciliter la vie, à vous et à vos parents.

— Comment comptez-vous vous y prendre pour ça ?

— J'ai cru comprendre qu'un de vos semblables vous avait jeté une motte de terre, réplique-t-il.

— Comment sav... ?

Je referme la bouche avant d'en dire davantage. Évidemment, qu'il sait. Saleem a vu le vieil homme me prendre pour cible, et il n'est pas intervenu. Il s'est contenté de rigoler, puis il s'est empressé d'aller faire son rapport à son dirigeant bien-aimé. Je me mords la lèvre et baisse les yeux. Je ne veux pas voir le sourire satisfait du directeur.

Il reprend la parole.

— Par ailleurs, j'imagine que vous êtes au courant des lettres de menaces que vos parents ont reçues sur leur lieu de travail.

Je relève la tête. Je me sens pâlir. Non, je n'étais pas au courant parce que mes parents ne m'ont rien dit, sans doute pour que je ne m'inquiète pas. Mon cœur se serre. Le directeur étudie mon visage. J'ai laissé voir mes émotions.

— Non ? Ils ont décidé de vous cacher la vérité ? Heureusement pour vous, j'ai des yeux partout. Voulez-vous que je vous donne plus de détails ? Que je vous raconte ce que les auteurs ont promis de faire à votre mère si vous refusez de mettre un terme à vos exactions ? Ce qu'ils vous feraient subir, à vous ? Je peux m'assurer que les autres internés sachent que vous êtes sous ma protection. J'ai accès à certains privilèges dont je pourrais vous faire profiter. La douce fraîcheur qui règne dans cette pièce, par exemple. Je suis sûr que vos parents apprécieraient. Aidez-moi à vous aider.

Je croise les bras sur mon ventre. J'ai envie de vomir. Je n'ai aucun moyen de savoir si ces lettres existent vraiment, si ces menaces sont réelles ou si c'est le directeur qui les a inventées afin de répandre la peur. Si c'est le cas, ça fonctionne, mais je ne veux pas qu'il s'en rende compte. Hors de question. Si je montre la moindre faiblesse, il va se croire en position de force.

— Une caravane climatisée, ce serait merveilleux, monsieur le directeur, mais je n'ai pas d'informations supplémentaires à vous livrer. Je ne sais rien du tout au sujet de ces articles. Je ne les ai même pas vus. Nous n'avons pas accès à Internet, ici, comme vous le savez.

Je serre les poings afin d'enrayer le tremblement de mes mains moites et je me concentre sur le village des manifestants – leurs slogans, leurs pancartes, leur présence. J'entends la voix de Suraya. *« On est avec toi. »* Je me sens reprendre confiance.

Le directeur regarde par-dessus mon épaule, vers les deux membres de la Croix-Rouge en train de noter cet échange.

— Que les choses soient claires, mademoiselle Amin. Ces caméras de télé de l'autre côté du portail ? Ces manifestants ? Ils ne vont pas tarder à repartir. Quant aux observateurs assis derrière vous ? Ce ne sont, précisément, que des observateurs. Bientôt nous serons de nouveau seuls à Mobius, dans notre petite communauté. Il vaut mieux que tout le monde s'entende. Vous ne croyez pas ? (Il montre les dents en un méchant sourire.) Tâchez de ne pas l'oublier, mademoiselle Amin. Caporal Reynolds ! aboie-t-il.

Jake ouvre la porte aussitôt.

— Caporal, veuillez raccompagner Mlle Amin à sa maison Mercury. Nous en avons fini pour l'instant. Je vous dirais bien de ne pas trop vous éloigner, mademoiselle Amin, mais on sait aussi bien l'un que l'autre que vous êtes ici pour le long terme, n'est-ce pas ?

Je me lève et adresse un signe de tête aux observateurs. La femme se mord la lèvre, et l'homme détourne le regard. Ils éprouvent peut-être de la sympathie pour moi, mais ce n'est pas ça qui va me libérer.

CHAPITRE 25

Le lendemain matin, Ayesha et moi nous rendons au jardin. Tout en marchant, je ressasse les informations que le directeur m'a livrées hier. Pourquoi mes parents me cacheraient-ils l'existence de ces lettres ? Existent-elles vraiment ? Le directeur a-t-il inventé cette histoire ? Cherche-t-il à me tester, à voir si je vais leur en parler ou garder la chose pour moi ? J'ai l'esprit trop embrouillé ; je n'y vois plus rien. Quand je relève les yeux pour regarder au-delà du grillage, je ne distingue que les vagues ondoyantes d'un mirage qui déplace la végétation du désert et les montagnes au loin. Rien n'est à sa vraie place.

La chaleur ralentit tout, les pas comme les pensées.

— Qu'est-ce qui s'est passé, hier, quand le caporal Reynolds est venu te chercher ? me demande Ayesha tandis qu'on se traîne péniblement.

On s'est vues au dîner, comme chaque soir, mais avec tous les gardes supplémentaires, on fait tous très attention à ne parler que de choses anodines quand on se retrouve en groupe.

— Le directeur voulait savoir si j'étais disposée à coopérer.

— À coopérer avec quoi ?

— Il veut que je joue les mouchards.

— Pour lui dire quoi ? Il sait déjà qui a participé à « l'incident »... (elle mime des guillemets) et pourtant il ne nous a pas embarqués.

— C'est surtout à cause des articles. Il pense que je suis au courant.

— Ah ! il n'est donc pas complètement débile.

— Il veut aussi que je révèle les noms de ceux qui ont tout organisé et que je l'avertisse des prochaines actions. Il a l'air convaincu que certains adultes se servent de nous pour mener leur lutte au nom de la liberté.

— Alors là, c'est carrément insultant. Il ne nous croit pas capables de nous organiser nous-mêmes ?

J'éclate de rire.

— J'adore que ce qui t'indigne c'est qu'il nous sous-estime. À mon avis, il veut faire porter le chapeau à un adulte parce que c'est plus facile que d'envoyer des mineurs vers un site clandestin. C'est beaucoup plus risqué de torturer des enfants, tu comprends. Et puis je ne suis pas sûre que son ego supporte de savoir qu'une bande d'adolescents lui a craché à la figure, métaphoriquement parlant.

— Pitié, dis-moi que ce que tu mijotes implique qu'on lui crache tous à la figure pour de vrai. S'il te plaît, dis.

— Comment sais-tu que je mijote quelque chose ?

— Je t'ai vue discuter avec Suraya hier.

— Elle veut nous aider, Raeshma et Anjum aussi.

— Oh, putain. La mafia hidjabi veut rejoindre notre camp. On passe aux choses sérieuses, là.

— Depuis le début elles doivent faire face à la fois aux racistes et aux islamophobes. Pas étonnant qu'elles veulent se battre.

— Je n'avais jamais vu les choses sous cet angle-là, dit Ayesha.

— Moi non plus, ce qui n'est pas très malin de ma part. Il a dû falloir un sacré courage pour oser sortir de chez soi avec un voile sur la tête depuis les élections. Ce qui compte surtout, c'est qu'on est tous dans le même bateau. Peu importe notre pratique religieuse. Après tout, on est tous assez musulmans pour se retrouver ici. Il faut qu'on agisse bientôt. Demain, par exemple. Les médias ne vont pas rester éternellement devant le portail. Le dernier article a été publié il y a presque deux jours, alors, sachant que la capacité de concentration moyenne est d'environ quinze secondes… Demain soir, après le dîner.

— Qu'est-ce que tu as prévu ?

— En sortant du mess, on va aller se rassembler devant la clôture pour protester en silence.

— C'est super excitant, dis-moi, raille-t-elle. Sans oublier que c'est impossible. Comment est-ce qu'on va faire ? Les gardes ne vont jamais nous laisser partir dans cette direction après le dîner. Ils nous raccompagnent directement à nos secteurs, je te rappelle. (Ayesha s'arrête un instant et pose une main sur mon bras.) Est-ce que j'ai tort de vouloir que Soheil soit encore parmi nous ? Je ne lui souhaite pas d'être enfermé, mais j'aimerais qu'il soit avec nous… avec moi. Il serait partant, c'est évident. Enfin, je suis bien contente qu'il soit en sécurité pour l'instant.

Je regarde Ayesha et, pour la première fois, je lui trouve l'air fatigué, déprimé. Elle essaie de rester enjouée, mais Mobius est en train de tous nous épuiser.

— Je te comprends. Et puis, je suis sûre que Soheil aussi, il aimerait être ici. (Je la serre dans mes bras un instant avant de me remettre en marche.) Il faut encore qu'on règle les détails, mais je crois en nous, dis-je quand on arrive au jardin.

Ayesha lève le pouce sans grande conviction et va rejoindre Nadia, qui est déjà en train de désherber au côté de Nadeem.

Il faut vraiment que je règle les détails. Il va y avoir des blessés, je le sais. C'est inévitable, mais on doit minimiser les risques, planifier à la perfection. Sauf que, franchement, l'improvisation totale vaudrait toujours mieux que mes facultés d'organisation actuelles.

Je survole le camp du regard, une main en visière. Tout est bien calme, depuis quelques jours. Même les rires des tout-petits sonnent creux. J'aperçois Jake posté près de la cabane à outils. Je m'approche de lui et de l'autre garde pour prendre des gants et une pelle.

— Layla, je te présente mon pote Fred, le brigadier Adams.

Je les ai déjà vus ensemble, et ce n'est pas la première fois que Jake mentionne un certain Fred, mais il ne m'avait encore jamais présenté d'autre garde.

— C'est un ami, poursuit-il. Tu peux compter sur lui.

Fred porte ses doigts à sa casquette et me décoche un grand sourire, qui révèle de belles dents blanches et une fossette à la joue gauche.

Je le salue d'un geste.

— Comment est-ce que vous vous êtes retrouvés ici ?

— On est de repos, Fred et moi, alors on s'est portés volontaires pour remplacer les types qui vous surveillent d'habitude.

— Ils pensent qu'il a un faible pour toi, explique Fred. Alors il exploite le filon. Et puis ils étaient bien contents d'avoir un peu de temps libre en plus.

Jake s'éclaircit la voix.

— Tant que ça marche…

— Oui. Tous les moyens sont bons, renchéris-je. Ça tombe très bien, d'ailleurs. Merci. J'ai besoin de discuter avec les autres, et les gardes écoutent tout ce qu'on se dit.

— OK. Les drones vont refaire un passage dans un peu moins de dix minutes. Profitez-en, mais ne traînez pas.

Je n'ai pas trop le temps de réfléchir, mais mon corps semble avoir un train d'avance sur mon cerveau. J'attrape plusieurs paires de gants, ainsi que quelques pelles, puis je fais signe à tout le groupe de me rejoindre. Suraya, Ayesha, Nadia et Nadeem s'approchent en entraînant les autres, dont quelques nouveaux. J'hésite toujours à faire confiance à des gens que je ne connais pas, mais je n'ai pas vraiment le choix.

On se rassemble en demi-cercle à un bout de notre parcelle.

Je tends les gants à Ayesha et les pelles à Suraya.

— Distribuez ça, mais tout doucement.

Il n'y a pas de drones dans les parages, mais nous sommes en plein air. Il vaut mieux qu'on se comporte normalement. Enfin, autant que possible.

Jake et le brigadier Adams – Fred – se dirigent vers la citerne, d'où ils ne nous entendront pas.

— Ne vous inquiétez pas, dis-je aux autres, ils vont prendre leur temps.

— Tu leur fais confiance ? demande un garçon qui s'appelle Abdul.

Suraya intervient.

— On n'a pas une minute à perdre, Abdul. Si Layla dit que ça va, c'est que ça va.

— Je sais que Suraya a parlé à certains d'entre vous de ce qu'on voudrait faire demain. L'idée, c'est de sortir du mess après dîner et d'aller se rassembler près du portail, où les manifestants et, surtout, les caméras pourront nous voir. Là on se déploiera face à eux.

— C'est tout ? On va juste aller se planter là ? demande Abdul.

— Ça ne va déjà pas être facile, intervient Ayesha. On ne sait même pas si on arrivera jusque-là avant que les gardes nous rattrapent.

— Il nous faut une diversion, quelque chose qui nous permette de sortir du mess sans nous faire repérer. Du moins, pas tout de suite, dis-je.

Suraya prend la parole.

— J'ai discuté avec des gens de mon secteur, et l'un d'eux travaille au mess. (Elle s'interrompt le temps de croiser tous les regards tournés vers elle.) Il m'a dit qu'il avait accès au compteur électrique qui se trouve dans la réserve. Il pourrait faire sauter quelques disjoncteurs.

— Qu'est-ce que ça fera ? demande Nadia.

— Ça éteindra les lumières, réponds-je avec un grand sourire. Ce serait parfait. À vrai dire, c'est notre seule chance. On sort dans le noir et on se dirige vers le foyer. On pourrait se retrouver au pied du drapeau et s'avancer tous ensemble jusqu'à la clôture. On n'aura sans doute pas longtemps avant qu'ils nous rattrapent, mais il suffit que la presse nous voie.

— Et si on levait le poing, tous ? suggère Nadia.

— On n'est pas tous noirs, objecte Abdul.

Suraya lève les yeux au ciel.

— Sérieux ? Je ne m'en étais pas rendu compte, dis donc. Lever le poing, c'est se rebeller contre l'oppression et le racisme. Ça n'appartient pas qu'à un peuple ou à une culture. C'est un geste qui nous revient à tous. Et puis c'est vite fait. On s'aligne face à la clôture et on lève le poing droit. C'est facile. Tout le monde sait ce que ça signifie.

Je repense à la vieille dame de mon secteur, tante Khadijah, qui a levé le poing discrètement pour me prêter un peu de sa force alors que d'autres me criaient dessus. Je souris. C'est une excellente idée.

Abdul reprend la parole avant que j'aie pu ouvrir la bouche.

— Tu peux parler de te rebeller contre l'oppression, toi, avec ton hidjab, lance-t-il à Suraya.

— Tu te fous de ma gueule ? s'écrie-t-elle en allant se planter devant lui. Tu as l'ignorance crasse qui dépasse, mon pote. Il serait peut-être temps de t'éduquer un peu. Je ne suis pas opprimée du tout, et je n'ai pas besoin qu'on vienne me sauver. Si quelqu'un en a besoin ici, c'est toi.

— Sérieux, Abdul, on croirait entendre un des leurs, lui dis-je. Qu'est-ce que tu y connais, toi, en matière de musulmanes qui ont changé l'Histoire ?

— Et qui la changent toujours, d'ailleurs, renchérit Ayesha. Malala s'est fait tirer dessus par les talibans, en plein visage, mais ça ne l'a pas intimidée. Elle a continué à se battre pour le droit des femmes et des filles. Elle a plus de courage dans un orteil que tous les mecs que je connais.

— Ouais, c'est bon, grommelle Abdul en donnant un coup de pied dans la poussière.

— Hé ! dis-je, que les choses soient claires. Il n'y a qu'un seul ennemi ici, et il adorerait nous monter les uns contre les autres. Depuis le début, ils essaient de nous séparer avec leurs secteurs ségrégués. Ne fais pas ce cadeau au directeur. Personne ne te force à participer demain, mais si tu décides de te joindre à nous, il faudra t'abstenir d'insulter qui que ce soit d'autre. Ne joue pas au con, tu m'entends ?

— Rappelle-toi, reprend Suraya. L'union fait la force, tout ça, comme dans tous les slogans patriotiques américains.

Je parcours le groupe du regard. La plupart hochent la tête. Abdul se détourne, l'air tout penaud.

Jake siffle pour attirer votre attention.

— Les drones arrivent. Remettez-vous au travail, et pas un mot. Demain soir, quand les lumières du mess s'éteindront.

Suraya me suit jusqu'à un coin du jardin et s'agenouille à côté de moi tandis qu'un drone passe au-dessus de nos têtes.

— J'ai discuté avec Nadia et Nadeem, et on pense pouvoir recruter encore du monde.

— OK, mais soyez prudents. N'en parlez qu'à des gens en qui vous avez confiance. Et puis assurez-vous qu'ils soient conscients des risques. Je doute que le directeur prenne la chose avec humour.

— Ils en sont bien conscients. On l'est tous, mais on n'a pas vraiment le choix. Pas vrai ?

— Non, tu as raison.

Ils peuvent aussi bien nous tuer alors qu'on reste assis sans bouger.

Chapitre 26

Je passe la nuit à me tourner et me retourner d'un bout à l'autre de mon oreiller. J'essaie de me détendre, de trouver une position confortable. Je repousse les draps avant de les remonter sous mon menton. J'observe la couchette du dessus comme si j'espérais qu'elle me révèle les secrets de l'univers.

Je crois bien qu'il ne s'est pas passé une seule nuit où j'aie bien dormi à Mobius. Je n'imagine même pas comment c'était pour les internés de Manzanar. On ne voit pas l'ancien camp d'ici, mais on sait qu'il est là, à la fois souvenir et avertissement. Ils vivaient dans des baraquements, plusieurs familles sous le même toit. C'étaient à peine des cabanes.

Enfin, une prison reste une prison. Et puis, se faire traiter d'ennemi de son pays, se sentir haï à ce point… ils ont sûrement éprouvé la même chose à l'époque. Je me demande si ce poids finit par s'envoler un jour. Même si on sort d'ici, est-ce que la peur restera un élément du quotidien, comme l'air qu'on respire ? Il ne s'agit même pas d'une vraie guerre, comme la Seconde Guerre mondiale. Ce n'est qu'une succession d'attaques terroristes et de ripostes, entre ennemis sans frontières. Ça pourrait ne jamais finir. J'ai peur qu'on finisse par pourrir ici, par y mourir. Gommés. Oubliés.

Devrai-je décrire ma vie en deux parties ? Avant Mobius, et après ?

La sirène matinale du camp me réveille comme une gifle. Je me lève péniblement et m'asperge le visage d'eau froide. Puis je m'habille avant de sortir de ma chambre. Je trouve mes parents attablés devant une tasse de thé, comme d'habitude. Ils marmonnent un « bonjour » sans croiser mon regard.

Depuis l'incident du mess, et depuis qu'ils ont eu vent de la vidéo sur Instagram, ils m'ont à peine adressé la parole. Beaucoup de gens pensent que c'est ma faute si les règles du camp se sont durcies, et mes parents le savent très bien. Ils ont beau me défendre, ce n'est pas pour autant qu'ils approuvent mes choix. Ils m'ont demandé de leur promettre que je ne ferais plus de « bêtises ». J'ai refusé, alors l'ambiance demeure tendue dans notre caravane. Je comprends leur inquiétude, mais il est hors de question que je cède à leur volonté ou que j'endorme leur terreur. Je n'ai pas mentionné les lettres de menaces que, d'après le directeur, ils ont reçues, mais hier soir je les ai entendus discuter à travers la cloison. Ils se demandaient s'ils avaient intérêt à m'en parler ou non. Ils ont fini par décider que non. Ils vont me cacher la vérité parce qu'ils veulent me protéger mais, au fond, chacun à sa manière, ils sont persuadés qu'ils ne peuvent plus rien pour moi, et ça les terrifie. Alors ça les console peut-être de ne pas m'en parler ; ça leur donne l'impression qu'ils peuvent encore me préserver de certaines des horreurs de ce monde. Je ne leur dirai donc pas que je suis déjà au courant. Je peux bien leur accorder ça. C'est tout ce que j'ai à leur offrir.

De petits vortex de poussière tourbillonnent entre les caravanes lorsque nous sortons pour l'appel. Les autres résidents du secteur alignent leurs silhouettes fatiguées en se protégeant les yeux de la terre et du soleil. Les tuteurs sont là, avec leur odieux sourire faussement enjoué, comme si ça pouvait nous faire oublier que ce sont des traîtres, comme si ces grimaces hypocrites pouvaient leur donner un semblant de légitimité. Je ne supporte plus de les regarder – eux, et ce qu'ils ont accepté de faire ; ce dont ils se sont rendus complices. Ils tolèrent qu'on inflige des horreurs à d'autres êtres humains parce que ça leur confère un pouvoir illusoire, un infime semblant de contrôle. Je repense de plus en plus souvent à une nouvelle d'Ursula Le Guin qu'on a étudiée l'an dernier. C'est l'histoire d'une cité utopique dont l'existence idyllique repose sur une seule condition – une atrocité innommable. Voici ce que m'évoquent nos tuteurs : les adultes de la cité d'Omelas, qui savourent leur quotidien avec une béatitude cruelle et qui se réjouissent d'une liberté fallacieuse tandis que leur âme se fane.

Ce qui m'horrifie plus que tout ici, c'est le côté mécanique des choses, de cet appel où chacun présente son poignet pour se faire scanner, comme si nous étions des légumes dans un supermarché. Le fait que nous ayons tous un code-barres. Je frotte ma peau à cet endroit. L'encre n'en est visible que sous une lampe à UV, mais il est là, inscrit dans ma chair, et il me marque à jamais.

La simple existence de ce tatouage suffit à répandre la peur et à faire oublier à ces gens l'essence de ce qu'ils sont.

Raison de plus pour ne pas céder.

Pour refuser d'abandonner.

Pour résister.

En arrivant à ma hauteur Fauzia arrête de faire semblant. C'est avec une moue dégoûtée qu'elle scanne mon poignet. Tant mieux. Je préfère cette grimace à ses faux sourires mielleux. Je me retourne vers l'arrière de la file pour faire coucou à Ayesha. Ses parents essaient de l'empêcher de me voir ; ils ont peur que j'aie une mauvaise influence sur elle, mais elle s'en fiche, parce qu'elle est géniale. Elle mime des gestes de jardinage puis tapote de l'index une montre imaginaire. Je hoche la tête en souriant. Savoir que je ne suis pas seule, ça change tout. L'amitié d'Ayesha est une bénédiction.

Je m'assieds sur les marches de la caravane tandis que mes parents se rendent au travail. Ils sont un peu en avance ; ils aiment profiter de ces moments de solitude, tous les deux. Je les regarde s'éloigner, main dans la main. Ma gorge se noue. J'aimerais qu'ils comprennent, qu'ils aient plus confiance, moins peur. En attendant, je sais que ce fossé qui se creuse entre nous, c'est moi qui en suis responsable. Mes parents ne sont pas l'ennemi ; au contraire, ce sont les êtres qui me sont le plus chers au monde, et je tiens à les protéger, ne serait-ce qu'un peu. J'espère qu'un jour j'obtiendrai leur pardon mais, même si je ne parviens pas à renouer avec eux, c'est un sacrifice que j'accepte. Si je leur mens, c'est pour leur propre sécurité. Ils ont fait le même calcul.

Je repense à des temps plus heureux : quand on regardait des films dans la pièce du sous-sol ; le gros bol de pop-corn qu'on se faisait passer ; l'amour inconditionnel de ma mère pour les films de Molly Ringwald. David se joignait parfois à nous. David. Une main invisible me broie la poitrine. J'essaie de repousser tout souvenir de lui – de nous – dans un recoin de mon esprit, où seuls les rêves ont le droit d'aller. Il faut que je muselle mes sentiments si je veux pouvoir aller de l'avant. Sinon je risque de me laisser écraser par le poids de la mémoire. Je me plaque les deux mains sur les yeux pour refouler les larmes qui brouillent ma vision.

— Ça va, Layla ?

Je relève la tête en entendant la voix de Jake.

— Oui, c'est la poussière, dis-je en cillant.

Il n'y a personne alentour, alors je me décale pour lui faire de la place sur les marches. Jake hésite.

— Après tout, les autres se méfient déjà de moi.

Il siffle pour attirer l'attention de Fred, qui l'accompagne, et lève la main pour réclamer cinq minutes. Puis il s'assied à côté de moi. Les marches sont étroites, et je suis soudain très consciente de sa proximité. Il est si proche que je sens l'arôme du café torréfié sur ses vêtements.

— Le café du mess ne sent pas aussi bon. C'est de la contrebande ?

Il glousse.

— Je mouds mes grains tous les matins. Ça fait partie des leçons que m'a transmises mon père. C'était un militaire pur sucre. Quand je suis parti pour le centre d'entraînement, il m'a bien recommandé de moudre mon café chaque matin.

— C'est une métaphore ?

— Non, il parlait vraiment de me préparer du bon café, parce que celui de l'armée est dégueu.

On rit doucement.

Un fin nuage se déplace dans le ciel et permet au soleil de faire briller ses rayons sur nous. C'est agréable au début, cette chaleur, mais très vite ça devient presque insupportable. Jake retrousse ses manches, révélant la boussole tatouée sur son avant-bras droit et que j'ai remarquée la première fois, dans le train. C'est un petit motif tout simple : deux flèches croisées, avec un N entre les pointes.

J'y pose l'index. Enfin, je l'effleure à peine, mais je sens ses muscles tressaillir alors je m'écarte.

— Pourquoi une boussole ? dis-je néanmoins, curieuse.

Jake passe le pouce sur son tatouage puis se tourne vers moi avec un sourire triste qui me perce le cœur.

— Tu es déjà allée à Castle Lake ?

— Près du mont Shasta ?

— Oui.

— Mon père y loue parfois un petit bungalow quand il veut s'isoler pour écrire. Il y a deux ans, on est allées le rejoindre le temps d'un week-end prolongé, ma mère et moi. On a fait quelques randonnées dans le coin. Mon père a composé un poème dessus, d'ailleurs. Enfin, ce n'est peut-être pas sur Castle Lake strictement, mais ça parle d'un lac glaciaire silencieux sous des étoiles d'argent.

— Ce doit être un beau poème, souffle Jake avec un demi-sourire. Ma mère adorait randonner et, quand j'avais onze ans, elle m'a emmené marcher de Castle Lake à Heart Lake, rien que tous les deux. Elle m'a confié la boussole et m'a laissé trouver le chemin. Il faut d'abord traverser le ruisseau qui part de Castle Lake, puis on finit par arriver à un sentier très étroit qui n'est pas vraiment indiqué. Ce n'est pas long – quatre ou cinq kilomètres, maximum – et il n'y a pas beaucoup de dénivelé. Rien de bien difficile, donc, pourtant j'étais super tendu. À un moment, il a un pas où le sentier fait une fourche, et ma mère a refusé de me dire de quel côté il fallait aller. Elle s'est contentée de désigner la boussole.

— « Un pas » ?

— C'est un petit col entre deux sommets, explique Jake. Bref, j'ai fini par trouver Heart Lake, qui a vraiment la forme d'un cœur. Quand on est arrivés, ma mère m'a pris dans ses bras et m'a dit de toujours me faire confiance, parce que j'avais un cœur d'or. Puis elle a ajouté quelque chose que je n'oublierai jamais. « Une boussole n'indique pas où tu es, ni où tu dois aller. Elle ne fait que montrer une direction. C'est à toi de trouver ton vrai nord. » C'était ma dernière randonnée avec elle.

Jake pousse un long soupir et tourne la tête vers les montagnes.

Sans réfléchir, je tends la main pour saisir la sienne. Tant pis si on nous voit. Ce camp n'est qu'une immense plaie ouverte. On passe notre temps à ensevelir nos émotions, comme si on n'était même plus humains. On dissimule tout ça, même à nos familles, nos amis, à tous ceux qu'on pourrait aimer. La seule vérité qu'on partage, c'est la peur qui hante nos yeux et que personne ne peut cacher. Je suis lasse de tout ça. Jake me serre gentiment la main mais la relâche aussitôt.

J'incline la tête pour le regarder avec un sourire nostalgique. Je soupire.

— Ça me manque de pouvoir respirer.

— Je sais, dit-il. Cet endroit est privé d'oxygène. Si seulement je pouvais t'emmener à Heart Lake ! J'y suis retourné au moins un million de fois depuis cette première randonnée. L'été, en fin d'après-midi, le ciel est tout rouge et doré derrière le mont Shasta. C'est magnifique. Je pourrais y rester des jours entiers. Je ne pense pas me lasser de ce paysage un jour. L'air y est pur. Tu pourrais respirer.

Je ne sais pas quoi dire. Il y a des moments auxquels les mots ne sauraient faire justice.

On passe donc une minute en silence, à regarder chacun dans une direction différente.

Puis Jake s'éclaircit la voix.

— J'ai envoyé un nouvel article au blog d'*Occupy Mobius*. Ils devraient le diffuser partout.

— Vous devenez un vrai hors-la-loi.

— C'est la moindre des choses.

— Faites attention qu'ils ne retrouvent pas votre adresse IP.

— Ne t'inquiète pas. J'utilise un navigateur anonyme, et eux aussi. Et puis ils font sans doute passer tout ça par des serveurs dans dix pays différents, à la Jason Bourne. Je ne m'en fais pas trop. Ce n'est rien du tout comparé aux risques que tu as pris… et que tu continues à prendre.

— Moi ? J'ai l'impression d'être une gamine qui se fait rouler par des vagues géantes.

— Ne te sous-estime pas. Tu es courageuse… la personne la plus courageuse que je connaisse.

— En tout cas ce courage, que je qualifierais plutôt de connerie, va être mis à l'épreuve ce soir.

— Je serai là. La presse et les manifestants aussi. J'ai envoyé un message à David avec tous les détails de votre plan ; il va faire passer le mot – de bouche à oreille, pour éviter que le directeur ait vent de ce qui se prépare. On utilise des téléphones jetables et on communique en code, donc tu n'as pas de souci à te faire. En plus, je ne me sers du téléphone qu'à l'extérieur du camp.

— Vous êtes en contact avec David ?

— Oui, essentiellement pour le tenir au courant de ce qui se passe et pour lui donner de tes nouvelles. Il s'inquiète pour toi, tu sais. Il t'aime vraiment. C'est quelqu'un de bien.

— J'ai de la chance, dis-je dans un murmure.

Jake se tourne vers les montagnes.

— Lui aussi, il a de la chance.

Il se tait un instant avant de reprendre la parole. :

— Je ne plaisantais pas quand je te disais d'être prudente. David n'est pas le seul à s'inquiéter pour toi.

J'ouvre la bouche pour balancer une repartie sarcastique, mais Jake ne m'en laisse pas le temps.

— S'il te plaît, Layla, il faut vraiment que tu prennes mes conseils au sérieux. Le directeur t'a dans le collimateur. Jusqu'ici tu as été relativement protégée parce que tu n'as que dix-sept ans et que la Croix-Rouge est présente, mais ça ne va pas durer. Les observateurs vont finir par repartir, et le directeur sait que ton anniversaire approche. J'ai peur qu'il ne t'envoie dans un site clandestin sans s'embarrasser de prétextes. Il faut qu'on te fasse sortir d'ici avant qu'il n'en ait l'occasion.

— Vous pensez qu'il va me faire un cadeau pour mes dix-huit ans ?

Je recours au sarcasme pour détourner la déferlante de terreur qui me frappe de plein fouet.

— Ce n'est pas une blague. David a peur de ça, lui aussi. Son père essaie de trouver un moyen de te faire sortir avant que tu deviennes majeure.

— Son père ? C'est un connard. Il n'a pas levé le petit doigt depuis le début. Il aurait peut-être dû faire pression sur ses contacts au ministère avant qu'on se fasse tous embarquer. (Je crache mes mots comme autant d'épines.) De toute façon, je refuse de partir sans mes parents ou mes amis. Le directeur s'en prendrait à eux, et ça, c'est hors de question. Je ne me le pardonnerais jamais.

— Et s'il t'arrivait quelque chose, tu crois qu'on se le pardonnerait, nous ?

— Je ne peux pas me permettre d'y penser. Je suis désolée, mais il n'y a que comme ça que j'y arrive. Je ne sortirai de ce camp que si tout le monde est libéré.

Chapitre 27

Je n'ai pas arrêté de penser à ce que Jake m'a dit ce matin – cette histoire de trouver son propre nord, de choisir la bonne direction. Tandis que je me rends au mess en compagnie d'Ayesha, je me rends compte que j'ai choisi la mienne.

— Tu crois que ça va marcher ? demande Ayesha.

— Tout dépend du copain de Suraya qui travaille en cuisine, réponds-je distraitement.

— Ça va ? On dirait que tu as la tête ailleurs. Je comprends, remarque, mais… pourquoi ?

Je lui décoche un petit sourire. Elle a vraiment le chic pour deviner ce qui se passe.

— Je crois que je suis inquiète. Enfin, encore plus que d'habitude. Jake m'a raconté que les mineurs du camp étaient plus ou moins à l'abri, mais ils peuvent s'en prendre à nos parents, sans parler du fait qu'on est plusieurs à avoir bientôt dix-huit ans. Il y en a déjà qui sont majeurs, dans le groupe, et s'ils se font choper, le directeur risque de…

— … les faire disparaître ? achève Ayesha.

— Oui. Voilà.

— Espérons que ça n'arrive pas.

— Ces derniers temps, j'ai l'impression que l'espoir ne fait plus vraiment l'affaire, dis-je.

Ça ne me fait pas plaisir de confesser cette réflexion ; c'est une sorte de trahison, un réflexe défaitiste.

Ayesha me prend par le coude sans ralentir le pas.

— Je te comprends. L'espoir, en gros, c'est comme la foi, pas vrai ? C'est intangible. C'est un truc auquel, littéralement, on ne peut pas se raccrocher. C'est pour ça qu'il est toujours plus facile de douter que de croire, ou de baisser les bras plutôt que de persévérer. On a parlé de ça un jour, Soheil et moi : la base de la foi, c'est de croire en l'invisible, en l'inconnaissable. Il est important de se poser des questions, parce qu'en cherchant des réponses on renforce ses convictions, mais il est parfois difficile de ne pas perdre espoir. Ça demande des efforts, mais c'est nécessaire. C'est précisément pour ça que…

— … que « l'espoir est à la base de toute rébellion » ? dis-je en lui faisant un clin d'œil.

— Zut alors ! je n'y avais même pas pensé ! lance-t-elle en riant. N'empêche que c'est vrai. Là, tout de suite, on n'a que ça : l'espoir. Enfin, l'espoir, et une bande d'ados musulmans. Le monde n'a qu'à bien se tenir : les musulmans débarquent ! plaisante-t-elle en levant le poing.

— On est déjà là.

— Et on ne risque pas de s'en aller.

En entrant dans le mess, on salue nos complices d'un geste discret. Rien que d'avoir un secret, on se sent en danger. Je me demande si les membres de La Rose Blanche éprouvaient la même chose. Cette impression de boire de l'adrénaline pure à un tuyau d'arrosage. Cette peur de chaque instant, pour chacun d'entre nous.

Suraya et Raeshma sont déjà attablées en compagnie d'autres jeunes de leur secteur. Abdul est avec elles, mais il ne réagit même pas quand je croise son regard. Il garde les yeux rivés devant lui, comme si l'espace que j'occupe ne contenait que du vide. Je trouve ça étrange mais, en même temps, Abdul est souvent bizarre. On va chercher nos plateaux et on va s'asseoir à une des tables du secteur numéro 2. Ce soir, c'est pizza, haricots verts tout mous et salade de fruits, avec une brique de lait. C'est sûrement le seul moment de l'histoire universelle où tout le monde regrette la cantine du lycée. Enfin, je n'éprouve aucune nostalgie pour la bouffe elle-même, il ne faut pas exagérer. Ce qui me manque, ce sont les petits détails tout simples : faire la queue en bavardant avec ses amis, avaler un repas insipide sans avoir constamment la trouille de croiser le regard d'un homme qui a le droit de tous nous tuer.

Plusieurs personnes se sont déjà levées pour rapporter leur plateau vide et se chercher une tasse de thé ou de café quand, soudain, les lumières du mess s'éteignent. Il s'ensuit un grand fracas à la cuisine, des plats, des couverts et des assiettes qui tombent par terre, des gens qui se cognent aux tables ou qui se bousculent, tandis que nous sommes tous plongés dans l'obscurité. Quelqu'un pousse un cri – apparemment parce qu'il s'est renversé du thé dessus. Très vite ça tourne au chaos. En me tournant vers les fenêtres, je me rends compte que les bâtiments administratifs et le foyer sont dans le noir aussi. Je ne sais pas ce qu'a fait l'ami de Suraya exactement, mais les générateurs de secours ne se sont pas déclenchés non plus. Je suis folle de joie. Si je pouvais, je l'embrasserais.

Je prends la main d'Ayesha, et on file vers la porte de derrière. Dans la confusion générale, les gardes sont trop occupés à essayer de rétablir le courant ou à aider les gens à se relever pour remarquer la vingtaine d'ados qui s'éclipse du mess.

Dehors, l'obscurité et le silence sont d'une profondeur troublante. On n'entend même plus le bourdonnement des lampes fluorescentes qui éclairent toujours le passage entre les bâtiments. Les seuls projecteurs qui fonctionnent sont ceux des miradors à l'arrière du camp. Ils balaient le sol de leurs faisceaux, et j'ai l'impression qu'ils essaient de m'atteindre, de m'attraper dans leurs tentacules lumineux, d'exposer mon visage aux regards, mais pour l'instant je leur échappe. On retrouve les autres et, tous ensemble, on court vers l'esplanade qui va du foyer au portail. On rase les murs pour ne pas se faire remarquer, mais la coupure de courant a causé une telle panique que les gardes abandonnent leur poste pour se précipiter vers le mess et le foyer. Les supérieurs aboient des ordres, et le tonnerre de bottes qui martèlent par centaines le sol desséché fait vibrer tout mon corps. L'obscurité et le désordre qui règnent dans le camp offrent un contraste saisissant avec l'extérieur. Le village d'*Occupy Mobius* est éclairé de phares de voitures et de projecteurs portables branchés à des générateurs. Les manifestants s'approchent de la clôture, derrière le cordon de police. Ils sont prêts. Ils nous attendent. David a rempli sa mission.

On se met en position, aussi près que possible du grillage. Nous sommes trente-trois. Ce n'est pas une armée, mais c'est une résistance. Deux femmes et quelques hommes plus âgés viennent se joindre à nous. Suraya me fait un clin d'œil quand elle me voit compter les nouvelles recrues. On se tourne vers la foule de l'autre côté du grillage et on lève le poing. Comme sur les vieilles photos des Jeux olympiques de 1968, comme les communautés qui s'opposent depuis des années à l'oléoduc de Dakota Access, comme les femmes qui, en Inde, se battent pour que les victimes de viol aient droit à la justice, et comme les ados – des jeunes de mon âge – à la Marche pour nos vies, après la fusillade de Parkland. C'est un geste tout simple, magnifique. Un geste qui réveille la mémoire d'entre les pages des livres d'histoire, qui parle au nom de ceux et celles qui me portent sur leurs épaules – qui n'ont jamais battu en retraite, même face aux canons à eaux ; qui ont su résister aux coups ; ceux et celles dont les voix ont été enfermées mais dont la volonté n'a jamais cédé. Le peuple uni ne sera jamais vaincu.

L'espace d'un instant, tout se tait. Le monde s'immobilise.

Puis, au milieu de ce silence, comme la plus belle des mélodies, j'entends mon nom.

— Layla ! Layla ! Je t'aime !

David. Je ne le vois pas, mais il est là. J'éclate de rire. Tout fort. Les autres rient aussi. Alors les manifestants d'*Occupy Mobius* lèvent le poing à leur tour. Ils applaudissent et poussent des cris de joie. Mon visage est baigné de larmes.

Les policiers du cordon nous regardent par-dessus leur épaule. Nous, si peu nombreux, qui causons un tel vacarme. D'autres internés sortis du mess ont aperçu notre rassemblement et viennent se joindre à nous. Certains m'adressent un signe de tête en se plaçant au bout de la ligne. D'autres sourient. Vieux, jeunes, noirs, blancs, bruns… nous sommes tous là.

Puis j'observe la mer de visages de l'autre côté de la clôture. Dans ce lieu où je me croyais perdue, le monde m'a trouvée. L'espoir coule dans mes veines.

Dehors, un homme muni d'un mégaphone se met à scander.

— Libérez nos concitoyens ! Libérez nos concitoyens !

Bientôt des dizaines, puis des centaines de voix s'élèvent dans le désert et résonnent entre les montagnes. De plus en plus d'internés arrivent du mess, et les gardes se précipitent vers nous.

— Regagnez vos secteurs sur-le-champ ! hurle quelqu'un.

Mais ces ordres sont noyés par les voix des manifestants et des internés.

Un coup de feu est tiré en l'air ; la déflagration ricoche dans tout le camp. Une clameur terrifiée. Une mêlée impitoyable.

J'entends quelqu'un crier, de l'autre côté du grillage :

— Ils leur tirent dessus !

De nouveaux hurlements, puis les manifestants s'élancent vers nous – vers la clôture.

La clôture.

Je suis pétrifiée.

Les policiers ont de plus en plus de mal à contenir la foule. Des gardes exclusifs se ruent vers nous, et j'en vois un courir vers la cabine du portail.

— Coupe tout ! Éteins tout !

Il parle de la clôture.

La clôture électrifiée.

J'ai tout naturellement supposé que le courant de la clôture avait été coupé en même temps que toutes les lumières. Les manifestants ont dû faire la même erreur. *Merde !* ils s'avancent de plus en plus.

Je m'arrache à mon espèce de transe et me précipite vers eux.

— Non ! N'approchez pas ! Reculez !

J'ai beau hurler, j'entends à peine le son de ma voix dans le vacarme ambiant.

En me retournant, je vois des gardes saisir des internés, les tirer ou les pousser vers l'intérieur du camp. Certains arrivent à se libérer, mais un type tient Ayesha d'une poigne de fer. Je cours vers elle en criant.

— Lâchez-la ! Lâchez-la !

Puis je vois Fred, l'ami de Jake, ordonner à l'homme en question d'aller s'occuper d'autre chose. Il prend Ayesha par le coude et l'entraîne gentiment. Elle est en sécurité – pour l'instant.

Pas Suraya. Un garde lui arrache son voile et la jette à terre. Un autre frappe un des vieillards qui sont venus se joindre à nous. Je me fige. J'ai l'impression de ne même plus respirer. Je n'habite plus mon corps. J'observe le désastre qui m'entoure comme si je flottais au-dessus. Je tombe à genoux, secouée d'énormes sanglots. Je n'arrive pas à m'arrêter ou même à reprendre mon souffle. Qu'est-ce que j'ai fait ?

— Layla. Layla !

Je lève les yeux.

— David ?

Jake s'approche de moi dans un tourbillon de poussière.

— Viens. Il faut qu'on te sorte d'ici.

Il me remet sur mes pieds comme si je n'étais qu'une poupée de chiffon. Alors qu'il étudie mon visage, toutes les lumières se rallument, violentes, et aveuglent tout le monde.

Jake me pousse doucement en direction de mon secteur.

— Allez. Vas-y. Ne traîne pas.

Je hoche la tête en cillant face à toute cette clarté artificielle. Je me retourne un instant pour chercher David du regard, mais il est perdu dans la foule.

C'est alors que j'aperçois une silhouette, un manifestant éclairé par les projecteurs, de l'autre côté de la clôture.

Merde !

Ce n'est pas qu'un simple manifestant. C'est Soheil.

Non. Non. Non.

Évidemment qu'il est avec *Occupy Mobius*. Il n'aurait jamais pu partir sans se préoccuper de nous. Mon hurlement me déchire la gorge, mais Soheil ne m'entend pas.

Il a dû comprendre ; il va s'arrêter.

Arrête-toi, Soheil. S'il te plaît.

Il écarte un policier, et l'espace d'une seconde nos regards se rencontrent.

Il contourne une barrière orange puis bondit vers la clôture, comme s'il voulait l'escalader. Comme s'il pouvait l'aplatir par la puissance de son élan. Figé en l'air au mépris de la gravité, comme un danseur.

Il s'élève vers l'éternité.

Comme dans le poème *L'espoir est une chose à plumes.*

Je vois ses doigts passer entre les mailles du grillage.

Autour de moi l'action tourne au ralenti. Ma vision se brouille.

Un bourdonnement ; un crépitement.

Un grésillement qui me fait frémir.

Un hurlement déchirant.

Puis des cris envahissent l'air comme autant de coups de lames.

Les gardes, qui étaient occupés à disperser les internés, se précipitent vers la clôture. Le bourdonnement cesse.

Trop tard.

Soheil heurte le sol. Quelques soubresauts, puis son corps retombe, inanimé.

Plusieurs personnes courent l'aider ; d'autres tentent de repousser les policiers.

— Allez ! Allez ! Allez ! ordonne quelqu'un aux gardes, qui sortent du camp pour aider le cordon de flics à maîtriser les manifestants.

Ils sont débordés, dépassés. C'est le chaos dans tous les sens. Des gens se bousculent, se font pousser, trébuchent et tombent autour de moi.

Je ne vois plus que Soheil, magnifique et brisé.

Quelqu'un me heurte dans le dos. Je me mets à courir.

Je fonce vers ma caravane, la vision brouillée par les larmes, tandis que l'image de Soheil sur la clôture – ces sons atroces – se grave dans mon esprit et dans mon cœur. La poussière qui vole s'accroche à mes joues mouillées. Des centaines de personnes ont envahi la médiane dans une course effrénée vers le refuge tout relatif de leur secteur. Je me perds dans la foule. David. Mes parents. Jake. Ayesha. La pauvre Ayesha ! Je ne me souviens même plus si elle était là ; si elle a vu. J'espère que tout le monde va bien, même si je sais que plus personne n'est en sécurité. Plus maintenant.

Soheil.

Mon Dieu ! pourquoi ?

Je pense à tous les autres aussi. Ils ont peut-être réussi à regagner leur mobil-home. Il faisait encore noir quand les gardes ont commencé à nous disperser. Peut-être que l'essentiel du groupe a réussi à rentrer sans être identifié. Peut-être qu'ils vont bien. Une succession d'images et de sons repasse devant mes yeux : des gens brutalisés par les gardes ; des hidjabs et des *topi* arrachés dans la lutte ; Soheil, et ce grésillement horrible, son hurlement, cette fraction de seconde où nos regards se sont croisés, juste avant. La bile me prend à la gorge.

J'ai besoin de rentrer chez moi. Je veux ma maison. Je veux dormir dans mon lit et me réveiller de ce cauchemar. Sauf qu'il n'y a pas de chez-moi ici, et que j'ai les yeux grands ouverts.

Je quitte la médiane pour me diriger vers mon secteur et je tombe à genoux. Les mains crispées sur le ventre, je vomis dans la poussière. Je suis secouée de haut-le-cœur, qui continuent même une fois que j'ai l'estomac vide.

— Layla ! s'écrie ma mère.

Elle se penche sur moi et me tient les cheveux. Puis elle me soutient quand elle voit que j'ai du mal à garder l'équilibre.

— Maman ! Maman ! Soheil…

Je m'étrangle avec mes mots.

Elle rive ses yeux noisette aux miens, plus sombres. Il y a tellement de gentillesse et d'amour dans son regard ! Elle m'essuie le visage avec le bas de son chemisier. Puis elle m'attire dans ses bras.

— Chut… tout va bien, *beta*, je suis là.

— Non, maman, tout va mal, et plus rien n'ira jamais bien. (Je m'écarte de son épaule pour la regarder.) Un manifestant s'est fait tuer. Il a voulu grimper la clôture. C'était… Soheil. Elle était encore électrifiée, maman. Il est… Soheil est mort.

Maman blêmit. Elle se plaque les deux mains sur la bouche et tente de refouler ses larmes. Puis elle met les mains en coupe et les approche de ses yeux. Je l'imite.

— C'est à Allah que nous appartenons, et c'est vers lui que nous retournerons. Qu'Allah fasse miséricorde à Soheil et lui ouvre les portes du paradis.

— *Amen*, dis-je d'une voix qui tremble aussi fort que mes mains.

Maman m'aide à me relever, et on repart vers la caravane. À chaque pas j'ai l'impression que je vais voler en éclats, comme une figurine de verre jetée sur du carrelage. Brusquement, je me rends compte que mon père n'est pas avec nous.

— Où est papa ?

— Il va bien, répond ma mère. Il est allé voir si tu étais au jardin.

Elle m'aide à monter les marches. Au même moment la porte du mobil-home s'ouvre. Mon père est déjà là, les traits tirés par l'inquiétude. Je ne dis pas un mot. Je fonce vers l'évier parce que j'ai peur de recommencer à vomir. Ma mère mouille un torchon, avec lequel elle me nettoie le visage et les mains. Puis elle m'aide à aller m'asseoir. Mon père m'apporte un verre d'eau en me conseillant de boire tout doucement.

Puis il regarde ma mère, l'air désorienté. Dans un murmure, elle lui raconte ce qui est arrivé, ce que j'ai vu. Alors il s'agenouille à côté de ma chaise et passe un bras autour de moi.

Il ne me pose pas de questions. Ma mère non plus. Ils s'asseyent près de moi et me tiennent chacun une main. Ils m'accordent le silence dont j'ai besoin.

Je finis par me lever.

— Je veux aller me rincer.

Ma mère hoche la tête et me soutient le temps de faire les quelques pas qui mènent à la douche.

Je lance le minuteur, en espérant que l'eau se réchauffe. Je voudrais surtout que l'eau s'invite dans mes pores, qu'elle me laisse propre et libre, mais je ne sais même pas si ce sera de nouveau possible un jour. Peut-être que je ne sortirai jamais d'ici.

Je m'habille et retourne dans la pièce commune. Mes parents m'ont préparé une tasse de thé et des biscuits salés. Je vais me rasseoir entre eux.

— Tiens, bois ça, me dit ma mère avec une douceur qui me rappelle le temps où j'étais petite et où j'étais trop malade pour aller à l'école. Prends de petites gorgées.

J'essaie de sourire. Je sens bien que mes parents s'interdisent de me demander ce qui s'est passé, et où j'étais. Je vois sur leur visage la panique et l'épuisement. J'y vois aussi de l'amour. Je referme les doigts autour de la tasse, qui me réchauffe les mains.

— Merci, dis-je dans un murmure enroué.

Je porte le thé à mes lèvres tremblantes. Ma mère passe un bras autour de mes épaules, tandis que mon père me tapote le genou.

Le visage de Soheil – son cri – refuse de quitter mon esprit ; il faut que j'aille trouver Ayesha. Je ne veux pas lui dire. Comment lui dire ? Pourtant j'aime autant que ce soit moi qui…

La porte s'ouvre en coup de vent.

Mon père se lève d'un bond et m'empêche de voir le seuil.

Quatre hommes de la milice privée du directeur entrent dans la caravane.

— Layla Amin, le directeur vous a convoquée dans son bureau.

Chapitre 28

Alertés par les cris de ma mère, les gens sortent de leur mobil-home tandis que je descends les marches du nôtre, escortée par les hommes du directeur. Mes parents nous suivent de près, et mon père tend le bras pour me rattraper, mais un des types le frappe en pleine poitrine avec la crosse de son fusil. Mon père tombe ; il se cogne violemment la tête et l'épaule contre le sol dur. Il pousse un grognement, le visage dans les mains.

Non. Non. Non.

Je tente de me dégager, mais un des hommes me tord le bras pour me maîtriser.

— Ali ! s'écrie ma mère.

Elle s'agenouille à côté de mon père pour lui prendre la main. Il roule sur le côté. Je remarque qu'il a le visage en sang.

— Vous êtes des monstres ! hurle ma mère. Ôtez vos sales pattes de ma fille !

— Papa ! Maman !

Les hommes du directeur m'entraînent. Mon cœur se serre. Mes genoux menacent de céder, mais un des types me relève d'un geste brusque. En tendant le cou, je vois plusieurs personnes venir en aide à mes parents.

Puis je vois Ayesha. Elle nous court après en m'appelant. Je ne l'avais pas aperçue depuis qu'on a été séparées. Est-ce qu'elle est au courant, pour Soheil ? Personne ne lui a dit ? Mon cœur tambourine à mes oreilles, et mon esprit tourne trop vite pour que j'arrive à réfléchir. Tout ce que je sais, c'est que je ne veux plus qu'ils souffrent. Pas à cause de moi.

— Ne t'inquiète pas, Ayesha! (Je lutte contre mes larmes.) Ça va aller.

Son père la rattrape par le bras. Elle se débat en criant, mais il tient bon. Tant mieux.

D'autres personnes du secteur interpellent les hommes venus m'arrêter. Les tuteurs sortent de leur caravane et tentent de les faire rentrer chez eux, mais le vacarme ne fait qu'empirer lorsque les gens dirigent leur colère vers les tuteurs. Alors qu'on arrive sur la médiane, une troupe de gardes déboule en sens inverse.

— Qu'est-ce qu'ils vont faire? dis-je dans un murmure enroué.

Tout est brouillé autour de moi, et je dois garder les yeux rivés au sol pour ne pas avoir le tournis.

Un des hommes me regarde, mais personne ne me répond.

— Où m'emmenez-vous?

Ils ne réagissent pas. Je suis invisible.

Mes jambes ne me portent même plus. Un des hommes du directeur raffermit sa prise et me traîne à moitié. Tandis qu'on s'éloigne de mon secteur, la clameur finit par tomber. Plusieurs personnes regardent tandis que la milice me fait avancer sur la médiane. Il y a bien quelques murmures, mais ils se font de plus en plus rares à mesure qu'on approche des bâtiments administratifs, si bien que je n'entends plus que le raclement de mes chaussures, qui laissent des traces dans la poussière. J'entends aussi le souffle des types, qui respirent fort, par la bouche. Non, ce n'est pas leur souffle à eux; c'est moi. Je secoue la tête pour essayer de me concentrer, mais je ne cesse de repenser à Noor, à Asmaa, à Bilqis. Les gardes les ont traînées le long de la médiane, elles aussi, et elles ne sont jamais revenues.

Tout le monde sait qu'il y a un cachot à Mobius, mais j'ignore où il se trouve. La milice me fait entrer dans le bâtiment administratif par un couloir mal éclairé, puis on passe devant le bureau du directeur pour gagner une porte que je n'avais jamais remarquée. Elle s'ouvre sur un petit vestibule sans fenêtre et sur un autre couloir avec quatre portes, dont chacune est percée d'un petit hublot rectangulaire à environ un mètre soixante du sol. Là les hommes du directeur me confient à un garde exclusif posté devant la première porte. Puis ils tournent les talons et repartent aussi sec.

Je m'essuie le front d'une main tremblante, les genoux tellement mous que je m'étonne de tenir debout. Le garde attend. Je remarque que les muscles de sa mâchoire se crispent quand il serre les dents. Il n'y a que ça qui bouge chez lui. Son immobilité hallucinante a quelque chose de presque hypnotique.

La porte du bâtiment claque. On n'entend plus de bruit de pas. La milice est partie.

Le garde me donne une bouteille d'eau.

Puis il ouvre la cellule, et j'entre. La porte se referme avec un bruit sourd. Il y a une couchette le long d'un mur, avec un matelas tout fin à rayures sous un drap tellement mince qu'on voit presque à travers. Une couverture en coton kaki est pliée sous l'oreiller. Il y a un petit lavabo et des toilettes dans le coin. Une prison dans une prison.

Je m'assieds sur le lit et j'agrippe la bouteille d'eau à deux mains comme si c'était une bouée de sauvetage. Sauf que ce n'est qu'un bout de plastique, incapable de me sauver. En m'approchant de la porte, j'aperçois la nuque du garde par le hublot. Je retourne vers le lit et je m'allonge face au mur, les genoux repliés contre la poitrine.

Respire. J'observe les murs dénudés, sans savoir sur quoi reposer mon regard. J'ai mal à la tête, et le moindre muscle de mon corps me paraît trop tendu. Je me relève pour aller me laver de l'éternelle poussière qui me colle aux doigts, et le ruissellement de l'eau entraîne vers les égouts les traces de cet endroit. Je frotte jusqu'à ce que l'eau redevienne claire. Puis je me mouche dans du papier-toilette et m'essuie le visage. Je frissonne. Dehors il fait chaud mais, ici, je suis transie de froid.

Je retourne vers la couchette, tel un zombie, et je m'affale sur l'oreiller.

La logique du sommeil m'attire, mais je suis beaucoup trop à vif. J'ai l'impression d'avoir la peau recouverte de verre pilé, prêt à me déchiqueter si jamais j'ose fermer les yeux et baisser la garde. Ma garde. La garde rapprochée du directeur. Je me demande s'ils sont retournés à ma caravane – s'il détient mes parents. *Reste forte.* Rester forte ? Respirer ? Mais comment ? Rien que m'asseoir me demande un effort. Et puis j'aimerais tellement ne pas avoir besoin de penser à respirer ! J'aimerais pouvoir imaginer autre chose que le sang sur le visage de mon père. J'aimerais que ma mère puisse enfin profiter d'un moment de tranquillité. Sauf que, tout ça, je l'ai perdu. Il n'est plus question de vouloir, d'imaginer ou de faire semblant. Toutes les étoiles se sont éteintes. Il ne reste plus que l'obscurité.

La porte de ma cellule s'ouvre dans un grand claquement. J'ignore quelle heure il est, si j'ai dormi, si j'ai dormi longtemps ou non, ou même si c'est le jour ou la nuit. Jake entre et se précipite vers moi.

— Layla, tu vas bien ?

Il parle tout bas, d'une voix tendue comme un arc.

Je me redresse en hochant la tête et je me frotte les yeux pour tenter d'en chasser la fatigue. J'ai mal partout.

— Jake, qu'est-ce qui se passe ? Est-ce que mes parents vont bien ?

Il croise mon regard.

— Je suis désolé, Layla. On n'a qu'une minute devant nous. Le directeur veut te voir dans son bureau. (Il prend une longue inspiration et pose une main sur la mienne.) Écoute, je suis vraiment désolé de te demander ça, mais j'ai besoin que tu joues le jeu. Je ne peux pas encore te sortir d'ici. C'est la panique dehors. Personne ne sait réellement ce qui va se passer. Il faut que tu sois courageuse. Tu t'en sens capable ?

J'ouvre la bouche. Les paroles de Jake résonnent à mes oreilles, mais je n'y comprends rien. Il veut que je reste ici ? que je joue le jeu ? que je sois courageuse ? Je ne sais pas quoi dire. Je hoche la tête. Je n'ai pas vraiment le choix.

— Je suis désolé. Il faut que j'y aille.

Il lâche ma main et se relève.

Des pas s'approchent dans le couloir.

— Je vais l'emmener, lance une voix.

Jake s'écarte pour que je puisse voir qui se tient sur le seuil. C'est Fred.

Jake lui adresse un signe de tête avant de ressortir. Il ne m'a pas dit si mes parents allaient bien.

Je me lève du petit lit tout dur. Fred entre et me tend une banane.

— Le directeur veut te voir à 6 heures précises. Je te laisse deux minutes pour te laver en vitesse. D'accord ? Je sais que tu as peur, Layla, mais tu n'es pas toute seule.

Il me sourit, mais sans grande conviction. Tout me paraît creux, de toute façon. Les mots. Les gestes. Les pensées.

Il ressort, et la porte claque dans son dos.

Je dévore la banane. Apparemment mon corps a faim même quand je n'y fais pas attention. Puis je me nettoie comme je peux et je me force à faire pipi, en remerciant Fred d'avoir eu la délicatesse de tourner le dos au petit hublot.

Enfin la porte se rouvre.

— Il faut y aller, dit-il.

Il m'entraîne dans le couloir. Lorsque nous entrons dans la partie administrative, la porte cache nos visages aux caméras de surveillance l'espace d'une seconde et Fred me chuchote :

— Sois courageuse.

Jake m'a dit la même chose. Comment veulent-ils que je sois courageuse alors que je suis terrifiée ?

Fred ouvre la porte du bureau. Le soleil matinal entre à flots dans la pièce. Le directeur regarde par la fenêtre.

— Merci, soldat. Vous pouvez disposer, lance-t-il sans se retourner.

Fred hésite une fraction de seconde avant de ressortir.

Il n'y a personne d'autre dans la pièce. Nous sommes seuls. Une inquisition solitaire.

— Asseyez-vous, mademoiselle Amin.

Il continue à regarder par la fenêtre et à me tourner le dos.

Je m'assieds et j'attends. Et j'attends. Le directeur n'a pas l'air décidé à me faire face. On n'entend pas un bruit, à part son souffle rauque et d'occasionnels raclements de gorge. Il pianote contre la vitre. C'est un silence chargé, et je suis presque certaine que c'est censé m'intimider. Ça fonctionne, d'ailleurs. J'ai envie de crier, de hurler, mais je refuse de donner satisfaction au directeur.

J'agrippe les accoudoirs de ma chaise. J'ai les paumes tellement moites qu'ils en deviennent tout glissants, mais je m'y accroche de toutes mes forces, comme si ma vie en dépendait. Je ferme les yeux et je respire pour tenter de repousser ma terreur. À chaque inspiration je visualise mon souffle qui parcourt tout mon corps avant de ressortir. J'en éprouve la résonance jusque dans mes os. Je fais peu à peu abstraction des bruits parasites du directeur.

Je fais le silence à l'intérieur et, dans ce silence, j'entends des voix. *Tu n'es pas seule.* David. Jake. Ayesha. Ma mère. Mon père. *Tu n'es pas seule. Tu n'es pas seule. Tu n'es pas seule.*

J'écoute et, dans cette obscurité muette qui me terrifie, je découvre que l'amour réside dans le silence le plus profond.

Le directeur est toujours planté à sa fenêtre, à faire semblant de surveiller le camp. Il veut me faire attendre, me faire perdre patience, mais je remarque qu'il a les épaules crispées et les veines du cou saillantes. Je l'entends renifler, tousser puis se racler la gorge. Il a du mal à se contenir, à attendre le bon moment, le silence parfait qu'il exige avant de prendre la parole. Sauf que, moi, j'en ai marre qu'il obtienne toujours ce qu'il exige.

— Ça va, monsieur ? dis-je avec une fausse sincérité qui me vient tout naturellement.

Le directeur rugit. Il fait volte-face et tape du poing sur son bureau. Le gros meuble tremble, et j'ai l'impression d'une violente bourrasque qui me souffle presque de ma chaise. Ses yeux rougis, injectés de sang, envoient des éclairs de fureur.

— Ta gueule ! Ferme ta sale gueule !

Des postillons s'échappent de ses grosses lèvres violacées. C'est un hurlement animal qui gronde dans sa gorge.

Je serre les mains l'une contre l'autre, comme si ce geste allait me permettre de tenir bon.

Il a tellement envie de croire qu'il contrôle la situation que ça l'enrage plus que tout de se sentir perdre les pédales. C'est dans ces moments-là qu'il commet des erreurs. Je prends un risque en attisant sa colère, mais tant que son attention est focalisée sur moi, il ne peut pas se concentrer sur d'autres.

Le directeur contourne son bureau pour venir me toiser. Il pose les deux mains sur ma chaise et se penche sur moi jusqu'à ce que son visage ne soit plus qu'à quelques centimètres du mien. Je tente de reculer, écœurée par son haleine chargée de whisky et par la sueur qui dégoutte de son front. Je suis prise de haut-le-cœur.

Il referme ses gros doigts calleux autour de ma mâchoire et serre. Je tords le cou pour tenter de me libérer, mais il m'agrippe encore plus fort. Je sens sa poigne marquer ma peau. J'essaie de parler, de crier.

— La ferme ! me crache-t-il à la figure avant d'ajouter : Ça fait mal ?

Je ne bouge pas. Je cesse de lutter. Je ne réponds pas. Je ne lui ferai pas ce plaisir. Je ne maîtrise plus rien, mais j'ai encore le choix.

— Et là, ça fait mal ?

Il me serre de plus en plus fort, et un sourire sadique s'échappe de ses lèvres violacées.

Je me campe sur mes talons et je referme les mains sur les avant-bras du directeur. J'ai l'impression qu'il pourrait facilement arracher mon visage de mon crâne. Il se met à me tourner la tête d'un côté et de l'autre, comme s'il voulait me dévisser le cou.

— Et là, ça fait mal ?

Il beugle tellement fort que je sens sa voix résonner dans tout mon corps. Des larmes coulent sur mes joues. Il me lâche et se redresse en ramenant le poing en arrière. Je lève une main pour me protéger le visage. Il suspend son geste.

La porte s'ouvre brusquement. C'est Fred. Un peu de répit.

— Monsieur, vos visiteurs du haut commandement viennent de franchir le portail. Ils seront ici d'une minute à l'autre. (Fred entre dans la pièce.) Je peux raccompagner l'internée à sa cellule, monsieur.

Le directeur laisse échapper un petit rire cassant et rauque. Si le diable existe, c'est comme ça qu'il doit rire.

— La chance vous sourit une fois de plus, mademoiselle Amin. Je vais faire en sorte que cette chance s'épuise… et bientôt. Vous pouvez compter là-dessus.

Fred me prend la main et me relève doucement avant de me faire sortir du bureau. Il referme la porte derrière nous.

On retourne en silence vers mon petit cachot. Dans le couloir, Fred s'arrête devant un placard pour en sortir deux poches de glace. Puis il me fait entrer dans la cellule et m'aide à m'asseoir sur le lit. Alors il secoue les poches pour les activer avant de me les tendre. J'en place une de chaque côté de ma mâchoire.

— On dirait que ça va te laisser des bleus. Je suis désolé. J'aurais voulu pouvoir intervenir plus tôt. Je… C'est vraiment n'importe quoi, ce qui se passe ici. Jake a raison : il faut qu'on accélère le processus. C'est ce qu'il essaie de faire.

Je lève les yeux vers Fred. Je lui suis vraiment reconnaissante d'être là.

— Jake est revenu ? Où était-il ?

Je me demande quel est ce processus qu'il veut accélérer, mais j'ai l'impression que mon corps et mon esprit sont sur le point de s'effondrer et j'ai du mal à articuler.

Fred secoue la tête.

— Il est auprès du haut commandement. Il sera bientôt là. Je sais qu'il s'inquiète pour toi.

Je sais qu'il a des ordres à suivre mais je suis triste qu'il ne soit pas revenu. Ne veut-il pas prendre de mes nouvelles, au moins ?

J'ai mal à la mâchoire. J'ai mal partout.

— Si vous le voyez, vous pouvez lui dire que… que… (Je n'ai pas la moindre idée de ce que je veux lui dire : que je suis brisée, perdue et désemparée, peut-être.) Dites-lui que j'ai essayé de rester forte.

Fred hoche la tête.

— Il va péter un plomb quand il va apprendre ce que le directeur t'a fait. Les choses sont en train de se corser méchamment. C'est pour ça que le haut commandement est ici. Entre les manifestations et tous les médias qui en parlent, ils ne peuvent plus se permettre la moindre erreur. Le public n'avait pas vraiment d'objection tant que ça demeurait abstrait, mais c'est en train de devenir bien réel et, d'un seul coup, ça dérange.

— Combien de temps le directeur va-t-il me garder en isolement comme ça ? Est-ce que je peux voir mes parents ? Ils vont bien ?

— Je ne sais pas combien de temps il compte te garder ici. Il a interdit toute visite.

Des larmes me piquent les paupières. Je suis tellement fatiguée ! J'aimerais pouvoir dormir. Plus que tout, j'aimerais voir mes parents. Pourtant je suis encore assez alerte pour remarquer que ni Jake ni Fred n'ont répondu quand j'ai demandé de leurs nouvelles. J'espère qu'il ne leur est rien arrivé.

— Je vais te trouver quelque chose à manger, reprend Fred en se dirigeant vers la porte.

— Fred ? Vous n'avez pas peur ? Des caméras de la cellule, je veux dire.

— L'informaticien qui surveille les enregistrements est de notre côté. S'il remarque quoi que ce soit qui risque d'attirer les soupçons, ce sera réglé à l'aide d'un petit problème technique. Ça ne se voit peut-être pas, mais on est nombreux à se battre.

Je lui souris du mieux que je peux. Fred ressort, et je me retrouve toute seule.

Je serre les poings. J'ai envie de frapper ce mur à la con mais j'ai à peine la force de lever le bras. Je m'effondre sur le petit lit, parcourue de sanglots qui me secouent le corps et l'âme.

CHAPITRE 29

Ils m'arrachent au sommeil avant que j'aie pu crier – ou même me rappeler où je suis.

Je m'essuie les yeux du dos de la main. C'est bien réel. Cette cellule. Ces deux hommes de la milice du directeur. Cette douleur à la mâchoire. Et l'impression horrible, atroce, qu'on vient m'enlever, à jamais.

J'aimerais pouvoir savourer une minute de torpeur endormie, mais je ne peux pas me permettre le moindre répit. Pas ici. Pas maintenant. Mes muscles se tendent. J'ai la gorge toute sèche, comme si j'avais passé la nuit à respirer par la bouche, et mon cœur patine comme le moteur d'une petite voiture d'enfant qu'on aurait trop remontée.

Les hommes du directeur ne décrochent pas un mot. L'un d'eux me prend par le bras et me met debout avant de me menotter, les mains dans le dos. Je me débats contre lui, contre les menottes, mais il est deux fois plus large que moi et il porte une arme.

— N'ouvre pas la bouche, dit l'autre.

Il est plus grand que son collègue, avec de gros sourcils châtains qui ressemblent à une paire de chenilles. Il sort un gros rouleau de chatterton et en déchire un morceau.

Je détourne vivement la tête.

— On peut faire ça en douceur ou en douleur. C'est toi qui vois. Moi, ça m'est égal, marmonne-t-il d'une voix atone.

J'ai les paumes moites, le cœur qui s'emballe. Je suis prise de haut-le-cœur. Je panique. Quand je panique, mon esprit s'évade où il veut. Il faut que je reste lucide, que je me ramène à l'instant présent s'il le faut.

— Je ne vais pas crier. Ce n'est pas nécessaire.

Ma voix s'étiole comme une volute de fumée.

— Les ordres sont les ordres.

Je pince les lèvres tandis qu'il me scotche la bouche. Celui qui m'a menottée me pousse vers la porte.

Ces deux hommes appartiennent à la milice personnelle du directeur. Où sont passés les gardes exclusifs ? Je ne vois plus Fred nulle part. Jake est-il seulement au courant de ce qui se passe ? En sortant, j'aperçois un autre des vigiles posté dans le couloir. Il me jette un gros sac de jute marron sur la tête et le resserre autour de mon cou à l'aide d'un cordon. Je frémis. Je tente de lutter mais, plus je me débats, plus j'ai du mal à respirer. Je me demande si c'est ça qu'on ressent quand on suffoque. Est-ce que c'est ça qui est arrivé aux autres ? À celles et ceux qui ont disparu ?

— Détends-toi, murmure une voix grave tout près de mon oreille – le troisième homme. On ne va pas loin.

J'essaie de ralentir mon souffle et de calmer mon corps. Mon instinct serait de fermer les yeux, mais je me force à les garder ouverts. Il fait sombre mais pas complètement noir. La grosse toile du sac laisse passer la lumière des tubes fluorescents. Ils me font avancer jusqu'à une porte qui donne sur l'extérieur.

Non. Pas dehors ! S'ils me font sortir du camp, je ne reviendrai jamais. Personne ne me retrouvera. Personne ne saura où je suis. Je traîne les pieds, mais les hommes m'entraînent malgré moi.

L'adrénaline me fouette le sang. Je suis soudain hyper consciente de ma respiration et des battements précipités de mon cœur.

Hurle.

Fuis.

Bats-toi.

Sauf que je n'ai nulle part où aller, et que me battre serait futile.

La milice me pousse vers la porte. L'un des hommes l'ouvre. L'air a soudain un goût de poussière. Je sens les fines particules tourbillonner autour de moi et m'envelopper comme une seconde peau. Même avec un sac sur la tête, j'en ai vite dans les narines. Dehors tout est calme et tranquille. Il fait nuit noire. Les nuits à Mobius ont quelque chose de troublant, une beauté silencieuse, irréelle, à peine froissée par de rares ululements au loin.

Il m'est arrivé plusieurs fois de sortir sur la pointe des pieds et d'aller m'asseoir sur les marches de notre caravane – d'aller écouter la nuit en regardant les étoiles et en rêvant. La nuit est un refuge, une sorte de sanctuaire pour l'esprit. Sauf là. Dehors, sous le couvert de l'obscurité, c'est tout le contraire que j'éprouve. Mes peurs s'imposent, impérieuses. Un site clandestin, dans un lieu secret loin de Mobius, où personne ne me trouvera jamais. L'homme a dit qu'on n'allait pas loin, mais il parlait peut-être du trajet qui va me mener à un camion, lequel pourrait me conduire n'importe où. Et, menottée comme je suis, ce n'importe où pourrait être une base secrète où ils n'hésiteront pas à faire disparaître toute trace de mon existence. Jake m'a prévenue, mais je ne pensais pas que c'était réellement possible. Je croyais que mon âge, ou la présence de la Croix-Rouge, me protégerait des atrocités qui avaient cours dans le camp.

Je croyais peut-être que quelqu'un interviendrait.

Je croyais peut-être que ça ne pouvait pas réellement arriver ici.

Une fois, en cours de littérature américaine, on a discuté des États-Unis en tant que métaphore, en s'appuyant sur la façon dont le pays est représenté dans les livres, au cinéma et dans les chansons. Vous savez, l'Amérique comme creuset des cultures, ou comme un grand saladier où toutes les saveurs se rencontrent, ou encore une cité de lumière au sommet d'une montagne. Les États-Unis sont le pays où un gamin maigrichon avec un nom bizarre peut, contre toute attente, devenir président. Sauf que les États-Unis ne ressemblent plus beaucoup à cette image. Peut-être que ce n'était qu'un mirage.

On parcourt peut-être deux cents mètres avant de s'arrêter. On me fait passer une autre porte – on ne monte donc pas dans un camion – puis on entre dans une pièce qui sent le détergent. Plus précisément : un mélange d'eau de Javel et de citron synthétique. J'entends le crissement d'une chaise métallique, sur laquelle on me fait asseoir avant de l'avancer d'une brusque secousse. On me libère le poignet gauche et on ramène ma main droite devant moi pour la menotter à quelque chose de métallique. Je secoue doucement mon bras gauche pour me débarrasser du poids fantôme du bracelet tandis qu'un des hommes retire le sac que j'avais sur la tête.

Je cille face aux lumières fluorescentes ; elles émettent un grésillement discret qui me rappelle la bibliothèque du lycée. Il n'y a rien dans cette pièce, seulement une petite table rectangulaire avec une barre en métal au milieu. C'est à ça que je suis menottée. Ils ont approché ma chaise bleue de sorte que je puisse reposer mon bras, et la fraîcheur de la surface est bienvenue contre ma peau endolorie. Il y a une autre chaise bleue – inoccupée, menaçante. L'odeur de Javel agresse mes narines. Qu'a-t-on fait couler dans cette pièce pour qu'il ait fallu la désinfecter ?

Pas de fenêtre.

Pas de lit.

Pas d'espoir.

Un des hommes tend le bras vers moi et m'arrache le chatterton. Un cri m'échappe. Je porte une main à mes lèvres. J'en ai les larmes aux yeux, mais personne ne le remarque. Tout le monde s'en fout.

La porte s'ouvre. La milice sort. Quelqu'un d'autre entre. C'est lui. Il est derrière moi. Je le reconnais à son souffle. J'essaie de me blinder. Je ferme les yeux et repense à ce que m'a dit Jake. *« Sois courageuse. Sois courageuse. Tu n'es pas seule. »* Mais une image s'invite dans mon esprit : celle de la femme qui s'est fait taser à la réunion d'orientation. Puis c'est Noor, traînée dans la poussière ; Asmaa et Bilqis, brutalisées ; mon père frappé à la poitrine par la crosse d'un fusil d'assaut. Du sang sur le sol du mess. Du sang mêlé à la poussière du désert. La clôture électrique. Ce hurlement atroce. Soheil. Soheil. Soheil. Mon cœur tambourine. Je frotte ma main libre sur mon jean, comme si j'avais la moindre chance d'essuyer ma terreur moite.

— Comme on se retrouve… Je t'ai manqué ?

La voix du directeur a changé depuis la dernière fois que je l'ai entendue, il y a… dix-huit heures ? vingt ? Je me rends compte que je ne sais pas quelle heure il est, ni même quel jour on est. Il parle sur un ton froid, au calme étudié, forcé. C'est terrifiant. Je me mords la lèvre. *Ne panique pas.* Je me répète ça en boucle, en espérant que ça fonctionne.

Il claque la porte. Le choc sourd de ses semelles sur le sol de béton me fait trembler sur mon siège tandis qu'il m'approche par-derrière. Le directeur prend tout son temps pour contourner la table. Il tire la chaise libre et s'assied, les mains en dôme sous son menton, l'air très content de lui. Ça se voit qu'il a répété sa petite mise en scène. Brusquement, je comprends que c'est exactement ça : c'est un numéro, du théâtre. Il joue le tyran. C'est un peu toujours le cas avec les brutes, pas vrai ? Ils se donnent un rôle de gros dur pour dissimuler leurs faiblesses.

C'est ça la clé – la faille dans la cuirasse. Au fond, les tyrans sont des lâches. Il est ce qu'il a toujours été. Il peut toujours me torturer, ou même me tuer, mais il ne gagnera jamais.

N'oublie jamais qui est l'ennemi. J'ai passé trop de temps à me battre contre moi-même – mes peurs, mes défauts. Je me trompais de cible. La vraie se trouve en face de moi.

— Je vais faire simple, lance le directeur. Coopère. Épargne-toi d'autres souffrances.

Je le dévisage en cherchant la meilleure tactique possible.

Il glousse.

— Ah, tu le prends comme ça ? Tu veux me faire le coup du silence ? Tu ne m'as peut-être pas entendu. Coopère. Protège-toi.

— Quel genre de coopération ?

— Disons que quelqu'un comme toi pourrait m'être très utile. Tu pourrais commencer par m'indiquer qui sont les agitateurs, par exemple. Dis-moi qui est l'auteur de ces articles mensongers qui sèment un tel désordre. Comment s'y prend-il pour faire sortir ces messages du camp ? Qui est son contact ? Il y a un traître dans mes rangs, et j'ai besoin de savoir qui c'est. Ce n'est pas trop en demander, si ?

Jake.

Je ne l'ai vu que quelques minutes quand ils m'ont jetée en cellule. Les doutes viennent me brouiller l'esprit. Se peut-il que le directeur soit au courant ? A-t-il déjà fait arrêter Jake ? Est-ce la raison pour laquelle il n'est pas revenu me voir ?

Le directeur se joue-t-il de moi ? Cherche-t-il à me piéger avec mes propres mensonges ? Un frémissement de peur me traverse le corps et s'inscrit sur mon visage. Il le voit.

— Ah. Tu sais donc de quoi je parle. Alors dis-moi. C'est facile. Pense à tous ceux que tu sauveras en prononçant ces quelques mots. Donne-moi ces noms, plaide-t-il. Rien ne t'oblige à souffrir.

Il parle d'une voix toute douce, comme s'il était soudain devenu le gentil flic.

— Et moi ? Qu'est-ce que j'y gagne ?

Je serre le poing gauche et m'en frappe la cuisse. *Fais-le parler. Gagne du temps. Trouve un moyen de te tirer de là.*

Le directeur sourit.

— Je savais que tu finirais par entendre la voix de la raison. Tu vas vite comprendre qu'il est dans ton intérêt de faire ami avec moi. Il me semble avoir déjà mentionné certains privilèges dont toi et ta famille pourriez profiter. De l'eau chaude à volonté, par exemple ; peut-être même une visite de ton petit copain. Je suis quelqu'un de généreux, tu sais.

— Je vous donne des noms pour commencer…

— Puis tu vas calmer le jeu avec tous ces gamins à qui tu as monté la tête, et vous allez tous vous remettre à jardiner et à flirter gentiment. Tout va revenir dans l'ordre. Et, si jamais quelqu'un recommence à vouloir semer la discorde, tu me préviens. Tout le monde y gagne.

— Vous voulez que je vous prévienne si quelque chose d'autre se prépare ?

— J'ai déjà de l'aide de ce côté-là. Un de tes petits camarades était très impatient de conclure un marché pour se protéger des conséquences de votre espèce de manifestation de l'autre soir. Or ces conséquences vont tomber comme un marteau sur une enclume. Cependant, tu as la possibilité d'en amortir le choc.

Abdul. Ça ne peut être que lui.

Le directeur poursuit.

— Je veux que tu te montres plus maligne. Il semblerait que vos petits actes de désobéissance aient donné des idées à certains… des idées de trahison. Ces idées, je veux les enterrer. Je veux que tu étouffes ces plans avant qu'ils fassent d'autres victimes. Comme ça plus personne n'aura à souffrir à cause de toi.

Mon père. Le directeur s'en est-il pris à quelqu'un d'autre ? À ma mère ? À Ayesha ? Il veut que je m'inquiète. Il veut que je lui demande. Je me tais. Je bouillonne de rage – et de peur – mais je ne lui demande rien.

Il me dévisage. Il attend une réponse. Alors je lui donne une réponse.

— Non, dis-je dans un murmure.

Le directeur se lève de sa chaise. J'ai l'impression qu'il se dirige vers la porte, mais soudain il fait volte-face et me gifle du revers de la main. Ma tête est projetée sur le côté par la force de l'impact, et j'ai un goût de sang dans la bouche. Ma joue me brûle ; tout mon visage picote. J'ai toujours vécu à l'abri de la violence ; je n'ai jamais connu ça. Je ne vois pas comment je pourrais résister à un tel traitement. Je ne comprends même pas comment certaines personnes y arrivent. Comment vais-je tenir le coup ?

Le directeur s'éloigne de quelques pas, en gardant le dos tourné.

— Tu vois ce que tu me forces à faire ? Je ne suis pas quelqu'un de violent. Je n'aime pas traiter les femmes de cette façon, et encore moins les jeunes filles, alors je vais te donner une deuxième chance.

Le sel de mes larmes se mêle au sang qui coule sur mes lèvres. Je crache par terre.

— Vous n'êtes pas violent ?

— Non. Vois-tu, je suis un être humain raisonnable. J'ai dirigé ce camp avec douceur et compassion ; j'ai tenté d'y établir une communauté, et toi… (il tourne les talons) tu n'as fait qu'y apporter la discorde et la violence.

Je me demande s'il croit ce qu'il dit. Se prend-il réellement pour un homme exemplaire, une sorte de saint, le messie des délaissés ?

— Tu te souviens de ton camarade ? L'imbécile qui s'est jeté sur la clôture comme un pauvre abruti ? Il est mort, et c'est à cause de toi et de tes manigances infantiles. Ou l'as-tu déjà oublié ? N'était-il qu'un pion sur l'échiquier de ta rébellion puérile ? (Il s'esclaffe.) Et tu prétends que c'est moi, le monstre !

J'en reste bouche bée. Mon sang déserte mon corps.

— Non, je…

Aussitôt je ravale mon murmure. Je n'oublierai jamais Soheil, le grésillement de la clôture, son hurlement, ou son corps inanimé.

— Tu ne pensais pas à ce triste crétin, pas vrai ? Tu étais trop occupée à jouer les courageuses, les rebelles. Je vous ai pourtant prévenus dès le premier jour que toute action appelait des conséquences. Alors, maintenant, dis-moi qui écrit ces articles, et qui les fait sortir du camp.

— Je ne peux pas. Je ne peux pas.

J'ai le visage baigné de larmes, les joues en feu. Mes lèvres m'élancent douloureusement.

Le directeur se rue sur moi et enroule une main dans ma queue-de-cheval pour me tirer la tête en arrière.

— Pauvre connasse sans cervelle ! (Il se penche sur moi, si près que je sens ses postillons sur ma peau.) As-tu seulement la moindre idée de ce que je peux te faire ? De ce que je peux ordonner qu'on te fasse ?

Je ne respire plus. Les lettres que mes parents ont reçues. Les menaces… Tout ça, c'était lui. Mes parents. Ayesha. Sa famille. Tout le monde dans ce camp. Nous sommes tous pris dans un filet, comme des poissons se débattant contre les cordes qui les retiennent, sans se rendre compte qu'on est déjà morts.

— C'est ta dernière chance. Tu m'entends ? Heureusement pour toi, je suis quelqu'un de très patient, mais ma patience a des limites.

Je baisse les yeux et hoche la tête.

J'entends plusieurs personnes entrer dans la pièce.

— Nettoyez-la et ramenez-la dans sa cellule, aboie le directeur avant de ressortir.

Un garde me retire les menottes et me remet sur mes pieds.

Je me masse les poignets puis me tâte doucement les lèvres. J'ai le visage brûlant, mais le bout de mes doigts est glacé et ça me fait du bien. Je ferme les yeux, prise de frissons. Mon bras se couvre de chair de poule.

— Je m'en charge, soldat.

Un autre homme dans la pièce. Fred.

On regarde l'autre ressortir.

— Layla, est-ce que ça va ?

— Non, réponds-je dans un murmure. (Je soulève un coin de mon tee-shirt pour essuyer le sang séché à la commissure de mes lèvres.) Je crois que je me suis mordu la joue.

— Je suis vraiment désolé, dit Fred en me prenant doucement le coude.

Son geste me fait tressaillir.

— Ça risque de te faire souffrir pendant un petit moment, ajoute-t-il.

— Au moins, j'aurai la bouche assortie aux bleus de ma mâchoire.

— Viens, je vais te trouver une poche de glace et de quoi te nettoyer.

Je hoche la tête et fais un pas en avant, mais je me sens toute bancale, comme si je portais des talons.

— Tiens, appuie-toi sur moi, dit Fred en m'offrant son bras.

On sort dans la fraîcheur de la nuit.

— J'ai cru que les hommes du directeur allaient me transférer vers un site clandestin. Sinon, pourquoi ils m'auraient mis un sac sur la tête ?

— Il essaie de te faire peur.

— Il a gagné.

— Non. C'est toi qui es en train de gagner.

— Moi ? Soheil est mort à cause de ce qu'on a fait – à cause de moi.

— Non. Soheil est mort à cause de ce qu'a fait le directeur, de ce qu'a fait le Président, et de ce que le pays est en train de faire. Ça ne va pas durer. Votre rébellion, la mort de Soheil… ça a réveillé l'opinion publique. Et puis, ce que le directeur t'a fait… Il n'y a pas que Jake et moi qui sommes de ton côté. Beaucoup d'entre nous… Ce n'est pas pour ça qu'on s'était engagés, au départ. Nous faisons partie de la garde nationale. On nous a transférés sans nous demander notre avis.

— Où est Jake ?

Je ne cherche même pas à taire ma peine et mon impatience.

Fred secoue la tête.

— Le directeur lui fait encore confiance, alors il en profite autant que possible. Il obéit aux ordres. Essaie de tenir le coup encore un peu. Tu as des alliés. Le directeur ne peut pas te faire transférer – pas avec tous les reporters qui campent devant le portail. S'ils voyaient une ambulance essayer de sortir du camp, ce serait la folie furieuse. On sent bien que la tendance est en train de s'inverser. On est assis sur une poudrière. Il ne peut pas se permettre la moindre erreur ; ce serait beaucoup trop dangereux, et il le sait.

— Dangereux pour lui ? Parce que, là, tout de suite, ça me paraît surtout carrément dangereux pour moi.

— Il est sous surveillance. Le haut commandement de l'Autorité… ils ont le Département d'État à la Guerre et le Président sur le dos.

Je hoche la tête, mais les explications de Fred ne suffisent pas à me rassurer.

Il fait encore nuit noire. Tout est tranquille autour de nous, en un contraste saisissant avec la douleur brûlante qui me déchire. Je ferme les yeux un instant et me laisse guider par Fred, qui me ramène à ma cellule et à la terrible solitude qui m'y guette. Dans le silence, j'entends la voix de ma mère, qui récite sa *dou'a*. Je la sens souffler la prière au-dessus de moi. Je rouvre les yeux et les tourne vers une couverture de velours où scintillent des étoiles. Ça me rappelle un vers que mon père a écrit : *« Tu n'as qu'à regarder le vaste ciel et la foule d'étoiles pour mesurer la profondeur infinie de notre amour. »*

Chapitre 30

— Debout.

La voix du directeur retentit dans ma petite cellule. Je ne réagis pas tout de suite, alors il donne un coup de pied dans le lit.

— J'ai dit : debout ! rugit-il.

Lentement, je me redresse et m'adosse au mur, les jambes repliées contre moi, le menton posé sur les genoux. J'ai toujours mal à la mâchoire. Ma joue est toute gonflée – et sûrement de dix nuances de bleu différentes. J'ai un goût de sang et de métal dans la bouche. Je jette un coup d'œil à la porte avant de reporter mon attention sur le directeur. Aucune issue possible. Je serre mes jambes contre mon torse et tisse autour de mon corps un cocon imaginaire.

Le directeur fait des allers et retours devant moi – cinq pas dans un sens, cinq dans l'autre. Il a le front luisant de sueur. Il se masse la nuque. Son visage rougit un peu plus à chaque pas ; il en est presque cramoisi.

— À cause de toi et de ton cirque, je me retrouve dans une situation délicate.

Je lève les yeux mais ne dis rien.

— Vois-tu, quand tes manigances ont mené à la mort de votre petit pote imbécile, là, M. Saeed, les escrocs menteurs de la presse ont distordu les faits pour rejeter la faute sur moi, comme si c'était moi qui avais poussé cet idiot contre la clôture, alors qu'on sait tous très bien que c'est ta main invisible qui l'a envoyé à sa mort.

Je frémis de l'entendre prononcer le nom de Soheil. Comment ose-t-il ? J'ai envie de le gifler pour effacer ces paroles mais je n'en ai pas la force.

Le directeur continue sur sa lancée. Il n'a pas remarqué mon expression dégoûtée, ou alors il s'en moque.

— Et maintenant, au lieu de se réjouir que le monde compte un parasite de moins, le secrétaire d'État à la Guerre me met la pression, parce que le Président le tient par les couilles. Mobius est censé montrer l'exemple. Tu m'entends ? C'est un camp modèle, mon camp.

Je continue de le regarder en silence.

— Du coup, toutes les *fake news* s'en mêlent. Ils voudraient nous faire croire que tu es une espèce d'héroïne. Une combattante de la liberté, qu'ils t'appellent.

Le directeur sort de sa poche une feuille de papier, qu'il déplie avant de l'agiter sous mon nez. Puis il se met à lire.

— « Mlle Amin a redonné espoir aux musulmans américains – ainsi qu'à tous les citoyens attachés à notre démocratie. Les actions courageuses qu'elle a menées au sein du camp de concentration ont encouragé les manifestants d'*Occupy Mobius* à persévérer, même après le décès tragique de Soheil Saeed, mort électrocuté par la clôture qui entoure le camp et que le directeur n'a pas cru bon de désactiver face à un rassemblement légal. » Tu as vu ça ? Ils ont tout déformé, avec leurs mensonges ! Ils parlent d'espoir et de courage, mais tout ce que tu as réussi à faire, c'est répandre la mort et le chaos. Tu y crois peut-être, toi aussi, à ces salades, mais les gens sont des imbéciles. Ils n'ont que faire de l'espoir. Ils n'ont pas envie de courage. Ils ne veulent même pas de leur liberté. Ils pensent peut-être vouloir tout ça, mais, crois-moi, en fait ils n'aspirent qu'à obéir. Ils sont trop contents que quelqu'un d'autre leur dise ce qu'il faut faire. Chaque fois qu'on leur donne l'espoir et la liberté qu'ils réclament, au bout de cinq minutes ils retournent se réfugier dans les bras de l'ordre et du droit. Les gens veulent se vautrer dans une ignorance béate. Des supermarchés pleins de malbouffe, des centaines de chaînes à la télé et une saine terreur de Dieu, voilà tout ce qu'il leur faut. Il suffit de leur trouver un « autre » à détester tous en chœur, et le tour est joué. Il n'y a que comme ça qu'on peut préserver notre belle nation. Par la force et la sécurité.

Je le regarde aller et venir d'un pas fébrile. J'ai l'impression de voir son esprit s'enrayer, ses réflexions partir en vrille. Le silence est sans doute ce qu'il y a de plus sûr.

— D'une certaine façon, tu as obtenu ce que tu voulais, non ? L'opinion publique s'en mêle et réclame votre libération. Et maintenant, qu'est-ce qu'on fait ? On ouvre les vannes et on libère la horde d'entorchonnés que vous êtes ? Jusqu'au jour où un terroriste va aller faire sauter quelque chose, quelque part, et très vite le bon peuple se retournera contre vous. Ce sera retour à la case départ pour vous tous, pendant que le Président s'occupera d'apaiser les petits nerfs fragiles de la plèbe, trop contente d'échanger ses libertés contre un peu de sécurité. Tout est en place. On sait déjà tout : quels livres vous empruntez à la bibliothèque, à qui vous envoyez des textos, avec qui vous couchez… On vous connaît mieux que vous-mêmes. C'est grâce à tout ça qu'on peut se défendre contre votre sale engeance, contre vos bombes et votre Sharia. Depuis le 11-Septembre, la peur du peuple américain nous a permis de voter des lois qui nous donnent accès à vos maisons, à vos chambres et à vos pensées.

» Il y a autre chose que tu ne sais pas, que tu es trop conne pour comprendre. Tant que tu permets à un homme d'avoir la conscience tranquille, tu peux lui prendre ses libertés, et il t'en remerciera.

» Tu penses peut-être pouvoir gagner ? Tu crois pouvoir me battre ? Je pourrais faire de toi une martyre si c'est ce que tu veux. Je pourrais t'envoyer au bûcher en plein milieu du désert, devant les caméras de la presse, mais deux jours plus tard tu serais déjà oubliée, et les choses rentreraient dans l'ordre. Ta mort aurait autant de sens que n'importe quelle mort : du bruit et de la fureur, sans la moindre portée.

Le directeur s'immobilise au milieu de la cellule et tourne la tête. Mon silence lui pèse. Je le vois sur son visage ; sa rage monte d'un cran chaque fois qu'il croise mon regard.

— Alors ? lance-t-il. Tu manques d'inspiration, c'est ça ?

Je laisse échapper un long souffle tremblant.

— Qu'est-ce que vous voulez que je dise ?

— Supplie-moi de te laisser la vie sauve, répond le directeur en venant se planter devant mon lit pour me toiser de toute sa hauteur.

Supplier pour avoir la vie sauve.

Supplier.

Accepter la tyrannie.

Me prosterner devant un faux dieu.

— Non, dis-je dans un murmure.

Je sais ce qui m'attend. Je détourne la tête, mais je suis trop lente. Il me gifle, et sa grosse chevalière en or me fend la lèvre. Du sang coule sur mon menton. Je pousse un cri, qui retentit entre les murs. Je m'essuie le visage et j'entends l'écho de ma voix revenir à mes oreilles.

Tu n'es pas seule.

Sois forte.

Tâche de vivre.

De te battre.

Le directeur me saisit le bras et m'arrache à la couchette pour me jeter par terre. Mon coude heurte le sol de béton. Un hurlement m'échappe.

La porte de la cellule s'ouvre. Jake entre, les yeux écarquillés. Une expression horrifiée passe sur son visage lorsqu'il m'aperçoit. Il se racle la gorge, redresse les épaules puis se retourne vers le directeur.

— Sortez d'ici sur-le-champ.

— Pour qui vous vous prenez à me parler sur ce ton ?

— Caporal Jake Reynolds, garde nationale des États-Unis d'Amérique. Vous avez dépassé les bornes. Je vous suggère de vous écarter.

Il dégaine son arme et vient se placer entre le directeur et moi.

Je saigne ; je sanglote ; j'ai du mal à respirer et, de toute ma vie, je n'ai jamais été aussi reconnaissante de voir un autre être humain.

— Je pourrais vous envoyer devant la cour martiale, caporal. Cette jeune fille est ma prisonnière, et, dans ce camp, la loi, c'est moi.

— Nous sommes toujours sur le sol des États-Unis, où personne n'est au-dessus de la loi. Le mauvais traitement des prisonniers est un crime au regard du droit international et du Code uniforme de justice militaire. Vous êtes en violation des deux.

Jake parle d'une voix grave et assurée, mais je remarque que ses doigts tremblent légèrement. Même quand il s'adresse au directeur, il ne le regarde pas dans les yeux ; il se concentre sur un point derrière lui.

Le directeur se lisse les cheveux, rajuste sa chemise et pousse un petit ricanement. Sauf que c'est un rire nerveux, teinté de peur.

Il saisit la poignée de la porte mais, avant de sortir, il se retourne vers moi, les yeux en feu.

— Tu es l'ange de la mort, sale pute.

Chapitre 31

Trop secouée et trop meurtrie pour bouger, je reste assise par terre, les mains croisées sur les genoux. Tout doucement, Jake passe un bras autour de moi et m'aide à retourner jusqu'au lit. Puis il s'écarte pour dire quelque chose dans sa radio. J'entends des mots, mais ils parviennent à mes oreilles comme en désordre, incohérents. J'applique une poche de glace sur mon visage tuméfié. Je n'arrête pas de frissonner. Je passe la langue sur ma lèvre fendue et cueille un mélange de sel, de sang et de larmes.

Jake revient vers moi et ramène la couverture autour de mes épaules.

— Tu es en état de choc, souffle-t-il. Je suis vraiment désolé de ne pas être revenu plus tôt. Je n'aurais jamais dû te laisser.

Je lève les yeux vers lui.

— Jake.

J'arrive à peine à murmurer son nom. Les mots ne veulent plus sortir. Ma voix n'est plus qu'un grincement. Je bois une gorgée à la bouteille que Jake me tend. La fraîcheur de l'eau apaise un peu ma gorge en feu.

— Il va payer pour ce qu'il a fait. Tu as ma parole. Je lui ferai payer. Il est fini.

Je hoche la tête, mais c'est un maigre réconfort.

Pour la deuxième fois, la porte s'ouvre et Fred entre en coup de vent. Il s'immobilise en me voyant.

— Layla. Oh, merde. (Il se tourne vers Jake.) On aurait dû intervenir avant.

— Je sais, dit Jake. Je ne me le pardonnerai jamais. Putain d'ordres à la con ! J'aurais dû te protéger mieux que ça, Layla.

Il passe un bras autour de moi.

Je suis déboussolée, prise dans un tourbillon. Le monde s'emballe autour de moi, et je ne vois plusieurs rien – ne comprends plus rien.

Jake me serre doucement. Je m'accroche à lui. Je ne sais pas combien de temps s'écoule. Des minutes ou des heures. Un jour ou une nuit.

Apparemment, Fred est allé chercher un médecin. Je n'avais même pas remarqué qu'il était parti. Il revient avec une femme que je n'avais encore jamais vue. Elle porte le même uniforme que les gardes mais elle est plus âgée. Des touches de gris poivrent le carré brun qui encadre son visage en forme de cœur. Elle tient une sacoche en cuir, qu'elle pose par terre avant de s'agenouiller devant moi.

Elle me parle d'une voix très douce.

— Je suis le docteur Han. Je suis militaire, comme le caporal Reynolds, mais je suis aussi médecin. J'aimerais examiner ta joue et ta lèvre si tu le veux bien.

J'acquiesce, et le docteur Han ouvre sa sacoche pour en sortir une paire de gants en latex. Elle tend une petite lampe à Jake et lui demande de la tenir au-dessus de mon visage. Puis, délicatement, elle entreprend de nettoyer le sang séché à l'aide d'une petite éponge. Elle tâte légèrement le bleu qui enfle ma joue, puis oriente mon menton vers le faisceau de la lampe. Je tressaille. Ça fait super mal.

— Tes hématomes sont profonds, mais tu n'as rien de cassé. Ta lèvre va te faire souffrir pendant quelque temps, mais le saignement s'est déjà arrêté. (Elle tend le petit doigt vers ma bouche et en trace les contours dans le vide.) On peut se passer de points de suture, mais il faudra bien nettoyer tout ça. Le plus important pour le moment, c'est que tu retournes te reposer dans ta caravane et que tu appliques de la glace sur ta lèvre pour éviter que ça enfle trop. Je vais te donner quelque chose pour atténuer la douleur.

— OK.

Je lève une main hésitante vers ma pommette.

Le docteur Han m'adresse un sourire chaleureux.

— Tu es une jeune femme courageuse. Est-ce que tu pourrais me dire ce qui s'est passé quand le directeur est entré dans ta cellule ? Plus tu peux me donner de détails, mieux c'est. Et puis, j'aimerais t'enregistrer aussi. D'accord ?

— Oui, d'accord.

Alors je lui raconte tout : les tentatives du directeur pour me forcer à coopérer ; ses coups ; ses menaces. Jake ne me lâche pas la main. Je vois ses mâchoires se contracter à mesure que je parle, et les veines de son cou saillir. Je suis sûre qu'il se sent coupable mais, franchement, je n'ai pas l'énergie de me préoccuper de ça ou de penser à autre chose qu'à cette réalité cauchemardesque qu'est devenue ma vie.

— Je pense que j'ai tout ce qu'il me faut, déclare le docteur Han en éteignant son dictaphone.

Fred rentre dans la cellule, une clé USB à la main.

— J'ai la vidéo, indique-t-il à Jake et au docteur.

— Quelle vidéo ? dis-je.

— Les caméras de surveillance, répond Jake. Il va devoir répondre de ses actes. Le haut commandement ne peut plus le couvrir – ne *veut* plus le couvrir.

Le docteur Han se lève.

— Il est temps de ramener Layla à ses quartiers. Brigadier Adams, je vais vous escorter pour faire sortir ces preuves du camp. N'en parlez à personne, même à vos supérieurs ici. Je tiens à ce que ça reste un secret tant qu'on n'a pas d'inculpation. Caporal Reynolds, je vous affecte à la surveillance de la caravane de Layla. Cet ordre prévaut sur tout autre. Compris ?

— Oui, madame.

Jake fait mine de se lever pour se mettre au garde-à-vous, mais elle l'arrête d'un geste.

— Au repos. (Elle me tend une petite enveloppe blanche qui contient six pilules bleues.) Tu en prends une toutes les douze heures, en essayant de manger quelque chose, d'accord ? Ça devrait atténuer la douleur et t'aider à dormir ce soir. Si tu as besoin de quoi que ce soit, appelle le caporal Reynolds. Nous sommes à tes côtés. Nous aurions dû être là plus tôt. Je suis sincèrement désolée que tu aies dû subir tout ça. Je suis désolée pour tout ce que nous sommes devenus.

Puis le docteur Han ressort en compagnie de Fred, me laissant seule avec Jake.

— J'aimerais retourner à la caravane maintenant, dis-je.

J'essaie de me lever mais j'ai les jambes en coton.

— Passe les bras autour de mon cou.

Jake chuchote à peine, comme s'il avait peur de me casser par la force de sa voix. Je fais ce qu'il me dit, et il me soulève. Je repose la tête contre son torse et ferme les yeux. Il me porte jusque dans le couloir, et on sort du bâtiment par la porte de derrière.

Il est tôt – l'appel n'a pas encore commencé –, mais le soleil se montre déjà au-dessus des montagnes, baignant le camp endormi d'une lueur rose. Ça paraît impossible, non ? que la beauté puisse exister parmi toute cette cruauté. Peut-être que c'est pour ça qu'elle est nécessaire. Peut-être que le soleil doit se lever pour nous rappeler la vérité.

Je me blottis dans les bras de Jake. Je suis épuisée, comme si j'avais été vidée de mon sang et qu'il ne restait de moi qu'un peu de chair et le souvenir de mes os. Je pourrais dormir pendant des jours. Sauf que des images se projettent sur mes paupières : le visage cramoisi du directeur, qui me montre les dents ; une goutte de mon sang qui tombe par terre ; le sourire de David ; le mess ; le grésillement de la clôture quand Soheil l'a saisie ; Jake. Mes parents. Mes parents. Je n'imagine même pas ce qu'ils ont dû traverser.

Lorsqu'on approche de mon secteur, je redresse la tête et regarde Jake.

— Je devrais pouvoir faire le reste du trajet toute seule. (J'essaie de lui sourire, et il me repose tout doucement.) Mes parents paniqueraient encore plus si vous arriviez en me portant. Ma mère risque déjà de tomber dans les pommes en voyant ma tête, et mon père…

Je me dirige vers la caravane.

— Layla, attends, s'il te plaît.

Je me retourne vers Jake. J'ignore ce qu'il veut me dire et je ne veux pas le savoir. Je n'en peux plus. Ça suffit.

— Layla, il faut que je t'avoue quelque chose. Je n'ai pas voulu t'en parler plus tôt, quand on était dans la cellule, mais le directeur… Je suis désolé. Je suis vraiment désolé.

— Qu'est-ce qu'il y a ? C'est mes parents ? Oh, mon Dieu.

Je fonce vers la caravane et ouvre la porte en criant :

— Maman ? Papa ?

Je vais voir dans les chambres. Il n'y a personne. Je refais face à la porte, et à Jake, qui vient d'entrer. Je regarde la petite table. Une tasse a été renversée. Il y a du thé sur la chaise et par terre, parmi les débris.

— Non, non, non. Pitié, non.

Je tombe à genoux.

— Si tu savais combien je suis désolé, Layla. (Jake s'accroupit à côté de moi.) Le directeur les a fait arrêter.

Je me plie en deux de douleur, le front posé sur le sol. Je sanglote ; j'étouffe. Jake me frotte doucement le dos.

— Je ne l'ai appris qu'une fois le fait accompli. C'est la milice qui s'en est chargée ; je n'ai rien pu faire. Je suis désolé. J'aurais voulu pouvoir intervenir, mais c'était trop tard.

Je me redresse puis, en me tenant au bord de l'évier, je me remets debout.

— Mais ils sont vivants, pas vrai ? Ça va aller ? Vous allez pouvoir les libérer ?

Jake s'approche de moi sans un mot.

— Parlez-moi, Jake. Dites-moi tout.

— Je ne sais pas, Layla. Je ne sais pas où ils sont.

Je hoche la tête. Je me frotte le front. Ma poitrine se serre de plus en plus. Mon souffle s'affole.

— OK, OK. Il va falloir que je découvre où ils sont, et on va trouver un moyen de les faire sortir de là, et si… si je peux, et quand… qui…

Je m'écarte du comptoir. J'ai les jambes toutes molles. La caravane tangue. Mes genoux cèdent.

— Layla.

J'entends la voix de Jake, comme un écho, avant de plonger dans le noir.

Chapitre 32

Mon corps me réveille en sursaut. Je laisse à mes yeux le temps de s'habituer à l'obscurité et au silence de tombe. Je me retourne en frissonnant sous la fine couverture. Je suis dans ma chambre, dans le mobil-home. Ce n'est pas chez moi, mais ce n'est pas non plus la cellule. J'effleure mon collier à symbole d'infini, dont l'argent me rafraîchit le bout des doigts. Mon cerveau n'absorbe plus rien ; on dirait une boule d'argile lisse et informe, sans cicatrices ni souvenirs. Je tends le bras pour attraper ma veste en polaire suspendue au dossier de la chaise et je me cache la tête dessous avant de me rouler en boule, la couverture remontée jusqu'aux oreilles. Dans le calme de la chambre, j'écoute. J'espère entendre quelque chose, un indice qui signifierait que mes parents sont revenus : le sifflement de la bouilloire électrique, le claquement d'une tasse sur la table, le bruit caoutchouteux de la porte du frigo, mon père qui fredonne, ma mère qui remue son thé après y avoir mis du sucre. Sauf que, la seule chose qui résonne, c'est mon souffle – plus les muscles de mon cœur qui se tendent à se rompre. Le rugissement de la vérité se répercute en moi. Le directeur veut m'enterrer. Il veut que je craque. Le pire, c'est que ça fonctionne. Je ne m'étais encore jamais sentie aussi brisée. Je suis fatiguée. Or la fatigue est un luxe que je ne peux pas me permettre.

On frappe à la porte.

— Layla, ça va ? demande Jake.

Je me frotte les yeux et vais lui ouvrir. Il a l'air inquiet et les yeux injectés de sang.

— J'ai fait un cauchemar. J'étais emprisonnée dans un camp dont le directeur me brutalisait, mes parents se faisaient enlever, plusieurs personnes se faisaient tuer et c'était entièrement ma faute.

Jake s'approche et, tout doucement, referme les mains sur mes épaules.

— Rien n'est ta faute, tu m'entends ? Rien du tout.

Je baisse les yeux en hochant la tête. C'est ce que tout le monde me répète. Peut-être que je finirai par le croire.

— Écoute-moi, Layla. Tu n'es pas responsable de l'existence de ce camp, pas plus que de ce qui est arrivé à tes parents ou à Soheil. Si quelqu'un a quelque chose à se reprocher ici, c'est moi. Je veux vraiment que tu comprennes ça. Tu as osé affronter un monstre. Ça demande du courage.

Je me réfugie dans les bras de Jake.

— Merci d'être là pour moi.

— Toujours.

J'essaie de ne pas penser à ce que ça implique que ce soit Jake qui me réconforte en cet instant, parce que j'en ai trop besoin. Je voudrais ma mère et mon père, David. Sauf que c'est Jake qui est ici avec moi. Ça relève presque de l'alchimie quand un être humain en touche un autre et rend la solitude un peu moins terrifiante.

Je vais m'asseoir à la petite table. Jake a nettoyé le thé renversé. Il me tend un verre d'eau et une banane avant de prendre place à côté de moi.

— Aïe ! dis-je en mordant dans la banane.

Ma lèvre fendue me fait mal, même contre ce fruit mou.

— Ça va mettre du temps à guérir, souffle Jake. Tes bleus aussi.

— Génial. Je n'aurais pas cru que c'était mon genre, le look blessures de guerre, mais je n'ai plus vraiment le choix.

J'essaie de sourire, mais, ça aussi, ça fait mal. J'ai l'esprit tout englué, et la conversation d'hier soir me revient lentement, éclairée par ce que Jake vient de dire.

— Qu'est-ce que tu as à te reprocher, exactement ?

Jake baisse la tête ; il évite de croiser mon regard. Enfin il pousse un soupir et se frotte le front.

— J'avais reçu l'ordre de laisser les choses suivre leur cours.

— Comment ça ?

— Quand le directeur t'a fait arrêter, je l'ai signalé à mon supérieur. Le haut commandement est ici, dans le camp. On m'a ordonné de ne pas intervenir, de le laisser t'interroger. Ils avaient besoin de preuves incontestables pour le faire tomber et peut-être même démanteler le camp.

J'en reste bouche bée. Les larmes me montent aux yeux. Je viens de recevoir un nouveau coup. J'ai servi d'appât dans un piège dont je n'avais même pas conscience.

— Je suis vraiment désolé, Layla. J'ai obéi aux ordres. En essayant de penser au long terme j'ai laissé la raison prendre le pas sur mes sentiments. J'aurais pu – et j'aurais dû – m'y opposer. Ce que j'ai fait est impardonnable, je m'en rends bien compte, mais je te promets que je ne laisserai plus jamais personne te faire de mal, que ce soit le directeur ou d'autres.

J'entends ce qu'il dit mais je n'arrive pas à saisir ces révélations sans me blesser avec. Les ordres. Démanteler Mobius. C'est tout ce qui compte. D'accord, mais… et moi ? Qu'est-ce que je fais maintenant ?

— Ne faites pas de promesses intenables, Jake, dis-je dans un murmure.

Il croise mon regard.

— Je tiens toujours parole, Layla. Il ne te touchera plus jamais.

Je me détourne. Je n'arrive pas à digérer tout ça, à en parler, à le regarder. Jake a fait ce qui était nécessaire, mais il y a désormais un gouffre entre nous. On ne change pas le monde sans sacrifices, et peut-être que le rôle que j'ai joué à mon insu fera la différence au final. Sauf que ça n'enlève rien à l'horreur de savoir que j'ai été offerte en pâture à un monstre pour le prendre en flagrant délit. Un jour il faudra que j'affronte ce traumatisme, mais pas maintenant. Pour le moment je dois le refouler et l'enfermer dans un endroit d'où il ne pourra pas m'atteindre.

— Quelle heure est-il, au fait ? dis-je pour changer de sujet. J'ai dormi longtemps ?

Jake consulte sa montre.

— Il est 1 heure du matin. Tu as pris les médicaments juste après 8 heures hier.

— Quoi ? J'ai dormi une journée entière ? Ce n'est pas possible.

— Tu t'es réveillée une fois mais tu t'es rendormie aussitôt. Le docteur Han m'avait prévenu que les pilules t'aideraient à te reposer. Il faut croire que ça a marché.

— Pourtant je suis encore tellement fatiguée…

Jake pose une main sur la mienne, mais je me dégage.

— Tu viens de vivre un enfer. Je veux…

On frappe à la porte. Jake se tait et, un doigt sur les lèvres, me fait signe de retourner dans ma chambre. Puis il va chercher son arme, qu'il avait posée sur le frigo, et retire la sécurité. Il va se placer près de l'entrée.

— Qui est là ?

— C'est Fred. Je suis tout seul.

Je reviens dans la pièce commune. Jake range son arme, fait entrer son ami et s'empresse de refermer la porte derrière lui.

— Quoi de neuf?

— Je voulais te prévenir que… (Fred s'interrompt en me voyant. Apparemment mes plaies et mes bosses sont encore pires qu'hier.) Layla, ça va?

Je passe la langue sur ma lèvre fendue.

— Je suis toujours là. Merci.

— Je n'en reviens pas que ce connard ait osé te faire ça.

— Fred, de quoi voulais-tu me prévenir? lance Jake d'une voix toute militaire.

— C'est le début de la fin. Le docteur Han a court-circuité la hiérarchie; elle est allée remettre la vidéo directement au chef de la garde nationale et au procureur général. Puis elle l'a transmise aux médias.

— Quoi? Non! m'écrié-je.

Le monde entier va voir ça. Je vais devoir me regarder me faire frapper sur des écrans de télévision. Rien que d'y penser, j'en suis malade. Une larme coule sur ma joue.

— Layla, souffle Fred d'une voix plus douce, je suis sincèrement désolé. Ton visage est flouté parce que tu es encore mineure et qu'ils n'ont pas le droit de diffuser ta photo ou ton nom, mais c'était la seule solution. Han avait peur que le procureur n'essaie d'étouffer l'affaire. Elle voulait lui forcer la main.

Jake me regarde avec un demi-sourire triste et articule « Désolé ».

J'essuie mes larmes. Depuis que je suis arrivée ici, j'ai été peu à peu privée de presque tous mes choix. Il ne me reste plus qu'à ajouter cette nouvelle à la liste de mes humiliations.

— Si ça peut nous aider à sortir de Mobius et à retrouver mes parents…

— C'est la panique totale à Washington. Le secrétaire d'État à la Guerre est à la botte du Président depuis le début, mais ce dernier ne va pas se gêner pour lui faire porter le chapeau. Il déteste voir sa cote de popularité tomber, or il n'y a pas moyen d'étouffer cette histoire ou de tourner la chose à son avantage – pas après la mort du manifestant.

— Soheil, dis-je. Il s'appelait Soheil.

— Oui, pardon.

— Et maintenant ? reprends-je. Quand est-ce qu'on peut quitter Mobius ?

Je dis ça mais je n'arrive pas vraiment à croire que la situation puisse changer. J'ai peur d'espérer. Pourtant il faut que je sorte d'ici. Il faut que je retrouve mes parents.

Fred soupire.

— Pas tout de suite, mais bientôt. On ne parle que de cette histoire – sur toutes les chaînes, toutes les plates-formes, dans la rue... Les autorités vont devoir se bouger, et vite. Pour le moment, Mobius est en état d'urgence.

— Et le directeur ? dis-je dans un souffle.

— Il s'est barricadé dans son bureau avec sa milice.

— Quel gros lâche ! marmonne Jake à mi-voix. Il croit peut-être pouvoir se planquer ? Éviter de rendre des comptes pour ce qu'il a fait à Layla ? Il ne va pas s'en tirer comme ça... pas si j'ai mon mot à dire.

— Du calme, cow-boy, lance Fred. Qu'est-ce que tu comptes faire ? Débarquer dans son bureau et tirer sur tout ce qui bouge ? Ses hommes n'auront aucun scrupule à t'abattre en une seconde.

Je dévisage Jake, bouche bée.

— Ne faites pas ça. Je ne supporterais pas que quelqu'un d'autre se fasse blesser ou tuer.

— Elle a raison, Jake, renchérit Fred. Ne fais pas le con.

Jake soutient le regard de son ami, les mâchoires crispées.

— Bon, d'accord. Je reste avec Layla. Viens me faire un rapport dès que tu as des nouvelles. Sois prudent.

Fred hoche la tête.

— Toujours.

Jake le raccompagne à la porte et lui donne une tape dans le dos tandis qu'il ressort dans la nuit. Puis il me fait face. Je retourne dans ma chambre et m'y enferme sans un mot.

Chapitre 33

Quand je me réveille le matin, la caravane est vide. Je suis seule.

En retirant les vêtements que je porte déjà depuis plusieurs jours, je suis obligée de faire face à tous les bleus qui marquent mon corps, même si j'essaie de ne pas penser aux blessures plus profondes pour lesquelles je n'ai pas de mots. La douche ne laisse échapper qu'un mince filet d'eau froide. Malgré tout, j'y passe les cinq minutes auxquelles j'ai droit. Quand le minuteur s'arrête, je frissonne, mais ce n'est pas grave. J'aime autant me sentir engourdie.

Les battements de mon cœur résonnent dans la pièce tandis que je m'habille. Je suis fille unique ; je devrais avoir l'habitude du silence, non ? sans frères et sœurs pour faire du bruit autour de moi. En général ça ne me gêne pas, mais là, c'est pesant ; c'est l'absence des disparus.

Jake m'a laissé un petit mot sur la table.

« Je suis allé me changer. Ne sors surtout pas. Tous les gardes sont à un briefing au foyer. Les tuteurs vont annoncer l'état d'urgence lors de l'appel. »

Son écriture est très soignée, carrée, bien droite. Elle se tient au garde-à-vous et remplit sa mission, exactement comme lui.

Je bois doucement le thé que je me suis fait. Je souffle pour le refroidir en regardant les petites rides qui se sauvent à la surface. Je tâte doucement ma joue tuméfiée et ma lèvre fendue. Les pilules du docteur Han m'ont fait du bien, mais elles ne peuvent rien contre la douleur persistante logée dans ma poitrine.

Non, en fait, ce n'est pas de la douleur; c'est un trou béant. J'ignore si quelque chose pourra le combler un jour. J'ai les yeux qui piquent à force de pleurer.

— Comment se remettre d'un truc pareil? dis-je à la caravane vide.

Quelqu'un frappe à la porte.

— Layla!

Ayesha se rue à l'intérieur à la seconde où je lui ouvre. Elle a les cheveux tirés en un chignon désordonné, et de gros cernes noirs soulignent ses yeux injectés de sang. Elle s'immobilise en voyant mon visage.

— Qu'est-ce qui t'est arrivé?

Je ne l'ai pas vue depuis le soir où j'ai été arrêtée – le soir où Soheil est mort, tué par le directeur et tous ceux qui ont créé ce camp. Je me demande si elle a dormi depuis.

— Ayesha, dis-je dans un souffle, je suis tellement désolée!

Elle me prend dans ses bras, et on se serre – fort. On ne pleure pas. Notre peine est trop profonde pour les larmes.

Puis on va s'asseoir à la petite table.

— Tu étais là quand mes parents se sont fait embarquer?

Ayesha hoche la tête.

— Il y avait au moins une dizaine de gardes, mais je ne les ai pas vus emmener tes parents. Tante Khadijah leur a dit d'aller au diable, et ils nous ont tous forcés à rentrer dans nos mobil-homes. Je n'ai rien pu faire.

— Si tu avais essayé, ils s'en seraient pris à toi aussi.

— Est-ce que tu sais ce qui se passe? Il n'y a pas eu de sirène ce matin.

— D'après Jake, ils vont déclarer l'état d'urgence dans le camp. Apparemment c'est la panique au gouvernement, et les militaires s'en mêlent… Je ne sais pas.

Ayesha hoche la tête.

— On a atteint le point de non-retour, hein ? Dommage qu'ils n'aient pas pu démêler ce merdier avant que Soheil…

Elle inspire vivement et appuie une main sur sa poitrine, comme si elle voulait calmer son cœur.

— Je sais, dis-je. Je sais.

Ayesha se mord la lèvre.

— Espérons que ça s'améliore au lieu d'empirer.

— Est-ce que tu veux du thé ? dis-je en me levant pour remplir la bouilloire.

Au même moment, une violente sirène retentit dans le camp et fait trembler la caravane. On sort.

Le vent souffle en bourrasques, et la poussière vole tout autour de nous. Je ne vois pas de gardes – ils doivent encore être au foyer –, mais les tuteurs sont occupés à faire rentrer les gens dans le rang et à scanner les codes-barres. Je n'ai aucun moyen de cacher mes bleus ou ma lèvre fendue, et je n'en ai pas l'intention. Je veux que tout le monde voie ce que le directeur m'a fait. Je m'attendais donc aux regards appuyés et aux murmures. Ce que je n'aurais pas imaginé, en revanche ? c'est tante Khadijah qui s'approche de moi en s'appuyant sur sa canne et qui vient me serrer contre elle de son bras libre. Puis la famille de la caravane numéro 23, puis les deux sœurs de la 27. Un par un, des gens viennent m'offrir leurs prières et leurs vœux que mes parents reviennent sains et saufs. Les tuteurs s'efforcent de les ramener dans la file mais, au bout de plusieurs tentatives infructueuses, ils se résignent à attendre sur le côté que tout le monde ait fini et se range.

Je serre la main d'Ayesha en allant me placer derrière elle et sa famille. J'ai l'impression que la terre tourne autour de moi, qu'elle pourrait s'ouvrir sous mes pieds et m'engloutir si je la laissais faire. Je ferme les yeux et revois mes parents en train de préparer le dîner, d'émincer des oignons en riant, puis de les faire caraméliser avec du *garam masala*, du curcuma, de l'ail et du gingembre, dans un effort pour reproduire le *kheema* de ma *nanni*. Ce n'était jamais tout à fait ça, mais ce n'était pas faute d'essayer ou d'y mettre tout leur amour. L'espace d'un bref instant de bonheur illusoire, je me retrouve dans cette cuisine, *ma* cuisine, dans *ma* maison, avec mes parents, heureuse et en sécurité.

On me saisit la main d'un geste rude, et je suis de retour à Mobius, dans le présent.

— J'ai dit : montre-moi ton poignet ! s'énerve Saleem.

— Aïe ! tu me fais mal.

— Parce que tu ne le mérites pas, peut-être ?

— Oh, ta gueule ! hurle Ayesha. Et puis relâche Layla. Si quelqu'un mérite d'avoir mal, ici, c'est toi et ta femme. Nos « tuteurs » ? La bonne blague ! Tout le monde sait très bien ce que vous êtes.

— Ayesha, tais-toi, gronde sa mère, le visage marqué par la terreur.

— Non, maman. J'en ai marre de me taire. Vous devriez tous en avoir marre. Layla s'est battue pour nous, littéralement. Regardez-la ! Et pendant de ce temps, vous, qu'est-ce que vous avez fait ? Rien. Vous vous êtes laissé écraser par la peur.

Avant que j'aie pu dire ou faire quoi que ce soit, Saleem me lâche la main et agrippe le bras d'Ayesha. Il l'arrache au rang et la jette par terre, dans la poussière. Il lève la main pour la frapper avec le lecteur de codes-barres.

— Non ! hurle la mère d'Ayesha.

Je me précipite sur Ayesha pour la couvrir de mon corps. Fauzia intervient et saisit le poignet de Saleem.

Il se dégage brutalement et nous refait face tandis qu'on se relève avec l'aide des parents d'Ayesha. Il nous montre du doigt.

— Vous n'êtes qu'une bande de stupides mômes qui s'amusent à jouer aux adultes. Vous ne vous en rendez même pas compte, mais les choses pourraient devenir encore bien pires pour nous tous.

— Pour nous tous ? (Je hurle, indignée.) Vous avez vendu vos semblables ! Vous ne valez pas mieux que le directeur. Vous êtes même pires.

— Ferme ta grande gueule ! rugit Saleem.

Il est rouge de colère et postillonne. Il s'avance vers moi.

Tante Khadijah s'approche de lui par-derrière et lui donne un coup de canne dans le dos. Il fait volte-face, les yeux étincelants de rage.

— Dégage, la vieille, ou tu seras la prochaine.

Fauzia prend les mains de son mari dans les siennes et l'entraîne un peu à l'écart.

— Arrête, Saleem. Tu ne peux pas faire ça.

— *Besharam*. Tu devrais avoir honte, lance tante Khadijah, nullement intimidée, comme si elle était dotée d'une échine en acier trempé. Tu t'en prends à ces jeunes filles ? poursuit-elle en secouant la tête, sans cacher son mépris. Ce sont les seules ici qui ont eu le courage de nous défendre, de s'opposer à la tyrannie. Tu brutalises tes frères et sœurs musulmans et, en plus, tu en es fier ? Honte sur toi, sur ta famille et sur les tiens.

Saleem repousse violemment sa femme, qui tombe, et s'avance vers tante Khadijah. Je vois la scène se dérouler au ralenti. Je crois bien n'avoir jamais vu personne d'aussi gracieux que cette octogénaire qui se tient droite comme la justice, sa canne à la main, le regard indomptable. Ayesha et moi allons nous interposer pour qu'il ne puisse pas la frapper. Plusieurs personnes viennent se planter devant Saleem, et, dans le tourbillon de corps, de cris et de poussière, quelqu'un finit par le jeter au sol.

Le tuteur regarde autour de lui en cillant, les yeux écarquillés face aux habitants du secteur, qui forment un demi-cercle autour de lui. Il recule un peu avant de se relever, puis il s'époussette.

— Vous allez le regretter. Tous !

Il s'enfuit en courant vers le foyer.

On reste là, à échanger des coups d'œil. On a peur. En tout cas, moi, j'ai peur. Quoique… je ressens aussi la joie d'une victoire infime.

Tante Khadijah vient me prendre la main.

— Te souviens-tu des mots de ton père ? me demande-t-elle d'une voix claire et douce.

Je secoue la tête, ne sachant pas de quels mots elle parle.

— Ce n'est pas grave, *beta*.

Elle me tapote la main et poursuit :

— « Nous serons tous témoins
Une fois venue la nuit du sort.
Tandis qu'un soupir se pose,
Et qu'une prière s'élève.
On ne peut qu'écouter, alors,
Les battements du cœur de la terre,
Et l'éclat fulgurant du tonnerre. »

C'est un des poèmes de mon père. Ma gorge se noue.

— Pourquoi me réciter ça maintenant ?

Tante Khadijah me sourit en serrant gentiment ma main.

— Ton père nous parle. Il te parle, à toi. Tu es le battement de cœur. Maintenant, fais de nous le tonnerre.

Autour de nous les gens hochent la tête, et les larmes me montent aux yeux. Je revois mon père en train de nous lire ses poèmes, à maman et moi. Sa voix me revient, comme une chanson douce-amère.

J'étais petite ; j'ai vu que ma mère avait les yeux brillants de larmes mais, à l'époque, je n'ai pas compris. *« Même si tu ne sais pas ce que signifient tous les mots, j'espère qu'en fermant les yeux tu peux sentir le poème qui vibre dans ton sang »*, m'a dit mon père. Papa. Maman. Je vais vous retrouver. Je ne baisserai pas les bras.

— Merci, dis-je à tante Khadijah dans un souffle. (Je la serre dans mes bras avant de reculer.) Ce n'est pas le battement d'un seul cœur qui appelle l'orage. C'est le pouvoir de nos voix combinées qui réclament la justice. C'est le tonnerre de nos pas qui s'avancent vers la liberté.

Je me retourne vers les dizaines de paires d'yeux qui m'observent. Tante Khadijah reste à mon côté ; elle me tient la main.

— Le directeur s'est réfugié dans son bureau avec sa milice privée. J'imagine que les grands chefs arrivent de Washington aujourd'hui, et que c'est la raison de cet état d'urgence. La presse et les gens d'*Occupy Mobius* sont toujours là, de l'autre côté de la clôture. Je vous propose qu'on défile jusqu'au portail et qu'on demande à être relâchés. L'opinion publique est en train de se retourner contre les Lois exclusives, surtout depuis que Soheil... (Ma voix se brise. Je prends une longue inspiration.) Surtout depuis que Soheil a été tué.

— C'est un coup à marcher à notre mort, lance quelqu'un. La clôture est peut-être encore électrifiée, et ils risquent de nous tirer dessus.

— Restez ici si vous préférez. D'ailleurs, il vaudrait mieux que les enfants ne viennent pas non plus, intervient Ayesha.

Je reprends la parole.

— Je me rends bien compte que c'est dangereux et que vous avez peur. Moi aussi, j'ai peur. J'ignore où se trouvent mes parents, et je sais de quelles atrocités le directeur et l'Autorité sont capables. Mais je crois aussi que plusieurs gardes exclusifs ne supportent plus la situation, eux non plus. Je ne force personne. Si vous ne voulez pas venir, pas de problème, mais je veux saisir cette chance. C'est peut-être notre seul espoir de nous faire entendre.

— On vient avec toi.

Un couple s'avance, puis d'autres.

Je me tourne vers Ayesha.

— Tu veux bien aller voir au secteur numéro 8 si Suraya est dans les parages ? Rassemble tous les gens que tu pourras.

Ayesha me décoche un grand sourire rassurant.

Sa mère tente de la rattraper.

— *Beta*, non, attends.

Le père d'Ayesha pose une main douce sur le bras de sa femme.

— Les enfants ont raison, *jaan*. Je vais l'accompagner. Elle sera en sécurité.

Ayesha et lui partent en courant vers le secteur 8.

Je serre la main de tante Khadijah entre les miennes.

— S'il vous plaît, restez ici pour surveiller les enfants. Je ne voudrais pas qu'il vous arrive quelque chose. Vous en avez déjà assez fait.

— *Beta*, je suis seule en ce monde et je suis en paix avec Dieu. Mon heure viendra quand elle viendra, et tu ne peux rien y changer. Je viens avec toi.

J'aimerais céder à mes larmes de joie, de soulagement et de gratitude, mais je n'en ai pas le temps, alors je serre la vieille dame dans mes bras et murmure un *shukria* à son oreille.

— Bon. Alors qu'est-ce qu'on fait ? demande une autre voix.

Je réfléchis un instant en passant la langue sur mes lèvres gercées et blessées.

— Il faut qu'on fasse du bruit.

— Mais… le directeur va nous entendre arriver.

— Justement. Je veux que le monde entier nous entende arriver. Allez chercher tout ce que vous trouverez de bruyant dans vos caravanes : casseroles, cuillères… peu importe. On n'est pas armés, mais on a encore de la voix. Alors en avant le vacarme !

Après quelques applaudissements épars, tout le monde s'empresse d'aller chercher les instruments de notre révolte. Je les suis du regard puis lève les yeux vers le ciel. Je prie, pour de vrai.

— S'il te plaît, Dieu, garde-nous sous ta protection. Fais que mes parents aillent bien, et que cette idée fonctionne.

Un flot d'images et de réflexions envahit mon esprit, mais je m'efforce d'écarter tout ça. Je dois me concentrer. Notre plan ne vaut peut-être pas grand-chose, mais ici, nous sommes la Résistance, et c'est tout ce qu'il me reste pour l'instant.

Quand les gens ressortent des mobil-homes, je redresse les épaules et tente de me tenir bien droite. Mes poumons se gonflent tandis que je prends une grande goulée d'air. Je demande à celles et ceux qui restent avec les enfants de se séparer en deux groupes et d'aller se réfugier dans deux des caravanes. Je survole la scène du regard et vois des mains qui tremblent, des sourires crispés, des visages déterminés, un petit groupe en train de prier à quelques mètres de moi, les mains en coupe devant le visage. J'entends leurs *« amen »* mélodieux et y ajoute les miens. Puis j'essuie mes mains moites sur mon jean poussiéreux et je me racle la gorge.

Soudain j'entends quelque chose : des pas qui martèlent le sol, qui approchent.

Mon cœur s'emballe. Les gardes. Je serre les poings et me prépare au choc.

Sauf que ce ne sont pas des gardes armés de Taser, de fusils et de haine qui déboulent au coin du secteur. Ce ne sont pas *eux*. C'est *nous*. C'est Ayesha et Suraya. Nadia et Nadeem. Ce sont des filles en hidjab ; des filles qui ont les cheveux au vent ; des filles qui ont les cheveux rasés. Ce sont des parents et des grands-parents. Ce sont des hommes vêtus de *dashiki* bariolés ; de *kurta* en coton blanc ; de tee-shirts de groupes de rock. Ce sont des couples homos ou hétéros ; des amis et des inconnus ; des familles unies par le sang ou par les circonstances. Nous sommes tous là : bruns, noirs, blancs. Il doit y avoir au moins cinquante personnes, et je n'ai jamais rien vu d'aussi beau. Les groupes venus des différents secteurs se rencontrent et se mêlent. On se sourit ; on se serre la main ; on se donne des tapes dans le dos. Mon cœur se gonfle.

Nous étions nombreux mais, maintenant, nous ne sommes plus qu'un.

J'aimerais que Soheil puisse voir ça. Peut-être que, d'une certaine façon, il est avec nous.

Ayesha et Suraya s'approchent, le visage éclairé d'un sourire rayonnant.

— Alors, comme ça, il paraît que tu veux la révolution ? (Suraya me prend dans ses bras.) On est là.

— Je sais, dis-je à son oreille.

Puis je me redresse et vais me placer sur les marches de la caravane la plus proche.

— Tiens, souffle Fauzia en me tendant un petit mégaphone. Il faut appuyer sur le bouton rouge quand tu parles.

Je n'ai pas le temps d'être choquée par son geste, mais je suis sûre que ça se voit sur mon visage.

Je lui adresse un signe de tête. Puis j'approche le mégaphone de mes lèvres et observe la foule souriante, anxieuse, qui me fait face. J'hésite. Je m'éclaircis la voix.

— Je n'ai jamais fait ce genre de discours ; je n'ai pas vraiment l'habitude de mener des troupes au combat.

Je jette un coup d'œil à Ayesha et à Suraya, qui lèvent le poing pour m'encourager, sans se départir de leur sourire. Je me tais un instant et je repense à cette façon particulière qu'a ma mère de me sourire et qui réchauffe son regard. C'est un sourire qui m'est réservé. Au collège surtout, où je me sentais souvent découragée et un peu perdue, elle était toujours là pour moi ; elle savait toujours de quoi j'avais besoin, sans que je dise quoi que ce soit.

Je reprends la parole.

— Il y a une chose dont je suis sûre : notre pays est fondé sur la vie, la liberté, et la recherche du bonheur. Or toutes ces choses nous ont été arrachées, et je suis persuadée que tous les Américains qui, avant nous, ont résisté à l'oppresseur, qui se sont battus pour sauvegarder notre liberté religieuse, nous regardent en cet instant et nous invitent à nous rebeller, à nous faire entendre, à crier notre nom à la face du monde. Nous nous tenons sur les épaules de géants. Nous sommes américains. Nous aussi, nous faisons la grandeur de l'Amérique. Ce pays est le nôtre, et on va le reprendre.

J'entends des applaudissements et des cris de joie. Le cœur battant, je descends des marches et je me dirige vers le coin du secteur. Ayesha et son père, Suraya et tante Khadijah viennent me rejoindre en première ligne. Les autres nous emboîtent le pas. On s'engage sur la médiane en faisant résonner nos poêles et nos casseroles. On attire l'attention des autres internés, encore rassemblés après l'appel. Certains se contentent de nous regarder ; d'autres s'empressent de nous rejoindre.

Je me retourne vers la foule et, en marchant à reculons, je porte le mégaphone à mes lèvres. Je repense à tous les manifestants qui nous ont précédés.

— Le peuple uni ne sera jamais vaincu !

Un concert de voix s'élève et reprend mon cri en chœur.

Chapitre 34

Tandis qu'on approche du foyer, d'autres internés viennent s'ajouter à notre groupe, et les manifestants d'*Occupy Mobius* se mettent à faire du bruit pour se joindre à notre défilé. Des reporters se précipitent vers la clôture, caméra à l'épaule, et passent entre les barrières orange. D'autres les suivent. Cette fois la police n'essaie pas de les repousser. Ils ont dû couper le courant. Chaque victoire compte.

On s'arrête un instant devant le grillage pour que les manifestants nous voient. Puis, tous ensemble, on se tourne vers le foyer. Les gens continuent à faire du bruit avec leurs ustensiles et à faire entendre leur voix. Je lève le poing pour obtenir le silence. Une phalange d'hommes du directeur sort du foyer et se déploie devant les portes.

Des dizaines de gardes exclusifs arrivent en courant et sèment la confusion. Certains vont se mettre en position à côté de la milice, mais Jake et peut-être six ou sept autres viennent se placer à côté de moi et des internés, face à leurs collègues. En même temps que la poussière retombe, le silence se fait dans le désert. Je sens les caméras braquées sur moi ; je sens l'espoir à bout de souffle de tous ceux et celles qui m'entourent aujourd'hui. Le poids de cet instant pourrait tous nous écraser. J'aimerais que mes parents soient ici, avec moi. Nous sommes ici pour sauver nos vies, mais au fond de mon cœur je sais que je fais ça pour eux. Mon souffle tremble et frissonne. Jake se rapproche un peu et presse son bras contre le mien pour me donner du courage. Je serre le poing.

Puis je reprends la parole dans le mégaphone.

— Nous exigeons que les portes de Mobius soient ouvertes.

Je m'interromps et me déplace d'un pied sur l'autre. Mon estomac s'agite, et je me supplie de ne pas vomir. Du coin de l'œil, j'aperçois Ayesha, Suraya et tante Khadijah. Et puis, même si je ne le vois pas, je sais que David me regarde. Je m'éclaircis encore la voix. *Respire.*

— Nous sommes des citoyens américains.

Les internés applaudissent, alors je répète :

— Nous sommes des citoyens américains !

Cette fois, ce sont les cris des manifestants qui viennent s'ajouter aux nôtres.

— Nous exigeons d'être relâchés ! Nous réclamons notre liberté !

Il y a des hurlements de joie, des poings levés, et un vacarme d'ustensiles.

J'attends que le silence retombe.

— Nous savons que vous êtes planqué, monsieur le directeur. Nous savons que vous avez peur de nous.

Je le provoque, même si ce n'est peut-être pas très sage. Tant pis. Ma mémoire déborde du son affreux de sa voix à mon oreille, de la douleur cuisante de cette gifle qui m'a fendu la lèvre, de cette grimace cruelle sur son visage cramoisi. Je serre le poing gauche encore plus fort. Mes ongles mordent ma paume. Mon cœur s'emballe, et j'explose.

— Sortez de là ! Osez nous faire face, espèce de lâche !

L'espace d'une seconde, tout se tait. Mon cri ricoche à travers le camp et jusque dans les canyons.

La porte du foyer s'ouvre d'un coup.

Quelqu'un pousse mes parents dehors.

Deux des hommes du directeur les font avancer jusqu'au bord des marches en leur braquant une arme à l'arrière de la tête.

Mon cœur s'arrête. J'ouvre la bouche, mais les mots m'échappent complètement.

Des cris de surprise choquée parcourent la foule dans mon dos.

Ma mère est tout échevelée, le regard affolé. Mon père a des bleus au visage, et il se tient un peu voûté. Je remarque qu'il serre son bras droit contre lui à un angle bizarre.

Je tends une main vers eux. Ma mère fait pareil, mais nous sommes trop loin.

Le directeur se faufile entre eux, le costume tout froissé, le visage cramoisi.

— Ai-je bien deviné la raison de toute cette agitation, mademoiselle Amin ? Vous voulez vos chers parents ? Eh bien, les voici, sains et saufs. Il serait quand même dommage que vos actions les exposent à d'autres souffrances, non ? Cela dit, si vous acceptez de disperser cette petite manifestation et d'implorer mon pardon, tout le monde pourra peut-être sortir indemne de cette futile entreprise. À vous de voir.

Le directeur recule d'un pas et va se placer près des hommes qui tiennent mes parents en joue. Il montre les dents, comme un petit animal furieux.

Je déglutis. Je ferme les yeux et cherche désespérément les mots justes. Mon estomac se noue. Le directeur pense avoir gagné. Or je refuse de le laisser gagner. Je redresse la tête et désigne la clôture, les manifestants et la presse. Pourvu que ça marche.

— On ne bougera pas, dis-je dans le mégaphone.

— Dans ce cas, vous aurez leur mort sur la conscience ! hurle le directeur.

Il sait frapper où ça fait mal.

— Et ensuite ? Vous ne pouvez pas tous nous tuer. Vous oubliez que vous êtes filmé. Le monde entier vous observe, monsieur le directeur.

Il recule d'un pas pour survoler du regard les médias et les centaines de personnes rassemblés derrière le grillage. Il se masse la nuque. Puis, lentement, il repasse derrière mes parents et fait signe aux deux hommes de s'écarter.

Je retiens mon souffle.

Alors il pousse mes parents du haut des marches. Ils trébuchent et s'affalent dans la poussière. Je voudrais m'élancer vers eux, mais Jake me retient et, d'un geste, envoie deux des gardes qui sont de notre côté. Ils seront effectivement plus à même de les protéger. Ils les aident à se relever, et tous reviennent vers nous en courant. Ma mère me serre contre elle, et mon père passe un bras autour de nous deux.

— Vous allez bien ? dis-je dans un pauvre coassement.

J'essaie de m'empêcher de trembler. Je force mes genoux à me porter. Ma mère hoche la tête et m'embrasse sur la joue, mais le bras de mon père a l'air cassé. Ayesha et Suraya aident mes parents à trouver une place derrière moi. Plusieurs personnes se rassemblent autour d'eux.

Le directeur observe la scène tout en allant se réfugier derrière sa garde rapprochée. Puis il tend un index boudiné vers moi, un regard méprisant dans ses yeux exorbités.

— Bon, ça y est, vous avez fait votre petite manifestation. Je vous ai offert votre précieuse réunion. Maintenant vous n'avez qu'à retourner vous tapir dans vos trous à rats si vous ne voulez pas que quelqu'un d'autre souffre à cause de vos actions.

Ses paroles me frappent avec la force d'une enclume. Je change d'appui, la gorge sèche. Je jette un coup d'œil à mes parents. Ils ont l'air brisés, pourtant je vois une étincelle de fierté dans leurs yeux. Jake me prend le coude pour me soutenir légèrement.

Je prends une profonde inspiration.

— On ne bougera qu'une fois que ce portail sera ouvert et qu'on pourra le franchir tous ensemble ! dis-je dans le mégaphone.

— Je vous suggère de regarder autour de vous, crie le directeur en ouvrant les bras pour s'adresser à tous les internés. Cette clôture électrique, ces barbelés, ces hommes armés… ils sont là pour s'assurer que vous ne sortiez pas, pour protéger les États-Unis de votre présence. Vous êtes les ennemis du plus puissant pays du monde. Alors, qu'est-ce que vous comptez faire ? Prendre le contrôle de ce camp armés de poêles et de casseroles et menés par une petite fille ? Vous n'êtes qu'une bande d'imbéciles. Dispersez-vous. Sur-le-champ. (Il marque une pause.) Sinon il y aura des conséquences. Mon indulgence a des limites.

Un murmure parcourt la foule, telle une vague, mais personne ne bouge.

Puis une voix fluette s'écrie :

— Le peuple uni ne sera jamais vaincu !

C'est tout ce dont j'avais besoin. Je hurle dans le mégaphone.

— Vous êtes fichu, directeur ! Fini ! On va vous enterrer.

Ma mère tend la main et me caresse le dos du bout des doigts.

Le directeur s'avance, les poings serrés, le front luisant de sueur. Sa poitrine se soulève et s'abaisse, et ses narines s'épatent comme s'il allait souffler du feu.

Tout se tait – le camp, les manifestants… même le vent. J'entends les objectifs des caméras qui zooment sur nous derrière le grillage. J'ai la gorge toute sèche et le cœur qui bat à mes oreilles. Je lève les yeux et prie pour qu'un orage éclate, pour que la pluie vienne laver toute cette haine, toute cette poussière et cette douleur. Un déluge biblique pour effacer Mobius de la carte et nous offrir une chance de commencer un monde nouveau. Je me sens si petite ! Et j'ai tellement peur !

Je m'autorise à fermer les yeux l'espace d'une seconde de répit sous ce soleil brûlant. Pendant cette seconde j'entends la voix de David ; je sens sa main m'entraîner vers un portail magique qui va nous ramener dans le temps, jusqu'à la petite maison près de la piscine, avant que l'Autorité exclusive vienne mettre le feu au monde. Dans cette faille temporelle, je suis avec David, à la lumière douce des bougies et des lucioles. Tout est comme avant – avant tout ça. Peut-être que, si je garde les yeux fermés, cette version-ci du monde va disparaître, de même que Mobius et les Lois exclusives, relégués aux brumes troubles de mes cauchemars. Je pense à tous ceux et celles qui, à un moment donné de l'Histoire, se sont trouvés dans cette situation, prêts à sortir de l'ombre et à se faire entendre. Toutes celles et ceux qui ont découvert leur courage et qui ont affronté leurs peurs afin de pouvoir être libres. On en a perdu beaucoup trop – abattus froidement à cause de leur couleur de peau, de leur religion ou de leur amour.

Ils voulaient vivre, tout simplement.

Je rouvre les yeux.

Moi aussi, je veux vivre.

Après une longue inspiration, je romps le rang et j'avance, laissant Jake et les autres derrière moi. Le directeur redresse les épaules comme s'il se préparait au combat, les veines du cou saillantes, les yeux rivés sur moi. Il pense pouvoir m'écraser, mais je vais lui montrer que je suis une guerrière, moi aussi. Je lâche le mégaphone et m'adresse au directeur d'une voix aussi claire que possible.

— Rendez-vous. C'est fini.

Son visage rougeaud se fend d'un sourire tendu. Je remarque que ses poings tremblent. Il me regarde avec une rage si palpable qu'elle semble envahir de flammes l'espace qui nous sépare.

— Abattez-la.

Il parle à voix basse, mais tout le monde l'entend.

Le monde ralentit autour de moi. L'air ne bouge plus. Soudain la mort me paraît terriblement proche. J'entends ma mère hurler, mon père crier quelque chose, mais le son est étouffé.

Ni les gardes exclusifs ni la milice du directeur ne réagissent. C'est la panique, la confusion.

— Déposez vos armes ! rugit Jake en s'approchant de moi.

Les gardes exclusifs qui se sont rangés de notre côté avancent à leur tour.

Un de ceux qui se trouvent près du directeur se tourne vers lui.

— Si je me suis engagé dans la garde nationale, ce n'est pas pour tirer sur d'innocents compatriotes. C'est pour défendre mon pays.

Un par un, les derniers gardes s'écartent, si bien que seule la milice du directeur le sépare du reste de Mobius.

Il leur beugle dessus.

— Abattez-la ! Mais tuez-la, enfin ! C'est un ordre !

Un des hommes survole du regard la foule et les gardes qui se tiennent à nos côtés, puis il secoue lentement la tête.

— C'est une gamine, monsieur.

Le directeur nous tourne le dos, les épaules en arrière, les mains sur les hanches.

Je ne sais même plus si je respire. Je ne sens plus mon corps.

Jake m'effleure le bras. Je reprends enfin mon souffle et m'adresse au dos du directeur.

— Vous êtes tout seul. Vous avez perdu.

Alors il fait volte-face et repousse ses gardes du corps pour foncer sur nous en tirant un pistolet de sa ceinture.

Un unique coup de feu retentit.

Chapitre 35

« *Pop* ».

On dirait un feu d'artifice. Voilà à quoi ça ressemble : un feu d'artifice.

Et puis c'est tout.

L'instant d'après, le temps se change en un liquide visqueux qui étoufferait tous les sons. Les cris ; les piétinements qui frappent la terre dure ; les plaintes rauques ; le choc mat que fait le corps du directeur quand sa milice le plaque au sol ; les ordres aboyés aux gardes exécutifs pour que, l'arme au poing, ils chargent le directeur et son équipe.

En essayant de bouger je me rends compte que je suis étendue au sol, le visage couvert de poussière. Ça hurle dans tous les sens. Il y a du sang. Je me redresse et vois qu'il y en a sur mon tee-shirt et sur mes bras.

Sauf que ce n'est pas le mien.

Je fais volte-face pour voir où sont mes parents. Mon père est à terre ; il se tient le bras en gémissant. Ma mère est penchée sur lui. Je m'accroupis à côté de lui.

— Papa ! Papa !

— Tout va bien. Il va b…

Ma mère s'interrompt. Elle regarde derrière moi et blêmit.

J'ai peur de me retourner. Le chaos brasse l'air autour de moi. La poussière étouffe tout. Je pivote très lentement.

Un hurlement me déchire.

Jake est allongé par terre, les mains crispées sur son ventre. Du sang s'échappe entre ses doigts.

— Jake ! Oh, non ! Non. Non.

Je vais m'agenouiller près de lui et pose mes mains sur les siennes pour appuyer, comme dans les films. Sauf que ce n'est pas un film, et que le sang ne s'arrête pas. Ça ne s'arrête pas. Mon Dieu. Il y en a tellement ! Comment dois-je faire ?

Jake lève les yeux vers moi et entrouvre la bouche. Quand il tousse, ses lèvres sont éclaboussées de rouge.

Fred arrive en courant. Dès qu'il voit Jake de plus près, son visage devient tout gris. Il déglutit.

— Tiens bon, Jake, l'ambulance est en route.

Il retire sa chemise et la roule en boule pour faire pression sur la blessure. Jake grimace et laisse échapper une sorte de gargouillis – un son rauque, affreux.

— Layla, tu continues d'appuyer, d'accord ? me lance Fred. Je dois dégager le passage pour que les secours puissent entrer. Parle-lui. Ne le laisse pas s'endormir.

Les paupières de Jake commencent à se fermer.

— Jake. Jake. (Ma voix s'étrangle.) Jake ? Reste avec moi, OK ?

Ses paupières tremblent. Il rouvre les yeux. Je vois qu'il essaie de parler, mais pas un mot ne sort. Il porte une main à son ventre d'un geste saccadé. Ses doigts effleurent les miens. J'ai le cœur pris dans un étau. J'appuie de toutes mes forces sur la chemise de Fred. Elle est déjà trempée de sang. Je n'arrive pas à endiguer le flot.

Je ferme les yeux. De grosses larmes coulent sur mes joues poussiéreuses.

— Jake. (Ma voix n'est plus qu'un murmure.) Jake, je suis désolée. Je suis vraiment désolée, pour tout.

Est-ce qu'il m'entend ? Est-ce qu'il me comprend ? Il s'est interposé. Pourquoi t'es-tu interposé, Jake ? Je sais bien que tu te sens coupable, que tu penses devoir te racheter, mais… pas comme ça, Jake.

— Layla, je… Tu…

Sa voix s'étiole.

— Ne parle pas, Jake. Économise tes forces. J'entends l'ambulance arriver. Garde les yeux ouverts, d'accord ? Je suis là. Reste avec moi. Ne t'endors pas.

Je lève les yeux vers le ciel et je prie. Le reste du monde s'estompe. Il ne reste plus que le son de mes inspirations et de mes expirations régulières, qui contrastent avec son souffle rauque et rocailleux. Je renifle et m'essuie le nez avec le dos de la main. Je sens la traînée de sang que mes doigts laissent sur ma joue.

Ce n'est pas possible que ça se termine comme ça pour Jake. Pas ici. Pas dans ce lieu abominable. Je veux repousser toute cette horreur à la force de ma volonté. Je veux faire plier le temps et l'espace pour lui offrir quelque chose de mieux. Je voudrais pouvoir lui redonner cette heure magique, près de Castle Lake, quand il n'était qu'un petit garçon en randonnée avec sa mère. Je voudrais pouvoir lui donner de l'air frais à respirer, une boussole pour l'aider à retrouver son chemin.

J'appuie encore plus fort sur son ventre. Ses paupières papillonnent. *Ne ferme pas les yeux, Jake. S'il te plaît. Je t'en prie.* Je regarde nos mains. Les miennes sont plus petites que les siennes, mais on dirait qu'il se flétrit, qu'il perd de la masse musculaire. Il essaie de refermer ses doigts autour des miens mais il n'y arrive pas. Il a la peau tellement froide… Ses ongles sont presque bleus. Il a les yeux ouverts, mais ils sont tout vitreux, et je ne sais même pas s'il arrive encore à me voir.

Je sens que sa vie lui échappe. *S'il te plaît, Dieu. On a déjà perdu Soheil et tant d'autres. Ne me prends pas Jake. Est-ce que je peux faire quelque chose ? Un pacte pour le sauver ?* Sauf que la mort ne marchande pas. Quand elle arrive, c'est sans concession, et sans se soucier de nos mérites.

J'entends la voix de ma mère, et d'autres. En levant les yeux, je vois mes parents et plusieurs personnes de différents secteurs agenouillés en demi-cercle autour de nous. Les mains en coupe devant le visage, tête basse, ils murmurent une prière.

— « Dieu de miséricorde, pardonne-lui ses errances. Éclaire son chemin et fais de sa tombe une vaste demeure. Permets-lui de s'élever jusqu'au paradis. »

— *Amen*, dis-je dans un souffle.

Je vois les yeux de Jake se fermer.

Je sais que c'est pour la dernière fois.

Chapitre 36

Le désert est taché de leur sang.

Soheil. Noor. Asmaa. Bilqis. Jake. D'autres que je n'ai pas connus. J'apprendrai leurs noms. Je les graverai sur mon cœur. Quand je franchirai la clôture aux barbelés à lames de rasoir, je ferai en sorte que le monde sache qui ils étaient, et ce qu'ils ont sacrifié. Je ne permettrai pas qu'on les oublie.

La lumière matinale entre à flots par la fenêtre. Je me redresse et m'assieds au bord du lit superposé de cette horrible petite chambre. Mes vêtements d'hier, marqués du sang de Jake, forment un tas dans un coin. Avant de me coucher, je me suis frotté le visage et les mains jusqu'à en avoir la peau toute rouge, mais son sang reste mêlé à la poussière sous mes ongles.

C'est complètement surréel, cet instant. Je l'avais tant souhaité, mais il nous a tellement coûté…

Je ne me souviens pas de grand-chose après l'ouverture du portail, après qu'ils ont emmené Jake. Ils l'ont soulevé comme une poupée de chiffon pour l'étendre sur un brancard, puis ils l'ont chargé à l'arrière de l'ambulance froide et stérile. Sauf que ce n'était pas lui, en fait. Plus vraiment. Une personne, ce n'est pas simplement un corps, c'est plus qu'un mélange de sang, d'os et de chair. C'est plus que la somme des parties. Un être humain, comme nous tous, qui cherchait son chemin et qui a croisé le mien, trop brièvement.

On frappe discrètement à ma porte.

— *Beta,* ça va ? Tu veux de l'aide ?

Ma mère parle tout doucement, comme si elle craignait que des mots trop forts ne me blessent. La porte s'entrouvre. Elle s'approche, suivie de mon père.

Il porte son bras en bandoulière, maintenu contre lui par une chemise roulée en écharpe. J'écarquille les yeux.

— Ce n'est sûrement qu'une fracture toute simple, sans complication, dit-il. Je vais vite m'en remettre.

Ma mère s'assied à côté de moi et me serre dans ses bras. Je ne pleure pas. Je ne suis même pas sûre qu'il me reste des larmes. Je me sens toute creuse, comme une coquille vide.

— On peut y aller, souffle ma mère. On est libres de partir.

Libres ? Qu'est-ce que ça signifie ? Pour le moment, ça veut dire qu'on a le droit de sortir de ce camp. C'est déjà ça.

Mes parents me racontent tout ce que j'ai manqué pendant que j'étais dans mon brouillard de deuil et de sommeil. Le gouvernement a ordonné la fermeture immédiate de Mobius et la libération de tous les internés. Des dizaines de gardes exclusifs sont arrivés dans la soirée pour nous aider à rassembler nos affaires et à nous préparer pour le trajet du retour.

On va rentrer à la maison.

Je n'arrive même pas à concevoir la suite : ouvrir la porte de chez nous, dormir dans mon lit. Voir David.

L'Avant, mon ancienne vie, est perdu à jamais. Quand je franchirai ce portail, ce sera pour retourner dans un monde blessé. L'Après. Honnêtement, je ne sais pas comment je vais faire à l'avenir. Comment laisser Mobius derrière moi une fois pour toutes. Pourtant il faudra bien que j'y arrive. L'histoire de Jake s'est arrêtée ici. Celle de Soheil, aussi. La mienne continue, même si j'ai l'impression d'être faite de poussière.

Ma mère m'aide à me lever.

— Veux-tu que je t'aide à faire ton sac ?

— Non, réponds-je dans un murmure.

Je ne compte rien emporter. Je ne veux pas de souvenirs de cet endroit, même si je sais qu'il restera gravé dans ma mémoire à tout jamais.

— Oh, j'allais oublier ! (Ma mère me tend un petit mot.) C'est de la part d'Ayesha. Elle est passée pendant que tu dormais et elle n'a pas voulu te réveiller. Elle et sa famille ont pris un des premiers bus, mais elle m'a promis que vous vous reverriez bientôt.

Je serre ce petit mot contre mon cœur. Ayesha. Elle est libre. Ils sont sortis. Je ferme les yeux, et mon cœur se gonfle légèrement. Je n'aurais jamais pu supporter la vie au camp sans Ayesha. Je suis infiniment soulagée de la savoir en sécurité. Elle a survécu. On a à peine eu le temps de parler de Soheil. Mon cœur souffre pour elle.

— Je vous retrouve dehors dans une seconde, dis-je.

Ma mère retourne dans la pièce commune et attrape le petit sac qui contient ses affaires et celles de mon père.

Mon père dépose un baiser dans mes cheveux.

— On t'attend, *beta*.

Il va rejoindre ma mère et lui prend la main. Ils sortent de la caravane, dont la porte se referme derrière eux.

Je parcours du regard cet espace minuscule que j'ai occupé avec eux durant un temps qui m'a paru interminable. J'entends encore le claquement des tasses tandis qu'ils s'attablaient devant leur thé, déterminés à recouvrer un semblant de normalité, de routine. J'entends le rire d'Ayesha dans ma chambre. Je vois Soheil par la petite fenêtre, en train de jouer au foot dans l'air pailleté de poussière des fins d'après-midi. Je passe les doigts sur le code-barres invisible à l'intérieur de mon poignet. Plus personne ne le verra jamais, mais je saurai qu'il est là. Pour toujours.

Un dernier regard, et je sors dans la chaleur et la poussière.

Mobius grouille de monde, comme un marché en plein air. Les gens qui ne sont pas encore partis sont en train de se diriger vers le foyer et, au-delà, vers le portail ouvert qui nous a si longtemps maintenus prisonniers. Plusieurs personnes me saluent. Je leur souris. Je n'irais pas jusqu'à dire que je suis heureuse, mais je suis contente de savoir que Nadia, Nadeem, Suraya et les autres vont pouvoir rentrer chez eux.

Il reste des fantômes à Mobius. J'entends leurs chuchotements, telles des feuilles mortes qui tourbillonnent sur le sol desséché. Je les sens à chaque pas que je fais sur cette terre craquelée.

Un jour, Jake m'a parlé d'un de ses amis, qui faisait partie de l'unité de sauvetage aéroportée de l'armée de l'air. Leur devise, c'est « Que d'autres puissent vivre. » Tout ce qui va peut-être se passer maintenant, tout ce qui devrait avoir lieu : l'abrogation des Lois exclusives, la fermeture des sites clandestins, la destitution du Président… C'est pour ça que des gens sont morts.

Pour que d'autres puissent vivre.

Je vais me placer entre mes parents et leur prends la main. On descend la médiane pour la dernière fois, en s'accrochant à tout ce qui ne nous a pas été arraché. On passe devant le foyer et on franchit le portail. Puis on attend. Tout le monde fait la queue pour embarquer dans les bus qui vont nous ramener à la gare, puis chez nous.

Je vois tante Khadijah qui marche d'un pas résolu en s'appuyant sur sa canne. Elle croise mon regard et lève le poing à hauteur de son épaule avec un petit sourire chaleureux avant de monter dans le car qui va la conduire vers le reste de sa vie.

Ma mère murmure à mon oreille :

— Ils vont nous déposer à Independence. David nous attend là-bas. Il t'attend.

J'avance, sans bien savoir où ça va nous mener. Comment se guérir de ce camp qui s'est imprimé au fer rouge sur ma peau ? Tout ce sang, cette poussière et tous ces barbelés. Comment la vie pourrait-elle redevenir normale ? Je ne suis même pas sûre que mon corps sache encore respirer profondément. Est-ce que je cesserai un jour de regarder par-dessus mon épaule ? Me sentirai-je de nouveau libre ?

Je contemple la route qui fend le désert.

Je ne sais peut-être pas encore où aller exactement, mais je trouverai la bonne direction.

Je fais un pas en avant.

Sans un regard en arrière.

Note de l'autrice

Quand le fascisme déferlera sur les États-Unis, ce sera drapé dans la bannière étoilée.

Il n'y a pas besoin d'être historien pour comprendre une vérité fondamentale : le nationalisme n'a qu'à se déguiser en patriotisme pour s'emparer d'un pays et justifier d'actes terribles, cruels. Il suffit de regarder les infos.

Tandis que j'écris ces mots, le gouvernement américain, avec sa politique de « tolérance zéro » aux frontières, a littéralement arraché de jeunes enfants à leurs parents, qui espéraient trouver une vie meilleure, ou un asile à l'abri du danger. En juillet 2019, des dizaines de milliers de personnes étaient détenues dans des camps régis par l'*Immigration and Customs Enforcement* ou par le *Customs and Border Control*, des organismes de contrôle aux frontières. Parmi eux, on comptait plus de 11 000 enfants enfermés dans des conditions effroyables – privés d'eau propre ou de savon pour se laver. Les bébés y étaient nourris à l'aide de biberons jamais stérilisés, et passaient parfois plusieurs jours avec la même couche. La Haute-Commissaire des Nations Unies aux droits de l'homme a dénoncé la détention de ces mineurs et indiqué que les États-Unis, par ces actions, étaient probablement en violation du Droit international. Malgré ces sévères critiques, et malgré les plaidoyers répétés de ses propres citoyens, l'administration actuelle persiste à appliquer ces politiques inhumaines.

Que les choses soient claires : ce sont des camps d'internement. C'est une politique d'enfermement.
Cependant les États-Unis ne sont pas les seuls à infliger un traitement déplorable, méprisant et méprisable, à celles et ceux qui cherchent à fuir la violence et le danger – aussi bien aujourd'hui que par le passé. Il suffit de regarder le visage des réfugiés syriens, dont les enfants meurent littéralement de froid dans les camps d'Idlib, ou dont les doigts agrippent le grillage acéré aux frontières de l'Europe en un appel à l'aide. Il suffit de penser aux conditions subies par plus de 6 000 réfugiés et migrants dans la Jungle de Calais, où de nombreux bénévoles ont accusé le gouvernement français de violation des Droits de l'homme envers des centaines d'enfants non accompagnés. Ou alors, on peut se tourner vers la Chine et ses camps de « rééducation », où un million d'Ouïgours, peut-être plus, ont été obligés de renoncer à leur religion et ont été torturés, parfois à mort. Et puis, il y a l'Inde et ses récentes lois d'accession à la citoyenneté, dont le sectarisme a provoqué des violences encouragées par le gouvernement – de véritables pogroms envers une minorité religieuse.
Écoutez bien le vocabulaire raciste et démagogique qui justifie ces décisions : les immigrés et les migrants sont des « animaux » qui viennent « infester notre pays par milliers ». Ce sont des « violeurs » et des « criminels », qui pèsent sur notre économie. Maintenant, ouvrez un livre d'histoire pour comparer tout ça à la rhétorique d'extermination utilisée, à plusieurs reprises et dans le monde entier, par des régimes autoritaires.
Il ne faut pas non plus sous-estimer le pouvoir de l'imagerie. Toute représentation a des conséquences. Les stéréotypes racistes se répandent bien trop facilement dans notre culture et dans notre vie politique. Or c'est cela qui permet à des

législateurs racistes de déshumaniser des pans entiers de la population, puis de faire voter des lois qui mettent en péril leurs moyens de subsistance et, trop souvent, leur vie.

Aucune période de l'histoire américaine ne peut exister sans contexte. Le nationalisme et le fascisme ne sont pas des nouveaux venus. Ils font partie du terreau des États-Unis. C'est ça qui a donné naissance à ce roman. Les événements décrits dans *Résistance* – bien qu'ils se déroulent « un quart d'heure » dans le futur – sont profondément ancrés dans notre histoire. Vous en êtes les témoins, aujourd'hui, dans le présent, aux États-Unis, en Europe et partout dans le monde.

En 1924, surfant sur une vague d'hostilité envers les populations asiatiques, le gouvernement américain a presque entièrement enrayé l'immigration en provenance d'Asie. Quelques années plus tard, l'État de Californie, ainsi que plusieurs autres, interdirent les mariages entre Blancs et Asiatiques.

Au début de la Seconde Guerre mondiale, le FBI a lancé le *Custodial Detention Index*, une liste de prétendus « ennemis étrangers » établie en fonction de données démographiques. Cette liste était censée indiquer qui présentait un risque potentiel pour la sécurité intérieure, mais elle comptait également des citoyens américains d'origine japonaise, de deuxième ou troisième génération. Elle a servi, par la suite, à l'internement illégal des Américains d'origine japonaise.

Le parallèle s'impose avec les lois de Nuremberg promulguées par Hitler en 1935, notamment la loi sur la protection du sang allemand et de l'honneur allemand, interdisant tout mariage entre personnes de religions différentes, et la loi sur la citoyenneté du Reich, qui a destitué les juifs, les Roms, ainsi que d'autres groupes prétendument « indésirables », de leurs droits civiques et de leur nationalité.

Le 7 décembre 1941, l'armée japonaise frappa la base militaire de Pearl Harbor, à Hawaï. Plus de deux mille quatre cents Américains furent tués. Le lendemain, les États-Unis déclaraient la guerre au Japon.

Le 19 février 1942, Roosevelt signa l'*Executive Order 9066*, qui permettait au secrétaire d'État à la Guerre et aux commandements militaires de « prescrire des périmètres militaires sur le sol américain », périmètres où l'exclusion des personnes était autorisée, sans restriction. Cela mena à l'internement de presque cent vingt mille Nippo-Américains, sans procès ni accusation. Les dix « centres de relocalisation » se trouvaient tous dans des zones isolées, désertiques et inhospitalières. Les internés y vécurent dans des conditions sanitaires atroces et furent contraints d'effectuer des travaux forcés.

Le 7 décembre 1944, Roosevelt mit un terme à l'emprisonnement des Nippo-Américains, mais de nombreux internés n'avaient plus nulle part où aller, ayant perdu leurs biens immobiliers, leurs commerces, leurs moyens de subsistance. Chaque personne se vit remettre 25 dollars et un billet de train pour la ville d'où elle venait.

À ce jour pas un seul Nippo-Américain n'a été reconnu coupable d'actes de trahison ou de sédition pendant la Seconde Guerre mondiale. Le 442e régiment d'infanterie de l'armée des États-Unis, qui comptait essentiellement des Américains de deuxième génération d'origine japonaise, demeure l'unité la plus décorée de l'histoire militaire américaine.

La propagande de guerre décrivait les Nippo-Américains comme des ennemis de l'État, des êtres bestiaux et meurtriers, incapables de s'intégrer à la culture américaine. C'était le même genre de portrait que dressait la propagande nazie à propos des juifs d'Europe.

Nous y revoilà. Des réfugiés enfermés dans des camps d'internement. Des restrictions sur l'entrée des musulmans sur le sol américain. Des pogroms visant des minorités religieuses. L'interdiction de porter des vêtements à caractère religieux. Des murs aux frontières et des grillages barbelés. Des violences policières. Un pays qui fait passer le droit de porter des armes à feu avant la vie de nos enfants. Racisme. Islamophobie. Homophobie. Antisémitisme. Rejet des migrants. Discrimination sur la base des capacités physiques. Politiques d'exclusion. Montée du nationalisme et du suprémacisme blanc, qui ne se cache même plus mais ose brandir notre drapeau.

Ma colère est immense.

Pourtant je crois en l'espoir. Je crois que les défauts de nos nations respectives peuvent être réparés par nos concitoyens. Je suis persuadée que la bonté est ce qui fait notre grandeur. Je crois en *vous*.

Quand je vois des milliers, des dizaines de milliers de jeunes défiler pour défendre leur vie et notre planète ; quand je vois mes concitoyens sortir dans la rue pour protester contre ces lois qui séparent des familles aux frontières ; quand je vois des athlètes mettre un genou en terre sur la touche ; quand je vois la joie sur les visages de jeunes gens qui votent pour la première fois ; quand je vois, sur une pancarte au milieu d'une manifestation, la photo d'une femme musulmane coiffée d'un hidjab aux couleurs du drapeau américain ; et quand j'entends l'écho de la voix de Barack Obama affirmer que « *yes, we can* », je sens vibrer mon patriotisme. Je me souviens pourquoi j'ai une telle foi en ce pays, cette nation du peuple, par le peuple, pour le peuple.

On ne peut plus tolérer le genre de faillite morale qui, par exemple, entend les cris d'une fillette arrachée aux bras de ses parents et justifie la chose en citant la Bible, ou qui voit

un défilé de néonazis et déclare que nombre d'entre eux sont « des gens très bien ».
Il faut choisir son camp.
Je ne dis pas que c'est facile. Je sais bien que non. Il faut du courage pour oser faire entendre sa voix – pour se lever.
Vous n'êtes pas seuls. Vous êtes entourés de gens qui sauront vous encourager, vous épauler, vous prendre par la main et marcher à vos côtés. Faire entendre sa vérité, manifester sa résistance, ça peut aussi se faire en silence. J'espère que vous trouverez la manière qui vous convient.
Les États-Unis sont une nation, certes, mais c'est aussi une notion, une idée fondée sur une croyance. Je tiens pour évidentes les vérités suivantes : que le concept de notre nation n'est ni statique ni dépassé ; qu'il est malléable. Chaque jour nous pouvons le former et l'étendre afin de concevoir une union plus parfaite, plus inclusive. Les États-Unis d'Amérique, c'est nous. Ils sont *à nous*, et ils méritent qu'on se batte pour eux.
Le peuple uni ne sera jamais vaincu.
Résistons.

Remerciements

La publication de *Résistance* fut un acte de courage et de résistance. Je voue une éternelle gratitude à mon merveilleux éditeur, Kheryn Callender. Sa foi inébranlable et son expertise éditoriale ont donné des ailes à ce livre. Je remercie du fond du cœur Alvina Ling, Siena Koncsol et toute l'équipe de Little, Brown Books for Young Readers, qui ont apporté leur soutien à cette histoire et qui ont cru en ma capacité à la raconter. Je resterai à jamais fascinée par la magnifique couverture de Dana Ledl, qui a su capturer à la perfection l'esprit du parcours de Layla.

Un énorme coup de chapeau à mon agent, Eric Smith, dont les encouragements, la persévérance et la tolérance face à mes torrents de messages parfois légèrement délirants ont permis à ce livre d'exister. Un grand merci également à Curtis Russell et à la P.S. Literary Agency pour avoir été de mon côté.

Je voue une gratitude infinie à mes amis et aux membres de ma famille – proche et lointaine – qui ont lu et critiqué les premières versions de ce roman, qui m'ont aidée à en développer l'intrigue, qui ont discuté de translitération à n'en plus finir et qui m'ont épaulée jour après jour. Je salue chaleureusement Hitomi Sasamoto, Lynn Sasamoto, SanguMandanna, Dhonielle Clayton, Kati Gardener, Raeshma Razvi, Daniel Ehrenhaft, Lizzie Cooke, Gloria Chao, Fanny Billingsley, Ronni Davis Selzer, Rachel Strolle, Anna Weggener, Rena Baron, Kat Cho, Claribel Ortega, Amy Adams, Johnette Stubbs, Peter Vrooman, Joe Armstrong, Karim Mostafa et Jihad Shoshara.

À mes parents, Hamid et Mahzer, et à mes sœurs Asra et Sara : merci pour votre confiance indéfectible, votre enthousiasme et votre boussole morale.
Lena et Noah, vous brillez plus fort que toutes les étoiles du ciel. Je vous aime ; je crois en vous ; je suis infiniment heureuse de partager cette vie avec vous. Thomas, merci pour ton amour, ton soutien inconditionnel, ta lumière. Tu rends cette existence possible. Tout mon amour.
Enfin je tiens à exprimer ma profonde gratitude et mon immense respect aux survivants et survivantes d'enfermements passés ou présents. En racontant vos histoires, vous nous rappelez que nos libertés sont précieuses et que notre démocratie mérite qu'on se batte pour elle. Vous inspirez notre résistance. Merci pour votre courage.

Ressources

Si vous voulez en apprendre davantage au sujet des camps où les Nippo-Américains ont été internés, voici quelques-uns des nombreux livres et sites Internet que vous pouvez consulter. Le centre de relocalisation en temps de guerre de Manzanar est l'un des deux camps qui existent toujours sur les dix qui furent utilisés à l'époque. C'est un site historique national, sous la tutelle du service des parcs nationaux, le National Park Service.

Livres

Farewell to Manzanar (en anglais uniquement), de Jeanne Wakatsuki Houston et James D. Houston (New York, Houghton Mifflin, 1973). Il s'agit d'un mémoire qui suit le parcours de Jeanne Wakatsuki, alors âgée de sept ans, et de sa famille, lesquelles sont envoyées de force au camp d'internement de Manzanar.

Impounded: Dorothea Lange and the Censored Images of Japanese American Internment, édité par Linda Gordon et Gary Y. Okihiro (New York, W.W. Norton, 2006). Ce volume rassemble des clichés de la photographe Dorothea Lange, clichés longtemps censurés par l'armée américaine. Ce volume est en anglais, mais les clichés qui y sont

reproduits sont une ressource rare, et pouvaient être vus lors de l'exposition *Dorothea Lange, Politique du visible.*
Looking like the Enemy: My Story of Imprisonment in Japanese American Internment Camps, de Mary Matsuda Gruenewald (Troutdale, Oregon, NewSage Press, 2005), en anglais.
Only What We Could Carry: The Japanese Internment Experience, édité par Lawson Fusao Inada (Berkeley, Heyday Books, 2000). Il s'agit d'un recueil de poèmes, de prose, de documents, de dessins et de photos, en anglais.

Sur Internet

Asia Society. « Japanese American Internment: Asian Americans et U.S.-Asia Relations. » https://asiasociety.org/education/japanese-american-internment
Franklin D. Roosevelt Presidential Library and Museum. « War! Japanese American Internment. » www.fdrlibraryvirtualtour.org/page07-15.asp
Japanese American National Museum. www.janm.org
Library of Congress. « Ansel Adams's Photographs of Japanese American Internment at Manzanar. » www.loc.gov/pictures/search/?st=grid&co=manz
Manzanar National Historic Site. « One Camp, Ten Thousand Lives; One Camp, Ten Thousand Stories. » www.nps.gov/manz/index.htm
Les sites ci-dessus sont en anglais.
Des témoignages en français de survivants peuvent être lus dans l'article suivant:
www.nationalgeographic.fr/histoire/des-japonais-internes-aux-etats-unis-pendant-la-seconde-guerre-mondiale-temoignent/amp

Aubin
IMPRIMEUR

IMPRIM'VERT
Votre imprimeur agit pour l'environnement

Achevé d'imprimer en juin 2022
par Aubin Imprimeur à Ligugé
N° d'impression 2205.0268
Dépôt légal, juillet 2022
Imprimé en France
36231397-1